브레히트◆카프카◆클라이스트◆드로스테 휠스호프

브레히트·
카프카·
클라이스트·
드로스테
휠스호프

독일
단편소설
걸작선

배중환 옮김

산지니

◆ 차례 ◆

브레히트
Bertolt Brecht

카프카
Franz Kafka

클라이스트
Heinrich von Kleist

드로스테 휠스호프
Annette von Droste-Hülshoff

일러두기

* 번역에 사용한 원문은 다음과 같다.

Heinrich von Kleist, *Sämtliche Werke und Briefe, Band 2. hrsg. von
   Helmut Sembdner,* Carl Hanser Verlag, 1984.

Heinrich von Kleist, *Werke und Briefe in vier Bänden, Band 3,
   Erzählungen, Gedichte, Anekdoten, Schriften, hrsg. von Siegfried
   Streller,* Aufbau Verlag, 1978.

Annette von Droste-Hülshoff, *Werke in einem Band,* Carl Hanser
   Verlag, 1984.

Franz Kafka, *Die Erzählungen und andere ausgewählte Prosa, hrsg. von
   Roger Hermes,* Fischer Verlag, 1998.

Franz Kafka, *Sämtliche Erzählungen, hrsg. von Paul Raabe,* Fischer
   Verlag, 1995.

Bertolt Brecht, *Kalendergeschichten, mit einem Kommentar von Denise
   Kratzmeier,* Suhrkamp Verlag, 2020.

Bertolt Brecht, *Gesammelte Werke,* Band 11. Suhrkamp Verlag, 1967.

* 각주는 모두 옮긴이의 것이다.

◆ 브레히트 ◆

Bertolt Brecht

아우크스부르크의 동그라미 재판
Der Augsburger Kreidekreis

♦

30년 종교전쟁의 시기에 스위스인 개신교 신자, 이름은 찡리라는 사람이 레히 강변의 제국자유도시 아우크스부르크에서 가죽 제품 판매 상점이 딸린 제혁(製革) 공장을 소유하고 있었다. 그는 아우크스부르크 출신 여인과 결혼하여 아이 하나를 두고 있었는데, 가톨릭 군대가 시내로 쳐들어오자, 그의 친구들은 그에게 급히 피신하라고 충고하였다. 하지만 그의 작은 가족이 그를 붙잡았든지 아니면 자신의 제혁 공장을 위험에 내놓지 않으려고 했기 때문인지 그는 어쨌든 제때 집을 나설 결심을 할 수 없었다.

하여 아직 그가 시내에 머물고 있을 때, 황제의 군대(구교 군대)가 시내로 쳐들어오더니 밤에 약탈을 했다. 그때 찡리는 염료를 보관하던 마당의 구덩이 속으로 몸을 숨겼다. 그의 아내는 아이를 데리고 교외에 사는 친척에게로 가야 했다. 그런데 그녀는 소지품, 옷가지, 장신구 및 침구를 챙기느라 너무 시간을 지체하였다. 그러다가 문득 2층 창문을 통해 쳐다보니, 황제의 군대 한 무리가 마당으로 들어오고 있었다. 혼비백산한 그녀는 모든 것을 그대로 내팽개치고 뒷문을 통해 집에서 빠져나와 뛰어 달아났다.

그래서 아이는 집 안에 남았다. 아이는 현관 홀의 요람 속에 누워, 끈으로 천장에 매달아 놓은 공을 가지고 놀고 있었다.

어린 하녀 한 사람만 이 집에 남아 있었다. 그녀는 부엌에서 그릇들을 손질하다가 길에서 큰 소리가 나는 것을 들었다. 창문가로 급히 달려간 그녀는 건너편 집 2층에서 군인들이 온갖 약탈한 물건을 길거리로 집어 던지는 것을 보았다. 그녀가 마루방으로 달려가 아이를 요람에서 막 꺼내려 할 때, 참나무로 된 그 집 대문을 쿵쿵 세게 두드리는 소리가 들렸다. 공포에 사로잡힌 그녀는 계단을 따라 쏜살같이 뛰어올랐다.

술에 취한 병사들이 현관 홀을 가득 메우더니, 모든 것을 닥치는 대로 깨부수었다. 그들은 자신들이 들어와 있는 집이 개신교도의 집임을 알았다. 그들이 집 안을 샅샅이 뒤지고 약탈을 할 때에 하녀 안나는 기적적으로 발각되지 않았다. 병사들이 물러간 뒤, 숨어 있던 옷장에서 기어 나온 안나는 현관 홀에 있던 아이도 무사함을 알았다. 그녀는 재빨리 아이를 안고 마당으로 살금살금 나갔다. 그 사이에 캄캄한 밤이 되었다. 그러나 근처불타는 집에서 나오는 빛이 마당을 밝게 비추어 심하게 훼손된 집주인의 시체를 보게 된 그녀는 경악했다. 병사들이 그를 구덩이에서 끌어내 처참하게 살해한 것이었다.

　그때서야 하녀는 비로소 이 개신교도의 아이를 데리고 있다가 길에서 붙잡히면 얼마나 큰 위험에 빠지게 될지를 알아챘다. 그녀는 무거운 마음으로 아이를 요람 속에 다시 놓아두고 우유를 좀 먹인 뒤에 잠이 들도록 요람을 흔들어 주고는 시집간 언니가 살고 있는 시의 외곽을 향해 길을 나섰다. 밤 10시경에 안나는 형부와 함께, 승리를 축하하는 시끌벅적한 병사들 무리를 뚫고 나가 아이의 어머니인 찡리 부인을 찾으러 교외로 갔다. 그들이 웅장한 집의 대문을 두드리자 한참 후에 그 집 대문이 빼꼼히 열렸다. 찡리 부인의 숙부인 키 작은 늙은 남자가 머리를 내밀었다. 안나는 찡리 씨가 죽었고, 아이는 다행히도 무사히 집에 있다고 숨 가쁘게 보고했다. 그 늙은이는 안나를 차가운 눈길로 쳐다보더니, 조카는 자기 집에 없다면서 자신도 그 개신교도의 사생아와는 아무런 관계가 없다고 했다. 그러고는 대문을 닫았다. 돌아오면서 안나의 형부는 창가 커튼이 움직이는 것을 보고 찡리 부인이 그 집 안에 있음을 확신했다. 그 부인은 자기 아이를 부정하고도 부끄러워하지 않는 것 같았다. 안나와 형부는 한동안 말없이 나란히 걸었다. 잠시 후 안나가 제혁 공장으로 돌아가 아이를 데리고 오겠다고 했다. 조용하고 성실한 남자인 형부는 그 말을 듣고 깜짝 놀라 그런 위험한 생각을 그만두라고 처제를 말렸다. 그 집 사람들이 처제를 어떻게 대했는가? 처제는 한 번도 제대로 대우받지 못했다.

　안나는 형부의 말을 조용히 듣고 나서 어리석은 짓을 하지

블레하르트

않겠다고 약속했다. 그렇지만 빨리 제혁 공장으로 가서 아이에게 무슨 일이 생기지 않았는지 꼭 확인하고 싶었다. 그녀는 혼자서라도 가려고 했다.

안나는 자신의 의지를 관철했다. 그 아이는 엉망이 된 홀 안의 요람에 누워서 자고 있었다. 안나는 지친 몸으로 그 아이 옆에 앉아 아이를 쳐다보았다. 그녀는 등불을 켜려고 하지 않았다. 근처 집이 아직도 불에 타고 있어서 그 불빛으로도 아이를 잘 볼 수 있었다. 아이의 목에는 작은 점이 있었다.

안나는 얼마 동안, 아마도 한 시간가량 아이가 숨을 쉬는 것과 주먹을 빠는 모습을 지켜보았다. 그리고 이제 아이를 버려두고 떠날 수 없을 정도로 오래 그리고 많이 보았음을 알았다. 그녀는 무거운 마음으로 일어나 천천히 아이를 포대기로 싸서 팔에 안고는 양심의 가책을 느끼는 도둑처럼 주변을 둘러보면서 집을 떠났다.

안나는 언니랑 형부와 오랫동안 상의를 하고 나서, 2주일 뒤에 오빠가 농부로 살고 있는 그로스아이팅겐*이라는 시골 마을로 아이를 데려갔다. 농장은 올케의 소유였으며, 오빠는 데릴사위로 들어가 있었다. 그녀는 오빠에게만 이 아이가 누구인지를 말하려고 결심했다. 왜냐하면 그녀는 올케의 얼굴을 본 적이 없었으며 이 위험한 꼬마 손님을 올케가 어떻게 받아 줄지 몰랐기 때문이다.

---

* 　아우크스부르크에서 남쪽으로 약 20킬로미터 떨어진 지역.

안나는 정오 무렵 그 마을에 도착했다. 오빠와 올케 그리고 일꾼들이 앉아서 점심을 먹고 있었다. 그녀가 푸대접을 받은 것은 아니었다. 그러나 안나는 새 올케언니를 한 번 힐끗 보고 나서 즉시 이 아이를 자신의 아이로 소개해야겠다고 마음 먹었다. 안나는 남편이 먼 시골 마을의 방앗간에서 일을 하고 있으며, 몇 주일 안에 그곳으로 이 아이를 데리고 갈 예정이라고 말했다. 그 말을 들은 후에야 비로소 올케는 마음이 풀린 듯 아이가 매우 귀엽다고 칭찬해 주었다.

오후에 안나는 나무를 하러 가는 오빠를 따라 숲으로 갔다. 그들은 그루터기에 앉았으며, 안나는 오빠에게 사실대로 털어 놓았다. 그녀는 오빠의 기분이 별로 좋지 않은 것을 알 수 있었다. 이 농장에서 오빠의 지위는 아직도 확실하지 않았다. 오빠는 자기 아내에게 안나가 사실대로 말을 하지 않았던 것을 잘했다고 칭찬했다. 젊은 아내가 개신교도 아이에 대하여 관대한 마음을 품지 않는다는 오빠의 믿음은 틀림없었다. 오빠는 이런 눈속임이 계속되기를 원했다.

그러나 오랫동안 그 짓을 계속하기란 쉽지 않았다.

작물을 수확할 때가 되어 안나는 함께 일을 했는데, 다른 일꾼들이 쉬는 사이사이 밭에서 집으로 달려가 '자기 아이'를 돌봐주곤 했다. 꼬마는 무럭무럭 자랐다. 살이 포동포동 찌고 안나가 쳐다볼 때마다 웃으며 힘차게 머리를 들어 올리려고 했다. 그런데 겨울이 오자 올케는 안나의 남편에 대하여 묻기 시작했다.

올케도 안나가 그 농장에 머물러 있는 것에 대해 반대하지는 않았다. 안나도 농장에 도움이 되도록 잘 처신했다. 이웃 사람들이 아이의 아빠에 대하여 이상하게 생각하는 것이 좀 그렇긴 했다. 아이 아빠가 아이를 보러 오지 않았기 때문이다. 안나가 아이의 아빠를 보여 주지 못하면 농장 사람들은 그 사실을 입방아에 올릴 게 틀림없었다.

어느 일요일 오전, 오빠는 마차를 준비하더니 큰 소리로 안나에게 이웃 마을로 송아지를 사러 가는데 같이 가자고 했다. 덜컹거리는 마차를 타고 가면서 오빠는 안나에게, 남편감을 찾고 있었는데 한 사람을 찾았다고 털어놓았다. 그 사람은 죽을병을 앓고 있는 소작인이었는데, 둘이 허름한 오두막에 들어서자, 지저분한 침상에 누워서 수척한 머리조차 제대로 들어 올리지 못했다.

그 소작인은 안나와 혼인을 하는 것에 동의했다. 침대 머리맡에는 누르스름한 피부의 할머니가 서 있었는데, 그의 어머니였다. 그 늙은이는 안나에게 베풀어 주는 이 도움*에 대한 보답을 원했다.

이 일은 10분 만에 다 끝나고, 안나와 오빠는 계속 마차를 타고 가서 송아지를 샀다. 결혼식은 그 주말에 치러졌다. 목사가 혼례의 예식을 하는 동안 아픈 신랑은 안나 쪽으로 흐릿한 눈길을 한 번도 돌리지 않았다. 안나의 오빠는 며칠 안으로 안나가 신랑의 사망 증명서를 받게 되리라 의심치 않았다. 그러면

---

*   서류상 혼인을 하고 '결혼 증명서를 발행'하는 일을 말한다.

안나의 남편이자 아기의 아빠는 그녀에게 오다가 아우크스부르크의 근처 마을 어디에선가 죽었으며, 과부가 오빠 집에 머무는 걸 아무도 이상하게 여기지 않을 것이라고 했다.

안나는 이 희한한 결혼식을 마치고 기쁜 마음으로 돌아왔다. 거기엔 교회의 종소리도 울리지 않았고, 음악도 없었으며, 신부 들러리도 없고, 축하객들도 없었다. 그녀는 결혼 피로연의 음식으로 식당에서 베이컨 한 조각과 작은 빵 하나를 먹었다. 그런 다음 오빠와 함께 이제 성(姓)을 가지게 된 아이가 누워 있는 나무 상자* 앞으로 걸어갔다. 그녀는 아이의 이불을 단단히 덮어 주고는 오빠를 향해 싱긋 미소를 지었다.

그러나 기다리던 사망 증명서는 오지 않았다.

다음 주일에도 그리고 그다음 주일에도 늙은 여인에게서는 아무 소식이 없었다. 안나는 신랑이 어디에 있느냐는 농장 사람들의 물음에 이제 오는 중이라고 했다. 시간이 지나 사람들이 그가 어디에 있느냐고 또 물으면 안나는 눈이 너무 많이 와서 오기 어렵다고 했다. 그러나 연이어 3주일이 지나가자 오빠는 아주 불안해하며 마차를 몰고 아우크스부르크 근처 마을로 찾아갔다.

오빠는 밤늦게 돌아왔다. 안나는 자지 않고 있다가 마차가 삐걱거리며 농장으로 돌아오는 소리를 듣고서 대문을 향해 달려갔다. 오빠가 마차에서 말을 천천히 풀고 있었다. 그녀는 가슴

---

*   아이를 재우는 침대.

이 심하게 오그라들었다.

　오빠는 나쁜 소식을 가져왔다. 오빠는 오두막 안으로 들어가면서 곧 죽을 그 남자를 보았는데, 그는 셔츠를 입은 채 식탁에 앉아 두 뺨이 볼록하도록 저녁밥을 아귀아귀 씹어 먹고 있었다. 그는 완전히 건강을 회복해 있었다.

　오빠는 이어 이야기를 하면서 안나의 얼굴을 쳐다보지 않았다. 오테러라는 이름의 그 소작농과 그의 어머니 역시 이런 사태 변화에 크게 놀란 듯했고, 앞으로 어찌해야 좋을지 결정하지 못한 것 같았다. 오테러는 안 좋은 인상을 하지는 않았다. 그는 말수가 적었다. 그러나 아들이 원하지 않는 여자를 얻고 또 남의 아이를 짊어지게 되었다고 그의 어머니가 불평하자 어머니에게 입을 닫으라고 했다. 대화를 하는 중에도 그는 계속 소시지를 천천히 더 먹었으며, 오빠가 그 집에서 나올 때까지도 먹었다.

　물론 다음 며칠 동안 안나는 기분이 좋지 않았다. 집안일을 하는 사이에 그녀는 아이에게 걸음마를 가르쳤다. 아이가 물레의 실감개에서 손을 떼고 팔을 뻗치고 뒤뚱거리며 자기를 향해 올 때 그녀는 소리 없이 흐느끼면서 아이를 받아 꼭 껴안아 주었다.

　한번은 안나가 "그이는 어떤 사람입니까?" 하고 오빠에게 물었다. 그녀는 병상에 누워 있는 그이를 밤에 희미한 촛불의 빛으로만 보았던 것이다. 이제 그녀는 자신의 남편이 보통의 소작인이 그러하듯, 노동에 지친 50대의 남자인 것을 알았다.

　그로부터 얼마 지나지 않아 안나는 남편을 보게 되었다. 어느 행인이 아주 특급 비밀이라고 하면서 그녀에게 이렇게 전해 주었다. 어떤 사람이 그녀를 모(某)일 모시에 란츠베르크로 가는 길이 갈라지는 시골 마을에서 만나자고 한다는 것이다. 그렇게 하여 형식상 결혼한 이 부부는 마치 옛날 장수들이 서로 싸우다가 눈 덮인 공개 장소에서 만나듯이 그들의 마을 중간에서 만났다.

그 남자는 안나의 마음에 들지 않았다.

작고 거무스름한 치아를 가진 그는, 두터운 양털 옷을 몸에 걸치고 별로 볼 것도 없는 안나를 머리에서 발끝까지 쳐다보면서 '혼배성사'라는 말을 했다. 안나는 그에게 모든 것을 한 번 더 깊이 생각해 보겠다고 짧게 말했다. 그리고 그에게 그로스아이팅겐을 지나가는 소작인이나 도살업자를 시켜서 '자기는 곧 올 것이며, 오는 길에 병이 났다'는 소식을 올케 앞에서 큰 소리로 자신에게 전해 달라고 했다.

오테러는 신중하게 고개를 끄덕이었다. 그는 안나보다 머리 하나는 더 컸으며, 말을 하면서 계속 그녀의 왼쪽 목덜미를 쳐다보았는데, 이것이 그녀를 화나게 했다.

그러나 소식은 오지 않았다. 안나는 아이를 데리고 농장을 떠나 남쪽으로 가서 켐프텐이나 존트호펜 같은 데서 일자리를 찾아볼 생각에 잠기었다.

그러나 큰길을 지나가는 것은 위험하다는 말이 많았고 또 한창 추운 겨울이기 때문에 안나는 농장에 그대로 머물러 있었다.

하지만 계속 머물기는 어려웠다. 올케는 점심 식탁에 둘러앉은 일꾼들 앞에서 안나의 남편에 대하여 의심스런 질문을 하였다. 올케가 아이에 대하여 겉으로 연민의 마음을 품고 큰 소리로 '불쌍한 어린 것'이라는 말을 했을 때 안나는 이 집에서 나가기로 결심했다. 그러나 그때 아이가 그만 병에 걸리고 말았다.

아이는 얼굴이 벌겋게 되었으며 흐릿한 눈길로 나무 상자에 불안하게 누워 있었다. 안나는 여러 날 밤을 불안에 떨기도 하고 또 희망을 가지기도 하면서 아이를 지켜보았다. 그러다가 아이가 병에서 회복하기 시작하고 웃음을 되찾았을 때 오테러가 그 집 대문을 노크하고 안으로 들어왔다.

방에는 안나와 아이뿐이고 아무도 없었다. 그래서 그녀는 깜짝 놀란 표정을 일부러 감추지 않았다. 하기야 그녀는 그 놀란 표정을 감출 수도 없었을 것이다. 그들은 아무 말도 하지 않고 한동안 서 있었다. 오테러가 드디어 자신은 이 일을 깊이 생각해 보았으며 그녀를 데리러 왔다고 말했다. 그는 다시 혼배성사에 대하여 언급했다.

안나는 화가 치밀었다. 단호하지만 꾹 참는 목소리로 남자에게 말했다. 자신은 그와 함께 살 생각이 없으며, 오직 아이를 위해서 결혼을 했고, 자신과 아이는 그의 성과 이름만을 받고 싶다고 했다.

오테러는 그녀가 아이에 대하여 말을 할 때, 아이가 누워서 옹알이를 하고 있는 나무 상자 쪽으로 눈길을 한 번 주었을 뿐 그쪽으로 가지는 않았다. 이런 것이 그에 대한 안나의 정나미를 뚝 떨어지게 했다.

오테러는 몇 마디를 늘어놓았다. 그녀더러 한 번 더 모든 것

을 깊이 생각하라고 했고, 자기 집은 살림이 빠듯하지만, 어머니
는 부엌에서 잘 수도 있다고 했다. 그때 올케가 방으로 들어와
호기심 어린 눈길로 그에게 인사를 하더니 그를 점심 식사에 초
대했다. 그는 식탁에 앉으면서 오빠에게 무심하게 고개를 숙여
인사를 했고, 오빠를 이미 알았다고도 하지 않고 또 모른다고도
내색하지 않았다. 올케가 하는 질문에 대하여 그는 아주 짧게
대답했다. 눈길을 접시에서 떼지 않으면서, 자신은 메링에서 일
자리를 얻었고, 안나를 데려갈 수 있다고 했다. 그러나 당장 그
렇게 할 거라고는 하지 않았다.

　오후에 오테러는 오빠 집의 사람들을 피하여 집 뒤에서, 아
무도 시키지 않았는데, 장작을 패었다. 그는 다시 말없이 가서
저녁을 먹었다. 그 후 올케는 그가 하룻밤 묵을 수 있도록 안나
의 방으로 이불을 가지고 갔다. 그러나 그는 거기에 이상하고
어색하게 서 있다가, 자신은 그날 밤에 꼭 돌아가야 한다고 중
얼거렸다. 떠나기 전 그는 아이가 누워 있는 나무 상자 안을 무
심히 쳐다보았다. 그러나 아무 말도 하지 않았고 아이에게 손을
대지도 않았다.

　그날 밤 안나는 아프기 시작하여 열이 올랐고, 몇 주일이나
계속 앓았다. 그녀는 대부분의 시간을 맥없이 그냥 누워 지냈으
며, 열이 약간 내리는 정오 무렵에 몇 차례 아이가 있는 나무 상
자 쪽으로 기어가서 이불을 바로 덮어 주었다.

　안나가 앓아누운 지 4주일째에 오테러가 건초 마차를 타고
농장에 오더니 그녀와 아이를 데리고 갔다. 안나는 말없이 일이

되어 가는 대로 따랐다.

소작인의 오두막에서 묽은 죽을 먹은 안나는 매우 느리게 기운을 되찾았는데, 그것은 기적적인 일이었다. 어느 날 그녀는 아이가 매우 더러워진 것을 보고 단호하게 자리에서 일어났다. 아이는 살갑게 미소 지으며 그녀를 맞았다. 오빠는 늘 이 아이의 웃는 모습이 안나를 쏙 빼닮았다는 말을 했다. 아이는 무럭무럭 자라서 믿을 수 없는 속도로 방 안에서 이리저리 기어다녔으며, 머리를 찧을 때는 손으로 바닥을 딱딱 치기도 하고 작은 고함 소리를 토해 내기도 했다. 그녀는 큰 나무통에 물을 넣어 아이를 씻겼으며 아이에 대한 자신감을 되찾았다.

안나는 이 오두막에서 더는 버틸 수가 없었다. 며칠 뒤, 아이를 포대기로 싸고, 빵과 치즈를 좀 챙겨서 그 집에서 나왔다.

안나는 존트호펜으로 갈 작정이었으나, 멀리 가지 못했다. 그녀의 다리는 아직 약했으며, 길은 눈이 녹아서 질퍽거렸고, 마을 주민들은 전쟁을 겪으면서 서로 매우 불신하며 인색해졌다.

달아나기 시작한 지 사흘째 되는 날, 안나는 길의 구덩이에 빠져 발을 삐었다. 아이를 걱정하면서 몇 시간을 보낸 뒤 그녀는 어느 농가로 옮겨졌고 그 집 마구간에 누워 있어야 했다.

아이는 소들의 다리 사이로 이리저리 기어다녔는데, 안나가 불안해서 소리를 지르면 그냥 씩 웃었다. 결국 그녀는 이 농가의 사람들에게 남편의 성과 이름을 알려 주었고, 오테러가 와서 그녀를 다시 메링으로 데리고 갔다.

이때부터 안나는 더 이상 도망가려고 하지 않고 자신의 운명

을 그대로 받아들였다. 그녀는 열심히 일을 했다. 그러나 손바닥
만 한 땅뙈기에서 얻는 것으로 근근이 살림을 살기란 어려웠다.

그렇지만 남편은 그녀에게 다정했고, 아이는 배부르게 먹었
다. 오빠도 때때로 이런저런 선물을 들고 찾아와 주었다. 한번은
아이의 저고리를 붉게 염색할 수 있었다. 이것이 염색공의 자식
에게 잘 어울린다고 그녀는 생각했다.

시간이 지나면서 안나는 이런 삶에 만족하였으며, 아이를
기르면서 많은 기쁨을 얻었다. 그렇게 수년이 휙 지나갔다.

그러던 어느 날 안나가 당밀을 사러 마을로 갔다가 돌아와
보니 오두막에 있던 아이가 없어졌다. 옷을 잘 차려입은 한 여인
이 마차를 타고 오더니 아이를 데려갔다고 남편이 안나에게 알
려 주었다. 그녀는 깜짝 놀라 휘청거리다가 벽에 기대었다. 바로
그날 밤, 그녀는 먹을 것을 좀 싸서 아우크스부르크를 향해 길
을 나섰다.

제국도시에서 안나가 맨 먼저 찾아간 곳은 제혁 공장이었다.
그녀는 공장 안으로 들어가지 못했고, 아이를 볼 수도 없었다.

언니와 형부는 안나를 위로하려고 했으나 허사였다. 안나
는 관청으로 가서 자기 아이를 누가 훔쳐 갔다고 정신없이 외쳤
다. 그녀는 신교도가 자기 아이를 훔쳐 갔을 거라고 했다. 그리
고 이어서 그녀는 시대가 달라져 가톨릭과 개신교 사이에 평화
협정*이 맺어진 것을 알았다.

---

* 1648년에 체결된 베스트팔렌조약. 이 조약으로 30년 종교전쟁은 끝난다.

특별한 행운이 찾아와 안나를 도와주지 않았더라면 안나는 아무것도 할 수 없었을 것이다. 안나가 낸, 아이 찾는 소송사건은 어느 재판관 앞으로 배당되었는데, 그 판사는 아주 특별한 사람이었다.

판사 이그나츠 돌링거는 거칠고 박학다식하기로 온 슈바벤에서 유명하였고, 바이에른의 선제후*로부터는—이 선제후와 다투었던 제국자유도시의 송사를 그가 잘 해결하였으므로—'라틴어를 할 줄 아는 촌놈'이라는 별명을 얻었으나, 평범한 민중으로부터는 담시(譚詩)풍의 긴 속요(俗謠)에서 찬양되는 사람이었다.

안나는 언니와 형부를 데리고 판사 앞으로 갔다. 키는 작지만 몹시 통통하게 살찐 이 늙은 판사는 좁은 방에서 양피지 더미의 서류 사이에 앉은 채 아주 잠깐 안나의 말을 들었다. 그런 다음 종이에 뭔가 기록하고 이렇게 외쳤다. "빨리 저리 가거라!" 그러면서 작은 손으로 작은 창문을 통해 빛이 비치는 한 곳을 가리켰다. 그는 몇 분 동안 안나의 얼굴을 빤히 쳐다보았으며, 깊은 한숨을 한 번 쉬고 그녀에게 돌아가라고 손짓했다.

다음 날 판사는 정리(廷吏)를 시켜 안나를 데려오게 했다. 안나가 법정의 문으로 들어서자 판사는 이렇게 소리쳤다.

"너는 막대한 재산이 딸려 있는 제혁 공장에 관한 문제라는 말을 왜 한마디도 하지 않았지?" 안나는 자기에게는 아이가 문

---

* 막시밀리안 1세. 재위는 1597~1651년.

제라고 완강하게 말했다.

"네가 그 제혁 공장을 얻을 수 있을 것이라고는 생각하지 마." 하고 판사는 소리쳤다. "그 사생아가 정말 너의 아이라면 그 재산은 찡리의 친척에게 돌아간다."

안나는 그를 쳐다보지도 않고 고개를 끄덕였다. 그런 다음 그녀는 말했다.

"아이는 제혁 공장이 필요 없습니다."

"그 아이가 네 아이야?" 하고 판사는 큰 소리로 말했다.

"예." 안나는 나지막하게 답했다. "이 아이가 말을 잘할 수 있을 때까지만이라도 허락된다면요. 아이는 이제 겨우 일곱 마디 할 줄 압니다."

판사는 기침을 하고 나서 서류를 책상 위에 정돈하였다. 그런 다음 그는 조용히, 그러나 더 화가 난 어조로 말을 했다.

"너는 이 아이를 원하지. 저기 있는 저 비단 옷을 겹겹이 입은 여인도 아이를 원한다. 그런데 아이는 진짜 엄마가 필요해."

"그렇습니다." 하고 말하고, 안나는 판사를 쳐다보았다.

"물러가거라. 토요일에 재판을 열겠다." 하고 판사는 말했다.

토요일에 큰길과 페를라흐 탑* 남쪽에 있는 시청 앞 광장은 신교도 아이의 문제를 다루는 재판을 방청하려는 사람들로 가득 찼다. 이 별난 사건은 처음부터 큰 주목을 받았다. 가정집에서건 술집에서건 누가 진짜 어머니이고 가짜 어머니인가에 대

1060년경에 지어진 이 탑은 아우크스부르크 시청 북쪽에 있다.

---

*   1060년경에 지어진 이 탑은 아우크스부르크 시청 북쪽에 있다.

한 논쟁이 벌어졌다. 게다가 늙은 돌링거 판사는 민간의 재판에서 날카로운 말과 현명한 판결을 함으로써 도처에서 유명한 사람이었다. 이 판사가 진행하는 공판은 음유(吟遊) 가수의 노래나 교회의 축성 행사보다 더 인기가 있었다.

그리하여 시청 앞에는 아우크스부르크 시민들뿐만 아니라 주위에 사는 농부들도 많이 와 있었다. 금요일은 장날이었으며, 그들은 재판을 기대하면서 시내에서 하루를 묵었다.

돌링거 판사가 재판을 진행할 홀은 소위 황금 홀이었다. 그 홀은 크기에 있어서 독일 전체에서 유일한 것으로서 기둥이 하나도 없으며, 천장은 쇠줄로 용마루에 매달려 있었다.

작지만 통통하게 살이 찐 돌링거 판사는 벽과 이어진 닫힌 문 앞에 앉아 있었다. 보통의 밧줄로 방청객과 분리되어 있었다. 평평한 바닥에 앉은 판사 앞에는 책상도 없었다. 이런 배치는 몇 년 전에 그가 지시한 것이었다. 그는 이런 외관을 매우 중요하게 여겼다.

밧줄이 쳐진 홀의 안쪽에는 찡리 부인이 숙부와 함께 와 있었고, 죽은 찡리의 스위스 친척들, 옷을 잘 차려입은 신사들, 겉으로 보기엔 돈을 잘 버는 상인들, 그리고 안나 오테러와 그녀의 언니도 와 있었다. 찡리 부인 옆에는 아이를 데리고 있는 보모도 보였다.

소송당사자들, 증인들 모두 자리에서 일어섰다. 돌링거 판사는 소송당사자들이 서 있으면 재판이 더 짧게 끝난다는 말을 늘 하곤 했다. 아마도 그들을 세워 둠으로써 판사는 자신의 모습을 가리게 하여 방청객으로 하여금 까치발로 서거나 목을 길게 뽑아야 자신을 볼 수 있게 한 것 같았다.

재판을 시작하자 돌발 사건이 발생했다. 아이를 본 안나가 소리를 지르며 앞으로 걸어 나갔고, 보모의 팔에 안겨 있던 아이가 안나에게 가려고 심하게 발버둥을 치며 엉엉 울기 시작했던 것이다. 판사는 아이를 홀 밖으로 데리고 나가라고 했다.

그다음 판사는 찡리 부인을 불렀다. 그녀는 치맛자락을 스치며 앞으로 나와, 때때로 손수건으로 눈물을 닦으면서 말을 했다. 약탈 행위가 있던 날, 황제의 군인들이 아이를 데려갔으며, 그날 밤 하녀가 자신의 숙부 집으로 오더니, 용돈을 좀 얻을 것이라 기대하며, 아이가 집 안에 있다고 보고했었다고 했다. 그래서 숙부의 여자 요리사를 제혁 공장으로 보내었으나 아이를 찾지 못하였다고도 했다. 그리고 저 여자(그녀는 안나를 가리켰다)가 돈을 좀 우려내려고 아이를 데려갔을 거라고 했다. 아이를 저년에게서 빼앗아 오지 않았더라면 저년은 아마 조만간에 그런 요구를 하면서 나타났을 거라고도 했다.

돌링거 판사는 찡리의 친척 둘을 불러내 당시에 찡리의 안부를 물어보았는지, 그리고 찡리 부인에게서 무슨 이야기를 들었는지 꼬치꼬치 캐물었다.

두 친척은 이렇게 진술했다. 찡리 부인은 남편이 살해되었다고 알려 주었고, 아이를 하녀에게 맡겨 두었으며, 그 아이는 하녀의 보호를 받으며 잘 있다고 했다고. 그들은 찡리 부인에 대하여 아주 불리하게 말을 했다. 이 재판에서 찡리 부인이 지게

025

브레히트

되면 그 집 재산이 자기들에게 넘어오기 때문에, 그들이 그런 말을 하는 것도 놀랄 일은 아니었다.

이들의 진술이 끝난 뒤 판사는 다시 찡리 부인을 향해 몸을 돌려, 습격을 받았을 당시 그냥 넋을 잃고 아이를 위험 속에 내버려 두지 않았느냐고 캐물었다.

찡리 부인은 놀란 듯이 흐릿하고 푸른 눈으로 판사를 쳐다보며 모욕감을 느꼈고, 자신은 아이를 위험 속에 내버려 두지 않았다고 말했다.

돌링거 판사는 헛기침을 하고 나서 그녀에게, 어느 어머니도 자기 아이를 위험에 내버려 두지 않는다고 생각하느냐고 흥미롭게 물었다.

예, 그렇게 생각합니다, 라고 그녀는 확실히 말했다.

판사는 계속해서, 그런데 어느 어머니가 그런 행위를 하면 그녀가 몇 겹의 치마를 입었더라도 엉덩이를 맞아야 한다고 생각하느냐고 물었다.

찡리 부인은 대답을 하지 않았다. 판사는 예전 하녀 안나를 불러내었다. 안나는 재빨리 앞으로 나오더니 나지막한 목소리로 예비심문에서 했던 말을 반복했다. 그녀는 말을 하면서도 연신 귀를 기울이는 것처럼 큰 문 쪽을 힐끗힐끗 쳐다보곤 했다. 사람들이 문 뒤로 아이를 데려갔는데, 아이가 더 크게 울지는 않을까 걱정하는 모양이었다.

안나는 그날 밤 찡리 부인의 숙부 집에 찾아가긴 했으나 황제의 군인들이 무서워 제혁 공장으로는 돌아가지 않았는데, 그것은 이웃 마을 레히하우젠의 착한 사람 집에 맡겨 둔 자신의 사생아에 대한 걱정 때문이었다고 진술하였다.

늙은 돌링거 판사는 안나의 말을 거칠게 가로막고, 그럼 적어도 시내에는 그런 위험을 감지한 사람이 한 명 있었네, 라고 날카롭게 말했다. 그는 그 사실을 확인하여 매우 기뻤다. 왜냐하면 그 당시 제법 이성을 가진 사람이 적어도 한 명은 있었음이 증명되었기 때문이다. 물론 자기 아이만 걱정했다는 증인의 말은 좋지 않았다. 한편 항간에는 '피는 물보다 진하다'는 말이 있는데, 진짜 어머니는 아이를 위해, 비록 법으로 엄하게 금지되어 있지만, 도둑질하러 간다고 한다. 왜냐하면 소유는 소유이기 때문이다. 그리고 도둑질한 사람은 거짓말도 하며, 그 거짓말은 역시 법으로 금지되어 있다고 했다. 그런 다음 판사는 법원을 속이려는 사람의 교활함에 대하여 그의 낯짝이 새파랗게 될 때까지 심한 꾸지람을 내렸다. 그리고 핵심적 사건에서 좀 벗어난 사건, 즉 죄 없는 젖소의 우유에 맹물을 섞은 농부들에 대하여 말하였다. 이어서 농부들에게서 비싼 시장세(市場稅)를 걷어 간, 재판과 아무 관련이 없는 높은 시청 공무원을 언급하고 난 후에, 증인들의 진술을 끝내겠고, 아무것도 얻어 낸 게 없다고 선언했다.

그런 다음 판사는 휴식 시간을 길게 가지고, 난처한 표정을 내보이면서 어떻게 결론을 내면 좋을지 어느 쪽의 누가 제안을 하는지 기다리는 것처럼 이리저리 둘러보았다.

사람들은 당황하여 서로 쳐다보았으며, 몇몇은 난처한 판사를 보기 위해 목을 길게 뻗었다. 그러나 홀 안은 조용하였고, 길에서 여러 사람의 웅성거림이 들려왔다.

판사는 다시 탄식을 하면서 말을 이어 갔다.

"누가 진짜 어머니인지는 아직 밝혀지지 않았습니다." 그는 말했다. "아이가 참 불쌍합니다. 사람들은 아이 아빠가 해야 할 일을 하지 않고, 아빠가 되기를 원치 않는다는 말을 하는데, 참 나쁜 놈들이죠. 그러나 여기에 두 어머니가 동시에 신고를 했습니다. 이 법원은 그들 각자에게 주어진 5분 동안의 진술을 다 들었습니다. 그리고 본 법원은 이 두 여인이 그럴싸하게 거짓말을 하고 있다는 확신을 갖게 되었습니다. 그렇지만 이제는, 이미 말했듯이, 어머니를 필요로 하는 아이의 입장을 생각해야만 합니다. 따라서 진부한 말들은 이제 하지 말고 누가 진짜 아이의 어머니인지 결정해야만 합니다."

그리고 분노한 목소리로 정리를 불러 분필 하나를 가지고 오라고 했다.

정리가 분필을 하나 가져왔다.

"그 분필로 저기 바닥에 세 사람이 들어설 수 있을 만한 동그라미를 하나 그리게." 판사는 정리에게 지시했다.

정리는 무릎을 굽히고 분필로 동그라미를 그렸다.

"자, 아이를 데려오게." 판사가 명령했다.

아이가 들어왔다. 아이는 다시 울부짖으며 안나에게 가려고 했다. 늙은 돌링거는 아이의 울음에는 신경을 쓰지 않고 좀 더 큰 소리로 연설을 했다.

"지금 하는 이 시험은 내가 옛날 책*에서 발견한 것인데 상당히 좋은 것이라 할 수 있습니다." 판사는 큰 소리로 말했다. "분필로 그린 동그라미로 하는 이 시험의 근본 사상은 아이에 대한 진짜 어머니의 사랑이 인정되는 것입니다. 따라서 사랑의 강도가 시험됩니다. 정리, 분필로 그린 동그라미 안에 아이를 세우게."

정리가 보모의 손에서 울고 있는 아이를 넘겨받아 동그라미 안으로 데려갔다. 판사는 찡리 부인과 안나를 향해 말을 이었다.

"두 사람도 동그라미 안에 들어가 각자 아이의 손을 하나씩 붙잡으세요. 내가 '시작'이라고 하면, 아이를 동그라미 밖으로 끌어내요. 둘 중에서 사랑의 힘이 더 센 사람은 더 강한 힘으로 당길 것이고 아이를 자기 쪽으로 데려갈 것입니다."

홀 안에 동요가 일었다. 방청객은 까치발로 서서 앞에 선 사람들과 다투었다. 그러나 두 여인이 동그라미 안으로 들어서고 각각 아이의 손을 붙잡자 홀 안은 다시 쥐 죽은 듯이 조용해졌다. 아이도 무엇이 문제인지를 예감한 듯 울음을 뚝 그쳤다. 아이는 눈물로 범벅이 된 얼굴을 안나 쪽으로 들고 있었다. 그러자 판사가 '시작' 하고 명령을 내렸다.

찡리 부인은 아이를 단박에 세게 당겨 동그라미 밖으로 끌어냈다. 안나는 당황하여 믿을 수 없다는 듯이 아이를 쳐다보았다. 아이의 두 팔이 동시에 양방향으로 당겨지면 아이가 다칠까

---

* 「열왕기상」 3:16-28.

봐 두려워서 안나는 아이의 팔을 놓아 버렸던 것이다.

늙은 돌링거는 일어나서 큰 소리로 말했다.

"이것으로써 우리는 누가 진짜 어머니인지 알았습니다. 저 못된 계집에게서 아이를 빼앗아요. 마음이 얼음같이 찬 저 여자가 아이를 찢어 버릴 뻔했어요."

판사는 안나에게 고개를 끄덕하고는 아침 식사를 하기 위해 빠른 걸음으로 홀에서 나갔다.

다음 몇 주일 동안 주변의 지각 있는 농부들은 아이가 메링에서 온 여자의 아이라고 판결할 때 그 판사가 안나에게 눈을 찡긋했었다는 이야기를 하고 다녔다.

품위 없는 할머니
Die unwürdige Greisin

♦

 내 할아버지께서 돌아가셨을 때 할머니는 일흔두 살이었다. 할아버지는 돌아가실 때까지 바덴 주의 작은 도시에서 석판 인쇄소를 가지고 두서너 명의 조수를 데리고 일을 하셨다. 할머니는 하녀도 없이 가사를 돌보셨고, 오래되어 흔들흔들하는 집을 보살피고, 남자들과 자식들을 위해 요리를 하셨다.

 도마뱀처럼 생기 있는 눈을 가진 할머니는 키가 작고 여윈 여자였으며, 말수가 적었다. 넉넉지 않은 수입으로 다섯 자식 (일곱을 낳기는 하였으나)을 키우셨다. 그러면서 세월이 지나고 할머니는 몸집이 더욱 작아지셨다.

 자식들 가운데 딸 둘은 미국으로 갔고, 아들 둘 역시 멀리 떠나갔다. 건강이 별로 좋지 않던 막내아들만이 같은 시내에 살았다. 그는 인쇄 기술자가 되었고, 대가족을 두었다.

 그리하여 할아버지가 돌아가셨을 때 할머니는 혼자 집에 남아 계셨다.

자식들은 어머니를 어떻게 하면 좋을지에 대해 편지를 주고받았다. 그중 한 아들이 할머니에게 거처를 제공할 수 있었고, 인쇄 기술자는 자신의 가족들과 함께 할머니의 집으로 들어가고 싶어 했다. 그러나 할머니는 그런 제안을 거절하고 그저 형편이 되는 자식들로부터 금전적으로 약간의 도움을 받겠다고 하셨다. 석판 인쇄소는 이미 낡아서 팔아도 거의 돈이 되지 않았고, 또 빚도 있었다.

자식들은 할머니에게 쓴 편지에서, 할머니가 혼자서 살 수는 없다고 했다. 그러나 할머니께서 동의를 하지 않았기 때문에 자녀들이 양보하여 매달 얼마의 돈을 할머니한테 보냈다. 그들은 인쇄소 삼촌이 같은 시에 살고 있으니까, 라고 생각했다.

인쇄소 삼촌도 어머니에 대하여 형제자매들에게 소식 전해 주는 일을 받아들였다. 삼촌이 아버지에게 보낸 편지들과 나의 아버지가 할머니의 장례를 치른 2년 후 방문하였을 때에 알게 된 일들에서 나는 그 2년 동안 무슨 일이 일어났는지를 상상할 수 있다.

인쇄소 삼촌은 할머니가 상당히 넓고 당시 비어 있는 집에 자신을 받아 주지 않는 것에 처음부터 실망한 것 같았다. 그는 네 명의 아이를 데리고 방이 세 개인 집에 살았다. 그러나 할머니는 대체로 그 삼촌과 느슨한 관계를 유지하셨다. 할머니는 매주 토요일 오후에 손자들에게 커피를 마시러 오라고 했으며, 그게 전부였다.

할머니는 그 아들을 석 달에 한두 번 정도 방문하여 딸기 잼 만드는 며느리를 도와주셨다. 젊은 며느리는 인쇄소의 작은 집이 너무 좁다고 한 할머니의 말씀을 인용하였다. 삼촌도 그에 대한 소식을 전하면서 감탄부호(!)를 찍지 않을 수 없었다.

늙은 어머니가 지금 뭐 하느냐고 묻는 아버지의 물음에 대해 삼촌은, 늙은이는 영화관에 간다고 짤막하게 답을 했다.

우리는 어쨌든 그 행동이 자식들 눈엔 평범한 일이 아니라고 이해해야 한다. 30년 전*의 영화관은 오늘날의 영화관이 아니다. 그 당시 영화관은 낡은 볼링장에 설치되어 환기가 잘 안 되고 지저분하며, 입구엔 요란한 현수막을 내걸고 살인이나 애정 비극을 보여 주었다. 그런 영화관에는 대개 젊은 청소년들이나 어두워서 연애를 하려는 남녀들만 갔다. 늙은 여자가 혼자서 거기에 가는 것은 분명 눈에 띄는 일이었다.

영화관에 가는 것을 다른 측면으로 생각할 수도 있다. 입장료는 매우 저렴했으나 만족도는 사탕 하나 먹는 것보다 낮았으므로, 그것은 '돈을 버리는' 행위를 의미했다. 그리고 돈을 버리는 행위는 존경할 만한 일이 아니었다.

게다가 내 할머니는 거기 사는 자신의 아들과 정기적인 교류를 하지 않았을 뿐 아니라 지인을 방문하거나 초대하지도 않았다. 할머니는 커피 모임에 한 번도 가지 않았다. 대신 초라하고 소문이 별로 좋지 않은 길거리 구두 수선공의 작업실에 자주

---

* 작가가 이 글을 쓴 것이 1939년이니까, 그로부터 30년 전은 1910년경이다.

가셨는데, 특히 오후가 되면 거기엔 별로 주목받지 못하는 사람들, 일이 없는 여종업원들, 젊은 수공업 도제(徒弟)들이 와서 앉아 있었다. 구두 수선공은 중년의 남자로, 온 세계를 다 돌아다녔으며, 이렇다 할 성공을 거두지 못한 사람이었다. 그는 술을 마신다, 하는 말도 있었다. 어쨌든 그는 내 할머니와 교제할 만한 상대가 아니었다.

인쇄소 삼촌은 한 편지에서, 어머니에게 그에 대해 언급을 했지만 어머니가 "그는 본 게 있다."라는 매우 쌀쌀한 대답을 했다고 썼다. 그리고 그것으로 대화는 끝났다. 말을 하고 싶어 하지 않는 일에 대해 할머니와 대화를 하는 것은 쉽지 않았다.

할아버지가 돌아가시고 약 반년이 지난 뒤 인쇄소 삼촌은 아버지에게, 할머니가 이제 이틀에 한 번 레스토랑에서 식사를 하신다고 썼다.

이런 소식도 있나!

할머니는 평생 열 명이 넘는 사람들을 위해 음식을 차렸고, 늘 남은 음식을 드셨는데 지금 레스토랑에서 식사를 하신다니! 할머니가 어떻게 된 게 아닐까?

그로부터 얼마 지나지 않아 아버지는 그 근처로 출장을 갔으며, 자신의 어머니를 방문했다.

아버지는 막 외출하려는 할머니를 만났다. 할머니는 모자를 다시 벗어 두고 아버지에게 붉은 포도주 한 잔과 비스킷을 내놓으셨다. 할머니는 아주 평온한 기분이었던 것 같았다. 특별히 유쾌하지도 않고 또 특별히 말수가 적은 것도 아니었다. 할머니는 그리 자세히는 아니었지만 우리의 안부를 물으시고, 손자들을 위한 앵두가 있는지까지 물었다. 할머니는 여전하셨다. 물론 방은 아주 깨끗하고, 할머니도 건강해 보였다. 할머니의 새 삶을 암시하는 유일한 행동은 아버지와 함께 남편의 무덤에 가지 않겠다고 한 것이다. "너 혼자 갈 수 있겠지." 하면서 말을 덧붙였다. "무덤은 열한 번째 열의 왼쪽에서 세 번째이다. 나는 꼭 가야 할 데가 있어."

훗날 인쇄소 삼촌은 할머니가 틀림없이 구두 수선공에게 가셨을 거라고 했다. 그리고 푸념을 늘어놓았다.

"나는 가족을 데리고 이런 좁은 집에서 다섯 시간을 일해요. 수입도 별로 없고 더욱이 천식이 재발하여 고생하는데, 큰길가에 있는 그 집은 텅텅 비어 있어요."

내 아버지는 여관에 방을 하나 빌렸는데, 적어도 체면상으로라도 자기 어머니로부터 집으로 오라는 초대를 받게 되길 기대했다. 그러나 할머니는 그런 말을 하지 않았다. 심지어 그 집이 사람들로 꽉 차 있었을 때도 할머니는 늘, 그들 곁에 있지 않고 여관에 가서 돈을 쓴다고 싫은 내색을 했었다!

그런 할머니가 가정생활에 등을 돌리고, 자신의 생명이 기울어 가고 있는 지금 새로운 길을 가는 것 같았다. 유머 감각이 많은 아버지는 할머니를 '매우 명랑하시다'고 생각하고 삼촌에게, 노인네가 하고 싶어 하는 것을 하시도록 가만 놔두라고 했다.

할머니는 무엇을 하려 했을까?

그다음에 보고된 것은 이렇다. 보통 목요일에 할머니는 브레그 마차를 불러서 타고 소풍을 갔다. 그 마차는 바퀴가 크고 온 가족이 다 탈 수 있을 만큼 큼직한 것으로, 간혹 손자인 우리가 찾아뵈러 가면 할아버지께서 이 마차를 빌렸었다. 할머니는 우리와 함께 소풍 가는 것을 손을 흔들면서 거절하셨다.

브레그 마차 여행이 있은 후에, 기차를 타고 2시간 거리에 있는 비교적 큰 도시 K*로 여행을 가셨다. 거기에서는 경마(競馬)가 열렸고, 할머니는 경마 구경을 가셨다.

인쇄소 삼촌은 이제 아주 놀랐다. 그는 의사를 부르겠다고 했다. 아버지는 편지를 읽으면서 머리를 흔들고, 의사를 불러들이는 것에 반대했다.

할머니께서는 K시에 혼자 가신 게 아니었다. 정신박약의 젊은 처녀를 데리고 가셨다. 당신이 이틀에 한 번씩 식사를 하는 레스토랑에서 부엌일을 돕는 처녀라고 삼촌은 편지에 적었다.

이 '장애인'은 이제부터 하나의 역할을 했다.

할머니는 그녀에게 푹 빠진 것 같았다. 그녀를 데리고 영화관에 가고, 게다가 사회민주주의자로 밝혀진 그 구두 수선공에게 갔다. 소문에는 두 여인이 붉은 포도주 한 잔을 놓아 두고 카드놀이를 한다는 것이다.

"그 후 할머니는 그 장애인에게 장미꽃이 수놓인 모자를 하나 사 주었어요."라고 인쇄소 삼촌은 회의적으로 썼다. "우리집 안나는 성찬식에 입고 갈 옷도 없어요!"

---

* 칼스루에(Karlsruhe)를 지칭한다.

삼촌의 편지들은 아주 신경질적이었다. '우리 사랑하는 엄마의 품위 없는 행동들'에 대해서만 다루었고 그 밖에 다른 것은 없었다. 나는 그 밖의 것에 대해선 아버지에게 들었다.

여관 주인이 눈을 깜빡이면서 아버지에게 속삭였다. "들리는 바에 의하면, B 부인께서는 지금 (인생을) 즐기고 계십니다."

사실 내 할머니는 이 마지막 2년을 낭비하면서 살지 않았다. 레스토랑에서 식사를 하지 않을 때는 대개 계란 요리, 커피 조금 그리고 무엇보다 좋아하던 비스킷을 잡수셨다.

그 대신 할머니는 값싼 붉은 포도주를 사 놓고, 식사 때마다 작은 잔으로 한 잔 마셨다. 할머니는 사용하던 침실과 부엌뿐만 아니라 집을 깨끗이 해 두었다. 그러나 자식들 몰래 그 집을 저당 잡혔다. 그 돈으로 무엇을 했는지는 밝혀지지 않았다. 아마 그 구두 수선공에게 준 것 같았다. 그는 할머니가 돌아가신 후 다른 도시로 이사했고, 거기서 비교적 큰 맞춤 구둣방을 열었다고 한다.

잘 생각해 보면, 할머니는 차례로 두 종류의 삶을 사셨다. 하나는 첫 삶으로, 딸로 아내로 그리고 어머니로서의 삶이고, 두 번째는 오로지 B 부인으로서, 혼자서 아무런 의무도 없고 검소하면서도 금전적으로 여유 있는 삶이었다. 첫 번째 삶은 60년간 계속되었고, 두 번째 삶은 2년이 넘지 않았다.

내 아버지는 할머니께서 마지막 반년 동안에 보통 사람들은 도무지 알지 못하는 자유를 누리셨음을 알게 되었다.

할머니는 여름에 새벽 3시에 일어나 온전히 당신만의 것이

된 작은 도시의 텅 빈 거리를 산책하셨다. 할머니는, 사람들의 말에 의하면, 늙은 부인의 외로움을 달래주러 동무가 되려고 찾아온 신부(神父)를 영화관으로 초대했다고 한다.

할머니는 결코 외롭지 않았다. 구두 수선공의 작업실에서 상당히 재미있는 사람들과 교제를 했다는 말을 여러 사람들로부터 들었다. 그녀는 그곳에다 늘 자신의 붉은 포도주를 갖다 두고, 다른 사람들이 이야기를 하고 시의 품위 있는 권위자들을 비난하는 동안에 자신의 작은 술잔으로 술을 마셨다. 이 붉은 포도주는 할머니를 위해 예약되어 있었다. 그런데 할머니는 때때로 모인 벗들에게 더 센 술을 가져다주었다.

할머니는 아주 갑작스럽게, 어느 가을날 오후에 침실에서, 침상이 아닌 창문가의 나무 의자에서 돌아가셨다. 그녀는 저녁에 영화관에 가려고 그 장애인을 초대했었고, 그리하여 그 처녀가 곁에서 할머니의 임종을 지켰다. 할머니는 일흔네 살이었다.

나는 임종의 자리에 있는 할머니의 모습을 담은 사진을 보았는데, 그것은 자녀들을 위해서 찍은 것이었다. 주름살이 많고, 가느다란 입술, 입은 넓죽한 작은 얼굴을 볼 수 있다. 매우 작지만 결코 좀스럽지 않은 모습. 할머니는 오랜 세월 속박의 삶을 그리고 짧은 자유의 삶을 사셨고 인생이라는 빵의 마지막 부스러기까지 다 잡수셨다.

라 시오타의 병사

Der Soldat von La Ciotat

♦

제1차 세계대전이 끝난 후 프랑스 남부의 항구도시 라 시오타에서 배의 진수식이 열렸다. 이 공개된 장터에서 우리는 어느 프랑스 병사의 청동 입상을 보았는데, 그 주위로 많은 사람이 몰려 있었다.

우리는 가까이 다가가 보고 그것이 살아 있는 사람이라는 것을 알았다. 그는 흙갈색 외투를 입고, 철모를 머리에 쓰고, 손에는 총검을 들고, 뜨거운 6월의 햇볕을 받으며 돌 받침대 위에 서 있었다. 그의 얼굴과 손은 청동색으로 색칠이 되어 있었다. 그는 근육을 움직이지 않았고, 눈썹도 까딱하지 않았다.

받침대 위에 놓인 그의 발치에는 한 장의 마분지가 비스듬히 놓여 있었는데, 거기에서 우리는 다음의 글을 읽을 수 있었다.

인간 입상(Homme Statue)

제O 연대 병사인 저, 샤를 루이 프랑샤르는 베르됭*전투의 참호 속에서 생매장된 후유증으로 비상한 능력을 얻었습니다. 마음먹은 시간 동안 '동상'처럼 움직이지 않고 버틸 수 있습니다. 이런 저의 기술은 수많은 교수로부터 검사를 받고, 설명할 수 없는 질병이라고 인증되었습니다. 직장이 없는 한 가장에게 제발 한 푼 적선해 주십시오!

우리는 이 쪽지 옆에 있는 접시에 동전 한 닢을 던져 주고 고개를 갸우뚱거리면서 계속 걸어갔다.

그렇나, 저 병사는 머리부터 발끝까지 완전히 중무장을 하고, 수천 년 동안 변하지 않고 여기에 서 있다, 라고 우리는 생각했다. 저 병사와 함께 역사가 만들어졌다. 그는 알렉산드로스대왕, 시저, 나폴레옹 등 우리가 교과서에서 읽었던 모든 위업을 가능케 했던 병사이다. 그는 그런 병사이다. 그는 눈썹도 까딱하지 않는다. 그는 키루스대왕의 궁수이고, 사막의 모래가 끝내 묻

---

* 프랑스 북동부의 마을, 베르됭전투의 무대. 제1차 세계대전 중인 1916년 2월에서 12월에 걸쳐 이곳에서 독일군과 프랑스군이 싸웠으며, 양군 합계 약 70만의 사상자가 발생했다.

지 못했던 캄비세스 2세의 낫이 달린 전차 조종수이고, 시저 군단의 병사이고, 징기스칸의 창기병이고, 루이 14세의 스위스 용병이며 나폴레옹 1세의 척탄병이다. 그는 모든 상상할 수 있는 파괴력 있는 무기들이 자신에게 시험되었을 때, 자신의 감정을 조금도 드러내지 않는 그런 비상한 능력을 지니고 있지는 않다. 예컨대, 그를 죽음으로 몰아가도 무감각하게(그는 말한다) 바위처럼 굳게 버티는 사람, 석기, 청동기, 철기시대 등 여러 시대에 걸친 창에 찔려 온몸이 구멍투성이가 되고, 아르타크세르크세스와 루덴도르프 장군의 전차에 부딪히고, 한니발 장군의 코끼리와 아틸라군 기병대의 발에 짓밟히고, 수백 년 동안 점점 성능이 좋아지는 대포의 날아오는 포탄에 맞아 분쇄되고, 또 날아오는 투석기의 돌멩이를 맞아서 깨지고, 큰 것은 비둘기 알만하고 작은 것은 벌만 한 총알을 맞아 구멍이 숭숭 난 채 서 있는 그, 파멸하지 않고 늘 새로이 여러 가지 언어로 전투 명령을 받으면서도, 왜 싸우는지 무엇을 위해 싸우는지 모르고 버티고 있다. 그가 정복한 땅은, 미장이가 자신이 지은 집에 살지 않듯이, 자신이 소유하지도 못했다. 자신이 지켰던 땅도 그의 소유가 아니었다. 그의 무기나 군복조차 그의 소유가 아니다. 그런데도 그는 서 있다. 머리 위로는 비행기에서 뿌리는 죽음의 비, 성탑 위에서 던지는 불붙은 역청을 맞으며, 아래로 발밑엔 지뢰와 함정이 있고, 주위엔 페스트균과 독가스, 투창과 활을 위한 통통한 화살통, 공격 목표, 장갑차가 지나간 질퍽한 진창, 화염방사기가 있고, 앞에는 적군이, 뒤엔 장군이 있다!

갑옷 속에 입는 조끼를 짜 준, 철판을 두드려 갑옷을 만들어 준 그리고 가죽을 잘라 긴 군화를 만들어 준 그 수많은 손들! 자신에 의해 채워진 수많은 돈지갑들! 세계의 온갖 언어로 외쳐 대는 헤아릴 수 없는 고함 소리, 그것이 그를 격려했다! 그를 축복하지 않은 신은 없다! 인내라는 끔찍한 나병에 걸린 그, 무감각이라는 치유할 수 없는 병에 걸려 빈껍데기만 남은 그!

어떻게 그가 참호에서 생매장을 당해 이런 무서운, 터무니없는, 맹렬한 전염성이 있는 질병에 걸리게 된 것일까? 하고 우리는 생각하였다.

그럼 과연 이 병은 도무지 치료가 불가능할까? 하고 우리는 스스로에게 물어보았다.

상어가 사람이라면
Wenn die Haifische Menschen wären

♦

"만약 상어가 사람이라면 상어가 작은 물고기들에게 더 잘해 줄까요?" 여관집 여주인의 어린 딸이 K 씨에게 물었다. "물론이지."라고 그는 대답했다. "상어가 사람이라면, 바닷속에 작은물고기들을 위해 큰 통을 만들게 할 거야. 거기엔 해조류와 플랑크톤 등 여러 종류의 먹이가 들어 있겠지. 상어들은 그 통의물을 항상 신선하게 유지할 것이고 갖가지 위생 조치를 취하겠지. 예를 들면, 어느 작은 물고기의 지느러미에 상처가 나면, (상어들의 기대와는 달리) 너무 일찍 죽지 않도록 즉시 붕대로 싸매 주겠지. 작은 물고기들이 우울해지지 않도록 가끔 커다란 수중 축제가 열릴 거야. 왜냐하면 우울한 물고기보다 유쾌한 물고기의 맛이 더 좋기 때문이지. 그 큰 통 속에는 물론 학교도 있겠지. 이 학교에서 작은 물고기들은 상어의 아가리 속으로 헤엄쳐들어가는 법을 배울 거야. 어딘가에서 게으름 피우며 누워 있는 상어를 찾기 위해서는 예컨대 지리학이 필요하겠지. 물론 중요한 것은 작은 물고기들의 도덕 교육일 거야. 기꺼이 자신을 희생하는 것이 가장 위대하고 아름다운 일이라는 것과, 무엇보다도 상어들이 아름다운 미래를 위해 애쓰고 있다고 말할 때 작은 물고기들은 상어들의 말을 믿어야만 한다는 것을 배우겠지. 작은 물고기들이 순종을 배워야 그런 미래가 보장된다고 그들에게 가르칠 거야. 무엇보다도 작은 물고기들은 저급하고 유물론적이고 이기적이고 마르크스주의적인 경향을 경계해야 하고 자기들 중에서 누구라도 그러한 경향을 드러내면 즉시 상어들에게 신고해야 한다고 배울 거야. 상어가 사람이라면, 당연히 다른 물고기 통과 다른 물고기들을 정복하기 위해 서로 전쟁을 하겠지. 그들은 자신의 작은 물고기들로 하여금 그 전쟁을 치르게 할 거야. 자신의 물고기들에게 그들과 다른 상어의 물고기들 사이엔 큰 차이가 있다고 가르칠 거야. 작은 물고기들은 알다시피 말이 없지만, 아주 다른 언어로 침묵을 지키기 때문에 서로 이해할 수 없다고 상어들은 공표할 거야. 전쟁에서 적의 물고기들을, 즉 다른 언어로 침묵하는 작은 물고기 몇 마리를 죽이는 물고기 모두에게 해조류로 만든 작은 훈장을 하나 달아 주고 영웅 칭호를 부여할 거야. 상어가 사람이라면, 그들에게도 물론 예술이 존재하겠지. 상어의 이빨이 화려한 색깔로 묘사되고, 상어의 아가리가 멋지게 뛰어놀 수 있는 순수한 공원으로 묘사되는 아름다운 그림들이 있겠지. 해저의 극장에서는 용맹한 물고기들이 열광적으로 상어 아가리 속으로 헤엄쳐 들어가는 것을 보여 줄 거야. 아름다운 음악이 울려 퍼지는 가운데 꿈을 꾸듯이, 그리고 지극히 행복한 생각에 잠겨서, 악대보다 앞에 서서, 상어 아가리 속으로 몰려 들어가겠지. 상어가 사람이라면 종교도 있을 거야. 그들은 작은 물고기들에게 상어의 배 속에서 처음으로 바르게 살기 시작한다고 가르칠 거야. 또한 상어가 사람이라면, 모든 물고기들이 지금처럼 서로 평등한 관계가 없어질 거야. 그들 가운데 일부는 직책을 맡게 될 것이고 다른 물고기들의 윗자리에 앉게 되겠지. 심지어 조금 더 큰 물고기들은 더 작은 놈들을 먹어 치울 수도 있을 거야. 그건 상어들에게는 그저 기분 좋은 일일 거야. 왜냐하면 다음에 더 큰 먹이를 더 자주 얻게 될 것이니까 말이야. 그리고 더 큰 직책을 가진 작은 물고기들은 작은 물고기들 사이에서 질서를 확립할 것이고 물고기 통에서 교사, 장교, 엔지니어 등등이 될 거야. 요컨대 상어가 사람이라면, 바닷속에는 비로소 문화가 생겨날 거야."

폭력에 맞서는 조치

Maßnahmen gegen die Gewalt

♦

생각하는 사람 코이너 씨가 큰 홀에서 수많은 청중을 앞에 두고 자신은 폭력에 반대한다고 큰 소리로 알렸다. 그때 그는 사람들이 슬금슬금 뒷걸음치더니 물러가는 것을 보았다. 그가 주위를 둘러보니 자기 뒤에 폭력이 서 있었다.

"너 뭐라고 말했니?" 폭력이 그에게 물었다.

"저는 폭력을 찬성한다고 말했어요." 코이너 씨는 대답했다.

코이너 씨가 그 홀에서 물러나자, 그의 제자들이 그 대쪽 같은 '줏대'는 어찌 되었느냐고 그에게 물었다.

코이너 씨는 대답했다. "나는 꺾일 줏대가 없네. 난 폭력보다 더 오래 살아남아야만 하네."

그리고 코이너 씨는 다음의 이야기를 해 주었다.

'아니오' 하는 말을 배운 에게 씨의 아파트에 불법이 판을 치던 시대의 어느 날 기관원 한 사람이 들어오더니 증명서 한 장을 내보였다. 그 증명서는 이 도시를 통치하는 사람들의 이름으로 발행된 것으로, 거기엔 그것을 소지한 자가 발을 들여놓는 아파트를 모두 소유할 수 있으며, 또 그가 요구하는 음식은 모두 소유할 수 있고, 마찬가지로 그가 만나는 사람이면 누구나 그를 잘 섬겨야 한다고 적혀 있었다.

그 기관원은 의자에 앉아서 먹을 것을 요구했고, 몸을 씻더니 침대에 누워 얼굴을 벽 쪽으로 돌리고 잠이 들기 전에 물었다.

"넌, 내 시중을 잘 들어 줄 것이냐?"

에게 씨는 그에게 이불을 덮어 주고, 파리들을 쫓아 주고, 자는 그를 지켜보았다. 이날 들었던 바와 같이 7년 동안 그를 잘 섬겼다. 그러나 그는 그 기관원을 위해서 늘 같은 행동을 했지만 말 한마디 내뱉는 것, 그것만은 조심했다. 이제 7년이 지나가고 그 기관원은 많이 먹고, 자고, 명령을 하면서 뚱뚱해져 드디어 죽어 버렸다.

그러자 에게 씨는 그를 헌 이불에 둘둘 말아서 집 밖으로 끌어내었고 그 자리를 씻어 내고 벽을 하얗게 색칠하고 나서 안도의 숨을 쉬면서 대답했다:

"아니오."

부상당한 소크라테스

Der verwundete Sokrates

◆

산파의 아들 소크라테스는 친구들과 대화할 때, 실로 능란하고 가볍게 게다가 노골적인 농담을 하면서 상대의 배에서 훌륭한 사상을 분만시키는 능력을 가지고 있었다. 다른 선생들은 상대의 배에서 다른 사람의 사상인 사생아를 뽑아내었으나 소크라테스는 자신의 사상인 적자(嫡子)를 낳았다. 소크라테스는 그리스 사람들 중에서 가장 현명한 사람일 뿐만 아니라 가장 용감한 사람으로 간주되었다. 용감함에 대한 그의 평판은 플라톤을 읽으면 정당한 것으로 보인다. 당시 소크라테스가 시민들에게 베푼 공적에 대하여 당국은 최종적으로 독배를 넘겨주었으나, 소크라테스는 주저하지 않고 시원하게 그것을 마셨다. 그러나 그의 숭배자들 중 몇몇 사람은 그가 전장(戰場)에서 보여 준 용감함에 대해서도 언급할 필요가 있다고 느꼈다. 실제로 소크라테스는 델리온전투[*]에 참가하였다. 가벼운 무장을 한 보병(步兵) 부대의 일원이었다. 구두 기술자인 그의 사회적 지위로 보거나, 철학자인 그의 수입으로 보아도 가장 고급의, 고가의 무기를 다루는 부대에 편입될 수 없었다. 그럼에도 불구하고 그의 용감함은 좀 특별한 것이라고 생각할 수 있다.

소크라테스는 전투가 있던 날 아침 양파를 씹으면서(군인들의 견해에 따르면 이렇게 하면 용기가 솟아난다) 피비린내 나는 전쟁을 잘 준비했다. 여러 부분에 대해 회의하는 그의 태도는 다른 여러 가지를 쉽게 믿는 결과를 가져왔다. 그는 사변(思辨)을 반대하고 실용적인 경험을 찬성했다. 그러므로 그는 신을 믿지 않았고 양파의 힘을 믿었다.

유감스럽게도 그는 실제적 효과를 못 느꼈다. 어쨌든 즉각적인 효과는 없었다. 소크라테스는 암울한 기분으로, 일렬종대로 그루터기가 남아 있는 밭의 어디에 진을 치기 위해서 행진하는 검사대(劍士隊)의 일원으로 터벅터벅 걸어가고 있었다. 교외에서 온 아테네의 젊은이들이 그의 앞뒤에서 비틀거리며 걸어가고 있었는데, 아테네 병기창에서 만든 방패가 자기와 같은 뚱뚱한 병사에겐 너무 작다는 것이 눈에 띄었다. 그도 같은 생각을 하고 있었다. 덩치 큰 병사들이 주위에 있었는데, 작은 방패로는 몸의 절반을 채 가리지 못하였다.

---

[*] BC 424년 보이오티아 동쪽 델리온 마을에서 있었던 아테네와 보이오티아의 싸움.

자기 앞의 병사와 뒤에 있는 병사가 이런 작은 방패를 생산하는 무기 상인은 큰 이익을 얻을 것이라는 견해를 나누고 있을 때 "쉬어!" 하는 명령이 내려졌고, 대화는 중단되었다.

병사들은 그루터기 밭에 풀썩 주저앉았다. 소크라테스는 자기 방패 위에 앉으려다가 어느 중대장한테 호되게 야단을 맞았다. 심한 꾸중 그 자체보다 오히려 이어지는 나지막한 목소리가 그를 더 불안하게 했다. 근처에 적군이 있다고 추측하는 것 같았다.

희뿌연 아침 안개가 시야를 가렸다. 그러나 발걸음과 딸랑거리는 무기에서 나는 소리로 이 평지가 적군에게 점령되었음을 알았다. 소크라테스는 전날 밤 귀족 청년 하나와 나누었던 대화를 기억하고는 아주 기분이 언짢았다. 바로 그 청년을 몰래 만났는데, 그는 기병대(騎兵隊)의 장교였다.

"아주 멋진 계획입니다." 하고 그 청년은 설명을 했다. "보병은 이곳에 우직하게 전투 대열로 서서 적의 공격을 막습니다. 그 사이에 기병대는 골짜기에서 앞으로 나가 적의 뒤통수를 치는 것입니다."

골짜기는 우측으로 아주 멀리 뻗어 있었고, 안개에 휩싸여 있음에 틀림없었다. 아마 지금 기병대는 거기로 진격하고 있을 것이었다.

소크라테스는 이 계획이 아주 멋진 것이고, 적어도 나쁘지는 않다고 생각했다. 늘 계획들은 세워진다. 특히 전력이 적군보다 열세일 때에 그렇다. 그러나 실제로는 그냥 싸우는 것, 즉 마구 베어 죽이는 것이다. 우리는 계획에 정해 둔 곳으로 나아가지 않고, 적이 허용하는 장소로 나아가는 것이다.

희미한 아침 햇살이 비치는 지금, 소크라테스에겐 이 계획이 아주 좋지 않은 거라는 생각이 들었다. 이게 뭐냐? 보병이 적의 공격을 막아 낸다고. 보통의 경우에는 적의 공격을 피할 수 있으면 기쁜 일이지만, 지금은 적의 공격을 정면으로 막는 데에 기량이 요구되고 있다! 사령관 자신이 기병인 것이 아주 좋지 않았다.

시장에는 보병들 모두에게 필요한 만큼 나눠 줄 양파가 없었다.

이렇게 이른 아침에 침대에 누워 있지 않고 적어도 10킬로그램의 갑옷을 몸에 걸치고 군용 칼을 한 손에 들고 여기 밭의 맨바닥에 앉아 있는 것은 얼마나 부자연스러운가! 도시국가 아테네가 공격을 받으면 그것을 지키는 것은 옳다. 지키지 않으면 아주 불쾌한 일들에 노출될 것이다.

그런데 왜 이 아테네가 공격을 받을까?

소아시아의 선주, 포도밭 소유자, 노예 상인이 페르시아의 선주, 포도밭 소유자, 그리고 노예 상인의 영역을 침입했기 때문이다! 참 멋진 이유다!

갑자기 앉아 있던 병사들이 모두 경직되었다.

왼쪽 안개 속에서 둔탁한 소리가 들렸고, 쇠붙이가 딸랑거리는 소리가 뒤를 이었다. 그 소리는 매우 빠르게 퍼졌다. 적의 공격이 시작되었다.

보병대는 전부 일어섰다. 눈을 부릅뜨고 전방의 안개 속을 물끄러미 바라보았다. 옆으로 열 걸음 떨어진 곳에서 한 병사가 무릎을 굽히며 쓰러졌고, 웅얼거리며 신들의 이름을 불렀다. 소크라테스는 너무 늦었다고 생각했다. 그것에 대답이라도 하듯이, 갑자기 먼 오른쪽에서 계속 무서운 소리가 들려왔다. 도움을 청하는 외침이 죽음의 외침으로 변한 모양이다. 소크라테스는 안개 속에서 쇠막대기 하나가 날아오는 것을 보았다. 던지는 창이었다!

그러고 나서 안개 속에서 명확하진 않지만 전방에 어깨가 딱 벌어진 형상들이 나타났다. 적들이었다.

너무 오래 기다렸다는 생각을 억누르지 못한 채 소크라테스는 무거운 몸을 돌려 달아나기 시작했다. 가슴 갑옷과 정강이 가리개가 상당히 방해가 되었다. 이런 것들은 벗어 버릴 수가 없기 때문에 방패보다도 더 위험했다.

철학자는 숨을 헐떡거리면서 밭으로 달렸다.

모든 것이 그가 적에게서 충분한 거리를 두고 얼마나 멀리 달려가느냐에 달려 있었다. 자기 뒤의 젊은 병사들이 얼마 동안 공격을 막아 내기를 바랐다.

갑자기 그는 지옥 같은 통증을 느꼈다. 왼쪽 발바닥이 불에 타는 듯이 아팠다. 도무지 견딜 수 없다고 생각했다. 그는 끙끙 앓으면서 바닥에 주저앉았으나, 또다시 아파서 큰 소리를 질렀다. 그는 흐릿한 눈으로 주위를 둘러보고는 모든 것을 알아차렸다. 그는 가시밭에 들어와 있었다!

날카로운 가시가 있는 가시덤불이 있었다. 발에 가시가 박힌 게 틀림없었다. 눈물을 글썽거리면서 그는 앉을 수 있는 자리를 찾아보았다. 성한 발로 둥글게 몇 걸음 깨금발을 뛰었다. 그런 다음에 두 번째로 바닥에 풀썩 주저앉고 말았다. 그는 당장 가시를 뽑아야만 했다.

바짝 긴장하여 그는 전투 소리에 귀를 기울였다. 그는 양측에서 꽤 멀리 떨어져 있었다. 전방으로 적어도 100걸음은 떨어져 있었다. 어쨌든 전투 소리는 점점 가까이 다가오는 것 같았다. 느리기는 하지만 틀림없었다.

소크라테스는 군화를 벗을 수가 없었다. 가시가 얇은 가죽신 바닥을 뚫고 살에 깊이 박혔다. 적에 맞서 조국을 지키는 병사들에게 어떻게 이렇게 얇은 군화를 공급하지! 군화를 벗으려고 당길 때마다 푹푹 찌르는 아픔이 뒤따랐다. 이 가련한 병사는 지쳤고 넓은 어깨는 푹 처졌다. 어떻게 할까?

그의 흐릿한 눈길이 옆에 놓아둔 칼을 향했다. 어떤 생각이 번쩍 머리를 스쳤는데, 논쟁 상대보다 더 반가웠다. 이 칼을 수술용 메스로 쓸 수 있을까? 그는 칼을 향해 손을 뻗었다.

순간 그는 둔탁한 발걸음 소리를 들었다. 몇몇 병사들이 숲에서 나왔다. 고맙게도 그들은 아군이었다. 그들은 잠시 멈춰 서서 그를 보았다. "제화공이네." 하는 그들의 말을 그는 들었다. 그런 다음 그들은 계속 걸어갔다.

그런데 그들의 왼쪽에서 또 소리가 들렸다. 외국어로 명령하는 소리였다. 페르시아 병사들이구나!

소크라테스는 다시 일어나려고 노력했다. 결국 오른발로 딛고 서려고 했다. 그는 칼을 짚었는데, 그건 약간 짧았다. 그러고 나서 왼쪽을 보니, 작은 공터에서 한 무리의 병사들이 붙어 싸우고 있었다. 그는 신음 소리를 들었으며 또 뭉툭한 쇠로 쇠나 가죽을 치는 소리도 들었다.

필사적으로 그는 성한 발로 깨금발을 뛰면서 뒤로 물러났다. 비틀거리면서 그는 아픈 발로 땅을 딛게 되었고 이내 신음 소리를 내면서 주저앉았다. 그리 많지 않은, 아마 이삼십 명쯤 되는, 싸우던 무리들이 몇 걸음 더 다가왔을 때, 철학자는 두 가시덤불 사이에 엉덩이를 깔고 앉아서 무기력하게 적군을 쳐다보고 있었다.

움직이는 것은 그에겐 불가능했다. 발바닥의 이 고통을 한 번 더 느낄 바에는 무슨 일을 당해도 좋을 것 같았다. 그는 어떻게 해야 할 줄 몰랐다. 그는 갑자기 고함을 지르기 시작했다.

정확히 표현하자면 이렇다. 그는 자신이 고함치는 소리를 들었다. 자신의 튼튼한 가슴에서 울려 나오는 우렁찬 고함 소리를 들었다.

"3분대는 이쪽으로! 저놈들을 쳐부수라, 제군들!"

그리고 동시에 그는 자신이 칼을 쥐고 자기 주위로 빙빙 흔들고 있는 것을 보았다. 왜냐하면 자기 앞에 덤불에서 나온 페르시아 병사 하나가 창을 들고 서 있었기 때문이다.

창이 옆으로 날아갔고, 그 병사도 휩쓸려 갔다.

소크라테스는 자신이 두 번째로 고함을 지르는 것을 들었다.

"제군들, 한 발짝도 물러서지 마! 이제 우리는 우리가 원하던 곳에서 저놈들을 만났다, 저 개자식들! 클라폴루스, 6분대를 데리고 앞으로 가! 눌로스, 오른쪽으로 가! 뒤로 물러서는 놈은 내가 살을 찢어발기겠다!"

놀랍게도 그는 자기 옆에서 두 명의 아군을 보았는데, 그들도 깜짝 놀라 그를 빤히 쳐다보고 있었다. "소리를 질러!" 하고 그는 나지막하게 말했다. "제발, 소리 좀 질러라!"

한 녀석은 놀라서 아래턱을 축 늘어뜨리고 있는데, 다른 한 녀석은 정말 뭐라고 소리를 지르기 시작했다. 그러자 그들 앞의 페르시아 병사가 힘겹게 일어나더니 덤불 속으로 달아났다.

공터에서 기진맥진한 병사들 여남은 명이 비틀거리며 나왔다. 고함 소리를 들은 페르시아 병사들은 도망을 쳤던 것이다. 그들은 매복하는 병사를 두려워했다.

"여기 뭔 일 있어요?" 하고 같은 고향의 병사 하나가 여전히 바닥에 앉아 있던 소크라테스에게 물었다.

"아무 일 없다." 소크라테스는 말했다. "그렇게 멀거니 서서 나를 쳐다보지만 말고, 이리저리 뛰어다니면서 명령을 내려라, 저놈들이 우리의 숫자가 적은 것을 눈치채지 못하도록 말이다."

"후퇴하는 게 더 낫겠어요." 하고 그 병사가 머뭇거리며 말했다.

"한 발짝도 물러나면 안 돼." 소크라테스는 반대했다. "자네들은 겁쟁이인가?"

군인에겐 겁을 먹는 것만으로 충분하지 않고 반드시 행운도 얻어야만 한다. 그런데 갑자기 그들은 상당히 먼 곳에서, 그렇지만 매우 또렷하게 나는 말발굽 소리와 거친 고함 소리를 들었다. 그것도 희랍어였다! 누구나 다 알고 있듯이, 이날 페르시아군은 전멸에 가까운 패배를 했다. 그리고 이 패배로 전쟁은 끝이 났다.

기병대의 선두에 선 알키비아데스는 가시밭에 왔을 때, 보병대원 몇이서 뚱뚱한 어느 병사를 어깨에 메고 가는 것을 보았다.

말을 세운 그는 그 병사가 소크라테스임을 알아보았다. 대원들은 소크라테스가 흔들리는 전열(戰列)을 굳건한 저항으로 정지시켰다고 그에게 설명했다. 그들은 의기양양하게 소크라테스를 보급 부대가 있는 곳까지 메고 갔다. 그곳에서 그는 반항하였음에도 불구하고 식량 수송차에 태워졌고, 땀에 흠뻑 젖은, 흥분하여 고함을 질러 대는 병사들에게 둘러싸인 채 수도로 돌아왔다.

사람들은 그를 어깨에 메고 그의 작은 집으로 데려갔다.

소크라테스의 아내 크산티페는 그를 위해 콩죽을 끓였다. 아궁이 앞에 쪼그리고 앉아서 볼이 볼록하도록 불면서 불을 붙이던 그녀는 때때로 그를 쳐다보았다. 소크라테스는 동료들이 앉혀 놓았던 의자에 그대로 앉아 있었다.

"당신에게 무슨 일이 있었어요?" 그녀는 의심스럽게 물었다.

"내겐 아무 일 없었어." 그는 중얼거렸다.

"영웅적 행동이라고 말들을 많이 하는데 그게 뭐예요?" 그녀는 알고 싶어 했다.

"과장이요." 그는 말했다. "맛있는 냄새가 나는데요."

"아직 불을 붙이지도 않았는데 어떻게 냄새가 나요? 당신 또 어리석은 짓을 했지요, 안 그래요?" 그녀는 화를 내며 말했다. "내일 아침 빵을 사러 나가면 나는 다시 웃음거리가 될 거예요."

"나는 어리석은 짓을 하지 않았소, 난 전투를 했소."

"당신 술에 취했지요?"

"아니오, 난 아군이 후퇴할 때 그들을 정지시켰소."

"당신 자신도 정지하지 못하면서." 아궁이에 불이 붙자 그녀는 일어서면서 말을 이었다. "식탁의 소금 단지를 좀 건네주세요."

"난 모르겠네." 그는 천천히 생각에 잠기면서 말했다. "아무것도 안 먹는 게 좋지 않을까 모르겠네. 배가 좀 안 좋거든."

"내가 아까 말했지요, 당신은 술에 취했다고. 일어나서 한번 방으로 걸어가 보세요. 그러면 알 수 있을 테니."

크산티페가 하는 이 부당한 말이 소크라테스를 화나게 했다. 그러나 그는 결단코 일어나려고 하지 않았으며 또 자신이 똑바로 걸을 수 없는 것을 아내에게 보여 주려고 하지 않았다. 그녀는 매우 예민하여 그에게 생긴 어떤 안 좋은 일을 밝혀낼 수 있었다. 만일 그가 전투에서 완강하게 버틴 진짜 이유가 밝혀지면 그건 안 좋은 일이었다.

아내는 화덕 위의 냄비를 계속 저었다. 그러면서 그 사이에 자신이 생각한 것을 말했다.

"당신의 좋은 친구들 덕택에 당신은 후방의 안전지대인 취사장에 배치되었다고 나는 확신합니다. 그게 바로 부당한 특혜이지요."

소크라테스는 괴로워하면서 채광창을 통해 길거리를 쳐다보았다. 거기에는 수많은 사람이 승리를 축하하기 위해 하얀 등불을 들고 오락가락하고 있었다.

그의 고상한 친구들은 그와 같은 일을 하려고 하지 않았다. 그도 그런 일을 받아 주지 않았을 것이다. 어쨌든 그건 말도 안 되는 일이다.

"아니면 구두장이가 함께 행군을 했다는 것을 그들은 당연한 것으로 생각하는지요? 그들은 당신을 위해 손가락 하나 까딱하지 않아요. 그들은 이렇게 말을 하겠지요. '그는 구두장이고 또 구두장이로 남아 있는 게 좋아, 그렇지 않으면 어떻게 우리가 그의 추한 집으로 찾아가서 몇 시간 동안 그와 잡담을 하며 온 세상 사람이 하는 말, 좀 봐라, 그가 구두장이인지 아닌지, 이 훌륭한 사람들이 그의 곁에 앉아서 그와 개똥철학에 대하여 논하는 것을 들을 수 있겠는가? 야비한 놈들.'"

"그건 개똥철학이 아니라 철학 혐오요."라고 그는 무관심하게 말했다.

그녀는 쌀쌀맞은 눈길로 그를 쳐다보았다.

"언제나 나를 가르치려 하지 마세요. 난 내가 무식하다는 걸 알아요. 내가 아니라면 당신에게 가끔 발 씻을 물 한 대야를 대령할 사람도 없을 거예요."

그는 움찔 놀랐으며, 그녀가 그것을 눈치채지 않길 바랐다. 오늘은 어떤 일이 있어도 발을 씻어서는 안 되었다. 참으로 다행스럽게도, 아내는 자신의 장광설을 이어갔다.

"그러니까 당신은 술에 취하지도 않았고, 또 그들이 당신을 안전한 후방에 배치하지도 않았다고 했지요. 그렇다면 당신은 백정처럼 행동한 게 틀림없어요. 당신 손에 피를 묻혔다고요, 정말로? 그런데 내가 거미 한 마리만 밟아 죽여도 당신은 괴성을 지르잖아요. 당신이 정말 남자답게 행동을 했으리라고는 믿지 않지만, 그들이 당신의 등을 두드려 주도록 뒤에서 어떤 술책을 썼음이 틀림없어요. 난 그걸 알아낼 거예요, 한번 보세요."

이제 죽이 다 끓었다. 매혹적인 냄새가 났다. 아내는 치맛자락으로 냄비의 손잡이를 잡아 식탁 위에 놓고 숟가락으로 떠먹기 시작했다.

소크라테스는 자신이 식욕을 다시 찾았다고 말해야 하지 않을까 하고 곰곰이 생각했다. 그런데 그러면 식탁으로 걸어가야만 한다는 생각이 들어 간신히 식욕을 억눌렀다.

그는 기분이 좋지 않았다. 사건이 아직 완전히 끝나지 않았음을 분명히 느꼈다. 다음 순간 온갖 불쾌한 일들이 있을 것이다. 페르시아와의 전쟁이 끝나지 않았고, 피해도 나지 않았다. 첫 승리의 환호를 지르는 지금, 전공(戰功)을 세운 사람을 생각하지 않는다. 모두들 자신의 공적을 떠벌리기에 아주 바쁘다. 그러나 내일이나 모레면 그들은 자기 동료인 소크라테스에게 모든 명예가 돌아간다는 것을 알게 될 것이다. 그러면 그들은 그를 끌어내리려 할 것이다. 그들이 구두장이를 진짜 영웅 중의 영웅이라고 선언하면, 다수는 이로써 다른 다수를 비난할 것이다. 어쨌든 사람들은 알키비아데스를 좋아하지 않았다. 사람들은 기꺼이 알키비아데스에게 이렇게 외칠 것이다. '당신이 전투에서 승리했습니다. 그러나 구두장이가 끝까지 싸워 이겼습니다.'

그러자 가시 박힌 발이 더 심하게 아파 왔다. 그가 군화를 벗지 않으면 곧 패혈증이 될 것이다.

"그렇게 쩝쩝거리지 마." 하고 그는 엉겁결에 말했다.

아내는 숟가락을 입에 물고 있었다.

"내가 어쩐다고요?"

"아무것도 아니야." 하고 그는 깜짝 놀라 급히 그녀를 안심시키려고 했다. "난 이제 막 생각에 잠겨 있었소."

발끈 화가 난 그녀는 냄비를 아궁이에 내려놓고 밖으로 나가 버렸다.

그는 안도의 한숨을 푹 쉬었다. 급히 의자에서 일어선 그는, 겁먹은 듯이 주위를 둘러보면서, 뒤에 있는 자신의 침상으로 깨금발로 뛰어갔다. 외출하려고 숄을 가지러 다시 들어온 크산티페는 움직이지 않고 가죽으로 매단 해먹에 누워 있는 그를 의심의 눈초리로 쳐다보았다. 그녀는 그에게 뭔가 안 좋은 일이 있다고 잠시 생각했다. 그녀는 그걸 그에게 물어볼까도 생각했다. 그녀는 그에게 매우 충실했기 때문이다. 그러나 그녀는 생각을 바꾸어 입을 삐죽거리면서, 이웃 여자와 함께 축제를 구경하기 위해 방에서 나갔다.

소크라테스는 잠을 설쳤으며, 불안했고, 걱정스러워 잠을 깼다. 그는 군화를 벗었다. 그러나 가시를 뽑아낼 수 없었다. 그의 발은 퉁퉁 부어올랐다.

그의 아내는 오늘 아침 평소보다 덜 예민했다.

그녀는 전날 밤 온 시내에서 남편에 대해 이야기하는 것을 들었다. 사람들을 그렇게 경탄하게 하는 무슨 일이 실제로 일어났음에 틀림없었다. 그러나 그이가 페르시아군의 전열 전부를 저지했다고 하는 말을 그녀는 받아들일 수 없었다. 그녀는 혼자 생각했다. 그이가 아니다. 그이는 질문으로 군중을 모두 저지할 수는 있다. 그렇다, 그것은 그이가 할 수 있다. 그렇지만 전열을 저지하지는 못한다. 그럼 대체 무슨 일이 있었을까?

그녀는 도무지 알 수 없었다. 그래서 그녀는 염소젖을 들고 그의 침상으로 갔다.

그는 일어날 채비를 하지 않았다.

"당신, 밖으로 나가지 않겠어요?" 하고 그녀가 물었다.

"생각 없소." 그는 투덜거렸다.

아내가 하는 공손한 질문에 보통 그렇게 대답하지 않는데, 아마도 그가 남들의 눈에 띄는 걸 피하고 싶어 하는구나, 하고 그녀는 생각하면서 그 대답을 그냥 넘겼다.

오전 일찍 방문객들이 왔다.

그이가 평소에 교류하는 부유한 부모를 둔 젊은 청년 두서너 명이었다. 그들은 그를 늘 스승으로 대우했고, 그들 중 몇몇은 그가 그들에게 말을 할 때 그게 뭐 대단한 것인 양 받아 적기도 했다.

그들은 들어오자마자 오늘 온 아테네 시가 그를 칭찬하고 있다고 그에게 보고했다. 철학계의 역사적인 날이라고(결국 그녀의 말이 맞았구나, 개똥철학이지, 다른 게 아니다), 소크라테스는 위대한 관찰자가 위대한 행동가가 될 수 있음을 증명했다고 그들은 말했다.

소크라테스는 평소처럼 빈정거리지 않고 조용히 듣고 있었다. 그들이 말을 하는 동안, 그는 상당히 먼 곳에서, 마치 뇌성이 울리듯 무시무시한 웃음소리를 듣는 것 같았다. 그 웃음소리는 도시 전체, 바로 한 나라 전체의 웃음소리로, 멀리서 점점 다가오면서, 제지할 수 없게 다가오면서, 거리의 행인들, 장터의 상인들과 정치가들, 작은 가게의 수공업자들을 모두 웃음에 감염시키는 것 같았다.

"자네들이 말하는 것은 모두 허튼소리야." 소크라테스가 갑자기 단호하게 말했다. "난 아무것도 하지 않았다."

그들은 미소를 지으며 서로 쳐다보았다. 그중 한 사람이 말했다.

"저희들이 말씀드렸던 그대로입니다. 저희들은 선생님께서 그렇게 이해하실 줄 알았습니다. 지금에 와서 갑자기 무슨 고함 소리냐고 우리는 체조 경기장 앞에서 오이소풀로스*에게 물어보았습니다. 소크라테스는 10년 동안 정신적으로 위대한 업적

---

* 브레히트가 설정한 허구의 인물.

을 남기셨는데 어느 누구도 그를 거들떠보지 않았다. 그런데 지금은 소크라테스가 싸움에서 승리했다고 온 아테네가 그에 대해서 말을 한다. 저희들은 이렇게 말했습니다. '너희들, 그게 얼마나 부끄러운 일인지 알아라!'"

소크라테스는 신음 소리를 냈다.

"그런데 난 전쟁에서 승리한 게 결코 아니야. 난 공격을 받았기 때문에 나 자신을 방어했다. 난 전쟁에 흥미가 없다. 나는 무기 판매 상인도 아니고 주위에 포도밭을 가지고 있지도 않아. 무엇을 위해 전쟁을 해야 하는지 나는 몰랐다. 전쟁에 관심이 없는, 교외에서 온 현명한 사람들 틈에 나는 섞여 있었고, 그들 모두가 행동하는 것과 똑같이 했으며, 기껏해야 그들보다 조금 앞섰을 뿐이다."

그들은 한 방 맞은 듯 아무런 말이 없었다.

"그렇지 않습니다." 하고 그들은 소리를 질렀다. "저희들도 그렇게 말을 했습니다. 선생님은 자신을 방어하는 것 말고는 아무것도 하지 않았다고. 그게 전쟁에서 이기는 선생님의 방식입니다. 저희들이 체육관으로 급히 물러가는 것을 용서해 주십시오. 저희는 선생님께 아침 인사를 드리기 위해 이 주제에 대한 대화를 중단했습니다."

그리고 그들은 대화의 재미에 푹 빠진 채 돌아갔다.

소크라테스는 말없이 누워 있었다. 팔꿈치를 괴고서 그을음으로 검게 된 천장을 쳐다보았다. 그의 불안했던 예감이 맞았다.

그의 아내는 방 한구석에서 그를 관찰하고 있었다. 그녀는 헌 치마를 기계적으로 꿰매고 있었다.

갑자기 그녀가 나지막하게 말했다. "그러니까 그 뒤에 뭐가 숨어 있지요?"

그는 움찔 놀랐다. 그는 불안한 표정으로 그녀를 쳐다보았다.

그녀는 일에 찌든 여인으로, 밋밋한 가슴과 슬픈 눈을 가지고 있었다. 그는 자신이 그녀를 신뢰할 수 있는 걸 알고 있었다. 제자가 이렇게 말을 하면 그녀는 자기를 편들어 줄 것이다. '소크라테스? 그는 신(神)을 부정하는 구두장이 아닙니까?' 그녀는 그를 잘못 만났다. 하지만 그를 제외한 어느 누구에게도 신세를 한탄하는 말을 하지 않았다. 그리고 그가 부유한 제자들과 헤어져 집으로 돌아오는 저녁에, 선반 위에 빵 하나와 베이컨 한 조각을 얹어 놓지 않은 날도 없었다.

아내에게 모든 것을 다 말해야 하나, 하고 그는 자문했다. 그러나 다음 순간, 지금처럼 사람들이 와서 그의 영웅적 행위에 대해 말을 하면, 아내가 듣고 있는 자리에서 수많은 거짓과 위선적인 것에 대해 말을 하지 않으면 안 될 거라고 생각했다. 그리고 그녀가 진실을 안다면 그렇게 할 수 없었다. 왜냐하면 그는 그녀를 존중하기 때문이었다.

그래서 그는 그것을 그냥 놔두고 이렇게만 말했다. "엊저녁에 끓인 식은 콩죽 냄새가 다시 온 방에 진동하네."

그녀는 다시 의심스런 눈길을 그에게 던졌다.

물론 그들은 음식을 내버릴 처지는 아니었다.

그는 그녀의 관심을 딴 데로 돌리려고 그런 말을 했다. 그녀의 내면에는 그가 좀 안 좋은 상태라는 확신이 점점 더 커졌다. 그가 왜 일어나지 않을까? 그는 언제나 늦게 일어났다. 그러나 그것은 늘 늦게 잠자리에 들기 때문이었다. 어제 그는 매우 일찍 잠자리에 들었다. 오늘은 온 시민이 전승 기념 축제를 위해 거리에 나와 있었다. 길거리에 있는 가게들은 모두 닫혔다. 적군을 추격하던 기병대의 일부가 새벽 5시에 돌아왔다. 사람들은 그들의 말발굽 소리를 들었다. 그는 사람들이 모인 곳을 아주 좋아했다. 그는 이런 날이면 이른 아침부터 밤늦게까지 이리저리 뛰어다니면서 대화를 이어갔다. 그런 그가 왜 일어나지 않을까?

사람의 그림자가 문에 비치더니, 고위 관리 네 명이 들어왔다. 그들은 방 안으로 들어와 멈춰 서더니, 한 사람이 사무적이지만 매우 공손하게, 자신은 소크라테스 선생님을 아레오파고스 회의실*로 모시고 오라는 부탁을 받았다고 말을 했다. 사령관이신 알키비아데스께서 직접 그런 부탁을 하셨는데, 전쟁에서의 업적으로 선생님을 표창할 준비가 되어 있다는 것이었다.

길거리에서 들려오는 웅성대는 소리가 이웃 사람들이 집 앞에 모여 있음을 알려주었다.

소크라테스는 진땀이 솟는 것을 느꼈다. 지금 자리에서 일어나 함께 그곳으로 가기를 거절한다면, 적어도 뭔가 다정한 말을 하면서 그들을 문까지 배웅해야만 한다는 것을 그는 알았다.

---

* 아레오파고스 회의는 고대 아테네에서 원로원 및 최고 재판소 역할을 했던 회의다.

그리고 기껏해야 두어 걸음 이상은 걸어갈 수 없는 것도 알았다. 그러면 그들은 자신의 발을 쳐다볼 것이며 사정을 다 알게 될 것이다. 큰 웃음소리가 지금 여기서 터져 나오기 시작할 것이다.

그래서 그는 일어서지 않고 딱딱한 쿠션 위에 풀썩 주저앉았으며 언짢은 듯이 이렇게 말했다.

"나는 표창이 필요 없습니다. 아레오파고스 회의에 가서 내가 몇몇 친구들과 11시에 우리들의 관심사인 철학적인 문제에 대해 토론하기로 약속되어 있어서 유감스럽게도 참석하지 못한다고 전하세요. 나는 공개적인 행사에 전혀 적응이 되어 있지 않으며 또 너무 피곤합니다."

그가 뒷부분의 말을 덧붙인 것은 자신이 철학을 끌어넣은 것에 너무 화가 났기 때문이었고, 앞부분을 말한 것은 거칠게 말을 함으로써 가장 쉽게 그들을 따돌리기를 바랐기 때문이었다.

관리들도 이 말을 잘 이해했다. 그들은 돌아서서 밖에 서 있던 사람들의 발을 밟으면서 떠나갔다.

"그들은 관청 사람에게 공손해야 함을 당신에게 가르칠 겁니다."라고 그의 아내는 화를 내며 말하고는 부엌으로 들어갔다.

소크라테스는 그녀가 밖으로 나가기를 기다렸다. 그런 다음 침대에서 무거운 몸을 잽싸게 돌려, 문 쪽을 힐끗힐끗 쳐다보면서, 침대 모서리에 앉아서 한없이 조심을 하면서 아픈 발로 딛고 서려고 했다. 그건 가망이 없었다.

땀에 흠뻑 젖은 그는 다시 뒤로 누워 버렸다.

30분이 지나갔다. 그는 책을 한 권 집어서 읽었다. 발을 가만히 두면, 아무런 느낌이 없었다.

그의 친구 안티스테네스가 왔다.

그는 두터운 외투를 벗지 않은 채 침대 발치에 서서 억지로 기침을 하더니 소크라테스를 쳐다보면서 자신의 목에 난 텁수룩한 수염을 긁었다.

"자네는 아직도 누워 있나? 난 크산티페만 만날 것이라 생각했네. 자네 안부를 물어보려고 내가 왔네. 감기가 심하게 걸려서 어제는 올 수 없었네."

"앉게." 소크라테스는 한마디 했다.

안티스테네스는 구석에서 의자를 하나 가지고 오더니 자기 친구 옆에 앉았다.

"난 오늘 저녁에 강의를 다시 시작하네. 더 이상 빼먹을 이유가 없네."

"그렇군."

"그들이 올 수 있을지는 물론 의심이 돼. 오늘 큰 회식이 있어. 나는 여기 오는 길에 젊은 페스톤을 만났는데 그에게 저녁에 대수(代數) 강의를 한다고 하니 아주 열광하던걸. 그래서 투구를 쓴 채 와도 좋다고 말해 주었지. 전쟁이 끝난 후 밤에 안티스테네스 집에서 대수를 계속 공부한다는 말을 들으면 프로타고라스와 다른 친구들은 화가 나서 펄펄 뛸 거야."

소크라테스는 손바닥을 비스듬한 벽에 대고 휙 밀어서 자신이 누워 있는 해먹을 가볍게 흔들었다. 그는 툭 튀어나온 눈으로 친구를 탐색하듯이 쳐다보았다.

"그 밖에 다른 사람도 만났나?"

"많은 사람을 만났네."

소크라테스는 기분이 나빠져서 천장을 쳐다보았다. 안티스테네스에게 진실을 털어놓아야 할까? 그 친구는 믿을 만한 사람이었다. 자신은 강의료를 받지 않기 때문에 안티스테네스의 경쟁자가 아니었다. 그는 이 친구에게 어려운 사정을 털어놓는 게 좋을 것 같았다.

안티스테네스는 번득이는 귀뚜라미 눈으로 캐묻는 듯이 친구를 쳐다보며 보고했다.

"고르기아스*가 이리저리 돌아다니면서 사람들에게 자네가 틀림없이 도망을 쳤으며, 당황한 나머지 방향을 잘못 잡고 결국 앞으로 갔다고 떠들고 있네. 착한 젊은 친구들이 그 때문에 그 녀석을 때려 주려고 한다네."

소크라테스는 불쾌하고 깜짝 놀란 눈으로 그를 쳐다보았다.

"웃기고 있네." 하고 화가 난 그가 말했다. 만약 그가 본심을 드러내면 적대자는 자신에 대응하는 무슨 수를 가지고 있는지가 갑자기 분명해졌다.

그는 밤 내내, 거의 아침까지 곰곰이 생각했다. 이 사건 전체를 하나의 실험으로 돌리고, 자신은 사람들이 얼마나 쉽게 남의 말을 믿는지를 보려고 했다고 할 수 있을 것 같았다.

"나는 20년 동안 골목골목 다니면서 평화주의를 가르쳤네.

---

*　브레히트가 설정한 허구적 인물.

나의 제자들이 나를 용감무쌍한 전사(戰士)로 간주하기에는 하나의 소문이면 충분하네." 등등. 그렇다면 이 전투는 승리하지 못했을지도 모른다. 지금은 평화주의에 좋지 않은 시대인 게 분명하다. 전쟁에 지면 고위층 사람들도 한동안 평화주의자가 되고, 전쟁에 이기면 하층민들조차 적어도 얼마 동안은 전쟁 지지자가 된다. 그러다가 결국 그들은 승리와 패배가 자신에겐 그렇게 크게 다르지 않다는 것을 깨닫게 된다. 그렇다, 그는 지금 평화주의를 크게 자랑할 수 없었다.

골목에서 말발굽 소리가 들렸다. 기병대가 집 앞에서 멈추었고, 경쾌한 발걸음으로 알키비아데스가 집 안으로 들어왔다.

"안녕하십니까, 안티스테네스 님, 철학 공부는 잘 되어 갑니까? 모두 제정신이 아닙니다." 하고 환한 표정으로 알키비아데스가 말했다. "소크라테스 선생님, 아레오파고스 회의에서 당신께서 하시는 대답을 들으려고 사람들이 야단법석입니다. 농담으로 저는 당신께 승리의 월계관을 수여하겠다는 제안을 바꾸어서 당신께 쉰 대의 매를 때리겠다고 제안했습니다. 이게 물론 그들을 화나게 했습니다. 그게 그들의 분위기에 딱 맞았기 때문입니다. 그렇지만 당신은 함께 가셔야만 합니다. 자, 우리 둘이 걸어서 나가시죠."

소크라테스는 한숨을 푹 쉬었다. 그는 젊은 알키비아데스와 사이좋게 잘 지냈다. 그들은 자주 함께 술을 마셨다. 그 젊은이가 자신을 찾아온 것은 고마운 일이었다. 그것은 분명히 아레오파고스 회의를 모욕하고 싶어서만은 아니었다. 그것은 존중받

브레히트

을 만하고 또 지원해 주어야만 하는 것이었다.

그는 해먹을 계속 흔들면서 신중하게 말했다.

"아무리 바빠도 바늘허리 매어 못 쓰네, 앉게."

알키비아데스는 씩 웃으며 의자 하나를 가지고 왔다. 그 의자에 앉기 전에 그는 부엌문에 서서 젖은 손을 치마폭에 닦는 크산티페에게 공손히 절을 했다.

"당신들, 철학자들은 웃기는 사람입니다." 그는 약간 초조해하면서 말했다.

"선생님께서는 아마 전쟁에서 승리하도록 우리를 도운 것을 후회하실 겁니다. 안티스테네스 님이 당신께 그 승리에는 증거가 충분하지 못하다고 지적을 하셨지요."

"우리는 대수에 대해 이야기를 했네." 안티스테네스는 재빨리 말을 했고 다시 기침을 했다.

알키비아데스는 싱긋 웃었다.

"저도 달리 기대하지 않았습니다. 그런 것에 대해서 야단법석을 떨지 않겠다는 것, 맞지요? 이제 저의 의견을 말씀드리면, 그것은 그저 용기였어요. 여러분은 특별한 것을 원하지 않으십니다. 그런데 한 줌의 월계수 이파리가 뭐 특별한 것입니까? 꾹 참고 그것을 받아 주십시오, 노인장. 곧 지나갈 것이고 또 괴로움도 없습니다. 그런 다음에 우리는 술 한잔하러 가시죠."

그는 호기심에 가득 차서 지금 세게 해먹을 흔들고 있는 건장하고 어깨가 딱 벌어진 사람을 쳐다보았다.

소크라테스는 얼른 생각을 해 보았다. 무슨 말을 해야 할지가 퍼뜩 머리에 떠올랐다. 그는 어젯밤이나 오늘 아침에 발을 삐었다는 말을 할 수 있었다. 예컨대, 병사들이 어깨에서 자기를 내려놓을 때 말이다. 그러면 이야기는 끝난다. 이 경우는 사람들이 표창을 함으로써 자기 동료에게 쉽게 손해를 끼칠 수 있음을 보여 준다.

해먹 흔들기를 중단하지 않은 채 그는 몸을 앞으로 숙여 똑바로 앉아서 오른손으로 왼쪽 팔의 맨살을 문지르면서 천천히 말을 했다.

"사실은 이렇다네. 내 발에…."

이 말을 하면서, 딱 고정하지 않은 그의 눈길은—지금까지 그는 그저 침묵을 지켰기 때문에 이제 이것이 이 사건에 대해서 하는 사실상의 첫 거짓말이다—부엌 문턱에 서 있는 크산티페에게 향했다.

소크라테스는 말이 콱 막혔다. 그는 갑자기 자신의 이야기를 더 늘어놓고 싶지 않았다. 그는 발을 삐지 않았다.

흔들리던 해먹이 멈추었다.

"들어 보게, 알키비아데스." 그는 힘 있고 생기 있는 음성으로 말을 이었다. "이 경우엔 용기라는 말을 할 수 없네. 전쟁이 시작되었을 때, 즉 적군인 페르시아 병사가 나타난 것을 내 눈으로 보자마자 나는 바로 달아났어. 말하자면 옳은 방향, 뒤로 달아난 거야. 그런데 거기에 가시밭이 있었어. 발로 가시를 밟아서 난 더는 가지 못했네. 나는 미친놈처럼 내 주위에 칼을 휘둘렀으며 하마터면 아군 몇 명을 벨 뻔했네. 나는 필사적으로 다른 분대를 향해 이런저런 소리를 마구 내질렀어. 그렇게 함으로써 페르시아 병사들에게 우리 병사들이 거기에 있다고 믿게 하려는 속셈이었네. 그건 참 어리석은 짓이었는데, 그들이 물론 희랍어를 알아듣지 못했기 때문이지. 다른 한편으로 그놈들 역시 매우 예민해져 있었던 것 같아. 그들은 그 고함 소리를, 결국엔 진군하면서 반드시 뚫고 지나가야 하는데도, 참아 내지 못했네. 그들은 한동안 멈춰 서 있게 되었고, 바로 그때 우리 기병대가 왔지. 이게 전부야."

방 안은 몇 초간 침묵에 휩싸였다. 알키비아데스는 그를 빤히 쳐다보았다. 안티스테네스는 손을 앞에 갖다 대고 이번에는 아주 자연스럽게 기침을 했다. 부엌문 쪽에 서 있던 크산티페에게서 깔깔대는 웃음이 터져 나왔다.

그러자 안티스테네스는 직설적으로 말을 했다.

"그래서 자네는 아레오파고스 회의에 나가 승리의 월계관을 받기 위해 계단을 올라갈 수가 없었군. 난 그것을 이해하네."

알키비아데스는 의자에 등을 기대고 앉아 실눈을 뜨고 침상에 있는 철학자를 쳐다보았다. 소크라테스도 안티스테네스도 그를 쳐다보지 않았다.

그는 다시 몸을 앞으로 구부리고 두 손으로 자신의 한쪽 무릎을 감쌌다. 그의 자그마한 동안(童顔)이 살짝 움찔했으나 그의 생각이나 감정을 드러내지는 않았다.

"왜 선생님은 다른 상처가 있다는 말씀을 하지 않으셨습니까?" 그가 물었다.

"왜냐하면 내 발이 가시에 찔렸기 때문이지." 소크라테스가 퉁명스럽게 말했다.

"아, 그 때문이었군요?" 알키비아데스는 말했다. "저도 이해합니다."

그는 재빨리 자리에서 일어나더니 침대로 갔다.

"제가 승리의 월계관을 가지고 오지 않은 것이 참 유감스럽습니다. 저는 그걸 부하에게 맡겨 두었어요. 그렇지 않았다면 지금 그것을 선생님께 씌워 드릴 텐데요. 선생님께서는 제 말을 믿으셔도 됩니다. 선생님은 아주 용감한 사람이라고 생각합니다. 이런 상황에서 선생님께서 말씀하신 것처럼 말할 사람은 아무도 없습니다."

그리고 그는 횡하니 밖으로 나갔다.

잠시 후 크산티페는 소크라테스의 발을 씻어 주고 가시를 뽑으면서 불쾌한 표정으로 말했다.

"하마터면 패혈증이 될 뻔했습니다."

"적어도(그렇게 되었겠지)." 그 철학자는 말했다.

두 아들

Die zwei Söhne

♦

히틀러 전쟁이 거의 막바지에 이른 1945년 1월 튀링겐 지방의 어느 농부의 아내는 꿈을 꾸었는데, 아들이 자기를 밭으로 불러내 잠에 취한 채 마당으로 나갔더니, 우물가에서 아들이 물을 마시고 있는 것 같았다. 그에게 말을 걸었을 때 그녀는, 그가 농장에서 강제 노동을 하고 있는 젊은 러시아 전쟁 포로 중 하나라는 것을 알았다. 그로부터 며칠 뒤 그녀는 이상한 체험을 하였다. 포로들이 나무 그루터기를 파내고 있던 근처의 숲으로 음식을 가지고 갔다가 오면서 그녀는 바로 그 젊은 포로를 어깨 너머로 돌아보았다. 병색이 완연한 그는 누군가가 수프를 담은 양철 그릇을 건네주자 실망스런 표정으로 얼굴을 돌려 쳐다보고 있었는데, 갑자기 그 얼굴이 아들의 얼굴로 변하는 것이었다. 이 젊은이의 얼굴이 아들 얼굴로 쓱 나타났다가 쓱 사라져 가는 현상이 다음 며칠 동안 더 자주 있었다. 그다음에 그 전쟁 포로는 병이 났다. 그는 보살핌을 받지 못한 채 헛간에 누워 있었다. 농부의 아내는 그에게 뭔가 원기를 돋우는 걸 좀 가져다주고 싶은 마음이 간절해졌다. 그러나 상이군인이자 이 농장을 경영하며 포로들을 거칠게 다루는 자신의 오빠 때문에, 특히 모든 것이 혼란에 빠지고, 온 마을이 포로들을 무서워하기 시작한 이 시기에 그녀는 그렇게 할 수 없었다. 농부의 아내인 자신이 오빠의 주장에 귀를 닫기는 힘들었다. 그녀는 이 '하등인간'—이들에 대하여 그녀는 끔찍한 말을 들었다—을 돕는 것이 결코 옳다고는 여기지 않았다. 그녀는 적군이 동부전선에 가 있는 아들에게 무슨 짓을 하지 않을까 하는 걱정을 늘 하면서 살았다. 그래서 그녀는 이 버림받은 포로를 도와주려는 반쯤 먹은 마음을 실행하지 못하고 있었는데, 어느 날 저녁 눈 덮인 과수원에서 한 무리의 포로들이 열심히 무언가를 의논하는 장면을 보고 깜짝 놀랐다. 비밀 유지를 위해 추위 속에서 그러고 있었음이 틀림없다. 그 젊은 포로도 몸에 열이 올라 벌벌 떨면서 거기에 있었다. 아마 특히 허약해진 자신의 상태 때문인지 그는 그녀를 보고 소스라치게 놀랐다.

놀란 그의 얼굴에 다시 이상한 변화가 생겼고, 농부의 아내는 그 얼굴에서 아들의 얼굴을 보았다. 그건 잔뜩 겁을 먹은 얼굴이었다. 그 모습을 보고 마음에 큰 변화가 생긴 그녀는 오빠에게 과수원에서 본 그 회의에 대해서 의무적으로 보고를 하긴 했지만, 그 젊은이에게 준비된 햄 조각을 더 가져다주기로 결심했다. 이 행동은 많은 제3제국의 선행이 그렇듯이, 매우 어렵고도 위험한 일이었다. 이런 행동을 하면서 그녀는 자기 오빠를 적으로 만들었으며, 또 포로들을 신뢰할 수도 없었다. 그럼에도 그녀는 그 일을 잘 해내었다. 물론 그녀는 포로들이 정말 도주할 계획이라는 것도 알게 되었다. 러시아의 붉은 군대가 접근해 오기 전에 그들은 서쪽으로 끌려가거나 아니면 그냥 학살될 위험이 나날이 더 커졌기 때문이었다. 농부의 아내는 몸짓과 몇 토막 독일어로 알게 된 젊은 포로의 요청을 거절할 수 없었다. 그 포로에게 자신의 이상한 체험이 연결되어 있으며, 그리하여 그녀는 포로들의 도주 계획에 얽혀 들게 되었다. 그녀는 상의 한 벌과 큰 양철 절단용 가위 하나를 마련해 주었다. 그러자 그때부터는 이상하게도 포로의 얼굴이 아들 얼굴로 바뀌는 현상이 더 일어나지 않았다. 그녀는 이제 모르는 그 젊은 포로만을 도와주었다.

그런데 2월 말 어느 날 아침에 그녀는 창문을 두드리는 소리를 들었다. 그리고 창유리 너머 으스름 속에서 아들의 얼굴이 보이자 큰 충격을 받았다. 이번에는 진짜 자기 아들이었다. 그는 찢어진 나치 친위대의 제복을 입고 있었는데, 분대가 전멸을 당한 것이었다. 그는 흥분하여 마을에서 불과 몇 킬로미터 떨어진 곳에 러시아 군인이 있다고 보고했다. 그의 귀가 사실은 반드시 극도의 비밀에 부쳐져야만 했다. 농부의 아내, 그녀의 오빠 그리고 그녀의 아들이 다락방의 구석진 곳에서 일종의 작전 회의를 열었다. 그들은 무엇보다 먼저 포로들을 제거하기로 결정했다. 왜냐하면 포로들은 나치 친위대를 보았을 것이고, 또 자기들을 어떻게 다루었는지 발설할 가능성이 매우 컸기 때문이다. 근처엔 채석장이 있었다. 나치 대원 아들은 그날 밤에 자신이 포로들을 하나씩 헛간에서 불러내 죽이겠다고 했다. 그러면 시체는 채석장에서 처리할 수 있었다. 그날 저녁에는 포로들에게 화주(火酒)를 주기로 했는데, 오빠는 그것이 그들에게 너무 눈에 띄지는 않을 것이라고 말했다. 왜냐하면 최근에 오빠는 최후의 순간이 오면 호감을 얻기 위하여, 집 일꾼들과 함께 그 러시아 포로들을 매우 친절히 대해 주었기 때문이다. 이 계획을 설명하는 동안 젊은 나치 친위대원은 갑자기 어머니가 벌벌 떠는 것을 보았다. 남자들은 어떤 일이 있어도 그녀를 헛간 근처에 접근하지 못하도록 했다. 그리하여 그녀는 공포에 떨면서 밤을 기다렸다. 러시아 포로들은 화주를 겉으로는 감사하게 받았다. 농부의 아내는 그들이 술에 취하여 멜랑콜리한 러시아 노래를 부르는 것을 들었다. 그런데 그녀의 아들이 11시경에 헛간에 갔을 때 포로들은 떠나고 없었다. 그들은 술에 취한 척 행동했던 것이다. 농장 사람들이 최근 부자연스러운 친절을 베풀어 주는 데서 그들은 붉은 군대가 가까이 왔음을 확신한 것이었다. 러시아군은 그날 밤 자정이 지나서야 왔다. 아들은 술에 취해 다락방에 누워 있었고, 농부의 아내는 공포에 떨면서 아들의 나치 제복을 불태우려 했다. 그녀의 오빠도 술에 취해 있었다. 그녀 자신이 러시아 군인들을 맞이하고 그들에게 음식을 대접해야만 했다. 돌처럼 굳은 얼굴로 그녀는 그 일을 했다. 러시아 군인들은 아침에 떠나갔고 붉은 군대도 전진을 계속했다. 잠이 부족하여 초췌해

진 아들은 술을 더 달라고 했으며, 싸움을 계속하기 위해 후퇴
하는 독일군에 들어가겠다고 고집을 피웠다. 농부의 아내는 계
속 싸우는 것은 이제 확실한 파멸을 뜻한다고 그에게 굳이 설
명하려고 하지 않았다. 그녀는 몸으로 길을 막아서며 필사적으
로 그를 붙잡고 만류했다. 그는 그녀를 짚 더미 위로 밀쳤다. 다
시 몸을 일으킨 그녀는 단단한 나무 막대기를 집어 들었고, 높이
휘두르며 미쳐 날뛰는 아들을 때려 눕혔다.

그날 오전에 농부의 아내는 사다리 마차를 몰고 가까운 장
터에 있는 러시아 군사령부로 가서 황소의 고삐 묶는 밧줄로 꽁
꽁 묶은 자기 아들을 전쟁 포로로 넘겨주었다. 그것은 그녀가
통역관에게 설명했듯이 아들의 생명을 건지기 위해서였다.

현자의 현명함은 그 자세에 있다

Weise am Weisen ist die Haltung

♦

어느 철학 교수가 K 씨에게 오더니,

자신의 현명함에 대하여 이야기를 하였다.

한참 후에 K 씨는 그에게 말했다.

"당신은 불편하게 앉아서, 불편하게 말을 하고,

불편하게 생각을 하시는군요."

그 철학 교수는 화가 나서 말했다.

"저는 저에 대해서 알려고 하는 것이 아닙니다,

저는 제가 말하는 내용에 대하여 알고 싶습니다."

"아무런 내용이 없습니다." K 씨가 대답했다.

"저는 당신이 어색하게 걸어가는 것을 봅니다,

제가 당신이 걸어가는 것을 보고 있는 동안에

당신은 목적지에 도달할 수 없습니다.

당신은 애매모호하게 말을 합니다. 그리고 그것은

당신이 말을 하는 동안에도 명료한 게 없습니다.

당신의 자세를 보건대, 당신의 목표는 제 관심사가 아닙니다."

책 읽는 어느 노동자의 질문

Fragen eines lesenden Arbeiters

◆

일곱 개의 성문이 있는 테베는 누가 건설했는가?

책에는 왕들의 이름이 적혀 있다.

그럼 왕들이 돌덩이를 직접 날랐을까?

여러 차례 파괴된 바빌론을 그때마다 누가 재건했을까?

건설 노동자들은 황금색 찬란한 리마의 어느 집에 살았던가?

중국의 만리장성이 완성된 날 저녁에 벽돌공들은 어디로 갔
을까?

위대한 로마에는 개선문들이 즐비하게 서 있다.

누가 그것들을 세웠을까?

시저는 누구를 무찌르고 승리를 얻었던가?

노래로 자주 예찬되는 비잔티움에는 주민이 살 집이 궁궐뿐
이었나?

전설의 섬 아틀란티스에서도 바닷물이 그 섬을 삼키는 날

저녁에 익사하던 사람들은 살려 달라고 자신들의 노예를 큰 소리로 불러 댔다.

청년 알렉산드로스는 인도를 정복했다.

그 혼자서일까?

시저는 갈리아를 쳐부수었다.

그는 적어도 취사병 한 명은 데리고 가지 않았을까?

스페인의 펠리페왕은 자신의 무적함대가 격침되었을 때 울었다.

그 밖에 아무도 울지 않았을까?

프리드리히 2세는 7년전쟁에서 승리했다.

그 밖에 누가 승리했는가?

책의 페이지마다 승리의 이야기가 나온다.

승전의 잔칫상은 누가 차렸을까?

10년마다 위대한 인물이 하나씩 나온다.

거기에 든 비용은 누가 치렀던가?

그토록 많은 보고들.

그토록 많은 질문들.

이단자의 외투

Der Mantel des Ketzers

♦

이탈리아 놀라 출신인 조르다노 브루노[*]라는 남자를 로마 종교재판소는 1600년 이단자라는 이유로 장작더미 위에서 화형시켰는데, 천체의 운행에 대한 그의 용감하면서도 그때부터 입증된 가설뿐만 아니라 이단심문을 받으면서 보여 준 의연한 태도로 인해 그는 일반적으로 위인으로 간주된다. 그는 이렇게 말했다. "당신들은 아마도 내가 듣는 것보다 더 큰 두려움을 가지고 판결을 내릴 것입니다." 우리가 그의 글을 읽고 또 공공의 장소에서 취한 그의 태도에 대한 보고에 눈길을 준다면, 과연 그를 위인으로 부르는 것에 부족함이 없다. 하나의 이야기가 있는데, 이것이 그에 대한 우리의 존경을 아마도 더 높일 수 있을

---

[*]　Giordano Bruno, 1548~1600. 이탈리아의 철학자. 도미니코 수도회에 들어가 사제가 되었으나 가톨릭 교리에 대한 회의를 품었다. 1592년 베네치아에서 이단심문에 회부되어 1600년에 로마에서 화형되었다.

것이다.

바로 그의 외투에 대한 이야기이다.

그가 어떻게 하여 종교재판소의 손에 들어갔는지를 알 필요가 있다.

베니스의 도시 귀족인 모체니고는 물리학과 기억술 교습을 받기 위해서 이 학자 브루노를 집으로 초빙했다. 그는 이 학자에게 몇 달간 숙식을 제공하면서 그 대가로 약정한 교습을 받았다. 그러나 기대했던 흑마술(黑魔術)에 대한 가르침 대신 물리학 교습만 받았다. 이것은 모체니고에게는 아무 짝에도 쓸모가 없었다. 그래서 아주 불만이었다. 그는 손님을 위해 비용을 부담한 것을 후회했다. 그는 몇 차례 손님에게 진지하게 당신같이 유명한 사람이 틀림없이 가지고 있을 비밀스럽고 유용한 지식을 전수해 달라고 경고를 했다. 그러나 그 경고도 아무런 효과가 없자 그는 그 학자를 종교재판소에 서면으로 밀고했다. 그는 이렇게 썼다. 이 나쁘고 배은망덕한 사람은 모체니고 자신이 있는 데서 예수 그리스도에 대한 악담을 하고, 성직자들은 당나귀 같은 바보이고, 민중을 어리석게 한다고 했다. 게다가 이 사람은 성서에 쓰여 있는 것과 반대로 태양은 하나만 있는 게 아니고 무수히 많이 있다는 등등의 주장을 했다. 그래서 자신이 그를 다락방에 가두어 놓았으니, 관리들이 와서 제발 빨리 데려가길 앙망한다고 했다.

관리들은 일요일에서 월요일로 넘어가는 밤중에 왔으며, 그 학자를 종교재판소의 감옥으로 데려갔다.

이 일은 1592년 5월 25일 새벽 3시에 일어났고, 이날부터 그가 화형의 장작더미에 올라가는 날인 1600년 2월 17일까지 이 놀라 출신의 학자는 감옥에서 나오지 못했다.

끔찍한 재판이 진행되는 8년 동안 그는 지치지 않고 자신의 생명을 지키기 위해 투쟁했다. 그러나 첫해에 그를 베니스에서 로마로 넘겨주는 것에 반대하여 벌인 싸움이 아마도 가장 필사적이었을 것이다.

이 시기에 그의 외투에 관한 이야기가 들어간다.

1592년 겨울, 당시 호텔에 머물고 있던 브루노는 가브리엘레 춘토라는 양복쟁이에게 두툼한 외투를 하나 맞추었다. 그가 체포되었을 때 이 외투의 대금은 아직 치르지 않은 상태였다.

양복쟁이는 이 체포 소식을 듣고 자신의 계산서를 내놓기 위해서 상트 사무엘 근처의 모체니고 집으로 달려갔다. 그러나 너무 늦었다. 모체니고의 하인이 문을 닫으며 그를 내쫓았다. "우리는 이 사기꾼에게 충분히 돈을 주었어요." 하인은 문간에서 아주 큰 소리를 질렀다. 길 가던 행인 몇이 주위를 둘러보았다. "종교재판소 법정으로 달려가 거기에다 당신이 이 이단자와 관계가 있다고 말하시오."

양복쟁이 춘토는 깜짝 놀라 길거리에 서 있었다. 한 무리의 길거리 불량소년들이 이 이야기를 듣고는 그들 중 헤진 옷을 입은 여드름투성이 녀석이 춘토에게 돌멩이를 던졌다. 그리고 허름하게 옷을 입은 어느 여인이 문에서 나오더니 춘토에게 귀싸대기를 한 방 먹였다. 늙은 춘토는 자신이 '이 이단자와 어떤 관계가 있는' 사람이라는 사실이 매우 위험하다는 것을 깨달았다. 그는 겁을 먹고 주위를 둘러보면서 길모퉁이를 돌아 멀리 우회하여 집으로 돌아갔다. 그는 아내에게 자신이 당한 불행한 일에 대해 이야기를 하지 않았고, 그의 아내는 일주일 내내 그가 의기소침해 있는 것을 이상하게 여겼다.

6월 1일, 춘토의 아내는 계산서를 정리하다가 온 사람들의 입길에 오르내리는 한 남자의 외투값을 받지 못한 걸 발견했다. 놀라 출신의 이 남자가 도시의 화제였기 때문이다. 그의 악행에 대한 무서운 소문은 쫙 퍼졌다. 그는 책과 대화를 통해 결혼을 비방했을 뿐만 아니라, 그리스도까지 사기꾼이라 부르고, 태양에 대하여 미친 것들을 말했다. 외투값을 지불하지 않는 것과 딱 맞아떨어졌다. 양복쟁이의 착한 아내는 이 손해를 떠안을 생각이 조금도 없었다. 남편과 한바탕 격하게 싸운 후, 70세의 이 여인은 좋은 옷을 차려 입고 종교재판소로 가서 화난 얼굴로 체포된 그 이단자가 갚지 않은 32스쿠도*를 요구했다.

여인을 응대한 재판소 관리는 그녀의 요구를 기록하더니 사건을 조사해 보겠노라고 약속했다.

춘토는 이내 소환장을 받았으며, 온몸을 벌벌 떨면서 이 무서운 건물에 출두했다. 놀랍게도 그는 심문을 받지는 않았지만, 체포된 브루노의 금전 문제를 처리할 때에는 자신의 요구 사항을 고려할 수 있다는 설명을 들었다. 그렇지만 그 관리는 그렇

---

*   옛 이탈리아의 은화(銀貨).

게 해도 큰 금액은 나오지 않을 것이라고 암시했다.

늙은 춘토는 그렇게 쉽게 그곳에서 빠져나올 수 있음에 매우 기뻐하며 겸손하게 고맙다고 인사했다. 그러나 그의 아내는 만족하지 않았다. 이 손해를 메우기 위해서는 남편이 저녁에 마시는 술 한잔을 포기해야 하고 밤늦게까지 바느질을 해야 하는 것으로도 충분하지 않았다. 재료 상인에게 갚아야 할 빚도 있기 때문이었다. 그녀는 부엌이나 마당에서 범죄자가 빚을 갚기 전에 구금하는 것은 수치스런 일이라고 떠들어 댔다. 필요하다면 그녀는 32스쿠도를 받아 내기 위해서 로마의 교황님께 가겠다고도 했다. "그는 화형의 장작더미 위에서는 외투가 필요 없어요." 하고 소리쳤다.

춘토의 아내는 자신들의 일을 고해신부에게 말했다. 신부는 그녀에게 외투라도 돌려줄 것을 요구하라고 충고했다. 그러나 그녀는 이 말이 종교재판소 측에서 자신의 요구가 정당하다고 인정하는 걸로 이해하고는, 이미 브루노가 입었음에 틀림없고 더욱이 맞춤으로 제작된 그 외투를 돌려받는 데에 자신은 결코 만족할 수 없다고 선언했다. 그녀는 돈을 꼭 받아야 한다고 했다. 그녀가 흥분하는 바람에 목소리가 좀 커지자 신부는 그녀를 밖으로 내보냈다.

이 일로 그녀는 약간 이성을 찾았으며, 몇 주일 동안 조용히 행동했다. 체포된 이단자의 사건에 대한 이야기가 재판소 건물 밖으로 들려오지 않았다. 그렇지만 사람들은 도처에서, 심문을 통해 터무니없는 비행들이 백일하에 드러났다고 쑥덕거렸다.

늙은 양복쟁이 아내도 이런 소문을 열심히 들었다. 이단자의 사건이 아주 불리하다는 말을 듣는 것이 그녀에겐 고문이었다. 그는 풀려나지 못할 것이고 자신의 빚을 갚지도 못할 것이라고 했다. 그녀는 밤잠을 거의 자지 못했으며, 8월이 되어 무더위로 신경이 다 쇠약해지자, 물건을 사는 가게에서, 또 가봉하러 오는 손님들에게 대단한 달변으로 미주알고주알 불평을 털어놓았다. 만약 신부들이 한 소(小)수공업자의 정당한 요구를 그렇게 무관심하게 처리한다면, 그들은 죄를 범하는 것이라고 넌지시 말했다. 세금이 무겁게 짓누르고 있었고 빵값은 최근에 폭등을 했다.

어느 날 오전, 관리가 그녀를 교황청의 건물로 데려갔다. 거기서 그녀는 험담을 하지 말라는 엄중한 경고를 받았다. 그까짓 돈 몇 푼 때문에 매우 진지한 종교적 절차를 여기저기 다니면서 함부로 얘기하는 것이 부끄럽지 않느냐고 했다. 그녀와 같은 부류의 사람들에게 대응하는 각종 수단이 있다고 그녀가 알아듣게 말해 주었다.

그것은 한동안 효과가 있었다. 비록 그 뚱뚱한 수사가 말한 "그까짓 돈 몇 푼 때문에"라는 어투에 대해 생각하면 화가 나서 얼굴이 벌겋게 달아오르긴 했지만 말이다. 그러나 9월이 되자 로마의 대심문관이 그 놀라 출신의 남자를 인도하라고 요구했다는 말이 들려왔다. 그 사건을 로마의 원로원에서 다룬다고 한다.

시민들은 이 인도 요청에 대하여 활발하게 논의를 했으며, 일반적인 분위기는 그것에 반대하는 것이었다. 상인이나 직인 조합도 로마의 재판소에 지배당하는 것을 원하지 않았다.

그 늙은 여인은 제정신이 아니었다. 그들은 지금 그 이단자가 빚도 갚지 않았는데 정말로 로마로 가게 할 것인가? 뻔뻔스럽기 짝이 없는 짓이다! 그녀는 이 믿을 수 없는 소식을 듣자마자 좋은 치마로 갈아입을 시간도 없이 교황청의 건물로 달려갔다.

이번에는 고위 관리가 그녀를 맞이했다. 이 고위 관리는 이상하게도 앞전의 관리보다 그녀에게 훨씬 더 친절했다. 거의 이 늙은 여인만큼 나이를 먹은 관리는 그녀의 하소연을 조용히 그리고 주의 깊게 들어 주었다. 그녀가 말을 끝내자 그는 잠시 사이를 둔 다음 그녀에게 혹시 브루노를 만나 볼 생각이 있는지 물었다.

그녀는 즉시 동의했다. 면회가 다음 날로 정해졌다.

이날 오전, 쇠창살이 달린 창문이 있는 작은 방에서 드문드문 시커먼 수염을 가진 작고 깡마른 남자가 그녀에게로 오더니 정중하게, 원하는 게 뭐냐고 물었다.

그녀는 그를 옷을 맞출 때에 보았으며 그동안 그의 얼굴을 잘 기억하고 있었다. 그러나 지금은 금방 그를 알아보지 못했다. 몇 차례 심문을 당하면서 흥분한 결과 그의 얼굴 모습이 변해 버린 게 틀림없었다.

그녀는 급히 말했다. "외투요. 당신은 외투값을 치르지 않았어요."

브루노는 놀라서 몇 초간 그녀를 빤히 쳐다보았다. 그러더니 기억이 났는지 나지막한 소리로 물었다. "갚아야 할 돈이 얼마입니까?"

"32스쿠도." 그녀가 말했다. "당신은 계산서를 받았지요?"

이 면회를 감시하고 있던 키 크고 뚱뚱한 관리를 향해 몸을 돌린 브루노는 물었다. "혹시 교황청의 건물에 나의 소지품과 함께 몰수된 돈이 얼마인지 아십니까?" 그 남자는 모르지만 확인해 보겠다고 약속했다.

이 약속으로써 이 건이 처리된 듯이 다시 그녀에게로 몸을 돌리며 죄수 브루노는 "부군께서는 안녕하십니까?" 하고 물었다. 그리하여 보통의 관계를 회복하고 일상적인 방문 상황인 것처럼 말이다.

이 작은 남자의 친절에 약간 당황한 늙은 여인은 남편은 잘 지낸다고 중얼거리면서, 류머티즘으로 좀 고생한다는 말을 덧붙였다.

이틀이 지난 후 그녀는 다시 교황청의 건물로 갔다. 그 남자에게 물어볼 시간을 주는 게 좋다고 생각하였기 때문이다.

실제로 그녀는 그와 다시 한번 면담할 수 있는 허락을 받았다. 쇠창살이 달린 창문이 있는 작은 방에서 그녀는 한 시간 이상 기다려야만 했다. 그가 심문을 받았기 때문이다.

그가 왔는데, 몹시 지쳐 보였다. 거기엔 의자가 없었으므로 그는 벽에 몸을 약간 기대었다. 그렇지만 그는 즉시 본론으로 들어갔다.

그는 아주 약한 목소리로 유감스럽게도 외투값을 지불할 수 없다는 말을 했다. 자신의 소지품에서 돈을 발견할 수 없었다고 했다. 그럼에도 불구하고 그녀는 모든 희망을 포기할 필요가 없다고도 했다. 그는 곰곰이 생각해 보았으며, 자신의 책을 프랑크푸르트에서 인쇄한 사람이 있는데 그 사람에게서 받을 돈이 조금 있다는 것을 기억했다. 허락을 얻으면, 그 남자에게 편지를 쓰겠다고 했다. 이 허락을 얻을 수 있는지 내일 알아보겠다고 했다. 오늘은 심문을 받을 때에 특별히 좋은 분위기가 아니라는 느낌을 받았다고 했다. 그래서 그는 괜히 물어서 자칫 모든 일을 망쳐 버리지 않겠다고 했다.

늙은 여인은 그가 말을 하는 동안 날카로운 눈길로 뚫어져라 쳐다보았다. 그녀는 기한을 넘긴 빚쟁이들이 둘러대는 핑계와 차일피일 미루는 수법을 잘 알았다. 빚쟁이들은 갚아야 할 의무에 대해서는 눈곱만큼도 신경을 쓰지 않으면서, 돈 갚으라는 압박을 좀 세게 받으면 백방으로 노력을 하는 것처럼 행동했다.

"당신은 돈도 없으면서 왜 외투를 맞추었나요?" 그녀는 딱딱하게 물었다.

죄수는 그녀의 생각을 잘 알겠다는 것을 보여 주려고 고개를 끄덕거렸다. 그리고 이렇게 대답했다.

"나는 책을 쓰고 강의를 해서 언제나 돈을 벌었습니다. 그래서 계속 돈을 벌 수 있을 거라고 생각했어요. 바깥으로 돌아다녀야 하기 때문에 외투가 필요하지 싶었습니다."

그는 기분 나쁜 기색 없이 그렇게 대답했는데, 그건 오직 그녀의 물음에 대답을 하기 위해서였다.

늙은 여인은 잔뜩 화가 나서 다시 그를 위에서 아래로 훑어

보았으나 그에게 다가가려는 감정은 없었다. 말 한마디 없이 그녀는 몸을 돌리더니 방에서 나가 버렸다.

"종교재판소에서 재판을 받고 있는 남자에게 누가 돈을 보내 줄까요?" 그날 저녁에 잠자리에 들었을 때 그녀는 남편에게 화를 내며 말을 했다. 남편은 교회 당국이 자신을 대하는 태도에 안심을 하고 있었지만 돈을 받아 내려는 아내의 지칠 줄 모르는 시도에는 동의하지 않았다.

"그 사람은 지금 다른 것을 생각해야 할 거요." 하고 그는 중얼거렸다.

그녀는 더 이상 말을 하지 않았다.

다음 몇 달은 이 골치 아픈 사건에 어떤 새로운 변화도 없이 지나갔다. 1월 초에는 이런 소문이 돌았다. 원로원이 교황의 희망에 따라 이단자 인도를 고려하고 있다고. 그리하여 춘토 부부를 종교재판소에 나오라고 하는 새로운 소환이 있었다.

일시는 지정되지 않았으나 춘토 부인은 어느 날 오후에 거기로 갔다. 그런데 때를 맞추지 못했다. 그 죄수는 로마 공화국의 최고 높은 관리인 프로쿠라토르의 내방을 기다리고 있었다. 그 관리는 원로원에서 인도 문제에 대한 의견서를 작성하라는 요청을 받고 있었다. 춘토 부인은 전에 처음 놀라 출신의 남자와 만남을 주선했던 그 높은 관리의 영접을 받았다. 늙은 관리는 그녀에게 말하길, 죄수도 그녀와 면담하기를 원하고 있으니 좋은 시간이 언제일지 고려해 보라고 했다. 왜냐하면 그 죄수는 자신에게 매우 중요한 회의를 앞에 두고 있기 때문이었다.

그녀는 죄수에게 물어볼 게 있다고 짧게 대답했다.

한 관리가 나가더니 죄수를 데리고 왔다. 그들의 만남은 높은 관리가 있는 데서 이루어졌다.

놀라 출신 남자가 문 밑에서 그녀에게 미소를 머금은 채 무슨 말을 하기도 전에 늙은 여인이 불쑥 이렇게 내뱉었다.

"왜 당신은 자유롭게 밖으로 돌아다니길 원한다고 하면서 그렇게 행동합니까?"

그 작은 남자는 잠시 당황하는 것 같았다. 그는 이 석 달간 너무나 많은 물음에 대답을 했으므로 양복쟁이 부인과의 마지막 만남의 끝을 기억하지 못했다.

"나한테 돈이 오지 않았어요." 그는 마침내 이렇게 말했다. "나는 두 번이나 편지를 썼어요. 그러나 돈은 오지 않았습니다. 혹시 당신이 그 외투를 돌려받지 않을까 하는 생각을 해 보았습니다."

"나는 일이 이렇게 될 줄 알았어요." 그녀는 경멸적으로 말했다. "그리고 그 외투는 치수를 재서 만든 것으로, 대부분의 사람들에겐 너무 작아요."

놀라 출신의 사람은 괴로운 표정으로 이 늙은 여인을 쳐다보았다.

"그 생각을 하지 못했네요."라고 말하고 그는 성직자에게로 몸을 돌렸다.

"제 소지품을 모두 팔아서 그 돈을 이 사람들에게 줄 수 있습니까?"

"그건 불가능할 겁니다." 하고 죄수를 데리고 온 그 뚱뚱하고 키 큰 관리가 대화에 끼어들었다.

"모체니고 씨가 그것에 대한 권리를 가지고 있어요. 당신은 오랫동안 모체니고 씨의 비용으로 사셨지요."

"그가 나를 초빙했습니다." 놀라 출신의 남자가 지친 듯이 대꾸했다.

백발의 성직자가 손을 들어 올려 제지했다.

"그건 여기서 논할 문제가 아닙니다. 나는 그 외투를 돌려주어야 한다고 생각합니다."

"그걸 가지고 어떻게 하란 말입니까?" 하고 늙은 여인이 완고하게 말했다.

백발의 성직자는 얼굴이 빨갛게 되었다. 그는 천천히 말했다.

"부인, 기독교적 관용을 베풀어도 당신에게 나쁘지 않을 것입니다. 이 피고는 생(生)과 사(死)가 달려 있는 만남을 앞두고 있습니다. 당신은 이 사람에게 당신의 외투에 대해 큰 관심을 가지라고 요구할 수 없을 것입니다."

늙은 부인은 성직자의 얼굴을 쳐다보고는 불안해졌다. 그녀는 자신이 지금 어디에 있는지를 생각했다. 돌아가야 하지 않을까 곰곰이 생각했다. 그때 뒤에서 죄수가 낮은 목소리로 이렇게 말을 하였다.

"나는 이분이 그것을 요구할 권리가 있다고 생각합니다."

그녀가 그를 향해 몸을 돌리자 그는 말을 이어 갔다.

"이 모든 것을 용서해 주십시오. 그리고 내가 당신의 손해에 대해서 무관심하다고는 절대로 생각하지 마십시오. 나는 이 건에 대해 청원서를 쓰겠습니다."

키 크고 뚱뚱한 남자는 백발의 성직자의 눈짓에 따라 방에서 나갔다. 그가 돌아오더니 두 팔을 벌리고 이런 말을 했다. "그 외투는 함께 넘어오지 않았습니다. 모체니고 씨가 가지고 있는 게 틀림없습니다."

놀라 출신의 남자는 놀라는 게 분명했다. 그리고 그는 단호하게 말했다.

"그건 옳지 않습니다. 나는 모체니고 씨를 고소하겠습니다."

백발의 성직자는 고개를 흔들었다.

"당신은 몇 분 후에 있을 대화에 더 집중하세요. 나는 여기서 몇 푼 안되는 것 때문에 이렇게 다투는 걸 더는 허용할 수 없어요."

늙은 여인의 머리엔 피가 치솟았다. 그녀는 놀라 출신의 남자가 이야기할 동안에는 침묵을 지켰고 입을 삐죽거리면서 방의 구석진 곳을 쳐다보았다. 그러나 지금은 그녀의 인내심도 끝이 났다.

"몇 푼 안되는 돈이라니!" 하고 그녀는 소리를 질렀다. "그것은 한 달의 벌이입니다! 당신은 쉽게 관용을 베풀 수 있습니다. 당신이 손해를 보는 게 아니니까요!"

그 순간 키 크고 뚱뚱한 성직자가 문에 들어섰다.

큰 소리로 외치는 그녀를 놀란 눈으로 쳐다보면서 그는 "프로쿠라토르가 도착했습니다." 하고 낮은 소리로 말을 했다.

키 크고 뚱뚱한 남자는 놀라 출신 남자의 소매를 잡고 밖으로 데려갔다. 죄수는 문지방을 넘어 끌려 나갈 때까지 좁은 어깨 너머로 여자를 돌아다보았다. 그의 여윈 얼굴은 아주 창백했다.

당황한 늙은 여인은 건물 돌계단으로 내려갔다. 그녀는 이 것을 어떻게 생각해야 할지 몰랐다. 결국 그 남자는 자신이 할 수 있는 일을 했던 것이다.

일주일 후에 키 크고 뚱뚱한 남자가 외투를 가지고 왔을 때, 그녀는 작업장에 들어가지 않았다. 그녀는 문에 서서 귀를 대고 엿들었다. 관리는 이렇게 말했다. "그는 실제로 최근 며칠 내내 이 외투에만 신경을 썼어요. 그는 심문을 받고 시 당국과 면회를 하는 사이사이에 두 번이나 청원서를 썼으며, 몇 번이나 이건으로 교황대사와 면담을 요청하기도 했어요. 그는 자신의 요구를 관철했어요. 모체니고 씨는 외투를 넘겨주어야 했지요. 게다가 그는 지금 이 외투를 필요로 하는지도 모릅니다. 왜냐하면 그는 로마로 이송될 것이며, 그것도 이번 주에 로마를 향해 출발해야 하기 때문이지요."

그 말이 맞았다. 때는 1월 말이었다.

베르톨트 브레히트
(Bertolt Brecht, 1898~1956)

1898년 독일 아우크스부르크에서 제지 공장 관리자인 아버지 베르톨트
프리드리히 브레히트와 어머니 조피 브레히트의 큰아들로 태어났다.
뮌헨 대학에서 의학을 전공하여 제1차 세계대전 중에 위생병으로
복무하였고, 이때의 경험은 그의 작품 전반에서 나타나는 반전주의
경향의 토대가 되었다. 1922년 희곡『한밤의 북소리』로 독일에서 가장
훌륭한 희곡 작품에 수여되는 클라이스트 문학상을 수상했다. 1920년대
후반부터는 마르크스주의를 받아들이면서 보다 사회 참여적인 경향을
띠게 된다. 희곡『서푼짜리 오페라』가 대대적인 성공을 거두지만 그의
신랄한 작품들 때문에 나치의 감시 명단에 올랐고, 1933년에는 저작이
모두 불태워졌다. 이때부터 15년간 '구두보다 더 자주 나라를 바꾸며'
여러 나라를 전전하는 고달픈 망명 생활을 한다. 오스트리아, 스위스,
프랑스 등지를 거쳐 덴마크의 스벤보르에 정착하고, 당시에 쓴 시들을
모아 1939년『스벤보르 시편』을 출간했다. 이 시집에는 히틀러와
파시즘에 대한 맹렬한 비판과 풍자가 담겨 있다. 이후 나치가 덴마크를
침공하자 미국으로 건너갔다가, 1948년에 드디어 긴 방랑을 끝내고
베를린으로 돌아와 극단 '베를리너 앙상블'을 창단했다. 이후 계속해서
연극 연출에 힘을 쏟았으며 1956년 8월 14일, 심장병이 악화되어 58세의
나이로 생을 마감했다. 오늘날 그는 서사극 이론을 자신의 극작에 활용한
극작가로, 서정 시인으로서 전 세계에 널리 알려졌고, 그의 단편소설 및
산문도 활발히 연구되고 있다. 남긴 작품으로는 희곡『서푼짜리 오페라』,
『갈릴레이의 생애』, 『코카서스의 백묵원』, 『억척어멈과 그의 자식들』,
『사천의 선인』 등이 있다.

◆ 카프카 ◆

Franz Kafka

법 앞에서

Vor dem Gesetz

♦

법 앞에 문지기가 한 사람 서 있다. 시골에서 한 남자가 이 문지기에게 와서 법 안으로 들여보내 달라고 요청한다. 그러나 문지기는 지금은 입장을 허락할 수 없다고 말한다. 시골 사람은 한참 생각하고 나서, 그럼 나중에는 입장이 가능하느냐고 묻는다.

"아마 그럴 거요." 문지기는 말한다. "그러나 지금은 안 돼요."

법으로 들어가는 문은 언제나 열려 있고, 문지기는 옆으로 비켜섰기 때문에, 시골 사람은 문을 통해 그 내부를 보려고 몸을 굽힌다. 문지기가 그것을 눈치채고 웃으며 말한다. "만약 자네가 들어가고 싶은 마음이 있으면, 나의 금지에도 불구하고 들어가도록 해보게. 그렇지만 나는 힘이 있음을 알아 두게. 더구나 나는 제일 낮은 문지기일 뿐이야. 한 홀에서 다른 홀로 갈 때마다 각각 문지기가 서 있는데, 그들은 앞의 문지기보다 더 힘이 있어. 나도 세 번째 문지기는 차마 쳐다볼 수도 없어."

시골 사람은 그런 어려움을 예상치 못했다. 그러나 그는, 법은 누구에게나 그리고 언제나 접근 가능해야 한다고 생각한다. 그러나 지금 모피 외투를 입은, 콧날이 뾰족하고 길고 가느다란, 검은 타타르인(人)의 수염을 기른 문지기를 자세히 쳐다보고 나서 그는 자신이 입장을 허락받을 때까지 차라리 기다리겠다고 결심한다. 문지기는 그에게 의자를 하나 권하고 그를 문 옆에 앉게 했다.

거기에 남자는 여러 날 여러 해를 앉아 있다. 그는 입장을 허락받으려고 많은 시도를 하고, 들여보내 달라고 부탁하면서 그 문지기를 피곤하게 만든다. 문지기는 종종 그에게 가벼운 심문을 하고, 고향이 어디냐고 묻고, 또 다른 것에 대해서도 많이 묻는다. 그러나 그것들은 높은 양반들이 제기하는 것과 같은 관심이 없는 물음이다. 끝에 가서 그는 시골 사람에게 늘 말했던 것처럼 아직도 그를 입장시킬 수 없다고 말한다. 이 여행을 위해 많은 준비를 했던 시골 사람은 모든 것을 쓰는데, 문지기를 매수하기 위해선 아무리 값비싼 것이라고 해도 쓴다. 문지기는 모든 것을 받지만 그때마다 말한다. "난 자네가 온갖 수단을 다했다는 믿음을 갖게 하기 위해 이것을 받을 뿐이다."

시골 사람은 문지기를 수년 동안 거의 끊임없이 관찰한다. 그는 다른 문지기들을 잊어버린다. 그리고 그는 이 첫 문지기를 법으로 들어가는 것을 방해하는 유일한 방해꾼으로 여긴다. 그는 처음 몇 해 동안에는 가차 없이 큰 소리로 이 불운을 저주한다. 그러나 훗날 나이를 먹어서는 그저 혼자서 투덜거린다. 그는 어린이처럼 된다. 수년 동안 문지기에 대해서 연구했으므로, 그는 문지기의 모피 옷깃에 벼룩이 붙어 있는 것까지도 알고, 문지기의 기분을 바꾸기 위해 벼룩에게 자신을 도와 달라고 부탁한다.

마침내 그의 시력이 약해지고, 자기 주변이 정말 어두워진 것인지 아니면 자기 눈에 그저 그렇게 보일 뿐인지도 알지 못한다. 하지만 그는 어둠 속에서도 법의 문에서 꺼지지 않고 새어 나오는 한 줄기의 빛을 인식한다. 이제 그가 살날은 얼마 남지 않았다.

죽음을 앞두고, 그의 머릿속에는 지금까지 살아온 모든 시기의 온갖 경험들이 모여, 여태껏 문지기에게 묻지 않았던 하나의 질문이 된다. 그는 문지기에게 가까이 오라고 손짓한다. 굳어지는 몸을 그는 더 이상 바로 세울 수 없기 때문이다. 문지기는 그를 향해 몸을 심하게 굽히지 않으면 안 되었는데, 그 이유는 그들의 키 차이가 시골 남자에게 매우 불리하게 났기 때문이다. "자네는 지금도 더 알고 싶은 게 있나?"라고 문지기가 묻는다. "자네는 만족할 줄 모르는구먼."

"모든 사람들은 법을 추구하고 있습니다." 시골 남자가 말한다. "그런데 왜 여러 해가 지나는 동안 저 말고 아무도 입장을 요구하지 않습니까?"

문지기는 시골 남자의 죽음이 다가옴을 알고서, 희미해져 가는 그의 귀에 들리도록 큰 소리를 지른다. "여기서는 다른 누구도 입장을 할 수 없었어. 이 입구는 오직 자네만을 위한 것이었네. 나는 이제 가서 그 문을 닫겠네."

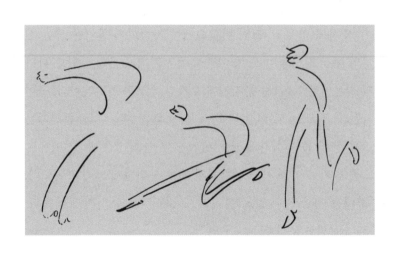

선고

Das Urteil

♦

F를 위하여*

아름다운 봄날, 일요일 오전이었다. 젊은 상인 게오르크 벤데만은 강을 따라 길게 늘어서 있는, 나지막하고 조잡한 건축 자재로 지은, 높이와 색깔로만 서로 구별되는 집들 중 한 집의 이층 자기 방에 앉아 있었다. 그는 외국에 있는 어린 시절의 친구에게 보내는 편지를 방금 완성하고, 그것을 장난삼아 천천히 봉해 놓은 다음, 팔꿈치를 책상에 괴고 창 너머로 강과 다리, 그리고 연한 녹색을 띤 건너편 비탈진 강둑을 바라보았다.

그는 친구가 가정에서 생활하는 것에 불만을 품고 몇 년 전에 러시아로 도망가 버렸던 일을 곰곰이 기억했다. 그 친구는 지금 페테르부르크에서 사업을 하고 있었다. 사업은 처음에는 잘

---

* 이 작품을 바친 대상이 된 F는 카프카가 두 번에 걸쳐 약혼과 파혼을 거듭했던 펠리체 바우어(Felice Bauer)를 가리킨다.

되었으나, 그 친구가 점점 뜸하게 찾아와 하소연하는 바에 의하면, 오래전부터 지지부진한 것 같다. 그러니까 그 친구는 외국에서 헛되이 고생만 실컷 하고 있었다. 이국적인 덥수룩한 수염이 어린 시절부터 잘 아는 그의 얼굴을 엉성하게 덮었으나, 누르스름한 그의 얼굴색은 무슨 병에 걸려 있는 것 같았다. 스스로 말했듯이 그는 그곳 동포들과 실질적인 접촉을 하지 않았고, 현지의 러시아 가정들과도 거의 교제를 하지 않았다. 그리하여 그는 영원한 독신 생활에 적응해 가고 있었다.

분명히 궁지에 빠진, 아무런 도움을 줄 수 없어 안타까운 이런 사람에게 무슨 글을 써 보내야 할까? 다시 고향으로 돌아오라고, 생활 근거지를 이리로 옮기고, 옛 친구들과의 관계를 되살리고, — 그렇게 하는 데는 아무런 장애도 없었다 — 게다가 친구들의 도움을 기대해 보라는 충고를 해야 하지 않을까? 그러나 그것은 그에게 동시에 이렇게 충고를 해 주는 것과 다름없는 짓이다. 즉 남을 아끼면 아낄수록 남을 더욱더 괴롭히게 되는 것처럼, 지금까지의 노력들이 실패했으니 그런 일에서 마침내 손을 떼고 귀향하여 영원히 귀향한 자로 남의 따가운 눈총을 받는 사람이 되어라. 그리고 친구들만이 그를 어느 정도 이해하며, 고향에 남아 어느 정도 성공을 거둔 친구들을 그저 따라가야 할 나이든 어린애라고 말하는 것이다. 그렇게 해 보지만 그에게 고통만 줄 뿐이지 무슨 도움이 될 것인가? 아마도 그를 귀향시키지는 못할 것이다. — 그는 스스로 고향의 여러 사정을 이젠 알 수 없다고 말했다 — 그러니까 무슨 일이 있어도 그는 외국에 계속 머물러 있을 것이고, 친구들의 충고로 인해 오히려 기분만 상하고 친구들과는 더 멀어지기만 할 것이다. 그가 정작 그들의 충고에 따라 여기에 돌아온다고 해도, — 물론 의도는 그것이 아니라도 실제 사정에 의해서 — 그는 기가 죽어 친구들과 함께 있을 때나 또 친구들이 없을 때 제자리를 찾지 못하고, 굴욕을 느끼며 괴로워하다가 끝내는 고향도 친구도 없는 신세가 될 것인데, 그럴 바엔 그냥 있던 그대로 외국에 남아 있는 것이 그를 위해선 더 낫지 않을까? 이런 사정으로 보아 그가 여기서 성공을 거둘 것이라고 생각할 수 있을까?

이런 이유 때문에 그와 편지로 연락을 계속하려는 사람은 가장 멀리 떨어진 지인에게 아무런 주저 없이 보내는 그런 실질적인 소식조차도 그에게 보내 줄 수 없었다. 이 친구는 이미 삼 년 이상 고향에 오지 않았는데, 그 이유를 러시아의 정치 불안 탓으로 돌리면서 무척 궁색한 설명을 했었다. 지금 수만 명의 러시아인들이 외국을 평온하게 돌아다니고 있는데도, 친구의 설명에 의하면 그곳의 정치 불안 때문에 소상인조차도 잠시 자리를 비울 수 없다는 것이었다. 그러나 이삼 년 동안 게오르크에게는 많은 변화가 있었다. 이 년 전쯤에 게오르크의 어머니가 돌아가셨고, 그 이후로 게오르크는 늙은 아버지와 한 집에서 살아가고 있다. 친구는 아마 이 소식을 들었던 모양인지라 편지에 간단히 몇 자 적어 애도의 뜻을 표했다. 그것은 외국에선 그런 일에 대하여 슬픔이 전혀 느껴지지 않기 때문일 것이다. 한편 게오르크는 그 후로 다른 일도 마찬가지지만 자신의 장사를 굳은 결심으로 해 나갔다. 아마도 어머니가 살아 계실 동안에는, 아버지가 장사에서 자신의 주장만 관철시키려 했으므로, 게오르크 자신의 독자적인 활동에 방해를 준 것 같았다. 아버지는 어머니가 돌아가신 후 여전히 장사에 손을 대고 있긴 하지만 어쩌면 점점 뒷전으로 물러났던 것 같다. 아마도 행운의 우연이 겹쳐 — 이런 일은 능히 있을 수 있다 — 다른 무엇보다도 더 중요한 역할을 한 것인지, 어쨌든 지난 이 년 동안 장사가 전혀 예상 밖으로 번창했다. 직원을 두 배로 늘려야 했고, 매상이 다섯 배로 늘었고, 장차 더 발전할 것임은 의심할 여지가 없다.

그러나 친구는 이 같은 변화에 대해선 전혀 알지 못했다. 전에, 아마 마지막으로 보낸 조문 편지에서 친구는 게오르크에게 러시아로 이주하라고 설득을 하려 했고, 페테르부르크에 게오르크 상점의 분점을 열 경우에 생길 전망에 대하여 상세히 알려 준 일도 있다. 그가 언급한 숫자는 게오르크의 사업이 현재 올리고 있는 매상에 비하면 너무나 적은 것이었다. 그러나 게오르크는 자기 사업의 성공에 대해서 친구에게 써 보낼 생각은 전혀 없었다. 지금에 와서 뒤늦게 그렇게 한다면 참 이상하게 보일 것이다.

그래서 게오르크는 친구에게 보내는 편지에, 조용한 일요일 생각에 잠기노라면 기억 속에 두서없이 떠오르는 그런 하찮은 사건들만을 썼다. 그는 다만, 친구가 그동안 오래도록 좋게 생각하며 만족하고 있는 고향의 이미지를 손상시키고 싶지 않을 뿐이었다. 그래서 게오르크는 상당한 간격을 두고 보낸 세 차례의 편지에서 어느 평범한 남자가 마찬가지로 어느 평범한 처녀와 약혼을 했다는 얘기를 친구에게 알렸는데, 마침내 친구가 게오르크의 의도와는 달리 이 사건에 관심을 갖기 시작한 것이었다.

그러나 게오르크는 바로 자기 자신이 부유한 가정 출신의 프리다 브란덴펠트 양과 한 달 전에 약혼했다는 사실을 털어놓기보다는 오히려 그와 같은 시시한 이야기를 쓰는 것이 좋았다. 그는 약혼녀와 종종 이 친구에 대하여 이야기할 때, 이 친구와 그가 주고받는 특별한 서신 왕래에 대하여 언급했다. "그럼 그분은 우리 결혼식에는 도저히 오지 못하겠군요." 그녀가 말했다. "그렇지만 저는 당신 친구들을 모두 알 권리가 있어요." "나는 그 친구를 방해하고 싶지 않아." 게오르크가 대답했다. "오해 말아요. 그는 아마 올 거야. 적어도 나는 그렇게 생각해. 하지만 그는 강요를 받았고 모욕을 당했다고 느낄 거야. 나를 부러워할지 모르지만 틀림없이 불만을 느낄 거고 그 불만을 해소하지도 못한 채 결국 혼자 돌아갈 거야. 혼자서 말이야. — 무슨 말인지 알겠어?" "네, 그렇지만 우리의 결혼에 대해서 다른 방법으로 그분에게 알릴 수는 없을까요?" "그렇게 하는 것을 내가 막을 순 없어. 하지만 그의 생활 방식으로 보아 도저히 불가능해." "게오르크, 당신이 그런 친구를 갖고 있다면 아예 약혼을 하지 말았어야 했어요." "그래, 그건 우리 두 사람의 책임이야. 그렇지만 나는 지금에 와서 약혼을 파기하고 싶은 생각은 없어." 그녀가 그의 키스를 받고 숨을 가쁘게 쉬면서, "그래도 제 기분은 나빠요."라고 말했다. 그러자 게오르크는 친구에게 모든 것을 적어 보내도 별로 위험하지 않으리라고 생각했다. '나는 이런 사람이 니까, 그도 나를 이런 사람으로 받아들여야 해.' 그는 혼자 중얼 거렸다. '친구와 나의 우정을 위해 내 자신을 잘라 현재의 나보 다 더 잘 어울리는 인간을 만들 수는 없는 것이다.'

그리고 사실, 그는 이번 일요일 오전 친구에게 쓴 긴 편지에 서 자신이 약혼했다는 사실을 다음과 같이 알렸다. '나는 제일 좋은 소식을 마지막까지 숨겨 왔네. 나는 프리다 브란덴펠트 양 이라는 아가씨와 약혼했네. 부유한 가정의 처녀이네. 그 집은 자 네가 여기서 떠나고 나서 한참 뒤에 이곳으로 이주를 했으니까 자네는 그 집을 알 수가 없을 거야. 내 약혼녀에 관해서 더 자세 히 이야기할 다른 기회가 있을 것이네. 오늘은 내가 매우 행복하 다는 것과, 우리들의 관계가 좀 변하여 자네는 지금 나를 그저 평범한 친구가 아니라 행복한 친구로 보게 된다는 것을 알려 주 니 이것만으로 만족하게나. 게다가 자네는 내 약혼녀를 성실한 여자 친구로 맞이할 것이야. 그것은 자네와 같은 독신자에게 무 의미한 일은 아니야. 지금 그녀는 자네에게 마음에서 우러나오 는 안부를 전하고 있으며, 곧 그녀가 자네에게 편지를 쓸 거야. 나는 여러 가지 일 때문에 자네가 우리에게 오지 못할 것이라는 것은 잘 알고 있네. 하지만 내 결혼식이야말로 모든 장애를 단 숨에 물리칠 수 있는 좋은 기회가 아닐까? 아무튼 그게 그렇더 라도 아무것도 고려하지 말고 자네 마음대로 행동하기 바라네.'

이 편지를 손에 든 채 게오르크는 창을 바라보면서 오랫동안 책상에 앉아 있었다. 길을 지나가던 어느 아는 사람이 보낸 인사에 대하여 그는 방심한 듯이 간신히 미소로 답했다.

드디어 그는 그 편지를 호주머니에 넣고 자기 방에서 나와 작은 복도를 지나 아버지의 방으로 들어갔다. 벌써 몇 달 동안 그는 그 방에 들어가지 않았다. 또 그 방에 평상시에는 들어갈 필요도 없었다. 아버지와는 상점에서 늘 만났기 때문이다. 그리고 그들은 같은 시간에 어느 식당에서 함께 점심 식사를 했고, 저녁에는 각자 좋을 대로 행동을 하곤 했다. 그다음에는 대개 — 게오르크가 종종 그렇게 하듯이 자신의 친구들과 함께 있거나 요즘처럼 약혼자를 방문할 때를 제외하고 — 잠시 거실에 앉아 각자 신문을 보곤 했다.

게오르크는 햇살이 밝게 비치는 오전인데도 아버지의 방이 너무나 어두운 것에 놀랐다. 좁은 마당의 건너편에 서 있는 높은 담이 그림자를 드리우고 있었다. 아버지는 돌아가신 어머니의 각종 기념물로 장식한 방 한쪽 구석 창가에 앉아 약해진 시력에 맞추느라 신문을 눈앞에서 약간 비스듬하게 들고 읽고 있었다. 책상 위에는 아침에 먹다 남은 음식이 놓여 있었는데, 그다지 많이 드신 것 같지는 않았다.

"아, 게오르크냐!" 하고 아버지는 곧 그에게 걸어왔다. 그가 걸을 때 묵직한 잠옷이 휙 펼쳐졌고, 옷자락이 그의 몸을 싸고 펄럭거렸다. '아버지께선 언제나 거인이시다.'라고 게오르크가 혼잣말을 했다.

"여기는 매우 어둡습니다." 그가 말했다.

"그래, 상당히 어둡다." 아버지가 대답했다.

"창문을 닫으셨습니까?"

"나는 닫아 두는 게 더 좋아."

"바깥은 아주 따뜻합니다." 게오르크는 앞에 한 말에 덧붙이려는 듯이 말하고 자리에 앉았다.

아버지는 아침 식기를 치워 찬장 위에다 놓아 두었다.

"사실 아버지께 말씀드리고 싶은 것이 있습니다." 늙은 아버지의 거동을 멍하니 쳐다보면서 게오르크는 이렇게 말을 이었다. "페테르부르크에 제가 약혼한 사실을 알렸습니다." 그는 편지를 호주머니에서 약간 꺼냈다가 도로 집어넣었다.

"뭐라고, 페테르부르크라고?" 아버지가 물었다.

"제 친구에게 말입니다." 하고 게오르크는 아버지의 눈을 쳐다보았다. — 상점에 계실 때의 아버지와는 아주 다르게 보인다. 그런데 여기서는 어깨를 쭉 펴고 팔짱을 끼고 앉아 계시는구나, 라고 그는 생각했다.

"그래, 네 친구에게 말이야." 아버지가 강한 어조로 말했다.

"아버지께서도 잘 알고 계시듯이, 저는 처음엔 제 약혼에 대해서 침묵하려고 했습니다. 그건 그를 생각해서지 다른 이유가 없습니다. 아버지도 아시다시피, 그 친구는 까다로운 사람입니다. 저는 이렇게 생각합니다. 그는 어쩌면 제가 약혼한 것에 대해 다른 사람으로부터 들어 알 수도 있습니다. 하지만 그것은 그의 외로운 독신 생활에 비춰 보아 거의 가능성이 없습니다. — 그렇게 되는 것을 제가 막을 수 없습니다 — 그렇지만 그는 제게 직접 그 소식을 듣지는 못할 것입니다."

"그런데 이제 와서 생각을 바꾸었단 말이지?" 이렇게 물은 아버지는 큰 신문을 창턱에 놓고 신문 위에다 안경을 놓더니 한 손으로 다시 안경을 가렸다.

"예, 저는 이제 생각을 바꾸었습니다. 그가 저의 좋은 친구라면, 제 행복한 약혼은 그에게도 경사라는 생각이 들어요. 그래서 그에게 그걸 알리는 것을 주저하지 않게 됐어요. 그렇지만 편지를 부치기 전에 아버지께 말씀드리고 싶었어요."

"게오르크," 하고 아버지는 치아라곤 하나도 없는 입을 크게 벌렸다. "자, 들어 봐. 너는 그 일 때문에 나와 상의하려고 내게 왔단 말이지. 그건 물론 좋은 일이야. 그렇지만 네가 지금 진실을 숨김없이 내게 말하지 않는다면 그것은 아무런 의미도 없어. 무의미한 것보다 더 나쁜 것이지. 나는 이 문제와 관련이 없는 일은 건드리지 않겠다. 네 어머니가 세상을 떠난 뒤에 좋지 않은 여러 일이 일어났지. 아마도 그런 일에 대해서도 말할 기회가 올 거야. 우리가 생각하는 것보다도 더 일찍 올지도 모르지. 사업에서도 내가 모르는 일이 많이 있어. 의도적으로 나를 속이진 않았겠지. 지금 나는 네가 나를 속였다고 생각하지 않아. 나는 이제 예전만큼 힘도 없고 기억력도 줄어서 많은 일을 전부 살펴볼 수 없어. 이렇게 된 것은 첫째로는 나이를 먹은 탓이지. 둘째로는 너에게보다 내게 훨씬 더 큰 타격을 준 네 어머니의 죽음 때문이야. ― 그건 그렇고 지금 문제가 된 그 편지에 대해 말을 하겠는데, 제발 부탁하지만 나를 속이지 마라. 사소한 일이고 언급할 가치도 없는 일이니까 나를 속이지 마. 너는 정말 페테르부르크에 그런 친구를 두고 있느냐?"

게오르크는 당황해서 일어섰다. "친구들을 신경 쓰지 마십시오. 수천 명이라도 아버지와 바꿀 수 없습니다. 제 생각을 아시겠어요? 아버지께서는 몸을 충분히 돌보지 않으십니다. 그렇지만 나이를 먹으면 몸을 돌볼 권리가 있습니다. 아버지는 상점에서 제게 없어서는 안 됩니다. 아버지도 그것을 잘 알고 계십니다. 하지만 상점이 아버지의 건강을 위협한다면, 저는 내일이라도 그걸 영원히 닫겠습니다. 그건 안 됩니다. 우리는 아버지를 위해 다른 생활 방식을 도입해야 합니다. 근본적으로 다른 생활 방식이어야 합니다. 아버지께서는 여기 컴컴한 곳에 앉아 계시는데, 거실에 계신다면 밝은 햇빛을 보게 됩니다. 아침 식사를 제대로 하시지 않고 끼적거리기만 하십니다. 그리고 바깥 공기가 몸에 좋은데 닫혀 있는 창가에만 앉아 계십니다. 안 되겠습니다, 아버지! 제가 의사를 부르겠습니다. 의사의 처방에 따릅시다. 방을 바꾸어 보시죠. 아버지께서는 앞방으로 옮기시고 제가 이리로 오겠습니다. 아버지한테는 조금도 변화가 없을 것입니다. 모든 물건이 그대로 옮겨 갈 것입니다. 그렇지만 그렇게 하는 데는 시간이 걸립니다. 지금 아버지께서는 좀 누워 계셔야 합니다. 아버지께서는 지금 절대로 휴식이 필요합니다. 자, 아버지가 옷 벗으시는 것을 제가 도와 드리겠습니다. 제가 그 정도는 할 수 있으니까 한 번 보세요. 아니면 지금 즉시 앞방으로 가시겠습니까, 그렇다면 잠시 제 침대에 누워 계십시오. 그게 더 좋을 것 같습니다.”

게오르크는 아버지 옆에 바짝 다가섰는데, 아버지는 백발이 더부룩한 머리를 가슴에 푹 숙이고 있었다.

“게오르크.” 하고 움직이지 않은 채 아버지가 나지막이 말했다.

게오르크는 즉시 아버지 곁에 무릎을 꿇고 앉았다. 그는 아버지의 지친 얼굴에서 큰 눈동자가 자기를 노려보는 것을 보았다.

“너는 페테르부르크에 친구가 없어. 너는 늘 장난을 잘 치더니 내 앞에서도 그걸 그만두지 않는구나. 하필 거기에 친구를 두고 있다고! 나는 그걸 도무지 믿을 수 없다.”

“아버지, 잘 생각해 보십시오.”라고 말하고 게오르크는 아버지를 의자에서 일으켜 세웠으며, 아버지가 무척 힘없이 서 있자, 그는 아버지의 잠옷을 벗겼다. “제 친구가 우리 집을 방문한 것이 곧 삼 년이 됩니다. 저는, 아버지께서 그를 특별히 좋아하시지는 않았음을 잘 기억합니다. 그가 제 방에 와 있었는데도 적어도 두 번이나 아버지께 거짓말을 했습니다. 아버지가 그를 싫어하시는 것도 저는 잘 알았습니다. 제 친구는 좀 특이한 사람입니다. 그렇지만 그 뒤로 아버지는 그와 곧잘 이야기를 하셨습니다. 그때 아버지는 그의 말에 귀를 기울이면서 고개를 끄덕이고 질문도 하시기까지 해서 저는 자랑스러웠습니다. 잘 생각해 보시면 기억이 날 것입니다. 그때 그는 러시아 혁명에 대해 믿어지지 않는 이야기들을 했습니다. 예를 들면, 그가 업무상 키예프로 갔을 때의 이야기인데, 폭동이 일어났고, 어느 신부가 발코니에

서서 자기 손바닥에 칼로 십자를 새겨 그 손을 쳐들어 군중들에게 호소하는 광경을 보았다고 했습니다. 후에 아버지도 직접 이 이야기를 가끔 반복해서 들려주셨습니다."

그러는 동안 게오르크는 아버지를 다시 의자에 앉히고 리넨 팬티 위에 입은 트리코 천의 바지와 양말을 조심스럽게 벗겼다. 그리 깨끗하지 못한 내의를 보고 그는 아버지를 보살피지 않은 자신을 책망했다. 아버지가 내의를 갈아입도록 보살피는 것이 분명히 자기 의무인 것 같았다. 아버지를 장차 어떻게 모시느냐에 대해서는 아직 약혼녀와 확실한 이야기를 나눈 적이 없었다. 그들은 암암리에 아버지는 혼자 옛집에 남아 계실 거라고 결정했기 때문이었다. 그러나 그는 지금 아버지를 자신의 새로운 가정에 모셔야겠다고 순간적으로 결심을 굳혔다. 그러나 잘 생각해 보니, 아버지를 새로운 가정으로 모시고 가서 보살펴 드리면 너무 늦을 거라는 생각이 들었다.

그는 두 팔로 아버지를 안고 침대로 갔다. 침대 쪽으로 몇 걸음 걸어가면서 그는 자신의 가슴에 안긴 아버지가 시곗줄을 만지작거리는 것을 보고 무서운 느낌을 받았다. 아버지가 시곗줄을 너무 꼭 붙잡고 있었기 때문에, 그는 아버지를 침대에 얼른 눕힐 수가 없었다.

아버지가 침대에 눕자 모든 것이 잘된 것 같았다. 그는 손수 이불을 덮고 어깨 위로 이불을 끌어당겼다. 그는 게오르크를 다정하게 쳐다보았다.

"그에 대해 기억이 나시지요, 그렇죠?" 게오르크가 물으면서 기운을 북돋아 주려고 고개를 끄덕였다.

"내가 이불을 잘 덮고 있느냐?" 아버지는 발이 잘 덮였는지 살펴볼 수 없다는 듯이 물었다.

"침대에 누우시니까 기분이 좋으시죠." 하고 게오르크는 이불을 더 잘 덮어 주었다.

"내가 잘 덮였느냐?" 아버지가 다시 물었는데, 대답에 대해 특별히 신경을 쓰는 것 같았다.

"염려 마십시오. 잘 덮여 있습니다."

"거짓말!" 아버지는 질문에 대해 대답할 시간도 주지 않고 소리를 지르면서 이불을 날아갈 정도로 힘차게 걷어차고 침대에 꼿꼿이 섰다. 다만 한 손을 가볍게 천장에 대고 있었다. "이 녀석아, 네가 나를 덮어 주려고 한다는 걸 알고 있어, 하지만 나는 아직 덮이질 않았어. 이것이 나의 마지막 힘이지만 네까짓 놈을 해치우기엔 충분해. 해치우고도 남지. 나는 네 친구를 잘 알고 있다. 그가 내 마음의 아들이라고 할 수 있지. 그런 이유로 너는 그를 여러 해 동안 속여 온 거야. 다른 이유가 있느냐? 내가 그를 위해 울지 않았다고 너는 생각하느냐? 그런 까닭에 너는 네 사무실에 처박혀 있었던 거야. 사장이 지금 업무가 바쁘니 아무도 들어와서는 안 된다고 말을 하지만, 실은 러시아로 거짓 편지를 쓰느라고 하는 짓이지. 다행히 어느 누구도 아버지에게 아들을 조사하는 방법을 가르쳐 주지는 않는다. 너는 나를 제압했다고 믿고 있어. 네 궁둥이로 아버지를 깔고 앉고서 제압했다고 말이야. 사실 아버지는 꼼짝도 못하고 있어. 그렇게 해 놓고 너는 결혼할 결심을 했지!"

　게오르크는 아버지의 무서운 모습을 쳐다보았다. 아버지가 갑자기 잘 안다고 한 페테르부르크의 친구가 예전과 달리 게오르크의 마음을 아프게 했다. 그는 친구가 넓은 러시아 땅에서 쫄딱 망해 있는 모습을 떠올렸다. 약탈당한 텅 빈 상점의 문에 서 있는 그를 보았다. 폐허로 변한 상품 진열대, 갈가리 찢긴 상품, 떨어지고 있는 가스등의 갓, 이런 것들의 사이에 그가 서 있었다. 왜 그는 그렇게 멀리 떠나야만 했을까!

　"나를 좀 보아라." 아버지가 이렇게 소리를 치자 게오르크는 모든 것을 알아내려고 정신없이 침대로 달려갔다. 그러나 중간에서 걸음을 멈추었다.

　"그년이 치맛자락을 들어 올렸기 때문에," 아버지가 큰소리로 말을 하기 시작했다. "그 징그러운 년이 치맛자락을 들어 올렸기 때문에," 그 모습을 보여 주기 위해 그가 잠옷을 높이 추켜 올렸기 때문에 전시(戰時)에 입은 넓적다리의 흉터가 보였다. "그년이 치맛자락을 이렇게, 그리고 이렇게 들어 올렸기 때문에 넌 그년에게 이끌린 거야. 아무런 방해를 받지 않고 그년과 재미를 보려고 너는 돌아가신 어머니에 대한 추억을 더럽히고, 친구를 배반하고, 네 아버지를 꼼짝하지 못하도록 침대에 처박아 두었어. 하지만 네 아비가 움직일 수 있을까, 없을까?"

　그리고 아버지는 아무것도 의지하지 않고 서서 두 다리를 쭉 폈다. 모든 걸 다 알고 있다는 듯이 그의 얼굴은 환하게 빛나고 있었다.

게오르크는 아버지로부터 될 수 있는 한 멀리 떨어지려고 방 한쪽 구석에 서 있었다. 그는 오래전에 우회의 길에서든 뒤에서든 위에서든 불의의 습격을 당하지 않도록 모든 것을 빈틈없이 잘 관찰해야겠다고 굳게 결심한 적이 있었다. 까맣게 잊었던 그 결심을 이제 다시 생각했지만, 짧은 실오라기를 바늘구멍으로 빼는 것처럼 그는 또 그것을 잊었다.

　　"그렇지만 네 친구는 배반당하지 않았어!"라고 외치더니 아버지는 집게손가락을 좌우로 흔들면서 자기 말을 강조했다. "나는 이곳에서 그의 대리인으로 있었단다."

　　"희극배우이십니다!" 게오르크는 자기도 모르게 큰 소리를 지르고 말았다. 그리고 그는 이내 말을 잘못했다는 것을 깨닫고 ― 너무 늦긴 했지만 ― 눈을 크게 뜬 채 혀를 깨물었는데, 너무 아파서 몸이 구부러질 정도였다.

　　"그래, 물론 나는 희극을 연출한 거야. 희극 말이다. 말 잘했다. 늙은 홀아비인 이 아비한테 무슨 다른 위안이 있겠느냐. 말해 보아라. ― 내 물음에 대답하는 순간만이라도 너는 나의 참아들이다 ― 불성실한 점원들에게 쫓겨나고, 뼛속까지 늙어 버려 뒷방에 놓인 내게 뭐가 남아 있단 말이냐? 아들놈은 환호를 하며 세상을 돌아다니고, 내가 이룩한 상점들을 닫아 버리고 기뻐 날뛰다가도 정직한 사람처럼 무뚝뚝한 얼굴을 하고 자기 애비에게서 도망가다니! 너를 낳은 내가 너를 사랑하지 않았다고 생각하느냐?"

　　'이젠 아버지가 앞으로 꼬부라질 거야'라고 게오르크는 생각했다. '넘어져서 산산조각이 나버렸으면!' 이 말이 그의 머리를 스치고 지나갔다.

아버지는 앞으로 꼬부라지긴 했지만 넘어지지는 않았다. 아버지의 예상대로 게오르크가 다가오지 않았으므로, 아버지는 다시 몸을 일으켰다.

"거기에 그대로 있어라. 나는 네가 필요 없어! 너는 이리로 올 만한 힘이 있다고 생각하면서도, 오기 싫어서 멈칫하고 있는 거지. 착각하지 말아라! 아직 내가 너보다 훨씬 더 강자다. 나 혼자라면 아마 네게 양보를 했을지도 모르지. 그런데 네 어머니가 내게 힘을 주었다. 나는 네 친구와 마음으로 결합해 있으며, 네 고객의 이름도 여기 호주머니에 갖고 있다."

'잠옷에도 호주머니가 있구나.'라고 게오르크는 혼잣말을 했다. 이런 말을 퍼뜨리면 아버지를 세상에서 매장시킬 수 있다고, 그는 생각을 했다. 다만 그런 생각은 한순간이었다. 그 후 그는 모든 것을 잊어버렸다.

"네 신부를 데리고 내게 오기만 해 봐라. 네 곁에 못 있게 쫓아 버릴 테야. 어떻게 하는지는 알게 될 거다."

게오르크는 그 말을 믿지 않는다는 듯이 얼굴을 찡그렸다. 아버지는 자기가 한 말이 사실이라고 단언하듯이 게오르크가 서 있는 구석 쪽을 쳐다보면서 고개를 끄덕였다.

"오늘, 네가 친구에게 약혼에 대해 알릴까 하고 물으러 와서 나는 참 기쁘다! 그는 다 알고 있어, 이 바보야. 그는 알고 있단 말야. 내가 그에게 편지를 썼다. 네가 내게서 필기구를 빼앗는 것을 잊었기 때문이지. 그래서 그는 몇 년째 이리 오지 않아도 모든 걸 너보다 수백 배나 더 잘 알고 있지. 그는 네 편지는 읽지도 않은 채 왼손에 구겨 쥐고 내 편지는 읽으려고 오른손에 들고 있는 거야."

아버지는 흥분하여 한쪽 팔을 머리 위에서 흔들었다. "그는 모든 걸 천 배나 더 잘 알고 있어." 그가 소리쳤다.

"만 배나 더 되겠죠!"라고 아버지를 조롱하기 위해 게오르크가 말했지만, 이 말은 그의 입안에서 매우 진지하게 울렸다.

"나는 몇 년 전부터 네가 이런 문제를 들고 오지 않나 하고 기다리고 있었다. 너는, 내가 다른 것에 신경을 쓰고 있다고 생각하느냐? 내가 신문을 읽고 있다고 생각하느냐? 자!" 그는 침대 밑에 갖고 들어간 신문지 한 장을 게오르크에게 내던졌다. 옛날 신문으로, 게오르크가 전혀 모르는 것이었다.

"네가 이렇게 성숙하기까지 무척 긴 시간이 걸렸구나. 네 어머니는 기쁜 날을 못 보고 그만 세상을 떠났다. 네 친구는 러시아에서 망해 가고 있지. 삼 년 전에 그는 이미 얼굴이 누렇게 뜬 폐인이 되었어. 그리고 내가 어떤 상태인지는 네 눈으로 보고 있다. 보기 위해 너는 눈을 가지고 있는 거야!"

"그러니까 아버지는 저를 숨어서 엿보신 것이군요." 게오르크가 소리쳤다.

동정하는 목소리로 아버지는 덧붙여 말했다. "너는 그것을 더 일찍 말하고 싶었을 거야. 지금은 그런 말이 어울리지 않아."

그리고 아버지는 더 큰 소리로 말했다. "너는 이젠 너 이외에도 무엇이 있는지 알고 있어. 지금까지 너는 너 자신만을 알았어! 사실 너는 순진한 아이였다. 하지만 좀 더 정확히 말하면, 너는 악마 같은 사람이야. ― 그러니 내가 하는 말을 들어라. 나는 지금 네게 익사형을 선고한다."

게오르크는 자신이 방에서 쫓겨나는 듯한 느낌을 받았으며, 아버지가 뒤에서 침대 위로 쿵 하고 쓰러지는 소리가 그의 귓가에 울렸다. 층계에서, 그는 계단을 마치 언덕을 미끄러지듯이 달려 내려가다가 하녀와 부딪쳤다. 그녀는 아침 청소를 하려고 올라가는 중이었다. 그녀는 "어머나!"라고 소리치면서 앞치마로 얼굴을 가렸지만, 그는 이미 사라지고 없었다. 그는 대문을 뛰어나와 길을 가로질러 강으로 달려갔다. 그는 어느새 굶주린 자가 음식을 잡듯이 난간을 꽉 잡고 있었다. 그는 체조 선수처럼 그 난간을 훌쩍 뛰어넘었다. 사실 그는 소년 시절에 부모님이 자랑스러워하는 뛰어난 체조 선수였다. 점점 힘이 빠지는 손으로 아직 난간을 잡은 그는 자기가 물에 떨어지는 소리를 쉽게 들리지 않게 해 줄 것 같은 버스를 난간 기둥 사이로 보면서 나지막하게 외쳤다. "사랑하는 부모님, 저는 당신들을 언제나 사랑했습니다." 그리고 그는 손을 놓고 아래로 떨어졌다.

그 순간 다리 위에는 차량들이 끊임없이 오고 갔다.

유형지에서
In der Strafkolonie

♦

"이것은 독특한 기계장치입니다." 장교는 조사 여행자에게 말하면서 다소 경탄하는 시선으로 평소에 잘 알고 있는 장치를 새삼스레 쳐다보았다. 여행자는 그저 예의로 사령관의 초청에 응한 것 같았다. 사령관은 그에게 명령 불복종과 상관 모욕의 죄로 사형 판결을 받은 한 사병의 형 집행에 입회해 달라고 초청했던 것이다. 유형지에서도 이 처형에 대한 관심은 별로 크지 않았다. 적어도 이곳 나무 한 그루 없는 언덕으로 둘러싸인 모래땅의 깊고 작은 계곡에는, 장교와 여행자 이외에 우둔하고 입이 크고 얼굴과 머리가 지저분한 죄수와 묵직한 쇠사슬을 들고 있는 한 사병이 있을 뿐이었다. 그 쇠사슬에는 작은 사슬이 끼어 있었는데, 이것은 죄수의 발목, 팔목, 목 등에 채워져 있었고, 또 얽히고설킨 사슬에 의해서 서로 연결돼 있었다. 죄수는 개처럼 잘 순종할 것 같아 보였고, 그를 마음대로 언덕에 돌아다니도록 풀어놓아 주었다 하더라도, 처형을 시작할 때에 호각만 불면 돌아올 것 같은 모습이었다.

여행자는 그 처형 장치에 대해서 별 관심이 없었고, 분명히 아무런 관계가 없는 사람인 듯이 죄수 뒤에서 왔다 갔다 하고 있었다. 그러나 장교는 마지막 점검을 하느라고 지하에 깊이 박혀 있는 장치 밑으로 기어 들어가기도 하고, 그 윗부분을 검사하기 위해서 사다리를 타고 올라가 보기도 했다. 그런 것은 원래 기계 기술자에게 맡겨 두어도 되는 일인데도, 장교는 이 장치의 특별한 찬미자라서인지, 혹은 다른 이유에서 그 일을 남에게 맡길 수 없어서인지, 어쨌든 무척 열심히 그 일을 했다. "이젠다 됐습니다!" 드디어 장교가 외치고 사다리에서 내려왔다. 그는 굉장히 지쳤고 입을 크게 벌린 채 숨을 쉬면서 부드러운 여성용 손수건 두 장을 군복 칼라 속에 밀어 넣었다. "그 군복은 열대 지방에선 너무 두껍습니다."라고 말하며 여행자는 장교의 기대와는 달리 장치에 대해 묻지 않았다. "그렇습니다." 하고 장교는 기름과 때로 더러워진 손을 옆에 있는 물동이에다 씻었다. "그러나 이 군복은 고국을 뜻합니다. 우리는 고국을 잃고 싶지 않습니다." "자, 이 장치를 보십시오." 하고 그는 곧 말을 잇더니, 수건으로 손을 닦으면서 처형 장치를 가리켰다. "지금까지는 손작업이 필요했습니다. 그러나 이제부터는 장치가 혼자서 모든 작업을 해낼 겁니다." 여행자는 고개를 끄덕이고 장교를 따라갔다. 장교는 모든 돌발 사고에 대해 발뺌하기 위해서 이렇게 말했다. "물론 여러 가지 고장이 일어납니다. 저는 오늘은 고장이 없길 바랍니다만, 어쨌든 그걸 각오하고 있어야만 합니다. 이 장치는 실제로 열두 시간 계속 가동합니다. 그러나 고장이 난다 해도 그건 아주 사소한 것이어서 금방 수리가 됩니다."

　"앉지 않으시겠습니까?"라고 그가 마침내 묻더니 한 무더기의 등나무 의자 중에서 하나를 꺼내 여행자에게 권했다. 여행자는 거절할 수가 없었다. 그래서 그는 어느 구덩이 가장자리에 앉아 그 안을 힐끗 쳐다보았다. 그 구덩이는 별로 깊지 않았다. 그 구덩이의 한쪽 옆에는 파 올린 흙이 벽처럼 쌓여 있었으며, 다른 쪽에는 처형 장치가 있었다. "혹시 사령관이 당신에게 이 장치에 대해 설명을 했는지 모르겠습니다." 하고 장교가 말했다. 여행자는 애매하게 손을 저어 보였다. 장교는 그 이상의 것을 요구하지 않았다. 왜냐하면 그것만으로도 자기 자신이 처형 장치에 대해 설명을 할 수 있게 되기 때문이었다. "이 장치는," 하며 그는 L 자(字)형의 핸들을 잡고 거기에 기댔다. "전임 사령관이 발명한 것입니다. 저는 첫 실험에서부터 참가했으며 완성될 때까지 모든 작업에 관여했습니다. 그러나 이 발명의 공적은 어디까지나 그분에게만 돌아가는 것입니다. 전임 사령관에 관해서 들어 본 적이 있습니까? 없으시지요? 유형지의 모든 제도가 그분의 업적이라고 해도 지나친 말이 아닙니다. 전임 사령관이 돌아가셨을 때, 그분의 친구인 우리들은, 이 유형지의 시설은 아주 완벽하므로, 후임자가 수천의 새로운 계획을 머릿속에 갖고 있다 하더라도, 적어도 여러 해 동안은 옛 시설을 바꾸지 못할 것임을 알고 있었습니다. 우리의 예언은 맞았습니다. 신임 사령관도 그것을 인정하지 않을 수 없었습니다. 당신이 전임 사령관을 모른다니 유감스럽습니다! — 그런데," 장교가 말을 중단했다. "제가 말을 너무 많이 했군요. 그분이 만든 장치가 여기 우리 앞에 있습니다. 보시다시피 그것은 세 부분으로 되어 있습니다. 세월이 흐름에 따라 이들 각 부분은 통속적인 이름을 갖게 되었습니다. 하부는 침대라고 불리고 상부는 제도기라고 불립니다. 그리고 여기 중간에 떠 있는 부분은 써레라고 불립니다." "써레라고요?" 여행자가 물었다. 그는 주의를 다하며 듣지 않았다. 태양이 그늘 한 점 없는 계곡에 너무 강렬하게 비치고 있었다. 생각을 가다듬기가 힘들었다. 그래서 그는 견장을 달고 끈이 달린 꼭 끼는 전투용 군복을 입고 그렇게 열심히 자기 일을 설명하고 있는 장교가 더욱 경탄할 만하다고 생각했다. 장교는 말을 하면서 드라이버를 가지고 여기저기 나사를 만졌다. 사병은 여행자와 비슷한 심정인 것 같았다. 그는 양 팔목에 죄수를 묶는 사슬을 감고, 한 손으로는 총을 잡고 총에 기대면서, 머리를 푹 숙인채 전혀 무관심하게 있었다. 여행자는 그것을 이상하게 생각하지 않았다. 왜냐하면 장교는 프랑스 말로 말을 하고 있었고, 사병과 죄수는 분명히 프랑스 말을 알아듣지 못했기 때문이었다. 그럼에도 불구하고 죄수가 장교의 설명을 알아보려고 애를 쓰고 있는 모습이 더욱더 이상한 느낌을 주었다. 졸음이 오는 눈이지만 그는 집요하게 장교가 가리키는 곳으로 계속 시선을 던졌다. 그리고 여행자의 질문으로 장교의 말이 중단되자, 죄수 역시 장교처럼 여행자를 쳐다보았다.

"네, 써레입니다." 장교가 말했다. "이름이 딱 들어맞습니다. 바늘들이 써레처럼 장치되어 있고 전체가 써레처럼 움직입니다. 한 곳에서만 움직이고 구조가 매우 정밀합니다. 어쨌든 당신은 곧 이해하시게 될 겁니다. 여기 침대 위에 죄수가 눕혀집니다. — 내가 처형 장치에 대해 먼저 설명을 하고 그다음 이를 작동해 보이도록 하겠습니다. 그러면 장치의 움직임을 더 잘 이해하실 수 있을 것입니다. 제도기에 있는 톱니바퀴가 너무나 닳아서 운전을 시작하면 삐걱삐걱 소리가 납니다. 그러면 거의 의사소통을 할 수가 없습니다. 여기서 이를 수리할 부속품을 구하기는 매우 어렵습니다. — 그러니까 아까 말씀드린 대로 여기가 침대입니다. 그것은 완전히 솜으로 덮여 있습니다. 그것의 용도에 대해선 곧 알게 될 것입니다. 죄수는 이 솜 위에 배를 대고 눕게 됩니다. 물론 벌거벗은 채로입니다. 그를 단단히 동여매기 위해, 이것은 손을 매는 가죽끈이고, 저것은 발을 매는 가죽끈이고, 또 저기에 목을 매는 가죽끈이 있습니다. 제가 말씀드린 바와 같이, 죄수가 얼굴을 아래로 하고 눕게 될 침대의 저 머리끝에 작은 펠트 뭉치가 있는데, 그것은 죄수의 입안으로 곧장 들어가도록 쉽게 조절됩니다. 이것은 소리를 지르거나 혀를 깨무는 것을 막기 위한 것입니다. 물론 죄수는 펠트를 입에 물지 않으면 안 됩니다. 그걸 물지 않으면 목의 끈에 의해 목이 부러지니까요." "이것은 솜입니까?" 여행자가 물으며 몸을 앞으로 숙였다. "네, 그렇습니다. 직접 만져 보십시오." 장교가 미소 지으면서 말했다. 그는 여행자의 손을 잡고 침대 위로 가져갔다. "이것은 특별히 만든 솜입니다. 그래서 겉만 보고는 그것을 제대로 알 수 없습니다. 그 용도에 대해서 말씀드리겠습니다." 여행자는 그 장치에 어느 정도 흥미를 느꼈다. 그는 햇빛을 가리기 위해 손을 눈 위에 얹고 그 장치를 위로 쳐다보았다. 그것은 거대한 구조물이었다. 침대와 제도기는 크기가 비슷했는데, 두 개의 침침한 궤짝처럼 보였다. 제도기는 침대 위 2미터쯤에 붙어 있었다. 두 궤짝은 모서리에 붙어 있는, 햇빛에 빛을 발하는 놋쇠 막대기에 의해 떠받쳐지고 있었다. 궤짝 사이로 써레가 철사에 매달려 있었다.

장교는 조금 전까지도 여행자의 무관심한 태도를 거의 알아채지 못하고 있었는데, 상대방이 이제야 흥미를 갖기 시작했다는 것은 알아챘다. 그래서 그는 여행자에게 마음껏 관찰할 수 있는 시간을 주려고 자신의 설명을 잠시 멈추었다. 죄수는 여행자를 흉내 냈다. 손을 눈 위에 얹어 놓을 수 없기 때문에 그는 눈을 가늘게 뜨고 기계 위를 쳐다보았다.

"그러니까 죄수가 눕는다는 말씀이시죠." 여행자는 의자에서 몸을 뒤로 젖히고 두 다리를 꼬았다.

"그렇습니다." 장교는 모자를 약간 뒤로 젖히고 손으로 자신의 화끈거리는 얼굴을 만졌다. "자, 들어 보십시오. 침대와 제도기에는 각각 건전지가 달려 있습니다. 침대는 자동으로 움직이기 위해 전지가 필요하고, 제도기는 써레를 움직이기 위해 전지가 필요합니다. 죄수가 꽁꽁 묶이면 곧 침대가 움직입니다. 그것은 매우 빠르게 좌우로 동시에 상하로 미동을 계속합니다. 당신은 이와 비슷한 장치를 병원에서 구경하셨을 수도 있을 것입니다. 그러나 우리들의 이 침대는 모든 움직임이 정확히 계산되어 있습니다. 그 움직임은 써레의 움직임과 반드시 일치하지 않으면 안 됩니다. 그런데 이 써레가 실제로는 판결의 집행을 떠맡고 있습니다."

"판결은 대체 어떤 내용입니까?" 여행자가 물었다. "그것도 모르십니까?" 장교가 놀라서 묻고 입술을 깨물었다. "제 설명이 두서가 없더라도 용서하십시오. 제발 용서를 비는 바입니다. 예전에는 사령관께서 직접 그 설명을 하셨어요. 그런데 신임 사령관은 그 명예로운 직무를 회피한 겁니다. 이렇게 고귀한 손님이 방문을 하셨는데도 말입니다." 여행자는 자기를 추겨세우는 그런 말투를 쓰지 못하게 하려고 두 손을 저었지만, 장교는 주장을 계속했다. "당신과 같은 귀한 손님에게 우리들의 판결 형식에 대해 알려 드리지 않았다는 것은 또한 하나의 개혁일지 모르겠으나… 이것은," 그는 욕설이 입술까지 나왔으나 꾹 참고 이렇게만 말했다. "저는 그걸 몰랐습니다. 제 잘못이 아닙니다. 그리고 우리들의 판결 방식을 설명하는 데는 제가 제일 나은 사람입니다. 왜냐하면 여기에 제가," 그가 안주머니 부분을 두들겼다. "전임 사령관이 그린 문제의 도면을 갖고 있으니까요."

"사령관이 손수 그린 도면이라고요?" 여행자가 물었다. "그렇다면 그분은 모든 것을 겸비하고 있었습니까? 그분은 군인이며, 재판관이요, 건축가이며, 화학자요, 설계사였습니까?"

"그렇습니다." 장교는 시선을 움직이지 않고 생각에 잠긴 채

고개를 끄덕이면서 말했다. 그러고 나서 그는 자기 손을 유심히 살펴보았다. 그 손이 도면을 만지기엔 너무 더럽다고 생각하는 것 같았다. 그는 물통으로 가서 손을 다시 씻었다. 그리고 작은 가죽 지갑을 꺼내고 말했다. "우리들의 판결은 엄하지 않습니다. 죄수가 범한 계율을 그의 몸에다 써레로 써넣는 것입니다. 예를 들면 이 죄수의 몸에," 장교가 그 남자를 가리켰다. "'네 상관을 존경하라!'는 말을 써넣습니다."

여행자는 그 남자를 힐끗 쳐다보았다. 그 남자는, 장교가 자기를 가리키자 머리를 숙이고 온 신경을 모아 무슨 말을 하는지 알아내려고 귀를 기울이고 있었다. 그러나 불룩 튀어나오도록 꼭 다문 그의 입술의 움직임은 그가 아무 말도 알아듣지 못했음을 알려 주고 있었다. 여행자는 여러 질문을 하고 싶었지만, 죄수를 쳐다보면서 다만 이렇게 물었다. "저 사람은 자신의 판결을 알고 있습니까?" "모릅니다." 하고 장교는 곧 자신의 설명을 계속하려 했지만 여행자가 그러지 못하게 했다. "자신의 판결을 모르고 있다고요?" "모릅니다." 장교는 여행자로부터 그런 질문을 한 구체적인 이유를 알고 싶어 하는 듯이 잠시 멈추었다가 말했다. "그것을 그에게 알려 주는 것은 쓸데없는 일입니다. 그는 그것을 자기 몸으로 알게 됩니다." 여행자는 입을 다물고 있으려고 했다. 그때 그는 죄수가 자기에게 시선을 던지고 있는 것을 느꼈다. 그 죄수의 시선은 여행자가 지금까지 들은 이야기에 동의할 수 있겠느냐고 묻는 것 같았다. 때문에 여행자는 뒤로 젖혔던 몸을 다시 앞으로 숙이고 물었다. "그렇지만 자기가 유죄 판결을 받았다는 사실은 저 사람이 알고 있겠죠?" "그것도 모릅니다." 하고 장교는 그로부터 무슨 특별한 말이라도 기대하는 것처럼 미소를 지으면서 그를 쳐다보았다. "모른다는 말입니까?" 하고 여행자는 이마를 문질렀다. "그렇다면 저 사람은 자신의 변호가 어떻게 받아들여졌는지도 모르겠군요." "그 사람은 자신을 변호할 기회가 없었습니다." 하고 장교는 옆으로 눈을 돌렸는데, 그것은 마치 자신에겐 당연한 그런 얘기로 여행자를 부끄럽게 만들지 않으려고 자기 자신에게 말하는 듯한 태도 같았다. "그렇지만 저 사람은 자기변호의 기회는 가졌어야 하지요."라고 말하고 여행자는 의자에서 일어섰다.

장교는 장치의 설명에 너무 시간이 걸릴지 모른다는 것을 깨달았다. 그래서 그는 여행자에게로 가서 그의 팔을 잡고 한쪽 손으로 죄수를 가리켰다. 이제 그들의 주의가 분명히 자기에게 쏠리자 죄수는 바로 서서 부동자세를 취했다. 사병도 쇠사슬을 당겼다. 장교가 말했다. "사정은 다음과 같습니다. 저는 이 유형지에 판사로 있습니다. 제가 아직 젊지만 말입니다. 모든 형사 사건에 있어서 전임 사령관을 보좌했으며, 이 장치에 대해서도 제일 잘 알고 있으니까요. 제가 판결하는 원칙은, 죄란 항상 의심할 여지가 없다는 것입니다. 다른 법원들은 이런 원칙을 지킬 수가 없습니다. 그 법원들은 많은 재판관으로 이루어지고 또 자기 위에 상급 법원도 있기 때문입니다. 그러나 여기는 그렇지 않습니다. 적어도 전임 사령관 시절엔 그렇지 않았습니다. 신임 사령관은 내 재판에 개입할 의향을 내비치었습니다만, 이제까지는 제가 그분의 개입을 막아 낼 수 있었습니다. 또 앞으로도 그렇게 할 수 있을 것입니다. — 당신은 이번 사건에 대해 설명을 듣고 싶다고 하셨습니다. 이 사건은 모든 다른 사건과 마찬가지로 매우 간단한 것입니다. 어느 중대장이 오늘 아침 그를 고발했습니다. 그 사유는 당번으로 배치돼서 자기 집 문 앞에서 보초를 서야 하는 저놈이 잠을 자느라 근무를 태만히 했다는 것입니다. 그는 한 시간마다 일어나서 중대장의 방 앞에서 경례하는 임무를 지고 있었습니다. 이것은 어려운 일은 아니지만 꼭 필요한 일이었지요. 왜냐하면 경계근무에서 사역을 하려면 늘 긴장하고 있어야 하니까요. 어젯밤에 중대장은 당번이 자기 임무를 잘 수행하고 있는지 보려고 했어요. 두 시 종이 칠 때 그가 문을 열고 내다보니 당번은 웅크린 채 자고 있었습니다. 그가 승마용 채찍을 가져와서 이 남자의 얼굴을 후려쳤습니다. 그러자 이 남자는 일어나서 용서를 빌기는커녕 자기 상관의 다리를 잡고 흔들면서 소리쳤습니다. '채찍을 내던지시오. 그렇게 하지 않으면 내가 당신을 뜯어먹어 버리겠소.' — 이것이 진상입니다. 중대장은 한 시간 전에 제게 왔습니다. 저는 그의 진술을 받아 적고 즉시 판결을 내렸습니다. 그리고 이 남자에게 쇠고랑을 채우도록 했습니다. 모든 게 무척 간단했습니다. 만약 제가 먼저 이 남자를 소환해서 심문을 했다면 혼란만 생겼을 것입니다. 그는 거짓말을 했을 것이고, 제가 용케 그 거짓말을 반박했다고 하더라도, 또 새로운 거짓말과 기타 등등으로 이를 대체했을 것입니다. 그렇지만 저는 지금 이 남자를 체포하고 있으므로 놓아주지 않을 것입니다. ― 이제 다 알겠습니까? 그런데 시간이 가고 있습니다. 처형이 시작돼야 하는데, 저는 처형 장치 설명을 다 끝내지 못했습니다." 그가 여행자를 억지로 의자에 앉히고는 다시 장치 있는 데로 가서 설명을 시작했다. "보시다시피 써레는 사람의 몸에 딱 맞게 되어 있습니다. 이것이 상체를 위한 써레이고 이것은 다리를 위한 써레입니다. 머리에는 이 작은 송곳뿐입니다. 아시겠습니까?" 그는 상세한 설명을 할 작정으로 친절하게 여행자에게 몸을 숙였다.

여행자는 얼굴을 찡그리며 써레를 쳐다보았다. 그는 장교가 설명한 재판 방식에 대하여 불만을 느꼈다. 그렇지만 그는 이곳이 유형지이며 따라서 특별한 조치가 필요하고 끝까지 군대식으로 처리해 나갈 수밖에 없다고 혼잣말을 해야 했다. 그리하여 그는 신임 사령관에게 약간의 희망을 걸어 보았다. 신임 사령관은, 비록 느리지만, 이 장교의 옹졸한 머리로는 이해할 수 없는, 새로운 조치를 취할 의도를 분명히 갖고 있었다. 이러한 생각을 하다가 여행자가 물었다. "사령관이 형의 집행에 입회하십니까?" "확실한 것은 모릅니다."라고 말하는 장교는 그의 갑작스런 질문에 기분이 상하여 다정한 얼굴 표정도 흐려졌다. "바로 그 때문에 우리는 서둘러야만 합니다. 대단히 죄송하지만 제 설명도 이만 줄여야겠습니다. 이 처형 장치가 다시 깨끗해지는 내일 ― 아주 더러워지는 게 이 장치의 유일한 결점입니다 ― 제가 더 자세한 설명을 해 드리겠습니다. 지금은 꼭 필요한 것만 설명을 드리겠습니다. ― 저 사람이 침대에 눕고, 침대가 미동을 시작하면, 써레가 저 사람의 몸으로 내려옵니다. 써레는 끝부분이 간신히 몸에 닿을 정도로 자동적으로 조정됩니다. 그 조정이 끝나면 곧 이 쇠줄이 쇠막대기처럼 팽팽해집니다. 이렇게 되면 드디어 써레가 작동하기 시작합니다. 전문가가 아니면 외견상으로 형벌의 차이점을 알지 못합니다. 써레는 똑같은 식으로 작업하는 것처럼 보입니다. 써레는 진동하면서 침의 끝을 몸에다 박는데, 몸은 이미 침대와 함께 진동하고 있습니다. 누구나 판결의 집행 상태를 조사할 수 있도록 써레는 유리로 되어 있습니다. 거기에 바늘을 고정시키는 데 몇 가지 기술적인 애로점이 있었지만 여러 차례 시험한 끝에 마침내 성공했습니다. 우리는 어떠한 노력도 아끼지 않았습니다. 그래서 누구나 유리를 통해서 글자가 몸에 새겨지는 것을 볼 수 있게 되었습니다. 좀 더 가까이 오셔서 바늘을 보시지 않겠습니까?"

여행자는 천천히 일어나 써레가 있는 곳으로 가서 그 위로 몸을 굽혔다. "보십시오." 장교가 말했다. "두 종류의 바늘이 복잡하게 배열되어 있습니다. 긴 바늘 옆에는 짧은 바늘이 붙어 있습니다. 긴 바늘은 물론 글씨를 새기는 것이고, 짧은 바늘은 물을 내뿜어 피를 씻고 글씨를 항상 잘 보이도록 하는 것입니다. 핏물은 이 작은 통으로 흘러들었다가 최후에 이 큰 통으로 흘러가는데, 그 배수관은 구덩이에 연결되어 있습니다." 장교는 손가락으로 핏물이 흘러가는 길을 자세히 가리켰다. 그리고 될 수 있는 대로 생생하게 설명하려고 배수관의 출구에 두 손을 갖다 대고 핏물을 받는 시늉을 하자 여행자는 머리를 쳐들고 한 손으로 뒤쪽을 더듬으며 자신의 의자로 돌아가려고 했다. 그때 놀랍게도 그는 써레의 구조를 가까이에서 보라는 장교의 요청을 죄수도 자기처럼 따르고 있는 것을 보았다. 죄수는 꾸벅꾸벅 졸면서 쇠사슬을 잡고 있던 사병을 약간 앞으로 끌어당기고 유리 위로 몸을 푹 숙였다. 그는 불안한 눈길로 방금 장교와 여행자가 무엇을 보았는지 알아내려고 했다. 그러나 그는 설명을 듣지 못했기 때문에 그것을 알지 못한 것 같았다. 그는 몸을 굽혀 여기저기 들여다보았다. 그는 거듭해서 그 유리에 시선을 던졌다. 여행자는 이 죄수를 제자리로 쫓고 싶었다. 왜냐하면 그 죄수가 하고 있는 행동이 틀림없이 처벌받을 것 같다는 생각이 들기 때문이었다. 그러나 장교는 한쪽 손으로 여행자를 꼭 붙잡고 다른 손으로는 둑에서 흙덩어리를 집어 사병에게 던졌다. 사병은 움찔하며 눈을 뜨고 죄수가 한 짓을 보고는 총을 버리고 발뒤꿈치로 땅을 파고 버티면서 죄수를 당겼다. 그러자 죄수가 쓰러졌다. 사병은 죄수가 몸을 비틀고, 그의 쇠사슬이 덜컹거리며 소리를 내고 있는 것을 내려다보았다. "그를 일으켜 세워라!" 하고 장교가 소리 질렀다. 그 이유는 여행자의 주의가 죄수 때문에 너무나 산만해져 있는 것을 알았기 때문이었다. 여행자는 써레 위로 몸을 내밀고, 그 써레에는 관심을 보이지 않으며 죄수에게 무슨 일이 일어날지 알려고만 했다. "조심스럽게 다루어라!" 장교가 다시 소리 질렀다. 그는 처형 장치의 주위를 돌아 달려가더니, 죄수의 겨드랑이를 붙잡고 사병의 도움을 받아 자꾸만 발을 버둥거리는 죄수를 일으켜 세웠다.

"이젠 모든 것을 다 알겠습니다." 여행자는 장교가 돌아오자 말했다. "제일 중요한 것이 아직 남았습니다." 하고 장교는 말하더니 여행자의 팔을 잡고 위쪽을 가리켰다. "저 제도기 속에는 톱니바퀴가 들어 있는데, 그것이 써레의 동작을 정합니다. 톱니바퀴는 판결에 해당하는 도면에 따라 조절됩니다. 저는 아직도 전임 사령관의 도면을 사용하고 있습니다. 여기에 그 도면들이 있습니다." 그가 가죽 가방에서 몇 장의 도면을 꺼냈다. "그런데 죄송하지만, 이것을 당신 손에 넘겨드릴 수는 없습니다. 제가 가지고 있는 것 중에서 가장 귀중한 것이니까요. 앉으십시오. 이 정도의 거리에서 이걸 보여 드리면 잘 보일 것입니다." 그가 첫 장을 보여 주었다. 여행자는 무슨 감사의 말이라도 하고 싶었다. 그러나 그가 본 것은 미로같이 서로 몇 겹으로 교차되는 선들이었고, 선이 종이를 꽉 메우고 있어서 선 사이의 흰 여백을 겨우 알아볼 수 있었다. "읽어 보십시오." 장교가 말했다. "읽을 수 없습니다." 여행자가 말했다. "아주 분명합니다." 장교가 말했다. "매우 정교합니다." 여행자는 장교를 피하면서 말했다. "그렇지만 저는 해독할 수 없습니다." "그렇다면" 하고 장교가 웃으면서 서류를 다시 집어넣었다. "학생들을 위한 모범 글씨체가 아닙니다. 긴 시간을 두고 읽으면 해독할 수 있습니다. 당신도 최후에는 틀림없이 해독할 수 있게 될 겁니다. 물론 간단한 서체여서는 안 되지요. 즉시 사람을 죽여서는 안 되고 평균적으로 열두 시간이 지난 뒤에 죽여야만 됩니다. 여섯 시간이 되면 전환점이 오도록 계산되어 있습니다. 따라서 본래의 글자 주변을 수많은 장식이 둘러싸고 있습니다. 진짜 글은 좁은 띠를 이루고 몸을 휘감습니다. 몸의 나머지 부분은 장식을 하도록 되어 있습니다. 이제 당신은 써레와 처형 장치 전체의 작업에 대해 충분히 인정할 수 있겠습니까? — 보십시오!" 그는 사다리 위로 뛰어 올라가, 톱니바퀴 하나를 돌리며 아래로 소리쳤다. "조심하십시오. 옆으로 비켜서십시오!" 그러자 모든 것이 작동하기 시작했다. 톱니바퀴가 삐걱거리지만 않았더라면 참으로 멋진 광경이 되었을 것이다. 장교는 삐걱거리는 톱니바퀴 때문에 놀란 것처럼 톱니바퀴를 향해 주먹을 내밀었다. 그런 다음 그는 용서를 비는 듯이 여행자 쪽으로 두 팔을 벌리더니, 처형 장치의 작동을 밑에서 관찰하기 위해 사다리를 타고 급히 내려왔다. 아직도 무엇인가 잘못돼 있었는데, 장교만이 그것을 알았다. 그는 다시 사다리를 타고 올라가 두 손으로 제도기 내부를 잡아 보더니 보다 빨리 내려오기 위해 사다리를 이용하지 않고 쇠막대 하나를 타고 내려와서, 이런 소음 속에서도 자신의 말을 들리게 하려고 목청을 한껏 돋우어 여행자 귀에 대고 소리쳤다. "진행 과정을 아시겠습니까? 써레가 글을 쓰기 시작합니다. 써레가 저 사람의 등에다 글의 초안을 다 쓰면, 탈지면 깔개는 회전을 하고, 써레에게 새로 글을 쓸 자리를 마련해 주기 위해 그의 몸을 천천히 옆으로 돌려놓습니다. 그 사이에 글이 새겨져 상처 난 부위가 솜에 닿게 됩니다. 이 탈지면은 특별한 제품이어서 곧 지혈을 시키고 글을 더 깊게 새길 수 있도록 해 줍니다. 그리고 이 써레 가장자리의 톱니들은 몸이 더 돌려질 때 상처에서 솜을 빼내어 구덩이에 던집니다. 그리고 써레는 다시 일을 시작합니다. 써레는 열두 시간 동안 점점 깊숙이 글을 새깁니다. 처음 여섯 시간 동안에 죄수는 전과 다름없이 살아 있으며 그저 고통만 느낄 뿐입니다. 두 시간이 지나면 펠트는 제거됩니다. 그때는 죄수가 소리를 지를 기운이 없기 때문입니다. 머리맡에 있는 전기로 데워지는 이 그릇에 쌀죽을 넣어 주는데, 그 죄수는 먹고 싶은 생각이 있으면 혀로 그것을 핥아먹을 수 있습니다. 누구도 그 기회를 그냥 놓쳐 버리지 않습니다. 저는 그런 사람은 한 번도 본 적이 없습니다. 경험이 많은 데도 말입니다. 여섯 시간쯤 되면 죄수는 비로소 먹는 재미를 잃게 됩니다. 그러면 저는 여기에 무릎을 꿇고 앉아 그 장면을 관찰합니다. 죄수가 마지막으로 입에 넣은 것을 삼키는 일은 거의 없습니다. 그것을 입안에서 돌리다가 구덩이 속으로 토해 버립니다. 그럴 때면 저는 몸을 굽혀야만 합니다. 그렇지 않으면 그것이 제 얼굴에 튀니까요. 그러나 여섯 시간이 되면 죄수는 매우 조용해집니다! 아주 우둔한 사람이라도 분별력이 생깁니다. 그것은 우선 눈언저리에서 시작합니다. 마침내 온몸으로 번져 나갑니다. 누구라도 함께 써레 아래에 누워보고 싶은 충동을 느끼게 하는 광경입니다. 그 밖에는 아무 일도 일어나지 않고, 죄수는 글자를 해독하기 시작합니다. 그는 무엇을 엿듣는 것처럼 입을 뾰족하게 합니다. 당신도 보셨듯이, 글은 눈으로 해독하기가 쉽지 않습니다. 그러나 우리의 죄수는 자신의 몸에 난 상처로 글자를 해독합니다. 그건 물론 큰 작업입니다. 그 일이 완성되는 데는 여섯 시간이 걸립니다. 그다음에는 써레가 그를 푹 찔러 올려 구덩이 속으로 던져 버립니다. 그래서 그는 구덩이의 핏물과 탈지면 위에 찰싹 떨어집니다. 그러면 재판은 끝납니다. 저와 사병은 그를 구덩이 속에 묻어 버립니다.”

장교의 말에 귀를 기울이고 있던 여행자는 두 손을 상의 주머니에 넣은 채 기계가 작업하는 것을 바라보았다. 죄수도 기계의 작업을 바라보았지만 아무것도 알지 못했다. 그는 몸을 약간 숙인 채 흔들거리고 있는 바늘을 쳐다보고 있었다. 그때 사병이 장교의 신호에 따라 칼로 뒤에서 죄수의 셔츠와 바지를 죽 베어 버렸다. 그러자 죄수의 옷이 흘러내렸다. 죄수는 자신의 알몸을 가리기 위해 떨어지는 옷가지를 붙잡으려고 했다. 하지만 사병이 그를 번쩍 들어 올리더니 마지막 누더기 조각까지 벗겨 내렸다. 장교는 기계를 정지시켰다. 이제 주위가 조용해졌고 죄수는 써레 아래에 눕혀졌다. 쇠사슬이 풀리고 그 대신 가죽끈이 조여졌다. 그렇게 되자 죄수는 처음에 이것을 일종의 감형(減刑)으로 생각하는 것 같았다. 써레가 좀 더 아래로 내려왔다. 그는 야윈 사람이기 때문이었다. 바늘 끝이 죄수의 몸에 닿는 순간 그의 피부에선 경련이 일어났다. 사병이 그의 오른손을 잡고 있는 동안 그는 왼손을 어딘지도 모르고 내밀었다. 장교는 옆에서 계속 여행자를 쳐다보았는데, 그것은 자기가 피상적으로나마 설명을 한 처형 과정이 여행자에게 어떤 인상을 줄 것인가를 여행자의 얼굴에서 알아보려는 것 같았다.

손목을 매는 가죽끈이 끊어졌다. 사병이 그것을 너무 세게 잡아당긴 모양이었다. 장교의 도움을 받으려고, 사병은 끊어진 가죽끈을 장교에게 보여 주었다. 장교는 그에게로 가면서도 얼굴은 여행자 쪽으로 돌리고 말했다. "기계의 구조는 매우 복잡합니다. 때때로 부품이 끊어지거나 부러지지요. 그 때문에 장치에 대한 전체적인 가치 평가가 잘못되어서는 안 됩니다. 아무튼 가죽끈은 즉시 보충이 되었습니다. 저는 쇠사슬을 사용합니다. 물론 이 때문에 오른쪽 팔의 진동이 줄어듭니다." 그는 쇠사슬로 죄수의 손을 묶으면서 말했다. "기계를 유지하는 예산도 지금은 매우 제한되어 있습니다. 전임 사령관 시절엔 이 기계를 유지하기 위해 제 마음대로 쓸 수 있는 예산이 있었습니다. 여기에 모든 부속품을 보관하는 창고가 있었습니다. 고백하건대, 저는 부속품을 거의 낭비하듯이 사용했습니다. 지금이 아니라, 신임 사령관이 주장하듯이, 예전에 말입니다. 신임 사령관은 모든 것을 구제도를 타파하는 구실로 사용합니다. 현재는 그 기계의 예산도 자신의 관리하에 두고 있습니다. 새 가죽끈을 가져오도록 제가 사람을 보내면 끊어진 가죽끈을 증거품으로 요구한답니다. 새 가죽끈은 열흘이 지나서야 받게 되는데 품질도 나빠서 그다지 쓸모가 없습니다. 그 열흘 동안 제가 가죽끈도 없이 어떻게 기계를 돌려야 하는지, 그런 것에 대해서 신경을 쓰는 사람은 아무도 없습니다."

여행자는 '타인의 문제에 결정적으로 개입하는 것은 언제나 위험한 짓이다.' 하고 생각했다. 그는 유형지의 주민도 아니고, 또 이 유형지가 소속된 나라의 국민도 아니었다. 만약 그가 이 처형을 비난하거나 제지하려고 한다면 사람들로부터 이런 말을 들을 것이다. '당신은 외국인입니다. 입을 다물고 있어요.' 그렇게 말하면 그는 아무런 대답도 할 수 없고, 외국의 재판 제도를 변경하기 위해서가 아니라 단지 구경하려는 목적으로 여행을 하는 것이기 때문에 자신이 이 사건엔 개입하지 않는다는 말만을 덧붙일 수 있을 것이다. 그러나 여기서 벌어지고 있는 일들이 개입하고 싶은 유혹을 강하게 느끼게 했다. 재판 절차가 불공정하고 처형 방법이 비인간적이라는 것은 의심의 여지가 없었다. 그런데 여행자가 개인적인 관계에서 그렇게 말한다고 볼 사람은 아무도 없었다. 왜냐하면 죄수가 여행자에겐 모르는 사람이고, 또 같은 나라 사람도 아니며, 그의 동정을 바라는 사람도 아니기 때문이었다. 여행자는 고관들의 추천장을 갖고 있었으며, 이곳에서 정중한 영접을 받았다. 그가 이 처형에 입회하도록 초청됐다는 사실은 이 재판에 대한 자신의 판단을 요구하고 있다는 것을 암시하는 것 같았다. 이런 추측은 그가 방금 너무나도 명백하게 들은 바와 같이, 사령관이 이런 재판 절차를 지지하는 사람이 아니고 장교에게 적대적인 태도를 취하고 있다는 사실로 미루어 볼 때 더욱 가능성이 있는 것이었다.

그때 여행자는 장교의 성난 고함을 들었다. 장교가 펠트 뭉치를 간신히 죄수의 입에 밀어 넣는 순간, 죄수가 구토증을 견디다 못해 눈을 감고 토하고 말았다. 장교는 급히 그를 펠트 뭉치에서 들어 올려 머리를 구덩이 쪽으로 돌렸다. 그러나 너무 늦었다. 오물이 기계에 흘러내렸다. "모든 게 사령관의 잘못입니다!" 장교는 이렇게 소리치고, 앞에 있는 놋쇠 막대기를 정신없이 흔들었다. "제 기계가 마구간처럼 더러워지고 있어요." 부들부들 떠는 손으로 그는 여행자에게 방금 벌어진 일을 가리켰다. "형 집행 하루 전에는 절대로 음식을 주지 말아야 한다고 몇 시간 동안이나 사령관에게 말씀을 드렸는데도 이렇습니다. 사령관의 온건한 새 방향은 저와 다른 의견에서 나온 것입니다. 사령관을 둘러싸고 있는 여자들은 죄수가 끌려가기 전에 목까지 차도록 사탕 과자를 먹입니다. 일생 동안 썩는 냄새가 나는 생선만 먹어 온 죄수는, 이제 와서 사탕 과자를 먹어야만 합니다! 그렇지만 그건 그럴 수도 있다고 치고, 저는 이의를 제기하지 않습니다. 그런데 제가 석 달 전부터 청구했던 새 펠트는 왜 주지 않는 겁니까? 백 명도 넘는 죄수가 죽어 가면서 물고 빨았던 이 펠트를 입에 넣고 구역질을 하지 않을 사람이 어디 있겠습니까?"

죄수는 머리를 숙이고 있었는데 평화롭게 보였다. 사병은 죄수의 셔츠로 기계를 닦고 있었다. 장교는 여행자 곁으로 갔는데, 여행자는 이상한 생각이 들어서 한 발짝 뒷걸음질을 했다. 그러나 장교가 그의 손을 잡고 옆으로 끌어냈다. "당신을 믿고 몇 마디 얘기를 할까 합니다." 그가 말했다. "괜찮지요?" "그럼요." 하고 여행자는 눈길을 아래로 떨구고 귀를 기울였다.

"이런 재판 방식과 처형 방법은 이제 당신의 경탄을 받을지 모르지만, 현재 우리 유형지에선 공공연한 지지자가 한 사람도 없습니다. 제가 유일한 옹호자이고, 동시에 전임 사령관 유산의 유일한 옹호자입니다. 저로서는 이 방식을 장차 확장한다는 것은 생각할 수도 없고, 지금 있는 것을 유지하기 위해서 전력을 다하고 있을 뿐입니다. 전임 사령관이 살아 계실 때에는 이 유형지가 그의 지지자로 가득 찼습니다. 전임 사령관에게 있었던 설득력을 저도 얼마쯤은 갖고 있지만, 그가 갖고 있던 권력이 저에게는 전혀 없습니다. 그래서 그의 지지자들은 숨어 버린 것입니다. 아직도 지지자가 많지만, 아무도 그걸 밝히지 않습니다. 만약 당신이 처형이 있는 오늘, 찻집으로 가서 사방에서 하는 얘기에 귀를 기울여 보신다면 아마도 애매모호한 말만을 듣게 될 겁니다. 그들 모두가 지지자이지만 현재의 사령관 밑에서는, 그리고 그 사령관이 현재와 같은 견해를 갖고 있는 한, 그들은 저에게 전혀 도움이 되지 않는 존재입니다. 이제 당신에게 묻겠습니다. 이런 사령관이나 그에게 영향을 끼치는 여자들 때문에 이런 필생의 작품이," — 그는 기계를 가리킨다 — "사라져야만 된단 말입니까? 그렇게 되도록 놓아두어도 좋습니까? 외국인으로 며칠 동안만 이 섬에 머물고 있는 사람이라 하더라도 말입니다. 그러나 잠시라도 허비할 시간이 없습니다. 지금 사람들은 제 재판권을 빼앗으려고 준비를 하고 있습니다. 벌써 사령부에서 회의가 열리고 있는데, 그 회의에 저의 출석이 허락되지 않습니다. 당신이 오늘 여기로 방문하신 것도 모든 상황과 연관이 있어 보입니다. 사람들은 비겁해서 외국인인 당신을 먼저 보냈습니다. — 예전에는 형의 집행이 얼마나 달랐는지! 처형이 있기 하루 전에 온 계곡이 사람들로 꽉 찼습니다. 모두가 그냥 구경하려고 왔습니다. 나팔 소리가 이 야영지 전체를 깨웠습니다. 제가 모든 준비가 완료되었다고 보고하면 일동은 — 고위관리도 결석해서는 안 되었습니다 ─ 기계 주위에 정렬해 있었습니다. 여기 쌓여 있는 등나무 의자도 당시의 가련한 유물입니다. 기계도 잘 닦아져 반짝반짝 빛을 내었고, 사형 집행이 있을 때마다 거의 매번 새 부속품을 받았습니다. 수백 명이 보는 앞에서 ─ 저기 언덕에 이르기까지 관중 모두가 발끝으로 서 있었습니다 ─ 죄수가 사령관에 의해 써레 밑으로 눕혀졌습니다. 오늘날 평범한 사병이 하는 일이 당시에는 제 임무, 즉 재판장의 임무였고, 또 제겐 명예로운 일이었습니다. 그런 다음에 형 집행이 시작되었습니다! 소음으로 인해 기계의 작업이 방해되는 일은 없었습니다. 어떤 사람들은 쳐다보지도 않고, 눈을 감은 채 모래 위에 누워 있었습니다. 그들은 모두 이제 정의가 이루어진다고 믿었습니다. 고요했으므로 펠트 뭉치에 의해 약해진 죄수의 신음 소리만이 들렸습니다. 오늘날 기계는 죄수의 입을 펠트로 틀어막을 때보다 더 큰 신음 소리를 짜낼 수 없습니다. 예전에는 글을 새기는 바늘이 부식성 액체를 뚝뚝 떨어뜨렸습니다. 오늘날에는 그런 액체를 사용하는 것이 금지되어 있습니다. 그러다가 여섯 시간째가 됩니다! 가까이에서 구경하고 싶어 하는 사람들의 소원을 다 들어줄 수는 없었습니다. 사령관은 자신의 판단으로 우선 어린이들을 고려하라고 명령했습니다. 물론 저는 직무상 언제나 거기에 있을 수 있었습니다. 저는 종종 좌우 두 팔에 어린이를 하나씩 안고 거기에 웅크리고 앉아 있었습니다. 우리는 모두 그 수난자의 얼굴이 훤하게 변하는 모습을 황홀하게 쳐다보았지요. 마침내 도달했다가 순식간에 사라져 가는 정의의 빛, 그

빛에 우리는 뺨을 적셨지요! 여보게, 그때가 얼마나 멋진 시절이었는가!" 장교는 분명히 자기 앞에 서 있는 사람이 누구인지를 잊고 있었다. 그는 여행자를 껴안고 머리를 그의 어깨에다 댔다. 여행자는 몹시 당황했고, 초조하게 장교의 어깨 너머 먼 곳을 바라보았다. 사병은 청소를 마치고, 통에서 쌀죽을 퍼 바리에다 넣었다. 그새 완전히 원기를 회복한 듯한 죄수가 그것을 보자마자 혓바닥으로 죽을 핥기 시작했다. 사병은 여러 번 죄수를 떠밀었다. 왜냐하면 죽은 나중에 먹기로 되어 있기 때문이었다. 그러나 사병이 바리에다 자신의 더러운 손을 집어넣고 게걸스러운 죄수 앞에서 죽을 꺼내 먹는 짓은 분명히 적절치 못한 행동이었다.

장교는 재빨리 정신을 차렸다. "저는 당신의 마음을 움직이려고 하지 않았습니다." 그가 말했다. "오늘날 그 당시를 이해시킨다는 것은 불가능하다는 것을 저도 알고 있습니다. 그러나 기계는 아직도 작동하며, 자동으로 움직입니다. 그것이 비록 이 계곡에 혼자 남아 있지만 말입니다. 그리고 예전처럼 수많은 구경꾼이 파리 떼와 같이 구덩이 주위에 모이지 않는데도 마지막에 시체는 이상할 정도로 가볍게 날아 구덩이에 떨어집니다. 전에는 구덩이 주위에 튼튼한 난간을 세워 놓았으나, 오래전에 제거해 버렸습니다."

여행자는 장교의 시선을 피하려고 목표 없이 사방을 둘러보았다. 장교는 상대가 계곡의 폐허를 바라보는 것이라고 믿었다. 그래서 그는 여행자의 두 손을 잡고 그의 시선과 마주치려고 돌아섰다. 그리고 물었다. "저 치욕을 알겠습니까?"

그러나 여행자는 침묵하고 있었다. 장교는 잠시 그를 떼어 놓고, 두 다리를 벌리고 손을 허리에 댄 채 말없이 서서 땅을 내려다보았다. 그런 다음 그는 여행자에게 활기차게 미소를 지으며 말을 했다. "어제 사령관이 당신을 초청할 때, 저는 당신 바로 곁에 있었습니다. 저는 초청의 말씀을 들었습니다. 저는 사령관이 어떤 사람인지 알고 있습니다. 저는 이 초청으로써 그가 무엇을 노리고 있는지 즉시 알아차렸습니다. 그는 제게 조처를 취할 만한 권력이 충분히 있지만, 아직까지 감히 그렇게 하지 않습니다. 그렇지만 그는 저를 당신과 같은 한 외국 명사의 판단에 맡기려고 합니다. 그의 계산은 치밀합니다. 당신이 이 섬에 온 지 이틀째입니다. 당신은 전임 사령관이 누구인지 모르고 그가 어떤 생각을 가졌는지도 몰랐습니다. 당신은 유럽의 사고방식에 사로잡혀 있고, 아마도 사형 제도 일반에 대하여, 그리고 특히 이 같은 기계에 의한 처형 방식에 대하여 반대하는 사람일 겁니다. 게다가 당신은 이 처형이 대중의 관심도 없이 낡아 버린 기계로 쓸쓸히 이루어지고 있는 것을 보고 계십니다. 이런 것을 모두 종합해 보면(사령관도 이렇게 생각합니다) 당신이 제 재판 방식을 옳지 않다고 생각하는 것은 당연한 것 아니겠습니까? 그리고 만약 당신이 그걸 실제로 옳지 않다고 생각한다면 침묵하고(저는 사뭇 사령관의 관점에서 말씀드립니다) 있지 않을 것입니다. 왜냐하면 당신은 많은 경험을 한 당신의 소신을 믿기 때문입니다. 물론 당신은 수많은 민족의 여러 가지 특성을 보았을 테고, 또 그것을 존중하는 것도 배웠을 것입니다. 그래서 당신은 당신 나라에서 하듯이 결사적으로 제 방식에 반대하지는 않을 것입니다. 그렇지만 사령관은 그런 태도를 전혀 원하지 않습니다. 슬쩍 지나가는 말 한마디면 충분합니다. 그런 말이 외견상 사령관의 목적에 적합한 것이라면, 반드시 당신의 확신과 일치하지는 않아도 좋습니다. 저는 그가 온갖 교활한 방법으로 당신에게 질문을 던질 것이라고 확신합니다. 그리고 그의 여자들이 빙 둘러앉아서 귀를 쫑그리고 들을 것입니다. 거기서 당신은 아마 이렇게 말할 것입니다. '우리나라에선 재판 방식이 다릅니다.'라고. 혹은 '우리나라에선 피고인은 선고가 있기 전에 심리를 받습니다.', '우리나라에는 사형 이외의 다른 형벌도 있습니다.' 혹은 '우리나라에서 고문이 있었던 것은 중세기뿐이었습니다.'라고. 이런 말은 모두 옳은 말이기도 하고 또 당신에게는 자명한 것입니다. 제 재판 방식과는 아무 관계도 없는 악의 없는 말들입니다. 그렇지만 사령관이 그 말을 어떻게 받아들일까요? 저는 그 착한 사령관님이 즉시 의자를 밀어젖히고 발코니로 뛰어나가는 모습을 눈에 그려 봅니다. 저는 그의 뒤를 따라 달려가는 그의 여자들의 모습도 눈에 그려 봅니다. 그의 음성도 — 그의 여자들은 그의 음성을 천둥소리 같다고 합니다 — 들리는 것 같습니다. 그는 이렇게 말할 겁니다. '세계 각국의 재판 제도를 조사할 사명을 띤 서양의 위대한 연구가가 옛 관례에 의한 우리의 재판 방식이 비인간적인 것이라고 말씀하셨습니다. 그런 대가의 의견을 듣고, 물론 나로서는 우리의 재판 방식을 더 이상 허용할 수 없습니다. 그러니까 오늘 날짜로 나는 명령합니다…' 등등이라고 말입니다. 당신은 그가 발표한 그런 것에 대해선 말을 한 적이 없다고 항의할 것입니다. 당신은 제 방식을 비인간적이라고 일컫지 않았습니다. 반대로 당신은 깊은 통찰에 입각하여 그것을 가장 인간적이며 인간의 품위를 가장 존중하는 것이라고 생각할 것입니다. 또 이 기계 장치에 대해서 경탄할 것입니다. 그러나 너무 늦습니다. 당신은 이미 여자로 꽉 들어찬 발코니로 나갈 수 없습니다. 당신은 사람들의 주목을 끌려고 할 것입니다. 당신은 고함을 치려고 할 것입니다. 그러나 한 여자의 손이 당신의 입을 막습니다. — 그리고 저와 전임 사령관의 노작은 파멸되고 맙니다."

여행자는 미소를 억누르지 않을 수 없었다. 그가 어렵다고 여겼던 과제가 그렇게 쉬운 것이었기 때문이다. 여행자는 상대의 말을 회피하는 듯이 이렇게 말했다. "당신은 나의 영향력을 과대평가하고 있습니다. 사령관은 내 추천서를 읽었고, 내가 재판 제도에 대한 전문가가 아니라는 것을 알고 있습니다. 만약 내가 어떤 의견을 진술하면 그것은 한 개인의 의견일 뿐, 다른 임의의 개인 의견보다 더 중요할 수는 없을 겁니다. 어떻든 그 의견은 사령관의 의견에 비한다면 보잘것없는 것입니다. 사령관은 내가 아는 바로는 이 유형지에서 막강한 권한을 가지고 있습니다. 이 재판 제도에 대한 그의 의견이 당신이 생각하고 있듯이 그렇게 확고한 것이라면, 송구스러운 말씀이지만, 이 재판 제도의 종말은 미약한 내 도움 없이도 이미 오고 만 것입니다."

장교가 무슨 말인지 알아들은 것일까? 아니다, 그는 여전히 알아듣지 못했다. 그는 심하게 머리를 흔들고, 힐끗 죄수와 사병 쪽을 돌아보았다. 죄수와 사병은 깜짝 놀라서 먹고 있던 죽에서 입을 떼었다. 장교는 여행자 곁으로 바짝 다가가서는 그의 얼굴은 보지 않고 상의의 어느 부분을 막연히 쳐다보면서 아까보다 나직한 소리로 말했다. "당신은 사령관을 모르십니다. 당신은 사령관이나 우리 모두에게 — 이런 표현을 용서하십시오 — 아무런 해를 끼치지 않은 사람입니다. 제 말을 믿어 주십시오. 당신의 영향력은 아무리 높이 평가해도 결코 지나치다 할 수 없습니다. 당신 혼자 처형 장소에 입회한다는 얘기를 듣고 저는 무척 기뻤습니다. 사령관의 그런 지시는 저를 겨눈 화살인데, 이제 제가 그걸 저에게 유리하도록 역이용하겠습니다. 거짓 귀엣말이나 경멸의 시선 등에 — 많은 관심이 처형에 쏠리고 있을 때면 이런 것들은 피할 수 없습니다 — 현혹됨이 없이 당신은 제 설명을 들었고, 기계를 보았고, 이젠 처형 자체를 구경하려는 참입니다. 분명 당신의 의견은 이미 확고합니다. 혹시 의혹이 좀 있더라도 그런 것은 처형을 보면 없어지게 될 것입니다. 그런데 이제 당신에게 한 가지 부탁을 올려야 하겠습니다. 사령관에게 대항하도록 저를 도와주십시오!"

여행자는 장교의 말을 중단시켰다. "내가 그렇게 할 수 있습니까?" 그가 큰 소리로 말했다. "그건 도저히 불가능한 일입니다. 난 당신에게 도움을 줄 수도 없고 또 해를 줄 수도 없습니다."

"당신은 그렇게 할 수 있습니다." 하고 장교가 말했다. 약간 놀라면서 여행자는 장교가 두 주먹을 불끈 쥐는 것을 쳐다보았다. "당신은 그럴 수 있어요." 장교가 더욱 간절한 어조로 말했다. "저는 반드시 성공할 계획을 갖고 있습니다. 당신은 당신의 영향력이 충분하지 않다고 생각하지만 저는 충분하다고 봅니다. 설사 당신 의견이 옳다고 치더라도 이 재판 제도를 유지하기 위해서는 온갖 것을, 불충분한 것까지도 시도해 볼 필요가 있지 않습니까? 그러니 제 계획을 들어 보십시오. 이 계획을 실행하기 위해 맨 먼저 필요한 일은, 당신은 오늘 이 유형지에서 우리 재판 제도에 대한 의견을 될 수 있는 한 자제해야 합니다. 사람들이 당신에게 직접 질문을 하지 않는 한, 결코 당신의 의견을 말하지 말아야 합니다. 당신의 발언은 어디까지나 짧고 애매모호해야만 합니다. 당신은 그 문제에 대해 언급하기 싫어하고, 당신의 기분이 나쁘다는 것, 당신이 터놓고 말을 하지 않으면 안 될 경우엔 저주의 말을 퍼부을 것이라는 등의 인상을 남에게 보여야 합니다. 저는 당신에게 거짓말을 하라고 요구하지 않습니다. 결코 그렇지 않습니다. 다만 짧게 대답하시기 바랍니다. 예컨대 '예, 나는 형의 집행을 보았습니다.' 혹은 '예, 나는 모든 설명을 들었습니다.'라고 하시기 바랍니다. 그것뿐이고, 나는 더 이상을 바라지 않습니다. 당신의 기분이 나빠 있다는 인상을 남에게 주기엔 그것으로 충분합니다. 비록 그것이 사령관이 생각하고 있는 방식이 아니라 하더라도 말입니다. 물론 사령관은 그것을 완전히 오해하고 자신이 생각하는 대로 해석할 것입니다.

제 계획은 그 점에 근거하고 있습니다. 내일 사령부에서 사령관의 주재하에 고급 행정관 전체회의가 열립니다. 물론 사령관은 그런 회의를 구경거리로 잘 바꿉니다. 관중석이 만들어졌고 항상 관중들로 가득 찹니다. 저는 그런 회의엔 참석하지 않을 수 없는데, 불쾌하여 몸서리를 칩니다. 그런데 무슨 일이 있더라도 당신은 이번 회의에 초대될 것입니다. 만약 당신이 오늘 제 계획에 따라 행동하시면 그 초대는 제가 간절히 바라는 것이 됩니다. 혹시 어떤 알 수 없는 이유에서 당신이 초대되지 않는 경우엔, 초대해 달라고 요구하셔야 합니다. 그렇게 하시면 초대받게 되는 것은 의심할 여지가 없습니다. 그러면 내일 당신은 사령관의 특별석에 여자들과 함께 앉게 됩니다. 사령관은 자주 특별석을 올려다보면서 당신이 거기에 있음을 확인할 것입니다. 그저 관중들의 환심을 사기 위해 여러 가지 대수롭지 않은, 가소로운 의제들을 — 그것은 대개 항구 건설의 문제입니다. 늘 항구 건설의 문제입니다. — 다룬 뒤에, 재판의 방식이 화제에 오릅니다. 이 문제가 사령관 쪽에서 제기되지 않거나, 혹은 빨리 제기되지 않는다면, 제가 그것이 제기되도록 애쓰겠습니다. 제가 일어나서 오늘의 처형에 대해 보고를 하겠습니다. 아주 간략하게 처형 사실만을 알리겠습니다. 그렇게 보고하는 것이 관례는 아니지만, 저는 그렇게 할 것입니다. 사령관은 언제나 그랬듯이 정답게 미소를 보내며 제게 감사의 표시를 할 것입니다. 이제 그는 자신을 억제하지 못하고 이 좋은 기회를 포착할 것입니다. '방금,' 그는 이런 식으로 또는 이와 비슷하게 말할 겁니다. '처형에 대한 보고가 있었습니다. 이 보고에 내가 첨가하고 싶은 말이 있습니다. 다 아시는 바와 같이, 지금 매우 영광스럽게도 우리 유형지를 방문하신 위대한 학자 한 분이 바로 이 처형 현장에 입회했습니다. 오늘의 이 회의도 그분의 참석으로 의의가 더욱 커졌습니다. 이제 이 위대한 학자에게 그 옛 관례에 의한 형 집행과 그 앞에 있었던 재판 방식에 대해 어떤 의견을 갖고 계신지 질문하는 것이 어떻습니까?' 물론 사방에서 박수가 터져 나오고, 전원 찬성을 하겠죠. 제가 제일 크게 박수를 칩니다. 사령관이 당신에게 머리를 숙여 절을 하면서 말합니다. '그럼 제가 여러분을 대신해서 질문하겠습니다.' 그러면 당신은 난간으로 나갑니다. 당신의 두 손을 모든 사람이 볼 수 있는 곳에 두십시오. 그렇지 않으면 여자들이 당신의 손을 잡고 손가락을 만지작거릴 것입니다. — 드디어 당신이 말을 하기 시작합니다. 그때까지 몇 시간의 긴장을 어떻게 견디어 낼지 저는 잘 모릅니다. 당신은 연설할 때 어떤 제한도 두어서는 안 됩니다. 큰 소리로 진실을 말하세요. 난간 너머로 몸을 굽히고 고래고래 고함을 지르세요. 사령관을 향해 당신의 의견을, 당신의 확고부동한 의견을 큰 소리로 외치세요. 그렇지만 아마도 당신은 그렇게 하고 싶지는 않을 겁니다. 그것이 당신 성격에 맞지 않을 거고, 당신 나라에서는 그런 경우엔 다르게 행동할 겁니다. 그것 역시 괜찮습니다. 그것도 충분합니다. 당신은 전혀 일어서지 말고 몇 마디 말씀만 하십시오. 그리고 그 몇 마디 말을 당신 아래쪽에 있는 관리들이 간신히 들을 정도로 소곤대십시오. 그걸로 충분합니다. 처형에 대해 관심이 없다든지, 삐걱거리는 톱니바퀴나 가죽끈이 끊어진다든지, 메스꺼운 펠트 등에 대해서는 얘기할 필요가 없습니다. 그렇습니다. 나머지 것들은 모두 제가 떠맡겠습니다. 제 말을 믿어주십시오. 만약 제 발언이 사령관을 회의장에서 몰아내지 않는다면, 그를 무릎 꿇고 이렇게 고백하도록 만들 것입니다. '전임 사령관이시여, 저는 당신 앞에 머리를 숙입니다.' — 이상이 제 계획입니다. 제 계획이 실행되도록 저를 도와주시겠습니까? 물론 그렇게 하고자 하시겠지요. 그리고 반드시 그렇게 하셔야 합니다." 이제 장교는 여행자의 두 팔을 잡고 숨을 헐떡거리면서 그의 얼굴을 쳐다보았다. 그가 마지막 말을 너무 큰 소리로 했기 때문에, 사병과 죄수까지도 주목했다. 그들은 아무 말도 알아듣지 못했지만 먹는 것을 잠시 중단하고 입안의 것을 씹으면서 여행자 쪽을 바라보았다.

여행자가 해 주어야 할 대답은 처음부터 정해져 있었다. 그는 지금까지 인생에서 많은 경험을 했기 때문에 여기서 결코 동요하지 않을 수 있었다. 그는 근본적으로 정직하고 어떤 두려움도 없는 사람이었다. 그런데도 그는 지금 사병과 죄수를 보고 잠시 머뭇거렸다. 그러나 그는 마침내 당연히 해야 할 말을 했다. "아닙니다." 장교는 여러 번 눈을 깜빡거렸지만, 그로부터 시선을 떼지는 않았다. "설명이 필요하십니까?" 여행자가 물었다. 장교는 묵묵히 고개를 끄덕였다. "나는 이 재판 방식에 반대하는 사람입니다." 여행자가 말했다. "당신이 나를 믿고 마음을 털어놓기 전부터 — 그렇게 신뢰해 주신 것을 나는 절대로 악용하지는 않겠습니다 — 나는 이 재판 방식에 대해 간섭할 권리가 있는지, 그리고 내 간섭이 성공할 가능성이 조금이라도 있는지 생각해 보았습니다. 그러기 위해서 내가 누구를 제일 먼저 만나야 하는지는 분명했습니다. 물론 그건 사령관입니다. 당신은 이를 한층 더 명백히 해 주었지만, 내 결심을 처음으로 굳게 해 준 것은 아닙니다. 반대로 당신의 정직한 신념은 나를 현혹하지는 못했지만, 내게 감동을 주었습니다."

장교는 말없이 있더니 기계 쪽으로 돌아서서 놋쇠 막대기 하나를 잡고 몸을 약간 뒤로 젖힌 채 제도기를 올려다보았는데, 그것은 마치 모든 것이 정상인지를 조사해 보는 것 같았다. 사병과 죄수는 서로 친해진 듯이 보였다. 죄수는 가죽끈에 단단히 묶여 있었기 때문에 무슨 눈짓을 하기가 무척 힘들었는데도 사병에게 눈짓을 하고 있었다. 사병은 죄수에게로 몸을 굽혔다. 죄수는 사병의 귀에 대고 무슨 말인가를 속삭였다. 그러자 사병이 고개를 끄덕거렸다.

여행자가 장교를 따라가서 말했다. "당신은 내가 무엇을 할는지 아직 모르고 있습니다. 난 재판 방식에 대한 의견을 사령관에게 말씀드리려고 합니다만 회의석상에서 말씀드리지 않고, 단둘만 있는 자리에서 말씀드릴 것입니다. 그리고 나는 나중에 있을 무슨 회의에 참석할 만큼 오랫동안 이곳에 머물러 있지 않을 것입니다. 내일 아침이면 떠나거나 아니면 적어도 승선해 있을 것입니다."

장교는 귀담아듣는 것처럼 보이지 않았다. "그러니까 이 재판 방식이 당신에겐 납득이 안 가는군요." 그는 혼잣말을 하더니 빙긋이 웃었다. 그 미소는 노인이 어린아이의 어리석은 행동을 보고 미소 지을 때, 그 미소 뒤에 자신의 참생각을 숨기고 있는 그런 미소 같았다.

장교는 마침내, "그럼 이제 때가 되었습니다."라고 말하고 갑자기 무엇인가를 재촉하는 듯한, 무슨 협력을 호소하는 듯한 밝은 눈길로 여행자를 쳐다보았다.

"무엇을 할 때가 되었다는 말입니까?"라고 여행자가 불안한 표정으로 물었지만 아무런 대답을 듣지 못했다.

"너를 석방한다." 장교는 죄수에게, 죄수의 모국어로 말했다. 죄수는 처음엔 그 말을 믿지 않았다. "자, 너를 석방한다니까." 장교가 다시 말했다. 처음으로 죄수의 얼굴에 생기가 돌았다. 이게 사실일까? 장교의 변덕일 뿐 곧 사라지는 것이겠지? 저 외국인 여행자가 나를 위해 사면을 구한 걸까? 대체 어떻게 된 일일까? 그의 얼굴은 그렇게 묻고 있는 듯했다. 그러나 오래가지는 않았다. 어쨌든 그는 될 수만 있다면 정말 석방되고 싶었다. 그래서 그는 써레가 허용하는 한도에서 몸을 흔들기 시작했다.

"가죽끈을 끊으려고 하는구나." 장교가 외쳤다. "가만히 있어! 곧 풀어 준다." 그는 사병에게 눈짓을 하고는 그와 함께 끈을 풀기 시작했다. 죄수는 소리를 내지 않고 혼자 빙긋 웃으면서 얼굴을 들어 한 번은 왼쪽의 장교를, 또 한 번은 오른쪽의 사병을 쳐다보았으며, 여행자도 잊지 않고 쳐다보았다.

"저 녀석을 끌어내." 장교가 사병에게 명령했다. 써레 때문에 끌어내는 데에는 주의가 필요했다. 죄수는 성급했기 때문에 등에 몇 개의 작은 상처를 입었다.

　그런데 그때부터 장교는 죄수에게 거의 신경을 쓰지 않았다. 그는 여행자에게로 걸어가더니 다시 작은 가죽 가방을 내밀고 그 속을 뒤적거리다가 마침내 찾고 있는 종이쪽지를 발견하여 그것을 여행자에게 보여 주면서 "읽어 보시오."라고 했다. "나는 읽지 못합니다." 하고 여행자가 말했다. "이미 말했듯이, 나는 그것들을 읽지 못합니다." "좀 더 자세히 보십시오."라고 말하면서 장교는 여행자 곁으로 다가가서 그와 함께 읽어 보려고 했다. 그래도 아무런 소용이 없자, 그는 여행자가 글을 쉽게 읽게 해 주려고 새끼손가락을 들어 — 그 종이에 절대로 닿아서는 안 된다는 듯이 새끼손가락을 그 위로 높이 쳐들고 — 글자를 따라 써 보였다. 여행자는 그렇게 해서나마 장교를 기쁘게 해 주려고 애썼지만 잘 되지 않았다. 그러자 장교는 적혀 있는 글을 한 자 한 자 읽어 주기 시작했고, 나중에는 그것을 다시 연결하여 읽었다. "'정의로워라!'라고 적혀 있어요." 그가 말했다. "이젠 읽을 수 있을 것입니다." 장교는 여행자가 몸을 종이 위로 너무 깊이 굽혔기 때문에 건드리지 않을까 하고 겁이 나서 그것을 더 멀리 쳐들었다. 여행자는 아무 말도 하지 않았지만, 여전히 그것을 읽지 못했다는 것은 분명했다. "'정의로워라!' 라고 적혀 있어요." 장교가 다시 말했다. "그런지도 모르지요." 여행자가 말했다. "거기에 그렇게 씌어 있다고 믿겠습니다." "그럼, 좋습니다." 라고 장교는 어느 정도 만족하여 말하고는 종이를 들고 사다리를 올라갔다. 그는 종이쪽지를 매우 조심스럽게 제도기 안에 깔고 톱니바퀴의 배열을 전부 바꾸는 것처럼 보였다. 그것은 매우 힘든 일이었다. 아주 작은 톱니바퀴가 문제였기 때문이다. 때때로 장교의 머리도 완전히 제도기 안으로 들어가 버렸다. 그렇게 정밀하게 톱니바퀴를 점검하지 않으면 안 되었다.

여행자는 밑에서 그 작업을 계속 쳐다보았다. 목이 뻣뻣해졌고, 강한 햇빛 때문에 눈이 아팠다. 사병과 죄수는 자신들의 일에만 몰두해 있었다. 사병은 이미 구덩이 안에 떨어져 있던 죄수의 셔츠와 바지를 총검 끝으로 건져 올렸다. 셔츠는 매우 더러워져 있었는데, 죄수가 그것을 물통에서 빨았다. 그러고 나서 그가 그 셔츠와 바지를 입자, 사병과 그는 큰 소리로 웃지 않을 수 없었다. 왜냐하면 그 옷은 뒤가 두 갈래로 쫙 갈라져 있었기 때문이다. 죄수는 아마 사병을 즐겁게 해 줄 의무가 있다고 생각하는 것 같았다. 갈라진 옷을 입은 채 그는 사병 앞에서 빙빙 돌았고, 사병은 땅 위에 쭈그리고 앉아 웃으면서 무릎을 쳤다. 그러나 그들은 그 자리에 있는 다른 두 높은 분을 고려해서 애써 조심스럽게 행동했다.

장교는 마침내 위에서 작업을 마치고 미소를 지으면서 전체를 다시 한번 세밀하게 바라다보고, 이번에는 지금까지 열려 있던 제도기의 뚜껑을 닫았다. 그런 다음 아래로 내려와 구덩이를 들여다보고 나서 죄수를 쳐다보았다. 그는 죄수가 옷을 건져 낸 것을 보고 만족했다. 그런 다음 손을 씻으려고 물통이 있는 곳으로 갔는데 뒤늦게 그 물이 지독히 더러워져 있음을

157 카프카

알았다. 장교는 손을 씻지 못하여 괴로웠다. 마침내 그는 손을 모래 속에 — 이 대용품에 만족할 수 없지만 참는 수밖에 없었다 — 넣고 문질렀다. 그리고 일어나 군복 상의의 단추를 풀기 시작했다. 그때 칼라에 밀어 넣었던 여성용 손수건 두 장이 그의 손에 떨어졌다. "자, 이 손수건 자네 가져!" 장교는 손수건을 죄수에게 던졌다. 그러고는 여행자에게 설명하듯 말했다. "여자들의 선물입니다."

장교는 군복 상의를 벗고 나머지 옷을 완전히 다 벗을 때까지 분명 서두르고 있었음에도 옷 하나하나를 무척 소중하게 다뤘다. 군복에 붙어 있는 은색 줄을 손가락으로 쓰다듬고 장식 술 하나는 흔들어 바로 세워 놓았다. 그러나 이런 세심한 태도에 어울리지 않게 그는 옷을 하나 손질하자마자 즉시 그것을 불만스런 표정으로 구덩이에 홱 던져 버렸다. 그에게 마지막으로 남은 것은 혁대가 달린 단검이었다. 그는 칼집에서 칼을 뽑아 그것을 부러뜨리고 부러진 칼과 칼집과 혁대를 모두 한데 모아 힘껏 내던졌는데 구덩이 안에서 그것들이 서로 부딪치는 소리가 났다.

이제 장교는 알몸으로 서 있었다. 여행자는 입술을 깨물며 아무 말도 하지 않았다. 무슨 일이 일어날지 알고 있었지만 그는 장교의 행동을 제지할 권리가 없었다. 장교가 집착하고 있는 재판 방식이 사실상 폐지되기 직전이라면 — 어쩌면 여행자의 개입 때문인지도 모른다. 그는 그것을 자신의 의무라고 느꼈다. — 지금 장교가 한 행동은 완전히 옳은 것이다. 여행자도 그의

158
Kafka

입장이었다면 다르게 행동하지 않았을 것이다.

　사병과 죄수는 처음엔 전혀 이해하지 못했다. 그들은 장교를 쳐다보지도 않았다. 죄수는 손수건을 받고는 무척 기뻤다. 그러나 그 기쁨은 오래 지속되지 못했다. 그 이유는 예상치도 않게 순식간에 사병이 손수건을 빼앗아 갔기 때문이었다. 그러자 이번에는 다시 죄수가 사병의 등 뒤 혁대에 꽂혀 있는 손수건을 빼내려고 했다. 그러나 사병은 경계를 게을리하지 않았다. 그래서 두 사람은 절반은 장난으로 싸우고 있었다. 장교가 완전히 알몸이 되었을 때 비로소 그들은 주목을 했다. 특히 죄수는 어떤 변화가 일어나리라는 예감을 하는 것 같았다. 그에게 일어났던 일이 이제 장교에게 일어났다. 아마 이번엔 일이 끝까지 진행될 것이다. 저 외국 여행자가 이것을 명령한 것이 틀림없다. 그럼 이것은 복수다. 자신은 끝까지 고통을 당하지 않았는데도, 장교는 끝까지 복수를 당하는 것이다. 그의 얼굴엔 소리 없는 웃음이 가득히 떠오른 채 사라지지 않았다.

　장교는 기계를 향해 몸을 돌렸다. 그가 기계를 잘 알고 있다는 사실이 전부터 명백한 것이라면, 이번에 그가 기계를 조작하는 것과 기계가 잘 움직이는 모습은 보는 사람을 어리둥절하게 했다. 그가 손을 써레 가까이 가져가기만 했는데도, 써레는 그를 받아들이기에 적합한 위치에 도달할 때까지 몇 번 오르락내리락했다. 그가 침대의 가장자리를 붙잡기만 했는데도, 침대는 이미 진동하기 시작했다. 펠트 뭉치가 그의 입을 향해 다가갔다. 사람들은 장교가 그것을 순순히 받아 물려고 하지 않는 것을 보앉다. 그러나 그렇게 주저하는 것도 잠시였을 뿐, 그는 곧 순순히 그것을 받아 물었다. 모든 준비가 완료되었다. 다만 몸을 묶는 가죽끈이 양옆에서 밑으로 드리워져 있었다. 그러나 가죽끈은 분명히 불필요한 것이었다. 장교는 단단히 묶일 필요가 없었다. 그때 죄수가 느슨해진 가죽끈을 보았는데, 자기 생각으로는 가죽끈으로 단단히 묶지 않으면 처형이 제대로 되지 않을 것 같았다. 그는 사병에게 열심히 눈짓을 했다. 두 사람은 장교를 동여매려고 뛰어갔다. 장교는 제도기를 작동시킬 핸들을 차려고 벌써 한쪽 발을 뻗치고 있었다. 그러나 그는 두 사람이 온 것을 보고 그 발을 도로 당기고 자기를 동여매게 했다. 그래서 물론 그는 핸들에 닿을 수 없게 되었다. 사병과 죄수는 모두 그 핸들을 찾아낼 수 없었다. 그리고 여행자는 한 발짝도 움직이지 않기로 결심했다. 그럴 필요도 없었다. 끈이 묶이자 기계가 움직이기 시작했다. 침대는 진동을 했고, 바늘은 피부 위에서 춤을 추었고, 써레는 오르락내리락했다. 여행자는 한동안 기계를 쳐다보다가, 제도기의 톱니바퀴가 삐걱거리는 소리를 내었다는 사실을 기억했다. 그러나 모든 것이 조용했고, 윙하고 도는 아주 작은 소리도 들리지 않았다.

기계가 너무 조용하게 작업을 했기 때문에, 그것을 보고 있는 사람들의 주목을 받지 못했다. 여행자는 사병과 죄수를 쳐다보았다. 두 사람 중에서 죄수가 더욱 원기가 있었다. 그는 기계의 모든 것에 흥미를 느끼고 때로는 몸을 굽혔다가 또 때로는 몸을 폈다 하면서 사병에게 뭔가 가리키기 위해 집게손가락을 펴고 있었다. 여행자에게는 그것이 괴로웠다. 그는 끝까지 거기에 머물러 있기로 결심했지만 그 두 사람의 모습을 차마 더 이상 볼 수 없었다. "집으로 가시오."라고 여행자가 말했다. 사병은 그렇게 할 것 같아 보였지만, 죄수는 그 명령을 처벌로 여겼다. 죄수는 두 손을 모아, 거기에 있게 해 달라고 간청했다. 여행자가 고개를 저으면서 양보하려 하지 않자, 죄수는 무릎까지 꿇었다. 여행자는 명령을 했음에도 소용이 없다는 것을 알고 그쪽으로 가서 그들을 쫓아 버리려고 했다. 바로 그때 위쪽 제도기에서 잡음이 들렸다. 그는 위를 쳐다보았다. 결국 톱니바퀴가 고장 난 것일까? 그러나 그게 아니었다. 서서히 제도기의 뚜껑이 올라가더니 활짝 열렸다. 한 톱니바퀴의 톱니들이 나오면서 위로 올라갔고, 곧 그 톱니바퀴 전체가 모습을 드러냈다. 그것은 마치 어떤 거대한 힘이 제도기를 꽉 눌러 톱니바퀴가 더 이상 있을 자리가 없기 때문에 튀어나온 것 같았다. 톱니바퀴는 돌면서 제도기의 가장자리까지 가더니, 마침내 아래로 떨어졌고, 모래 위에 곧게 서서 약간 굴러가다가 멈춰 섰다. 그러나 다른 톱니바퀴가 또 위로 튀어나왔고, 그 뒤로 크고 작은 것과 그리 구별할 수 없을 만큼 큰 것이 수없이 튀어나와 모두 다 첫 번째 것과 똑같이 되었다. 제도기가 이젠 틀림없이 텅 비었다고 생각하자 다시 수많은 톱니바퀴가 무리를 지어 튀어나와 위로 올라가더니 아래로 떨어져 모래 위를 굴러가다가 멈춰 섰다. 이런 일이 진행되는 동안에 죄수는 여행자의 명령을 까맣게 잊어버렸다. 그는 톱니바퀴에 완전히 매료되어 있었다. 그는 톱니바퀴 하나를 붙잡으려고 노력했다. 동시에 그는 사병에게 도움을 재촉하기로 했다. 그러나 그는 깜짝 놀라며 손을 뒤로 젖혔다. 왜냐하면 다른 톱니바퀴가 곧 뒤따라 굴러왔기 때문이다. 그것이 구르기 시작할 때 그를 움찔 놀라게 했다.

한편 여행자는 무척 불안했다. 기계가 부서지고 있는 게 틀림없었다. 그것이 조용히 작동하는 것처럼 보인 것은 착각에 지나지 않았다. 여행자는, 이젠 더 이상 자기 몸을 돌보지 못하는 장교를 보살펴 주어야 한다고 느꼈다. 그러나 톱니바퀴가 떨어지는 것에 온 정신을 빼앗겨 그는 기계의 다른 부분을 감시하지 못했다. 그러나 마지막 톱니바퀴가 제도기에서 떨어져 나간 뒤에 그는 몸을 굽혀 써레 위를 살펴보았다. 그러고는 새롭고 더욱 놀라운 경악에 빠져들었다. 써레가 글을 쓰는 것이 아니라 찌르기만 하는 것이었다. 침대도 장교의 몸을 돌려놓는 것이 아니라 진동만 하면서 그의 몸을 바늘이 있는 데로 밀어 넣는 것이었다. 여행자는 뛰어들고 싶었고, 가능하다면 기계 작동을 모두 정지시키고 싶었다. 그것은 장교가 원한 고문이 아니었다. 그것은 직접 하는 살인이었다. 여행자는 두 손을 쑥 내밀었다. 그러나 그때는 이미 써레가 푹 찔러 올린 몸을 옆으로 옮기고 있었다. 그 작업은 평소엔 열두 시간째가 되어야 하는 것이었다. 피는 물도 섞이지 않았는데 수많은 줄기를 이루며 흘러내렸다. 이번엔 배수관도 말을 듣지 않았다. 그리고 마지막 작업도 이행되지 않았다. 몸이 바늘에서 빠져나오지 않고 피만 흘리면서 떨어지지 않고 구덩이 위에 매달려 있었다. 써레는 이미 처음 자리로 돌아가려고 했으나, 자기 짐에서 벗어나지 못했다는 것을 알아차린 듯이, 계속 구덩이 위에 머물러 있었다. "좀 도와주세요!" 여행자는 사병과 죄수를 향해 소리치고 나서 손수 장교의 두 발을 잡았다. 그는, 다른 두 사람이 맞은편에서 장교의 머리를 붙잡고 있는 동안, 그 발을 밀려고 했다. 그렇게 해서 장교를 서서히 바늘에서 빼내려는 것이었다. 그러나 두 사람은 거기에 올 결심을 할 수 없었다. 그때 죄수가 몸을 돌렸다. 여행자는 그들에게 가서 강제로 그들을 장교의 머리 쪽으로 밀어 버렸다. 그렇게 하면서 여행자는 본의 아니게 시체의 얼굴을 보았다. 그것은 살아 있을 때의 그 얼굴이었다. 약속했던 구원의 징후는 찾아볼 수 없었다. 다른 모든 사람이 그 기계에서 발견했던 것을 장교는 발견하지 못했다. 그의 입술은 꽉 다물어져 있었고 눈은 떠 있었으며 살아 있는 표정이었다. 그 시선은 조용하고 확신에 차 있었다. 큰 송곳의 철침이 이마를 뚫고 지나갔다.

◇ ◇ ◇

여행자가 사병과 죄수를 데리고 유형지의 첫 번째 집들이 있는 곳으로 왔을 때, 사병이 집 한 채를 가리키면서 말했다. "저기는 찻집입니다."

그 집의 일 층에 깊숙하고 낮고 벽과 천장이 그을린 동굴과도 같은 방이 있었다. 그 방은 길가 쪽으로 확 트여 있었다. 이 찻집은, 사령부의 궁전 같은 건물을 제외하고, 황폐해진 유형지의 다른 집들과 별로 다를 바가 없었지만, 그래도 여행자에게 역사적 기념물이라는 인상을 주었다. 그는 거기서 지나간 시대의 권세를 느꼈다. 그는 두 동행자와 함께 거기로 다가갔고 찻집 앞의 길가에 세워져 있는 빈 탁자 사이를 지나가면서, 안에서 흘러나오는 서늘하고 눅눅한 공기를 들이켰다. "전임 사령관은 여기에 묻혔습니다." 사병이 말했다. "신부님이 그를 묘지에 묻는 것을 거절했습니다. 그를 어디다 묻어야 할지 한동안 결정하지 못했습니다. 그러다가 마침내 여기에 묻은 것입니다. 장교는 이런 얘기를 당신에게 한 마디도 하지 않았을 것입니다. 왜냐하면 그는 그것을 가장 부끄러워했기 때문입니다. 그는 몇 번이나 전임 사령관의 유해를 한밤중에 파서 딴 곳으로 옮기려고 했지만 매번 쫓겨나고 말았습니다." "그 무덤은 어디 있습니까?" 사병의 말을 믿지 않고 여행자가 물었다. 이내 사병과 죄수는 여행자 앞으로 달려와 손을 뻗쳐 무덤이 있는 곳을 가리켰다. 두 사람은 여행자를 뒷벽이 있는 데까지 데려갔다. 몇몇 테이블에 손님들이 앉아 있었다. 그들은 부두 노동자인 것 같았다. 짧고 반짝거리는 검은 수염이 나 있는 힘센 사람들이었다. 모두 저고리를 안 입었고, 셔츠도 너덜너덜 해어져 있었다. 그들은 가난하고 비천한 사람들이었다. 여행자가 다가가자 몇 사람이 일어나서 벽에 몸을 붙이고 그를 쳐다보았다. "외국 사람이군." 하고 여행자 주위에서 수군거리는 소리가 들렸다. "무덤을 보려고 하는 거야." 그들이 탁자 하나를 옆으로 밀었는데, 그 탁자 밑에 실제로 묘비가 있었다. 그것은 단순한 돌이었는데 탁자 밑에 숨겨질 만큼 낮았다. 그 돌에는 매우 작은 글씨로 쓰인 묘비명이 있었다. 여행자는 그것을 읽기 위해 무릎을 꿇어야만 했다. 그 묘비에는 이렇게 쓰여 있었다. '여기에 전임 사령관이 잠들다. 현재, 자신의 이름을 밝힐 수 없는 그의 지지자들이 그를 위해 이 무덤을 파고 비석을 세우다. 이 사령관이 몇 년이 지난 후에 부활하고 이 집에서부터 자기 지지자들을 거느리고 유형지를 탈환하러 올 것이라는 예언이 있다. 믿고 기다릴지어다!' 여행자가 그것을 다 읽고 일어나자 사람들이 빙 둘러서서 빙긋이 미소 짓고 있었다. 그 웃음은 마치 그들이 그와 함께 비문을 읽었고, 비문을 우스꽝스럽게 여기며, 여행자도 자기들의 의견에 동조하라고 요구하는 것 같았다. 여행자는 그것을 눈치채지 못한 척하면서, 동전 몇 개를 그들에게 나누어 주었다. 그는 탁자가 다시 무덤 위로 옮겨질 때까지 기다렸다가 찻집에서 나와 항구로 갔다.

　사병과 죄수는 찻집에서 아는 사람을 만나 그들에게 붙잡혀 있었다. 그러나 두 사람은 곧 그들과 헤어졌다. 여행자가 보트 있는 데로 가는 긴 계단의 한가운데에 가 있을 때 그들은 그를 따라가기 시작했다. 그들은 이 마지막 순간에 여행자에게 자기들을 데려가 달라고 억지를 부릴 작정이었다. 여행자가 아래에서 기선까지 실어다 달라고 뱃사공에게 부탁하는 동안 두 사람은 말없이 층계를 뛰어내려 왔다. 왜냐하면 그들은 큰 소리를 지를 용기가 없었기 때문이다. 그들이 밑에 닿았을 때는 이미 여행자가 보트에 타고 있었으며, 사공은 이제 막 보트를 출항시킨 뒤였다. 그들은 보트에 뛰어오를 수도 있었지만, 여행자가 매듭

있는 무거운 밧줄을 바닥에서 들어 올려 그걸로 그들을 위협하
면서 뛰어오르지 못하게 했다.

법의 문제

Zur Frage der Gesetze

◆

우리들의 법은 일반적으로 잘 알려져 있지 않다. 그것은 우리를 지배하는 소수 귀족 계급의 비밀이다. 우리는 이 오래된 법이 정확히 지켜지고 있다고 믿는다. 그렇지만 우리가 알지 못하는 법에 의해 지배된다는 것은 매우 고통스러운 일이다. 그러므로 나는 여기서 법의 다양한 해석 가능성에 대하여, 그리고 또 국민 전체가 아니고 어느 한 개인만이 그 해석에 가담하는 것이라면 그에 수반되는 폐해에 대해서는 생각을 하지 않는다. 이 폐해들은 어쩌면 그리 크지 않을지도 모른다. 법 자체가 매우 오래되었고, 수백 년에 걸쳐서 그것을 해석해 왔다. 이 해석마저도 이미 법이 되어, 그것을 자유롭게 해석할 자유가 늘 존재하기는 하지만 매우 제한되어 있다. 게다가 법을 해석함에 있어서 귀족이 자신들의 개인적인 이익을 고려하여 민중들에게 손해를 끼치도록 할 이유는 분명히 없다. 왜냐하면 법이란 처음부터 귀족의 이익을 위해 제정되었기 때문이다. 귀족들은 법의 위에 서 있고, 바로 그렇기 때문에 법이 전적으로 귀족의 손에 넘어간 것처럼 보이는 것이다. 물론 법률에는 지혜가 들어 있다. — 옛날 법의 지혜를 의심할 자가 누가 있겠는가? — 그러나 우리들 민중에게는 여전히 고통이다. 이것은 아마도 피할 수 없는 일인가 보다.

그러나 이 사이비 법은 아마 추정할 수 있을 뿐이리라. 이런 법이 분명히 존속하고, 귀족 계급에게만 알려진 비밀이라는 것은 하나의 전통이다. 그러나 그것은 오래된 전통이고, 그 오래됨으로 인해서 믿어지는 것에 지나지 않으며, 그 이상은 아니고 또 그 이상이 될 수도 없다. 왜냐하면 이 법의 성질이 그 존속을 비밀로 감추어 두길 요구하고 있기 때문이다. 그러나 우리 민중 속에는 고대로부터 귀족의 행동을 주의 깊게 추적해 오고 있는 무리가 있다. 그들은 귀족에 대하여 우리 조상들이 작성해 놓았고 우리들이 양심적으로 계속 작성한 기록을 가지고 그 엄청나게 많은 사실로부터 이런저런 역사적 결정을 내린 어떤 방향을 인식하고 있다고 믿는다. 그리고 우리가 이렇게 지극히 신중하게 선별 정리된 결론에 근거하여 우리들의 현재와 미래의 방침을 수립하려고 하면, 이 모든 것은 불확실하며, 이는 단지 이성의 유희에 지나지 않을 것이다. 왜냐하면 우리가 여기서 알아내려고 하는 이 법은 전혀 존재하지 않을지도 모르기 때문이다. 사실, 법은 존재하지 않는다고 주장하는 작은 무리들이 있다. 이들은 만약에 법이 있다면 그것은 단지 귀족이 행하는 것일 뿐임을 증명하려고 애쓴다. 이 무리들은 귀족의 자의적인 행위만 보고 민중의 전통을 인정하려고 하지 않는다. 그들의 의견에 의하면, 민중의 전통은 극소수의 우연한 이익을 가져올 뿐이고, 반대로 대부분은 심각한 손해를 가져온다는 거다. 왜냐하면 전통은 앞으로 다가올 일을 대면하고 있는 민중들을 경거망동으로 이끄는 하나의 잘못된 거짓 신념을 심어 주기 때문이다. 이러한 폐해는 부인할 수 없다. 그러나 어디까지나 우리 민중의 절대다수는 그 원인이 다음과 같은 곳에 있다고 본다. 즉 전통이 아직 충분하지 않고, 그러므로 아직도 더 많이 연구되어야만 하며, 그 재료 역시 거대해 보이지만 아직은 너무 적어서 충분한 양에 도달하려면 수세기가 지나야 한다고. 언젠가는 전통과 전통의 연구가 끝이 나고, 어느 정도 마음이 놓이며 모든 것이 분명해져서, 법은 단지 민중의 것이고, 귀족은 사라져 버리는 그런 때가 오리라고 믿는 — 현재로서는 암울한 것이지만 — 전망에 한 줄기 빛이 비쳐 올 것이다. 귀족에 대한 미움 때문에 그렇게 말하는 것이 절대 아니다. 결코 그렇지가 않다. 아무도 그렇게 생각하지 않을 것이다. 우리는 오히려 우리 자신을 미워한다. 왜냐하면 우리가 법의 보호를 받지 못하기 때문이다. 그러므로 법의 존재를 믿지 않는 사람들, 사실 어떤 의미로는 매우 미혹적인 무리들이 지금까지도 그렇게 소수로 남아 있다. 그것은 그들이 귀족과 그 귀족 존속의 정당성을 완전히 인정하고 있기 때문이다.

　우리는 이것을 오직 반어적으로 표현할 수 있을 뿐이다. 어떤 정당이 법에 대한 믿음을 가지고 귀족까지 비난한다면, 그 정당은 곧 전 민중의 지지를 얻을 수 있을 것이다. 그러나 그런 정당은 생겨날 수 없다. 왜냐하면 감히 귀족을 비난하려고 하는 사람은 아무도 없기 때문이다. 우리는 이 역설의 칼날 위에서 살고 있다. 어느 저술가가 언젠가 그것을 이렇게 간추려 놓았다. 우리에게 부과된 유일하고도 가시적이며 의심할 여지가 없는 법은 귀족이다. 그런데 우리는 그 유일한 법을 우리에게서 없애 버릴 수 있을까?

변호사

Fürsprecher

♦

내가 어떤 변호사를 데리고 있는지는 매우 불확실했다. 나는 그것에 대해 정확한 사실을 도무지 알 수가 없었다. 내게로 다가오는 모든 얼굴이 불친절했으며, 또 내가 거듭 복도에서 만나는 사람들은 늙고 뚱뚱한 여인처럼 보였다. 그들은 온몸을 감싸는 커다란 암청색과 흰색의 줄무늬 앞치마를 두르고 배를 긁으며 느릿느릿 이리저리 몸을 돌리고 있었다. 나는 우리가 법원 청사 내에 있는지도 알 수 없었다. 많은 사람이 그렇다고 하고 또 다른 많은 사람은 그렇지 않다고도 한다. 모든 세세한 것을 떠나서 끊임없이 멀리서부터 들려오는 윙윙거리는 소음이 내게 법원이라는 것을 가장 잘 상기시킨다. 그 소음이 어느 방향에서 오는지는 말할 수 없다. 그 소음은 모든 공간을 가득 채웠으므로, 사람들은 그 소음이 도처에서 온다고 생각할 수도 있는데, 그들이 있는 장소 바로 거기가 소음의 진원지라고 하는 것이 더 옳은 것 같았다. 그러나 이것은 분명히 하나의 환상이다. 그 이유는 소음이 멀리서 오기 때문이다. 좁고 둥근 아치형의 이 복도, 완만한 커브를 따라 검소하게 장식된 문들이 있는 이 복도는 깊은 정적을 내기 위해 제작된 것 같았다. 그것은 어떤 박물관이나 도서관의 복도였다. 만약 법정이 아니라면 왜 나는 여기서 변호사를 찾고 있었을까? 왜냐하면 나는 도처에서 변호사를 찾고 있었기 때문이다. 변호사는 도처에서 필요하다. 그렇다. 사람들은 변호사를 법정에서보다는 다른 곳에서 필요로 한다. 왜냐하면 법원은 법에 따라 판결을 내리므로, 그것을 받아들이지 않으면 안 되기 때문이다. 만약 사람들이 이때 부당하게 또는 가볍게 일이 처리된다고 받아들인다면, 어떤 삶도 불가능할 것이다. 우리는 법원이 법의 권위에 최대한의 자유를 준다는 사실을 믿어야만 한다. 왜냐하면 그것이 법원의 유일한 사명이기 때문이다. 법 내부에서는 모든 것이 고소, 변호, 그리고 판결이다. 그러므로 거기에 한 개인이 멋대로 개입하면 범죄가 될 것이다. 그러나 판결에 있어서는 사정이 다르다. 판결은 여기저기, 친척이나 낯선 사람, 친구나 적, 가정이나 공개된 곳, 도시나 시골, 간단히 말해서 여러 곳에서 행한 조사에 근거하고 있다. 여기서는 변호사가 꼭 필요하다. 그것도 여러 명의 변호사, 서로 어깨를 나란히 한 일급 변호사, 살아 있는 벽과 같은 변호사가 필요하다. 왜냐하면 변호사는 그 성격상 움직이기 어렵기 때문이다. 그러나 고소인들, 이 교활한 여우들, 이 잽싼 족제비들, 이 눈에 보이지 않는 작은 쥐새끼들은 작은 틈으로 빠져나간다. 변호사의 가랑이 사이를 비집고 나간다. 그러므로 조심할지어다! 그렇기 때문에 나는 여기서 변호사를 모으고 있다. 그렇지만 나는 아직 한 명의 변호사도 찾지 못했다. 늙어 빠진 여인들만 왔다가 갈 뿐이다. 이러한 찾는 행위를 하지 않는다면, 나는 잠에 빠져들 것이다. 나는 올바른 장소에 와 있지 않으며, 유감스럽게도 내가 올바른 장소에 와 있지 않다는 인상을 지울 수 없다. 나는 각지의, 각계각층의, 여러 직업과 다양한 연령층의 많은 사람이 모이는 장소에 가 있어야 한다. 많은 변호사 중에서 나는 적절하고 친절한 변호사, 나를 알아볼 줄 아는 눈을 가진 변호사를 신중하게 선발할 기회를 가져야만 한다. 이렇게 하기 위한 가장 적절한 장소는 일 년에 한 번 서는 큰 시장터일 것이다. 그런 장소 대신 나는 늙은 여인들만 만나게 되는 이 복도에서 왔다 갔다 한다. 그리고 수가 그리 많지 않은 늙은 여인들은, 계속 똑같은 얼굴의 몇몇 여인들은 행동이 느림에도 불구하고 자신을 구석진 곳에 세우지 않는다. 그들은 내 손에서 빠져나가 비구름처럼 떠돌아다니며, 알지 못하는 일에 몰두하고 있다. 내가 왜 문 위의 간판도 읽지 않고 그냥 집 안으로 달려 들어가 복도에 서서, 이 집 앞에 한 번 왔었고 또 계단을 뛰어 올라갔던 일을 기억하지도 못한 채, 여기서 이런 어리석은 일에 집착해야 하는가. 그러나 나는 돌아갈 수 없다. 이런 시간 낭비와 길을 잘못 든 것을 나는 시인할 수 없다. 뭐라고? 이 짧고 바쁜 삶, 불안하고 웅웅거리는 울림이 수반되는 삶을 살면서 계단을 뛰어 내려가라고? 그것은 불가능하다. 네게 주어진 시간은 아주 짧아서, 일 초를 잃는다면 너는 너의 전 삶을 잃게 된다. 왜냐하면 그 삶은 네가 잃는 시간보다 더 긴 것이 아니라, 언제나 그만큼의 길이이기 때문이다. 그러므로 하나의 길을 가기 시작했다면, 어떤 일이 있더라도 그 길을 계속 가라. 그러면 승리할 것이다. 위험에 직면하지 않을 것이다. 어쩌면 끝에 가서 넘어질 수도 있다. 그러나 네가 첫 발을 딛고 난 후 돌아서서 계단을 달려 내려가면, 너는 처음부터 넘어질 것이다. 어쩌면 넘어지는 게 아니고 틀림없이 넘어지는 것이다. 그러므로 네가 여기 복도에서 아무것도 발견하지 못한다면, 문을 열어라. 문 뒤에서 아무것도 발견하지 못한다면, 또 다른 계단이 있다. 그 계단 위에서 아무것도 발견하지 못한다면, 걱정하지 마라. 더 위로 날아 올라가라. 네가 오르기를 멈추지 않는 한, 계단은 끝나지 않을 것이고, 올라가는 너의 발밑에서 계단도 계속 위로 자랄 것이다.

신임 변호사

Der neue Advokat

♦

우리는 새로운 변호사, 부케팔로스 박사를 영입했다. 그의
외모는 그가 마케도니아의 알렉산드로스 대왕의 군마(軍馬)였
던 당시를 거의 상기시키지 않는다. 물론 그 시절의 사정을 잘
아는 사람들은 (그의 외모에서 그 시절의) 두서너 가지를 알아
본다. 그러나 최근에 나는 법원 앞 계단에서 그 변호사가 허벅다
리를 높이 쳐들고 대리석 계단에 탕탕 소리를 내면서 계단을 하
나씩 올라갈 때, 아주 단순한 법원 정리(廷吏)가 경마장의 하찮
은 단골 고객이 가진 전문가다운 눈길로 경탄하며 바라보고 있
는 것을 보았다.

변호사 협회는 보통 부케팔로스의 가입을 승인한다. 사람들
은 놀라운 통찰력을 갖고 말을 한다. 즉 부케팔로스는 오늘날의
사회 질서와 관련하여 어려운 상황에 처해 있고, 바로 그 때문
에 그리고 또 그는 세계사적으로 중요하므로 그의 협회 영입은

당연한 것이라고. 오늘날 — 이것은 누구도 부인할 수 없는 일이다 — 알렉산드로스 대왕과 같은 위대한 인물은 존재하지 않는다. 많은 사람은 살인을 할 줄 안다. 창을 들고 연회석 식탁 너머로 친구를 찌르는 기술도 부족하지 않다. 그리고 많은 사람은 마케도니아가 너무 좁아서 부군(父君) 필리포스 2세를 저주하고 있다. 그러나 어느 누구도, 정말 어느 누구도 인도로 병사들을 데리고 가지 못한다. 그 당시에도 인도의 문에는 도달할 수 없었다. 하지만 왕의 칼은 문이 있는 방향을 가리키고 있었다. 오늘날 그 문은 아주 다른 곳으로, 더 멀리 더 높은 데로 옮겨졌다. 하지만 아무도 그 방향을 가리키지 않는다. 많은 사람은 손에 칼을 들고 있다. 그러나 그저 그 칼을 휘두르기 위해서일 뿐이다. 칼을 따르려고 하는 눈은 혼란에 빠진다.

따라서 부케팔로스가 했던 것처럼 법전(法典)에 몰두하는 것이 어쩌면 실제로 최선일지도 모른다. 기수(騎手)의 허벅지에 양쪽 옆구리가 눌리지도 않은 채, 알렉산드로스 대왕이 하는 전투의 아비규환에서 멀리 떨어져 조용한 램프 불 아래에서 그는 우리들의 옛 법전을 읽고 그 책장을 넘기고 있다.

시골 의사

Ein Landarzt

♦

나는 매우 당황했다. 당장 급한 왕진(往診)을 가야만 했다. 중환자가 10마일이나 떨어진 마을에서 나를 기다리고 있었다. 강한 눈보라가 나와 환자 사이의 공간을 채웠다. 나는 가볍고 바퀴가 넓은 마차 한 대를 가지고 있었는데, 이것은 우리 시골 길에 안성맞춤이었다. 나는 털외투를 입고, 진찰 가방을 손에 들고, 떠날 준비를 마치고 마당에 서 있었다. 그러나 말이 없었다, 말이. 내 말은 지난밤, 이 추운 겨울에 너무 혹사시켜 죽어 버렸다. 지금 내 하녀는 말을 한 마리 빌리려고 온 마을을 돌아다니고 있지만, 그것은 가망 없는 일이었다. 나는 그것을 알고 있었다. 그리고 점점 더 눈에 휩싸여 더욱더 움직일 수 없게 된 나는 어떻게 해야 좋을지 모른 채 거기에 서 있었다.

하녀가 문간에 나타났는데, 혼자였고, 등불을 흔들고 있었다. 그러면 그렇지. 누가 이렇게 눈보라 치는 밤에 길 떠나는 사람을 위해 말을 빌려주겠는가? 나는 다시 한번 더 마당을 가로질러 걸었다. 어떻게 할 수가 없었다. 나는 정신이 산란해지고 괴로워져 이미 수년 전부터 사용하지 않던 돼지우리의 덜렁거리는 문을 발로 찼다. 문이 열리더니 돌쩌귀에 걸려 덜커덩거렸다. 말의 몸에서 나오는 것 같은 온기와 냄새가 물씬 풍겼다. 그 돼지우리 안에는 희미한 등이 줄에 매달려 흔들거리고 있었다. 한 남자가 나지막한 돼지우리 안에 웅크리고 있다가 파란 눈의 해맑은 얼굴을 내밀었다.

그는 기어 나오면서 "제가 마차를 준비할까요?"라고 물었다. 나는 무슨 말을 해야 할지 몰랐으며 돼지우리 안에 또 무엇이 있는지 보려고 그저 몸을 약간 굽혔다. 하녀는 내 옆에 서 있었다. "우리는 우리 집에 어떤 물건이 있는지 모릅니다."라고 하녀가 말했고, 우리 둘은 같이 웃었다.

"어이 형제여, 어이 자매여!" 하고 마부가 소리를 질렀다. 그러자 힘세고 옆구리가 튼튼한 말 두 마리가 다리를 몸에 바짝 붙이고, 멋지게 생긴 머리를 낙타처럼 숙이고, 몸통을 비틀어 그 힘으로 차례로 문을 밀고 나왔다. 말들의 몸통은 그 문을 한 치의 틈도 없이 꽉 채웠다. 그런데 그 말들은 곧 다리를 쭉 펴고, 몸에서 김을 무럭무럭 내면서 똑바로 섰다.

"저 사람을 좀 도와드려라!" 내가 말하자 고분고분한 하녀는 마부에게 마차 장비를 건네주기 위해 급히 달려갔다.

그러나 하녀가 마부 곁에 가자마자 마부는 그녀를 껴안고 자기 얼굴을 그녀의 얼굴에 갖다 댄다. 하녀는 소리를 지르고 내

곁으로 도망쳐 온다. 하녀의 뺨에는 빨간 이빨 자국 두 줄이 나 있다.

"이 짐승 같은 놈아!" 나는 화를 내며 "회초리 맛 좀 볼래?" 하고 소리를 지른다. 그러나 그 순간 나는 그가 낯선 사람이라는 것, 또 그가 어디에서 왔는지는 모르지만 남들이 나를 도와주기를 거절하는데도 자발적으로 나를 돕는다는 사실을 생각해 낸다.

그는 내 생각을 아는 양, 내 위협을 언짢게 받아들이지 않고 계속 말을 몰면서 나를 향해 몸을 돌린다. 그러고 나서 "타십시오!"라고 하는데, 정말로 모든 준비가 다 되어 있다. 내가 아는한 나는 이런 좋은 마차를 타고 여행한 적이 없다. 나는 기쁜 마음으로 올라탄다.

"한데, 내가 말을 몰고 가겠네, 자네는 길을 모르지 않나."라고 내가 말한다. "물론입니다."라고 그는 말하며, "저는 당신과 함께 가지 않겠습니다. 저는 로자 곁에 머물러 있겠습니다."라고 했다. "안 됩니다."라고 로자는 비명을 지르며 자신의 운명을 거역할 수 없다는 것을 바로 예감하고 집 안으로 뛰어 들어간다. 나는 그녀가 문의 빗장을 지르는 소리를 듣는다. 곧 자물쇠가 찰칵 잠기는 소리도 듣는다. 나는 또 그녀가 현관에서부터 계속 쫓겨 방으로 들어가면서 자신을 숨기려고 불을 모두 꺼 버리는 것을 본다. "자네는 나와 함께 가야만 해."라고 나는 마부에게 말하며, "아니면 나는 이번 출장이 아무리 절박한 것이라고 해도 이를 포기할 것이라네. 이 출장의 대가로 하녀를 자네에게 넘겨

준다는 것은 생각할 수도 없어."라고 했다.

"이랴!" 그가 소리치고 손뼉을 친다. 마차는 통나무가 물결에 흘러내리듯이 밀려 나갔다. 나는 내 집의 문들이 마부의 돌진으로 깨지고 조각나는 소리를 듣고 있다. 내 눈과 귀는 오관에 똑같이 파고드는 '휙' 하는 소음으로 꽉 채워진다. 그러나 그것 또한 한순간일 뿐이다. 내 대문 바로 앞에 환자의 뜰이 나타난 듯이, 나는 이미 거기에 도착해 있다. 말들은 조용히 서 있다. 내리던 눈은 그쳤다. 달빛이 사방에 내리비치고, 환자의 부모님이 그 집에서 달려 나온다. 환자의 누이가 그들을 뒤따른다. 그들은 나를 마차에서 들어내다시피 한다. 나는 그들이 주고받는 말들이 뭐가 뭔지 전혀 이해할 수 없다. 잘 간수하지 않은 난로에서 지독한 냄새가 나 환자가 있는 방의 공기는 숨도 쉴 수 없을 정도이다. 나는 문을 열려고 한다. 그러나 그보다 먼저 나는 환자를 보고 싶다. 그때 여윈, 열은 없고, 차갑지는 않고, 아무런 표정도 없는 눈동자에, 속옷을 입지 않은 한 소년이 이불 밑에서 몸을 일으켜 내 목에 매달리며, 내 귀에 대고 속삭인다. "의사 선생님, 저를 죽게 내버려 두세요." 나는 주위를 둘러본다. 아무도 그 소리를 듣지 않았다. 환자의 부모는 말없이 고개를 숙이고 내 판단을 기다리고 있다. 환자의 누이는 내 진찰 가방을 얹어 놓을 의자를 가져왔다. 나는 가방을 열고, 의료 기구들을 찾는다. 소년은 침대 밖으로 손을 내밀고 내게 자신의 소원을 상기시키려고 계속 나를 찾아 더듬는다. 나는 핀셋을 집어 촛불 빛에 점검해 보고 나서 그것을 다시 놓는다. '그래.' 나는 불경스럽게도 이렇게 생각한다. '이런 경우에는 신들이 도와주는 거야. 없는 말을 한 마리 보내 주고, 게다가 급하다는 이유로 또 한 마리를 덧붙여 주고, 필요 없는 마부까지 보내 주다니…' 나는 이제 비로소 로자를 다시 생각한다. 내가 무엇을 할까, 어떻게 그녀를 구해 낼까, 또 어떻게 마부 밑에 깔린 그녀를 빼낼까, 그녀로부터 10마일이나 떨어져 있는데, 내 마음대로 부릴 수 없는 말들이 내 마차 앞에 매어 있지 않는가? 말들은 지금 어찌 된 영문인지 고삐의 가죽끈이 느슨해져 있다. 창문을 어떻게 밖에서 열었는지 나는 모른다. 말들은 제각각 창문 안으로 머리를 디밀고는, 가족들이 깜짝 놀라 소리를 지르는데도 아랑곳하지 않고, 환자를 관찰하고 있다. '즉시 돌아가야지.'라고 나는 마치 말들에게서 가자는 재촉을 받은 듯이 생각한다. 하지만 더위 때문에 내가 정신이 없는 것이라고 생각하는 환자의 누이가 내 털외투를 벗기고, 나는 그대로 참는다. 노인이 내게 럼주 한잔을 내놓으며 마시라고 내 어깨를 톡톡 친다. 이렇게 자신이 애지중지하던 보물을 내놓는 행위는 친근함을 입증하는 것이다. 나는 머리를 흔든다. 노인의 편협한 사고방식이 나에겐 못마땅하다. 단지 그 이유로 나는 그것을 마시지 않겠다고 한다. 환자의 어머니는 침대 곁에 서서 내게 오라고 손짓한다. 나는 그 손짓을 따라 가며, ─ 그 사이에 말 한 마리가 천장을 향해 큰 소리로 운다. ─ 소년의 가슴에 내 머리를 갖다 댄다. 그러자 소년은 축축한 내 수염 때문에 몸을 부르르 떤다. 내가 이미 알고 있던 바가 맞음이 확인된다. 즉 소년은 건강하고, 약간 혈색이 좋지 않은데, 걱정하는 어머니가 타 준 커피를 너무 많이 마셨기 때문이다. 그러나 그는 건강하며, 한번 툭 쳐서 침대 밖으로 밀어내는 게 상책이다. 그러나 나는 세계를 개선하는 자가 아니므로 그를 그냥 눕혀 둔다. 나는 이 지역에 채용된 공의이며 내 의무를 지나칠 정도로 매우 철저히 수행한다. 내가 받는 봉급은 적지만 나는 인색하지 않으며 가난한 사람들을 잘 돕는다. 그런데 나는 여전히 로자를 걱정하지 않으면 안 된다. 어쩌면 이 소년이 한 말이 맞는지도 모른다. 나도 죽고 싶다. 이 끝없는 겨울에 여기서 내가 무엇을 할까! 내 말은 죽었고, 마을에서 내게 말을 빌려줄 사람이라곤 아무도 없다. 돼지우리에서 나는 내 말들을 끌어내야만 했다. 그것이 우연하게도 말들이 아니라고 하면, 나는 돼지를 타고 가지 않으면 안 돼. 이런 사정이다. 나는 가족들에게 고개를 끄덕인다. 그들은 이런 사정을 모른다. 설령 그들이 안다고 해도, 그들은 그것을 믿지 않을 것이야. 처방전을 쓰는 것은 쉬운 일이다. 그러나 그 밖에 사람들과 의사소통을 하는 일은 어렵다. 그럼, 여기서 나의 왕진은 끝난 것이다. 사람들이 또다시 내게 헛수고를 시킨 것이다. 나는 이런 짓에 익숙해져 있다. 전 구역의 사람들이 야간 비상벨을 울려 나를 고생시킨다. 그러나 이번에 나는 로자까지 넘겨주어야 했다. 이 아름다운 하녀는 수년 동안 내 집에서 나의 주목도 받지 않은 채 살았다. — 이 희생은 너무 크다. 그런데 나는 한사코 로자를 내게 돌려주지 않으려는 이 가족에게 덤벼들지 않기 위해 내 머릿속에 재치 있게 임시로나마 이 희생을 정리해 둬야 한다. 그러나 내가 진찰 가

방을 닫고 털외투를 넘겨 달라고 눈짓해도 가족들은 거기에 모여 서 있다. 아버지는 럼주 한잔을 손에 들고 냄새를 맡고 있고, 어머니는 내게 실망한 듯이 — 그렇다. 사람들은 대체 나에게서 무엇을 기대하는가? — 눈물을 머금고 입술을 깨물고 있고, 누이는 피 묻은 수건을 흔들고 있다. 사정에 따라서는, 나도 결국 이 소년이 아마도 아픈 것 같다고 인정할 생각이다. 나는 그에게 다가간다. 그는 내가 자신에게 가장 영양분이 많은 수프를 가져다주는 듯이 나를 향해 미소를 짓는다. — 아, 이제는 두 마리 말이 울고 있다. 이 말들의 울음소리는 아마 높은 데에서 내려와 나의 진찰을 돕는 것일 거다. — 이제 나는 발견한다. 그렇다. 이 소년은 아프다. 그의 오른쪽 옆구리, 엉덩이 부분에 손바닥만 한 크기의 상처가 나 있다. 장밋빛의, 미세한 차이가 있지만 중심부가 검고, 가장자리는 점점 밝아지며, 크기가 다른 작은 낱알 모양의 핏덩이가, 노천의 탄광처럼 열려 있다. 멀리서 관찰하면 그렇다. 그러나 가까이에서 보면 더 심할 것이 분명하다. 누군들 이것을 보면서 가볍게 소리를 지르지 않을 수 있을까? 굵기와 길이가 내 손가락만 한 벌레들이, 본래 붉은데 피범벅이 된 벌레들이 상처 안쪽에 꼭 붙어 하얀 머리를 쳐들고, 많은 다리를 움직이며 밝은 쪽으로 꾸물꾸물 기어 나오고 있다. 가엾은 소년아, 너를 도울 수 없다. 나는 너의 큰 상처를 발견했다. 너는 옆구리에 있는 이 꽃 때문에 죽어 가는 거야. 가족들은 내가 움직이는 것을 보고 기뻐한다. 누이가 기쁨을 어머니한테 이야기하고, 어머니는 아버지한테 이야기하고, 아버지는 몇몇 손님에게 이야기한다. 그들은 발뒤꿈치를 세우고 팔을 뻗어 몸의 균형을 유지하며, 열린 창문으로 들어온 달빛을 받으며 이리로 온 것이다.

"당신은 나를 구하겠습니까?" 소년은 자기 상처 속에 있는 벌레 때문에 정신이 완전히 혼미해져 울면서 속삭인다. 내 구역의 사람들은 이렇다. 언제나 불가능한 것을 의사한테 요구한다. 그들은 옛 신앙을 잃었다. 신부는 집에 앉아서 미사를 올릴 때 입는 옷들을 하나씩 차례로 찢는다. 그러나 의사는 자신의 부드러운 손으로 모든 일을 해내야 한다. 자, 너희들 좋을 대로 해라. 나는 이 일을 자청하지 않았다. 너희들이 나를 성스러운 목적에 남용한다면, 나 또한 그걸 참을 수밖에 없지. 하녀까지 빼앗긴 늙은 시골 의사인 내가 뭘 더 바랄 것인가! 그러자 그들, 환자의 가족과 마을의 원로들이 오더니 내 옷을 벗긴다. 학교 합창단이 선생님을 선두에 세우고 집 앞에 서서 지극히 단조로운 멜로디로 이런 가사의 노래를 부른다.

그의 옷을 벗겨라, 그럼 그는 병을 고칠 것이다.
그가 병을 고치지 못하면, 그를 죽여라.
그는 그저 의사일 뿐이야. 그는 그저 의사일 뿐이야.

그러고 나서 나는 옷이 벗겨졌으며, 손가락을 수염에 갖다 대고 고개를 숙인 채, 그 사람들을 조용히 바라본다. 나는 아주 침착하고 다른 사람들보다 우월하며, 그게 내게 아무런 도움이 되지 않는데도 불구하고 잘 참고 있다. 왜냐하면 이제 그들이 내 머리와 다리를 잡고 나를 침대에 들고 가기 때문이다. 그들은 상처 있는 옆구리 옆의 벽 쪽에 나를 눕힌다. 그런 다음 모두 방에서 나간다. 문이 닫히고 노래 소리가 그친다. 구름들이 달을 가린다. 이불이 따뜻하게 나를 감싸고 있고, 말들의 머리가 그림자를 비추며 창문에서 흔들거린다. "당신은 아십니까?" 내 귀에 대고 누군가가 하는 말을 나는 듣는다. "당신에 대한 나의 신뢰는 아주 작습니다. 당신도 역시 마찬가지로 어딘가에서 굴러온 것이지, 당신의 두 발로 걸어서 오지 않았어요. 나를 도와주기는커녕, 당신은 내 임종의 자리를 좁힐 뿐입니다. 나는 정말 당신의 눈알을 뽑아 버리고 싶습니다." "맞다." 나는 말한다. "이것은 치욕이다. 그런데 나는 의사이다. 내가 무엇을 해야 하나? 나를 믿어라, 이것 역시 나에겐 쉽지 않을 것이다." "그런 변명에 내가 만족할까요? 아, 나는 반드시 그래야만 합니다. 언제나 나는 만족하지 않으면 안 됩니다. 아름다운 상처를 지닌 채 나는 이 세상에 왔어요. 그것이 내가 가진 것의 전부인걸요."

"젊은 친구." 나는 말한다. "너의 결점은 통찰력이 없다는 거야. 온갖 병실을 이리저리 돌아다닌 경험이 있는 내가 네게 말하건대, 너의 상처는 그리 나쁘지 않다. 예리한 각도에서 도끼로 두 번 타격을 입은 것이야. 많은 사람은 자신들의 옆구리를 내놓고 숲에서 나는 도끼 소리를 듣지 못한다. 더군다나 그 도끼가 그들에게 다가오고 있는데도." "그게 사실입니까, 아니면 당신이 열에 들떠 있는 나를 속이는 것입니까?" "그것은 사실이야. 공의의 명예를 걸고 하는 말이니 받아들여라." 그러자 그는 내 말을 받아들였고 조용해졌다. 그러나 이제 내 자신의 구원을 생각할 시간이 되었다. 아직도 말은 충실히 제자리에 서 있었다. 나는 옷, 털외투, 그리고 진찰 가방을 급히 챙겼다. 옷을 입는 데에 시간을 허비하고 싶지 않았다. 말들이 이쪽으로 올 때처럼 질주해서 집으로 간다면, 나도 틀림없이 이 침대에서 뛰쳐나와 내 침대 속으로 날아들 것이다. 말 한 마리가 문에서 순순히 뒤로 물러났다. 나는 옷가지를 둘둘 말아 마차 속에 던졌다. 털외투가 너무 멀리 날아갔고, 그 한쪽 소매만이 마차의 고리에 단단히 걸렸다. 잘 됐다. 나는 말 등에 뛰어올랐다. 말고삐의 가죽끈이 느슨하게 되면서, 두 마리의 말은 제대로 결합되지도 않았고, 그 뒤에서 마차는 흔들거리고 있었고, 내 털외투는 그 맨 뒤에서 눈 속에 질질 끌려가고 있었다. "이랴, 힘차게 달려라!" 나는 외쳤지만 그것은 힘차게 움직이지 않았다. 마치 늙은이들처럼 천천히 우리는 황량한 눈밭을 지나갔다. 우리 뒤에서는 아이들의 새로운 그러나 틀린 노랫소리가 한참 동안 울려 퍼졌다.

환자 여러분, 기뻐하시오.
그 의사는 여러분 곁의 침대 위에 누워 있어요!

나는 이런 식으로는 절대로 집으로 돌아가지 못할 것이다. 번창하던 나의 진료 활동은 끝났다. 어느 후임자가 내게서 그것을 훔쳐가나 아무런 소용이 없다. 그가 나를 대신하지 못하기 때문이다. 내 집에서는 구역질 나는 마부가 미친 듯이 날뛰고 있다. 로자는 그의 제물이다. 나는 그것을 생각조차 하기 싫다. 이 불행한 시대의 혹한에 벌거벗은 몸을 맡긴 채, 늙은 나는 비(非)현세의 말이 끄는 현세의 마차를 타고, 이리저리 돌아다닌다. 내 털외투는 마차 뒤에 걸려 있지만, 나는 그것을 붙잡을 수가 없다. 환자들 중 움직일 수 있는 그 어느 누구도 손가락 하나 까딱하지 않는다. 속았다. 속았어! 한 번 잘못 울린 야간 비상벨의 소리에 따르다니. — 결코 돌이킬 수 없으리라.

석탄 통을 타는 사나이
Der Kübelreiter

♦

석탄을 모조리 써 버렸다. 석탄 통은 텅 비었다. 부삽은 무용지물이다. 난로는 냉기를 뿜는다. 방은 한기로 가득 차 있고 창문 앞에 있는 나무들은 서리를 맞고 굳어 있다. 하늘은 도움을 바라고 있는 사람을 가로막고 있는 은(銀) 방패. 나는 석탄을 가져야 한다. 나는 얼어 죽을 수 없다. 내 뒤에는 무자비한 난로가 있고 내 앞에는 역시 무자비한 하늘이 있다. 그러므로 나는 난로와 하늘 사이를 잽싸게 빠져나가 중간에 있는 석탄 가게에 도움을 청해야만 한다. 그러나 가게 주인은 내가 늘 하는 부탁에 대해서는 이미 귀를 막고 있다. 그래서 나는 그에게 내가 이제는 석탄 가루를 조금도 가지고 있지 않으며 그러니까 그가 나에겐 바로 하늘의 태양과 같은 의미라는 것을 정확히 납득시켜야만 한다. 나는 거지처럼 가야 한다. 배가 고파 목구멍에서 꼴깍거리는 소리를 내면서 문지방에서 죽겠다는 거지처럼. 그리하여 주인집 요리사가 마지막 커피의 찌꺼기를 그의 입에 넣어 주기로 결심하는 것처럼. 그와 똑같이 석탄 가게 주인은 내게 화를 잔뜩 내면서도 '사람을 죽이지 말라'는 십계명의 한 구절을 생각해 내고는 한 삽 가득 떠서 내 석탄 통에 던져 넣을 것이다.

어떤 식으로 가느냐 그게 문제다. 그래서 나는 석탄 통을 타고 간다. 석탄 통을 타는 사나이로서 손은 가장 간단한 말머리 장식인 위쪽 손잡이를 붙들고, 나는 힘겹게 계단을 내려간다. 그러나 밑에 도착하자 나의 석탄 통은 위로 올라간다. 멋지고 멋지다. 땅바닥에 엎드려 있다가 안내자의 회초리를 맞고 몸을 털면서 일어나는 낙타들도 이보다 더 멋질 수는 없을 것이다. 우리는 규칙적인 속도로 꽁꽁 얼어붙은 길을 간다. 나는 종종 이 층 건물 높이까지 몸이 솟아오른다. 나는 결코 대문 앞까지 내려갈 수 없다. 그리하여 나는 석탄 장수의 창고 둥근 천장 위에서 아주 높이 떠다니고 있다. 주인은 저 아래 깊숙한 곳에서 작은 책상에 웅크리고 앉아 뭔가를 쓰고 있다. 난방이 너무 잘 되어 실내 공기를 밖으로 내보내기 위해 그는 문을 열어 놓고 있다.

"석탄 장수 아저씨!" 나는 추위로 얼어붙은 목소리로 입에서 하얀 김을 내뿜으며 소리친다. "제발, 석탄 장수 아저씨. 내게 석탄을 조금만 주십시오. 나의 석탄 통은 벌써 텅 비어서 그걸 탈 수 있습니다. 호의를 베풀어 주십시오. 될 수 있으면 빨리 석탄 값을 갚겠습니다."

석탄 장수는 귀에다 손을 갖다 댄다. "내가 바로 들었는가?" 하고 그는 어깨 너머로 난롯가 긴 의자에서 뜨개질을 하고 있는 아내에게 묻는다. "내가 바로 들은 거요? 손님이 왔소."

"전 아무 소리도 못 들었어요." 하고 등이 기분 좋게 따뜻해진 그의 아내가 뜨개질바늘 위로 평화롭게 숨을 쉬면서 말한다.

"예, 그렇습니다." 하고 나는 외친다. "나입니다. 변함없이 충실한 오랜 단골손님입니다. 다만 지금은 잠시 돈이 없습니다."

"여보," 석탄 장수가 말한다. "누가 있어. 누군가가 있어요. 내가 이렇게 심하게 착각하지는 않아요. 어떤 오래된, 아주 오래된 단골손님이 틀림없소. 이렇게 내 가슴에 파고드는 말을 할 줄 아는 걸 보니."

"여보, 어떻게 된 거예요?" 하고 아내가 말을 잠시 멈추고 뜨개질한 것을 가슴에 꼭 눌러 댄다. "아무도 없습니다. 거리는 텅 비어 있어요. 우리 손님은 모두 석탄을 갖추었어요. 그러니 우리는 며칠 동안 가게 문을 닫고 쉴 수 있어요."

"그렇지만 나는 여기 이렇게 빈 석탄 통을 타고 있습니다." 나는 소리친다. 추위로 얼어붙은 눈물 때문에 눈이 흐릿해진다. "제발, 이 위쪽을 좀 보세요. 당신들은 즉시 나를 발견할 것입니다. 한 삽만 주시기를 부탁드립니다. 당신들이 두 삽을 준다면 나는 더 행복할 것입니다. 다른 손님은 모두 석탄을 갖추었습니다. 아, 나도 이 통에서 석탄이 덜커덩거리는 소리를 들을 수만 있다면!"

"지금 갑니다."라고 말하고 석탄 장수는 짧은 다리로 지하실 계단을 올라가려 한다. 그러나 어느새 아내가 그의 곁에 오더니 그의 팔을 단단히 붙잡고 말한다. "당신은 여기 계세요. 당신이 고집을 피운다면, 제가 올라가 보겠어요. 어젯밤 당신이 심하게 기침을 한 것을 기억하세요. 당신은 일을 위해서라면 그것이 비록 상상일 뿐인데도 아내와 아이도 잊어버리고 또 당신의 폐마저 희생시키잖아요. 제가 가겠어요." "그럼 그에게 우리가 창고에 재고로 갖고 있는 모든 종류를 말해 줘요. 나는 당신 뒤에서 가격을 불러 주겠소." "알았어요."라고 아내가 말하고 길거리로 올라간다. 물론 그녀는 즉시 내 모습을 발견한다.

"석탄 장수 아주머니," 나는 큰 소리로 부른다. "삼가 인사드립니다. 석탄 한 삽만 부탁드립니다. 지금 즉시 이 석탄 통에 넣어 주십시오. 제가 그것을 직접 집으로 가져가겠어요. 값이 제일 싼 걸로 한 삽이면 됩니다. 물론 돈은 꼭 내겠어요. 그러나 지금은 안 됩니다. 지금은 안 됩니다." '지금은 안 됩니다.'라는 두 마디 말이 마치 조종(弔鐘)처럼 울린다! 그리고 그것은 지금 막 가까운 교회의 탑에서 울려 퍼지는 저녁 종소리와 뒤섞여 듣는 사람을 어찌나 심란하게 하는지!

"그가 어떤 것을 필요로 하나요?" 석탄 장수가 소리친다. "아무것도 없어요." 그의 아내가 뒤로 소리를 지른다. "여긴 정말 아무것도 없어요. 아무것도 볼 수 없어요. 아무 소리도 안 들려요. 여섯 시 종소리만 울리고 있어요. 자, 가게 문을 닫읍시다. 추위가 대단하네요. 내일은 아마 할 일이 더 많을 거예요."

그녀는 아무것도 보지 못하고 아무 소리도 듣지 못한다. 그런데도 그녀는 앞치마 끈을 풀고 그것을 휘둘러 나를 쫓아 버리려고 한다. 유감스럽게도 그것은 성공한다. 나의 석탄 통은 탈 수 있는 좋은 동물의 장점을 모두 가지고 있다. 그것은 저항력이 없다. 너무 가볍다. 여인이 앞치마 한 장만 휘둘러도 석탄 통의 발을 땅에서 뜨게 한다.

"이 나쁜 여인아." 나는 떠나가면서 뒤를 향해 소리 지른다. 그 사이에 그녀는 가게 안으로 몸을 돌리면서 반은 경멸하는 듯이 그리고 반은 만족스러운 듯이 손을 공중에 휘젓는다. "이 나쁜 여인아! 나는 가장 값싼 석탄을 한 삽 부탁했는데, 너는 그것도 내게 주지 않았어." 그러고 나서 나는 빙산(氷山) 지역으로 올라가 영원히 보이지 않도록 사라진다.

단식 예술가

Ein Hungerkünstler

◆

지난 수십 년 사이에 단식하는 예술가에 대한 관심은 크게 줄었다. 예전에는 이런 예술가의 독자적인 연출로 큰 공연을 하여 제법 돈을 잘 벌었지만 오늘날에는 이것이 완전히 불가능하다. 시대가 바뀌었다. 그 당시에는 온 도시가 그 예술가에게 관심을 가졌었다. 단식하는 날마다 관심이 높아갔다. 사람들은 모두 그 예술가를 적어도 하루에 한 번은 보고 싶어 했다. 나중에는 예약자들까지 있었고, 그들은 창살이 달린 작은 우리 앞에서 하루 종일 기다렸다. 효과를 더 높이기 위해서 밤에도 횃불을 켜들고 참관은 계속되었다. 날씨가 좋은 날에는 우리가 야외로 옮겨졌고, 특별히 어린이들이 그 예술가를 구경했다. 단식 예술가가 어른들에겐 유행 때문에 종종 관심을 가진 단순한 흥밋거리였는 데 반해, 어린이들은 입을 딱 벌리고, 안전을 위해 서로 손을 잡고, 놀라면서 그를 쳐다보았다. 그는 몸에 착 붙는 검은 운동복을 입고, 늑골이 앞으로 힘차게 튀어나온, 창백하며, 의자도 거부하면서 던져진 짚단 위에 앉아서, 한 번은 고개를 끄덕이며 힘들여 미소를 지으면서 질문에 대답했고, 또 자신의 수척함을 만져 보게 하려고 팔을 창살 앞으로 내밀었으나, 다시 거두어들이고, 아무에게도 관심을 보이지 않고, 더구나 자신에게 매우 중요한, 우리에서 오직 하나뿐인 가구인 시계의 종소리에도 관심을 보이지 않고, 그저 거의 눈을 지그시 감고 앞만 내려다보다가 또 때때로 입술을 축이기 위해 작은 잔으로 물을 홀짝홀짝 마실 뿐이었다.

자꾸 바뀌는 관중들 이외에도 거기에는 관중들에 의해 뽑힌 상임 감시인들이 있었다. 이상한 것은 그들은 보통 푸주한이었고, 그것도 셋이서 동시에 밤낮으로 예술가를 관찰하는 일을 맡았으며, 이 때문에 그는 어떤 비밀스런 방법으로도 음식을 먹을 수 없었다. 그러나 그것은 군중을 안심시키기 위해 도입된 형식에 지나지 않았다. 왜냐하면 아는 사람들은 그 단식 예술가가 단식기간에는 결코 어떤 일이 있어도, 비록 강요를 받는다고 해도, 작은 음식일지라도 먹지 않을 것이라는 것을 잘 알았기 때문이었다. 자기 예술에 대한 긍지가 이를 허락하지 않았다. 물론 모든 감시인들이 그것을 이해할 수는 없었다. 종종 감시인들은 밤에 감시를 매우 느슨하게 하며 의도적으로 멀리 구석진 곳에 모여 카드놀이에 열중했다. 그것은 그들 생각에는 그 예술가가 몰래 가지고 있는 음식물 중에서 일부나마 꺼내 먹게 해 주려는 명백한 의도에서 나온 것이었다. 그런 감시인들보다도 단식 예술가를 더 괴롭히는 사람들은 없었다. 그들은 그를 매우 우울하게 했다. 그들은 그의 단식을 매우 어렵게 했다. 그는 종종 자신의 약점을 극복하고 그들이 자신을 얼마나 부당하게 의심했는지 보여 주기 위해 참을 수 있는 한 이 감시 기간에도 노래를 불렀다. 그러나 그것은 별 도움이 안 되었다. 그들은 노래하는 중에 식사까지도 하는 그의 재주에 대해 경탄할 뿐이었다. 단식 예술가는 오히려 우리의 창살에 바짝 다가앉아 홀의 흐릿한 밤 조명에 만족하지 못하고, 매니저가 제공한 회중전등을 들고 자기를 비추는 감시인들을 더 좋아했다. 그 환한 불빛은 그를 전혀 방해하지 않았다. 그러나 그는 전혀 잠을 잘 수 없었다. 그는 어떤 불빛에서도, 언제라도, 또한 아무리 시끄러운 홀이라도 약간 꾸벅꾸벅 졸 수 있었기 때문에 그런 감시인들과 밤을 한 숨도 자지 않고 꼬박 새울 준비가 되어 있었다. 그는 그들과 농담하고, 그들에게 자신의 떠돌이 생활에 대해 이야기해 주고, 다시 그들의 이야기를 들을 준비도 되어 있었다. 그들을 감시할 모든 준비뿐만 아니라, 언제나 다시 그가 우리 안에 먹을 만한 것을 갖고 있지 않고 그들 중 어느 누구도 할 수 없는 단식을 하고 있음을 그들에게 보여 줄 준비가 되어 있었다. 어느덧 아침이 되어 자신이 계산한 풍성한 아침 식사가 배달되어 오면, 힘들여 밤을 지킨 뒤 건강한 남자들의 왕성한 식욕으로 감시인들이 그 음식에 달려드는 때가 예술가에겐 즐거웠다. 이 아침 식사가 감시인을 부당하게 매수하는 것이라고 보는 사람들도 있었다. 하지만 그것은 너무 지나친 것이었다. 만약 그 사람들에게 아침 식사도 없는 야간 감시를 떠맡아 하겠느냐고 물으면 그들은 슬그머니 물러난다. 그러나 그들에 대한 의혹은 그대로 남아 있었다.

　물론 이것은 단식과 뗄 수 없는 의혹의 하나이다. 아무도 단식 예술가 곁에서 감시인으로 몇 날 며칠 밤을 보낼 사람이 없고, 따라서 아무도 자기 생각만으로 실제로 중단 없이 단식이 이루어지는지 알 수 없었다. 오직 단식하는 예술가 자신만이 그것을 알 수 있었고, 따라서 동시에 오직 그만이 자기 단식에 대해서 완전히 만족하는 관객이었다. 그러나 그는 다시 한 가지 다른 이유에서 결코 만족하지 않았다. 많은 사람들이 야위어져 있는 그의 모습을 차마 눈뜨고 볼 수 없어 연민의 마음으로 이 흥행을 경원하고 있었지만, 사실은 그가 그렇게 야윈 것은 단식으로 인해서가 아니다. 오히려 자기 자신에 대한 불만족 때문에 몸이 말랐던 것이다. 말하자면 그 혼자만이 단식이 얼마나 쉬운 것인지 알았다. 다른 어느 전문가도 그것을 몰랐다. 단식은 이 세상에서 가장 쉬운 일이었다. 그는 그 사실을 숨기지 않았으나, 사람들이 그의 말을 믿지 않았고, 기껏해야 그를 겸손하다고 간주하였으며, 대개는 유명해지고 싶은 마음에서 그렇게 하려는 것으로 생각하거나 아니면 사기꾼으로 보았다. 사기꾼이기 때문에 당연히 단식을 쉽게 할 수 있는 방법을 알고 있고, 또 그것을 반쯤 고백할 뻔뻔스런 낯을 가지고 있다고 생각했다. 그는 이 모든 것을 감수해야 했고, 또 세월이 지남에 따라 그것에도 익숙해졌으나, 내면에는 불만이 계속 파고들었으며, 단식 기간이 끝난 뒤에도 ── 그 증명서가 그에게 교부되어야만 하는

데 — 그는 결코 한 번도 스스로 우리를 떠나지 않았다. 매니저는 단식 기간을 최대 40일로 정해 두었다. 그 기한을 넘겨 단식을 해서는 안 되었다. 어떤 대도시에서도, 아무리 좋은 이유를 갖고 있어도 그래서는 안 되었다. 경험상 40일 정도면 도를 더해 가는 선전으로 예술가에게 갖는 도시민의 관심을 점점 더 자극할 수 있으나, 그다음부터는 관객들이 이를 거부했고, 관객의 수도 격감하는 것이 분명했다. 물론 이 점에서 도시나 시골마다 약간씩 차이가 있었으나, 보통은 40일이 최장기간이라고 했다. 따라서 40일째 날에는 화환으로 장식된 우리의 문이 열리고, 열광한 관객들이 원형 관람석을 채우며, 군악대가 연주를 하는 가운데 두 명의 의사가 단식 예술가에게 필요한 검진을 하기 위해 우리 안으로 들어간다. 결과는 확성기로 홀에 공개되며, 마지막으로 두 젊은 여인이 오고, 그들은 자신들이 선발된 것에 기뻐하며 단식 예술가를 우리에서 데리고 나와 몇 계단 아래로 안내해 간다. 그곳 작은 식탁에 신중하게 선택한 환자용 음식이 그에게 제공된다. 이 순간에 단식 예술가는 언제나 반항한다. 그러나 그는 스스로 자신의 뼈만 앙상한 팔을 자기를 도와주려고 몸을 굽힌 여인들의 팔에 내려놓지만, 일어서려고 하지는 않는다. 왜 40일 뒤에 바로 중단할까? 그는 아직도 더 오래, 무제한으로 버틸 수도 있는데, 왜 바로 지금, 그가 아직도 최상의 단식에 도달하지도 않은 때에 단식을 중단해야만 하는가? 왜 사람들은 그에게서 더 오래 단식할 명예를, 아마 이미 그가 가장 위대한 단식 예술가가 된 것이지만, 모든 시대의 가장 위대한 단식 예술가가 되지 못하도록 박탈하는가? 아직도 스스로 이해할 수 없는 데까지 넘어갈 수 있지 않은가? 자신의 단식 능력에서 그는 한계를 느끼지 못했다. 왜 그토록 열렬히 경탄하던 관중들이 그렇게 참지 못할까? 그가 더 오래 단식을 할 수 있는데도, 왜 그들은 그것을 참아 주지 못하는가? 그는 피곤한데도 짚단에 기분 좋게 앉아 있었다. 그런데 이제 몸을 쭉 펴고 일어나 식사를 하러 가야만 했다. 음식을 먹을 생각만 해도 구역질이 났지만, 그는 그 말을 여인들을 생각해서 간신히 참았다. 그리고 그는 겉으로는 친절해 보이지만 사실은 무시무시한 여인들의 눈을 올려다보며 가느다란 목으로 무거운 머리를 흔들었다. 그러나 언제나 일어났던 일이 일어났다. 매니저가 와서 말없이 — 군악대의 음악 때문에 말을 할 수 없었다 — 단식 예술가의 머리 위로 두 팔을 들고, 마치 하늘을 향해, 여기 짚단 위에 있는 하느님의 창조물인 이 가련한 수난자를 내려다보아 달라고 하는 것 같았다. 분명 단식 예술가도 수난자였지만 물론 그 의미는 아주 달랐다. 그는 단식 예술가의 가느다란 허리를 껴안았다. 그때 그는 마치 깨지기 쉬운 것을 다루듯 아주 조심스럽게 행동한다는 것을 믿게 하려고 했다. 그리고 그는 — 그를 몰래 살짝 흔들었는데, 그 때문에 단식 예술가는 팔다리와 상체의 균형을 잃고 이리저리 비틀거렸다 — 그 사이에 죽은 사람처럼 새파랗게 질린 여인들의 손에 단식 예술가를 넘겨주었다. 이제 단식 예술가는 모든 것을 참으며 시키는 대로 했다. 머리를 가슴에 박았는데 그것은 그가 데굴데굴 구르다가 아무런 이유 없이 거기에 머리를 박은 듯이 보였다. 그의 몸은 살점 하나 없이 뼈만 남았다. 다리는 자기 보존의 충동으로 두 무릎에 착 달라붙어 땅바닥을 딛지만, 땅바닥은 그것이 실제 땅바닥이 아닌 것처럼 바닥을 긁고 있다가, 마침내 실제로 땅바닥을 찾았다. 몸 전체의 무게가, 물론 아주 가벼운 것이지만, 두 여인 중 한 여인에게 옮겨졌다. 그녀는 도움을 청하며, 숨을 헐떡거리면서 ― 이 명예로운 일을 상상하지도 못했다 ― 처음엔 될 수 있는 한 목을 뻗어, 적어도 자신의 얼굴을 단식 예술가와 접촉하지 않게 하려고 했으나, 잘 되지 않았다. 운이 좋은 그 옆의 여인은 그녀를 도와주러 오지 않고, 떨면서 손을 내밀어 뼈만 앙상한 단식 예술가의 손을 자기 쪽으로 잡아당기며 만족스러워했다. 이 광경을 바라보던 홀에 있던 관중들의 폭소를 받은 그녀는 드디어 울음을 터뜨렸으며 미리 준비해 둔 하인과 임무를 교대하지 않으면 안 되었다.

그다음에 식사가 시작되었는데, 매니저는 기절하여 반쯤 자고 있는 예술가의 입에 음식을 한 모금 한 모금씩 부어 넣었으며, 예술가의 상태에 대한 관중의 주의를 딴 데로 돌리기 위해 흥겹게 지껄였다. 더구나 그는 단식 예술가로부터 소곤소곤 귓속말을 전해 들은 것처럼 하며 관중을 향해 건배의 말을 외쳤다. 오케스트라는 큰 나팔을 불면서 사람들에게 흥을 북돋워 주었다. 이렇게 하여 의식은 끝이 나고, 관중들은 떠나갔다. 아무도 본 것에 대해서 불만을 가질 권리를 갖지 않았다. 오직 단식 예술가 한 사람이 언제나 그랬듯이 만족하지 않았다.

단식 예술가는 규칙적으로 얼마간의 휴식시간을 가지며 오랫동안 잘 살았다. 겉으로 보기에는 세상 사람들의 존경을 받는 영광스러운 삶이었으나 대개는 우울한 기분이었다. 아무도 그의 우울한 기분을 진정으로 이해하려 하지 않았기 때문에 그는 더 우울했다. 무엇으로 사람들은 그를 위로해야 했을까? 그에게서 뭘 더 바랄 게 있는가? 어쩌다가 마음씨 좋은 사람이 있어 그를 동정하며 그에게 그의 슬픔은 아마도 단식 때문에 생긴 것일 거라고 설명해 주려 하면, 특히 그것이 한창 단식이 진행 중일 때는, 단식 예술가는 분통을 터뜨리며 맹수처럼 우리의 창살을 흔들기 시작하여 관중들을 깜짝 놀라게 했다. 그러나 그런 상황일 때에 매니저가 잘 사용하는 처벌의 방식이 있었다. 그는 모여든 군중 앞에서 단식 예술가의 난폭한 행위에 대해 용서를 빌었고, 또 이는 물론 배가 부른 사람에겐 이해되지 않는 단식 때문에 생긴 신경과민이므로 단식 예술가의 이런 행위를 용서해 줄 수 있을 것이라고 덧붙였다. 그리고 이와 관련해서 매니저는, 마찬가지로 설명을 좀 필요로 하는 단식 예술가의 주장, 즉 그가 지금까지 했던 단식보다도 더 오래 단식할 수 있다는 주장에 대해 언급했다. 매니저는 단식 예술가의 이 주장에는 고상한 노력, 선의, 위대한 자기 부정의 정신이 틀림없이 내포되어 있다고 칭찬했다. 그러나 그는 그 즉석에서 판매 중인 사진 몇 장을 내보임으로써 간단히 이 예술가의 주장을 반박했다. 그 사진에는 40일째를 맞은 단식 예술가가 거의 빈사상태로 침대에 누워 있는 모습이 보였다. 이 진실 왜곡은, 단식 예술가에겐 익숙한 것이지만, 언제나 그를 새롭게 낙담시키는 것이었고, 또 그가 감당할 수 없는 것이었다. 단식을 너무 일찍 끝낸 결과를 여기에서 원인이라고 설명하다니! 이 무지에 대항해서, 이 무지의 세상에 대항해서 싸우는 것은 불가능하다. 하지만 단식 예술가는 여전히 굳은 신념으로 우리의 창살에 기대어 매니저의 말에 귀를 기울였다. 그러나 그 사진들이 나오기만 하면, 그때마다 우리의 창살을 떠나 한숨을 쉬면서 짚단 위로 돌아가 앉았다. 그러면 안심한 관객들은 다시 와서 그를 구경할 수 있었다.

　그런 장면의 목격자들은 2~3년 후 그 일을 회상하면서 종종 스스로를 이해할 수가 없었다. 왜냐하면 그 사이에 앞에서 언급한 급격한 변화가 왔기 때문이다. 그것은 정말 갑작스럽게 생겼다. 거기에는 보다 더 깊은 원인이 있었을 것이다. 하지만 그 원인을 찾는 것은 어느 누구의 관심사도 아니었다. 어쨌든 어느 날, 인기에 길들여진 이 단식 예술가는 만족을 추구하는 대중들로부터 버림받았다는 것을 알았다. 그들은 단식 예술가로부터 다른 구경거리로 썰물처럼 빠져나갔다. 매니저는 한 번 더 그를 데리고 혹시 여기저기에서 아직도 이전의 관심을 찾아볼 수 있지 않을까 하여 유럽의 절반을 돌아다녔다. 모든 노력이 허사였다. 몰래 합의라도 한 것처럼 가는 곳마다 구경거리로서의 단식을 싫어하는 경향이 생겼다. 물론 그것이 실제로 그렇게 갑작스레 생긴 것이 아니라고 해도, 사람들은 이제 와서 돌이켜 보니, 이전에 성공의 도취 속에 충분히 인식하지 못했거나 충분히 제압하지 못한 전조들이 많이 떠올랐다. 그러나 지금은 그것에 대해 조치를 취하는 것이 너무 늦었다. 비록 다시 한번 단식의 전성시대가 오는 것이 확실하다고 해도, 그것은 현재 살아 있는 자들에겐 위안이 되지 못했다. 그럼 대체 단식 예술가는 무엇을 해야 하나? 수천 명의 환호를 받았던 그가 일 년에 한 번 서는 작은 장터의 가설무대에 나갈 수는 없었다. 다른 직업을 구하기에는 너무 늙어 버렸고, 무엇보다도 단식 예술가는 단식에 너무나 열광적으로 열중했다. 그런 이유로 해서 그는 인생의 둘도 없는 동반자였던 매니저와 헤어져 어느 큰 서커스단에 들어갔다. 자신의 예민한 감정을 다치지 않으려고 고용계약 조건 같은 것은 전혀 살펴보지도 않았다.

언제나 많은 사람, 동물 그리고 도구들을 균형 있게 유지하면서 보충하기도 하는 큰 서커스단은, 누구라도, 언제라도, 예컨대 단식 예술가라도, 과한 요구만 하지 않는다면 채용할 수 있었다. 게다가 이런 특별한 경우에는 단식 예술가만 보고 채용하는 것이 아니라 예전에 유명했던 그의 이름까지도 채용하는 것이었다. 사실 점점 나이를 먹는데도 줄지 않는 그의 단식 기술의 특성을 고려하면, 사람들은 이제 더 이상 자기 기술을 발휘할 수 없는 한물간 예술가가 조용히 서커스의 한구석으로 도피하려 한다고는 결코 말할 수 없었다. 오히려 단식 예술가는 자신이 예전과 똑같이 단식할 수 있다고 장담했다. 그런데 이것은 전적으로 믿을 만한 것이었다. 심지어 그는 사람들이 자기의 의지를 꺾지만 않는다면, — 사람들은 당장 그에게 이를 약속해 주었다 — 이제야말로 정말 세상을 깜짝 놀라게 할 수 있다고 주장하기도 했다. 물론 이 주장은 단식 예술가가 너무 열을 낸 나머지 깜빡 잊어버린 시대 분위기를 고려해 볼 때 전문가들의 웃음을 살 만한 말이었다.

그러나 단식 예술가가 근본적으로 현실을 인식하지 못한 것은 아니었다. 그는 사람들이 자기를 스타로서 우리와 더불어 서커스의 무대 한복판에 두는 것이 아니라 바깥의 마구간 근처, 사람들의 왕래가 많은 장소에 세워 두는 것을 당연한 것으로 받아들였다. 우리 주위에 둘러쳐진, 알록달록하게 채색된 큰 선전 문구는 그 안에서 무엇을 구경할 수 있는지를 알렸다. 관객들은 공연 휴식 시간에 동물을 보러 마구간으로 몰려가다가 단식 예술가의 옆을 지나가며 거기서 얼마 동안 멈춰 서지 않을 수 없었다. 보고 싶던 동물 우리로 가는 도중에 멈춰 서는 이유를 모른 채 뒤에서 몰려온 사람들이 좁은 길에 서서 좀 오랫동안 조용히 구경하고 있는 사람들을 떠밀어 방해하지 않았더라면, 그들은 아마 그 단식 예술가 앞에서 좀 더 오래 머물렀을 것이다. 이것은 또한 삶의 목적으로 이런 방문 시간이 오기를 당연히 바랐던 단식 예술가에겐 오히려 이 시간이 오는 것을 무서워하는 이유가 되기도 했다. 처음에 그는 공연 휴식시간을 마냥 기다리고 있을 수 없었다. 그는 황홀한 기분으로 몰려오는 관중들을 쳐다보았다. 그러나 곧 그는 — 제아무리 완강하게 거의 의도적으로 자신을 속이더라도 이런 사실에 저항할 수 없었다 — 그런 관중들은 대부분 언제나 예외 없이 오직 동물 우리에만 가려한다는 사실을 확신했다. 그리고 이 광경은 멀리서 보면 언제나 가장 아름다웠다. 왜냐하면 그들이 그의 곁으로 다가오면 계속 새로 편을 가르는 두 무리가 질러 대는 고함과 욕설로 그의 귀를 먹먹하게 했기 때문이다. 그중 한 무리는 — 이들이 곧 단식 예술가에겐 더 괴로운 무리가 되었다 — 그를 진정 이해하려고 하는 것이 아니라 기분을 풀고 도전하려는 마음에서 조용히 보고 싶어 했고, 또 다른 한 무리는 처음부터 동물 우리로 가고 싶어 했다. 그 큰 무리가 지나가고 나면 뒤에 처졌던 사람들이 왔는데, 이들은 무엇보다도 관심만 있다면 방해를 받지 않고 거기에 서 있을 수 있었으나, 옆으로 눈길 한 번 주지 않고 동물을 보기 위해 큰 걸음으로 빨리 지나가 버렸다. 한 아버지가 자기 아이들을 데리고 와서 손가락으로 단식 예술가를 가리키며 이것이 무엇인지를 자세히 설명하고, 예전에 자신이 이와 비슷하지만 그러나 비교할 수도 없는 큰 공연을 관람했었다고 말해 주었다. 그러면 어린이들은 학교에서 배우고 인생에서 얻은 예비지식이 불충분하기 때문에 그 말을 언제나 이해하지 못했다. — 단식이 그들에게 무슨 의미를 지닐까? — 그러나 그들의 탐구적인 눈빛은 단식 공연이 앞으로 축복할 만한 새 시대를 맞이할지도 모른다는 것을 암시하는 듯했다. 이것은 아주 드물게 있는 다행스런 경우였다. 그럴 경우 단식 예술가는 종종, 자기가 있는 자리가 동물 우리와 그렇게 가깝게 있지만 않았더라도 아마 모든 게 더 나아졌을 텐데, 라고 혼잣말을 했다. 동물 우리에서 풍기는 악취, 밤에 동물들이 내는 시끄러운 소리, 맹수를 위해 생고기 덩어리를 나르는 일, 먹이를 줄 때 지르는 포효 등이 그의 기분을 매우 상하게 했고 지속적으로 우울하게 만들었던 사실은 별도로 치더라도, 바로 이런 이유로 서커스단 사람들은 단식 예술가를 그 자리에 두기로 너무 쉽게 결정해 버린 것이었다. 그러나 그는 서커스단 감독에게 감히 불평을 늘어놓지도 못했다. 어쨌든 동물들 덕분에 그는 많은 구경꾼들을 맞이할 수 있었고, 그들 중에서 때로는 자기에게 오는 구경꾼도 있었기 때문이다. 만약 그가 자신의 존재를 기억시키려 하고, 또 그렇게 함으로써, 정확히 말하면, 자신이 동물 우리로 가는 길의 장애물에 지나지 않는다는 사실을 상기시켰더라면, 서커스단 사람들이 그를 어디에다 처박아 둘지 아무도 알 수 없는 일이었다.

물론 이것은 작은 장애물이며, 점점 작아지는 장애물이다. 사람들은 오늘날에도 단식 예술가에게 관심을 가지라고 하는 요구를 점점 습관적으로 이상한 것으로 간주했다. 그리고 이 습관에 의해 그의 운명은 결정되었다. 그는 자신이 할 수 있는 데까지 단식을 하고 싶어 했으며, 또 실제로 그렇게 했다. 그러나 그 어떤 것도 더 이상 그를 구원할 수 없었다. 사람들은 그를 지나쳐 버렸다. 누구에게든 단식의 기술을 설명해 보라! 느끼지 못하는 사람에게 그것을 이해시킬 수 없다. 그 아름다운 선전 문구는 더렵혀져 읽을 수조차 없었다. 사람들은 그것을 찢어 버렸지만, 아무도 그것을 새 것으로 갈 생각을 하지 않았다. 초기에는 이미 행한 단식 날짜를 적은 작은 게시판의 숫자가 매일 정성껏 갱신되었으나, 이미 오래전부터 항상 같은 숫자로 남아 있었다. 왜냐하면 첫 주가 지나고 나서 이 일을 하는 담당자가 그 하찮은 일에 싫증을 냈기 때문이다. 그래서 단식 예술가는 이전에 꿈꾸었던 대로 계속 단식을 해 나갔으며, 별로 힘들이지 않고 그전에 예언했던 대로 단식에 성공했다. 그러나 아무도 날짜를 세지 않았다. 누구도, 단식 예술가 자신도 얼마나 큰 기록을 세웠는지 알지 못했다. 그래서 그의 가슴은 무거워졌다. 그런데 가끔 한가한 사람이 멈춰 서서, 그 묵은 숫자를 비웃으며 사기라고 했다. 이것이야말로 사실상 무관심과 타고난 악의가 만들어 낸 어리석은 거짓말이었다. 왜냐하면 단식 예술가는 속이지 않고 정직하게 단식을 했는데 세상 사람들이 그를 속이고 그에게 당연히 돌아가야 할 보수를 빼앗았기 때문이다.

그리고 다시 여러 날이 지나 마침내 끝이 왔다. 한 번은 그 우리가 감독의 눈에 띄었다. 그는 단원들에게 짚이 안에 들어 있는 아직도 꽤 쓸 만한 우리를 왜 쓰지 않고 여기에 내버려 두었는지 물었다. 이느 한 사람이 숫자판을 보고서 단식 예술가를 기억해 낼 때까지 아무도 그 이유를 몰랐다. 사람들이 막대기로 짚을 들어 올렸고, 그 안에서 단식 예술가를 발견했다. "자네는 아직도 단식을 하고 있나?" 감독이 물었다. "그럼 도대체 언제 끝을 내려고 하는가?" "여러분, 저를 용서해 주십시오." 단식 예술가는 속삭였다. 우리의 창살에 귀를 갖다 댄 그 감독만이 그의 말을 알아들을 수 있었다. "물론이지."라고 말하고 감독은 단식 예술가의 상태를 사람들에게 알려 주기 위해 손가락으로 이마를 짚었다. "자네를 용서하겠네." "저는 여러분이 계속해서 저의 단식에 경탄하기를 바랐습니다." 라고 단식 예술가가 말했다. "우리는 모두 경탄하고 있네." 감독이 말을 받았다. "하지만 여러분은 경탄해서는 안 됩니다."라고 단식 예술가가 말했다. "좋다, 그렇다면 우리는 경탄하지 않겠네." 감독은 말을 이었다. "대체 왜 경탄하면 안 되는 거지?" "저는 단식하지 않으면 안 되는데 그 이유로는 제가 다른 일을 할 수 없기 때문입니다."라고 단식 예술가가 말했다. "허 참 놀라운 일이군. 그럼 왜 자네는 다른 일을 할 수 없지?" "왜냐하면" 단식 예술가는 머리를 약간 들고 키스라도 할 듯이 입술을 내밀면서 감독의 귀에 바짝 대고 이렇게 말했다. "왜냐하면 저는 제 입맛에 맞는 음식을 찾을 수 없기 때문입니다. 만약 제가 그런 음식을 찾았더라면, 제 말을 믿어 주십시오, 저는 세인의 인기를 끌기 위한 짓거리는 하지 않았을 겁니다. 저도 당신이나 여러분처럼 배불리 먹었을 겁니다." 이것이 그의 마지막 말이었다. 그러나 그의 흐릿한 눈에는, 단식을 계속하는 것에 대해 이미 자랑할 만한 것이 아니지만 그래도 어떤 확고한 신념이 서려 있었다.

"자 그럼, 치워 버리게!"라고 감독이 말했다. 사람들이 단식 예술가를 짚으로 묻었다. 그리고 사람들은 그 우리 안에 젊은 표범 한 마리를 넣었다. 그렇게 오랫동안 황폐해진 우리 속에 야생동물이 돌아다니고 있는 것을 보면 둔한 감각을 가진 사람일지라도 상쾌함을 느낄 수 있었다. 표범에겐 부족한 것이 없었다. 감시인들은 아무런 생각도 하지 않고 표범에게 맛있는 음식을 갖다 주었다. 그 표범은 결코 자유조차도 아쉬워하지 않는 듯이 보였다. 가죽이 터질 정도로 필요한 것을 모두 갖춘 이 고상한 짐승은 이빨 사이의 어디엔가 자유가 꽂혀 있는 듯했다. 삶의 기쁨이 목구멍에서 강한 열기를 내뿜고 있었기에 관중들은 쉽게 그것을 참아 내지 못했다. 그러나 관중들은 그 열기를 극복하고, 표범의 우리 주위에 몰려들었으며, 결코 떠나가려고 하지 않았다.

서커스의 싸구려 관람석에서
Auf der Galerie

♦

만약 폐병을 앓는 어느 연약한 여자 곡예사가 서커스의 원형무대에서 흔들거리는 말 등에 앉아, 지칠 줄 모르는 관중들 앞에서 키스를 던지고 허리를 흔들며, 채찍을 흔들어 대는 무자비한 단장에 의해 여러 달 동안 중간 휴식 없이 빙글빙글 돌게 내쫓긴다면, 그리고 또 만약 이 연기가 그치지 않는 오케스트라와 환풍기의 윙윙거림 속에서, 사라져 가다 새로이 커지는 증기 피스톤 같은 박수갈채를 받으며, 연이어 더 크게 열리는 무시무시한 미래에도 계속되어야 한다면, — 아마도 싸구려 관람석의 한 젊은 관객이 온갖 등급으로 나누어진 긴 계단을 뛰어 내려가 서커스의 원형 무대로 돌진하여, 언제나 분위기를 맞춰 나가는 오케스트라를 뚫고 "집어치워!"라고 외칠 것이다.

그러나 사실은 그렇지 않다. 하얗고 붉게 단장한 한 아름다운 아가씨가, 제복을 입은 위풍당당한 서커스단의 고용원들이 열어 주는 커튼을 통해 날아든다. 단장은 공손하게 그녀의 시선을 끌려고 애쓰면서, 동물과 같은 자세로 숨을 헐떡거리면서 그녀에게로 간다. 그는 그녀가 위험한 말타기를 시작하는 가장 아끼는 자신의 손녀인 것처럼, 그녀를 조심스럽게 얼룩말 등에 올려놓으면서 채찍으로 신호를 보내야 할지 결정하지 못한다. 마침내 마음을 정하고 채찍을 탁탁 치면서 신호를 보낸다. 그리고 말 옆에서 입을 딱 벌린 채 함께 따라 뛴다. 날카로운 눈길로 그 여자 곡예사의 도약하는 모습을 쳐다본다. 그녀의 노련한 기술을 결코 이해하지 못한다. 그녀에게 수호천사와 같은 목소리로 조심하라는 말을 하려고 노력한다. 굴렁쇠를 잡고 있는 마부들에게 최대한 조심하라고 무섭게 경고한다. 위험천만의 공중제비를 연기하기 전에 그는 손을 들고 오케스트라에게 조용히 해 달라고 한다. 끝으로 그는 떨고 있는 말에서 그 어린 여자 곡예사를 들어 내리고 두 뺨에 입을 맞추며 관중이 찬사를 보내어도 충분하지 않다고 생각한다. 그렇지만 그녀 자신은, 그의 부축을 받아 까치발로 서서, 뿌옇게 이는 먼지 속에서 두 팔을 벌리고 작은 머리는 뒤로 젖힌 채, 자신의 행복을 서커스단 전체와 나누고 싶어 한다. ― 이게 사실이므로, 싸구려 관람석의 그 관객은 난간에 얼굴을 갖다 대고, 괴로운 꿈에 빠져들듯이 마지막 행진곡을 들으면서 자신도 모르게 울고 있다.

귀향

Heimkehr

♦

나는 돌아왔다, 나는 통로를 지났으며 주위를 둘러본다. 이
것은 내 아버지의 옛 마당이다. 웅덩이가 중간에 있다. 낡고 쓰
지 않는 가구들이 뒤엉켜, 계단으로 가는 길을 막고 있다. 고양
이는 난간에 웅크리고 있다. 한때 놀면서 막대기에 묶어 둔 찢어
진 헝겊이 바람에 펄럭인다. 나는 도착했다. 누가 나를 맞아줄
것인가? 부엌 문 뒤에서 누가 나를 기다리는가? 굴뚝에서 연기
가 나오고 있고, 저녁 식사용 커피가 끓고 있다. 이게 네게 친숙
한 것이며, 또 너는 편안함을 느끼는가? 나는 모르겠다. 나로서
는 전혀 모르겠다. 이것은 내 아버지의 집이다. 그러나 모든 물
건은 냉랭하게 각각 내가 부분적으로 잊어버렸거나 전혀 알지
못하는 자신의 일에 몰두하는 듯 서 있다. 비록 내가 아버지, 늙
은 농부의 아들이긴 하지만, 그들에게 무슨 소용이 있을까? 내
가 그들에게 뭐란 말인가? 그리고 나는 감히 부엌문을 두드리

지 못한다. 그저 먼 거리에서 귀를 기울여 엿들을 뿐이다. 엿듣
는 사람으로서 엿듣다가 기습을 당하지 않기 위해 그저 먼 거리
에서 선 채로 엿들을 뿐이다. 먼 거리에서 엿듣고 있으므로 나는
아무 소리도 듣지 못한다. 어린 시절부터 내려오는 희미한 시계
소리만을 듣거나 어쩌면 듣는다고 믿을 뿐이다. 그 밖에 부엌에
서 일어나는 일은 거기에 앉아 있는 사람들의 비밀이다. 그들은
그 비밀을 내게 털어놓지 않는다. 문 앞에서 오래 머뭇거리면 머
뭇거릴수록 점점 더 낯설게 된다. 지금 누군가가 문을 열고 내게
무슨 질문을 한다면 어떻게 될까? 그렇다면 나 역시 자신의 비
밀을 감추려고 하는 그런 사람이 아닐까?

아버지의 근심
Die Sorge des Hausvaters

♦

어떤 사람들은 오드라덱(Odradek)이 슬라브어에서 유래한
다고 하며, 이를 토대로 하여 이 말이 형성되었다는 사실을 증
명하려고 한다. 또 다른 사람들은 그 말이 독일어에서 유래하며
그저 슬라브어의 영향을 받았을 뿐이라고 생각한다. 그러나 이
두 가지 해석이 모두 불확실하므로, 그 어느 해석도 맞지 않으
며 둘 중의 어느 해석에서도 이 말의 의미를 찾을 수 없다는 결
론도 아마 맞을 것 같다.

만약 오드라덱이라고 불리는 것이 실제로 존재하지 않는다
면, 당연히 어느 누구도 그런 연구에 몰두하지 않을 것이다. 먼
저 그것은 납작한 별 모양의 실패처럼 보인다. 그리고 실제로 거
기에 실이 감겨 있는 것처럼 보인다. 실이라고 해도 끊어지고 오
래된 것을 서로 묶은 것에 지나지 않지만 그 종류와 색깔이 매
우 다양하게 얽혀 있다. 그러나 그것이 단순한 실패인 것만은 아

니다. 별 모양의 한가운데에서 옆으로 조그만 나무 막대기가 하나 튀어나와 있고, 이 작은 막대기에 또 다른 막대기 한 개가 직각으로 붙어 있다. 한쪽은 이 두 번째 막대기의 도움으로, 다른 한쪽은 별 모양이 발하는 빛의 도움으로 구조 전체가 두 발로 서듯이 똑바로 서 있을 수 있다.

사람들은 이 물체가 예전에는 어떤 실용적인 형상을 하고 있었으나 지금은 부서져 있을 뿐이라고 믿으려 한다. 그렇지만 그런 것 같지는 않다. 적어도 그런 표시가 없다. 그 어디에서도 그와 같은 것을 암시하는 곳이나 부서진 조각들을 찾아볼 수 없다. 전체적인 모양은 비록 의미 없는 것처럼 보이지만 그래도 그 나름대로 완결된 것이다. 게다가 그것에 대해 더 상세한 것을 말할 수 없다. 왜냐하면 오드라덱이 너무 잘 움직이고 또 붙잡을 수 없기 때문이다.

그것은 다락방, 계단, 복도, 현관 등에 번갈아 가면서 머문다. 그것은 때때로 여러 달 동안 보이지 않는다. 그럴 때는 아마다른 집으로 이동해 갔기 때문일 것이다. 그러나 그는 반드시 우리 집으로 돌아온다. 때때로 문밖으로 나가다가 그가 아래쪽 계단 난간에 기대어 있는 것을 보면 우리는 그에게 말을 걸고 싶어진다. 물론 우리는 그에게 어려운 질문을 하지 않는다. 그의 몸이 너무 작기 때문에 우리는 그를 어린이처럼 대한다. "네 이름이 뭐지?"라고 우리가 그에게 묻는다. "오드라덱입니다."라고 그가 대답한다. "너는 어디에 사니?" "사는 곳이 일정하지 않습니다."라고 그는 대답하고 웃는다. 그 웃음은 허파가 없는 사람이 낼 수 있는 그런 웃음이다. 그것은 떨어진 낙엽이 바스락거리는 소리처럼 들린다. 대화는 대개 이것으로 끝난다. 그런데 이런 대답조차도 항상 얻어 낼 수 있는 것은 아니다. 그는 종종 한참 동안 나무토막처럼 말이 없다. 어쩌면 그는 나무토막일지도 모른다.

앞으로 그가 어떻게 될 것인가 하고 나는 스스로에게 물어보지만 아무런 답을 할 수 없다. 그가 죽게 될까? 모든 것은 그 전에 어떤 목적을 갖고 어떤 행위를 했기 때문에 힘이 빠져 죽는 법이다. 그러나 이것이 오드라덱에겐 적용되지 않는다. 그렇다면 장차 그는 예컨대 내 아이들과 손자들의 발 앞에서, 뒤로 실을 질질 끌면서 계단을 굴러 내려갈 것이란 말인가? 분명 그는 어느 누구에게도 해를 끼치지 않는다. 그러나 그가 나보다 더 오래 살 것이라는 생각만 해도 나에게는 심히 괴로운 것이다.

자칼과 아랍인

Schakale und Araber

♦

우리들은 오아시스에서 야영을 하고 있었다. 동행자들은 자고 있었다. 키가 크고 흰 옷을 입은 아랍인 한 사람이 내 옆을 지나갔다. 그는 낙타를 돌봐 주고 나서 잠자리로 가는 중이었다.

나는 풀 위에 벌렁 드러누워 잠을 자려고 했다. 그런데 잠을 잘 수가 없었다. 멀리서 자칼의 구슬픈 울음소리가 들려왔기 때문이다. 나는 다시 일어나 앉았다. 그런데 멀리 있던 것들이 갑자기 바로 가까이로 왔다. 자칼들이 내 주위에서 우글거렸다. 연한 황금빛을 띠다가 점점 활기를 잃어 가는 눈들, 자칼은 마치 채찍의 통솔을 받는 것처럼 호리호리한 몸을 정연하고 민첩하게 움직였다.

자칼 한 마리가 뒤에서 나오더니, 마치 내 체온을 필요로 하는 듯이 겨드랑이 밑으로 파고들며 내게 바짝 몸을 갖다 댔다. 그러고 나서는 앞으로 나오더니 나와 거의 눈을 맞대고 이렇게 말했다.

"나는 이 부근에서 가장 나이가 많은 자칼이오. 여기서 당신을 뵙게 되어 기쁩니다. 나는 당신을 만날 수 있다는 희망을 버렸습니다. 너무도 오랜 기간 동안 당신을 기다려 왔으니까요. 제 어머니가 당신을 기다렸고 또 어머니의 어머니가 당신을 기다렸습니다. 더 거슬러 올라가 모든 자칼의 어머니에 이르기까지 모든 어머니들이 다 그렇게 기다렸던 것입니다. 제 말을 믿어 주세요!"

"그것 참 이상하군." 나는 연기를 피워서 자칼이 오는 것을 막기 위해 미리 준비해 두었던 장작에 불을 붙이는 것도 깜빡 잊고 말했다. "그런 말을 들으니 참 이상하군. 나는 그저 우연히 북부의 고지대에서 왔으며 잠시 여행을 하고 있는 중인데요. 자칼들이여, 당신들은 도대체 무엇을 원하는 거요?"

어쩌면 이 같은 너무 친절한 나의 말을 듣고 고무되었기 때문인지 그들은 내 주위로 더 가깝게 모여들었다. 자칼은 모두 헐떡거리면서 짧게 숨을 몰아쉬고 있었다.

"우리는 당신이 북쪽에서 왔다는 것을 알고 있어요."라고 가장 나이 많은 자칼이 말했다. "바로 그 북쪽에서 오신 것 때문에 우리는 희망을 걸고 있는 겁니다. 그곳에는, 이곳 아랍인들에게서 찾아볼 수 없는, 지성이 있습니다. 이 아랍인들의 차가운 자만심에서는 그 어떤 지성의 불꽃도 피워 낼 수가 없습니다. 아시겠습니까? 그들은 잡아먹기 위해 짐승을 죽입니다. 그런데 그들은 그 시체는 경멸합니다."

"그렇게 큰 소리로 말하지 마세요." 나는 말했다. "아랍인들이 이 부근에서 잠을 자고 있어요."

"당신은 정말 이방인이군요." 그 자칼은 이렇게 말했다. "그렇지 않으면 세계 역사상 자칼이 아랍인을 결코 겁낸 적 없었다는 사실을 알고 계실 텐데요. 왜 우리가 그들을 두려워해야 한단 말입니까? 우리들이 이런 종족들 속으로 추방당한 것이 이미 충분히 불행한 일이지 않습니까?"

"과연, 그럴지도 모르지요." 나는 말했다. "그런데 나와 상관없는 일에는 어떤 판단을 내리고 싶지 않아요. 이것은 무척 오래된 싸움 같네요. 그 원인은 아마 핏속에 잠재되어 있는가 봐요. 따라서 피를 봐야 끝이 나겠군요."

"당신은 매우 현명하십니다." 늙은 자칼은 말했다. 자칼은 모두 숨을 더욱 가쁘게 몰아쉬었다. 그들은 가만히 서 있었지만 가슴은 들먹거렸다. 때때로 이빨을 꼭 다물어야만 참을 수 있는 고약한 냄새가 그들의 벌린 주둥이에서 흘러나왔다. "당신은 매우 현명하십니다. 당신이 방금 하신 말씀은 우리들의 옛 가르침과 일치합니다. 그러니까 우리는 이곳 아랍인들에게서 피를 빼앗을 것이고 그러면 이 싸움은 끝날 것입니다."

"오!" 나는 의도했던 것보다 더 거칠게 말을 했다. "그들은 방어를 할 것입니다. 그들은 총을 가지고 당신들을 한꺼번에 죽 쏘아 버릴 텐데요."

"당신은 우리를 오해하고 계시는 겁니다." 그는 말했다. "그것은 인간들의 실수인데, 북부 고지대에 사는 사람들도 그런 식의 오해를 하고 있군요. 하지만 우리는 그들을 죽이지 않습니다. 죽인다면, 나일강의 그렇게 많은 물도 우리의 몸을 깨끗이 씻어 내지 못할 것입니다. 우리들은 살아 있는 그들의 육체만 보아도 도망을 갑니다. 보다 더 깨끗한 공기 속으로, 사막으로 도망갑니다. 그러므로 사막은 우리의 고향입니다."

그러자 내 주위에 있던 자칼들은 모두, — 그 사이에 많은 자칼이 멀리서 와서 합류했다. — 머리를 앞다리 사이에 두고 앞발로 닦았다. 그들은 어떤 적대감을 숨기려는 것 같았다. 그런데 그 적대감이 너무 끔찍했기 때문에, 나는 펄쩍 뛰어올라 나를 에워싼 그들의 무리에서 도망가고 싶었다.

"그럼 당신들은 무엇을 하려고 하는 겁니까?" 나는 묻고, 일어나려고 했다. 그러나 일어날 수 없었다. 젊은 자칼 두 마리가 내 뒤에서 윗저고리와 셔츠를 꽉 물고 있었다. 나는 그대로 앉아 있어야만 했다. "그들은 경의를 표하기 위해 당신의 옷자락을 받들고 있습니다." 하고 늙은 자칼은 설명하듯이 진지하게 말했다.

"자, 이것 놓으세요!" 나는 한 번은 늙은 자칼을 향해 또 한 번은 젊은 자칼들을 향해 소리쳤다. "당신이 원한다면 물론 그들은 놓아줄 것입니다." 늙은 자칼이 말했다. "하지만 시간이 좀 걸립니다. 왜냐하면 그들은 습관대로 깊이 물고 있고 시간이 좀 지난 뒤에야 비로소 다문 이빨이 떨어지기 때문입니다. 그동안에 우리의 부탁을 들어 보십시오."

"당신들의 이런 행동이 내게 그럴 마음이 내키지 않게 하는

군요."라고 나는 말했다.

"우리의 서툰 행동을 용서해 주십시오."라고 그는 말하고 또 자신의 천성적인 목소리의 도움을 받아 처음으로 슬픈 어조로, "우리들은 불쌍한 짐승입니다. 우리는 이빨로 물기만 할 뿐입니다. 우리가 원하는 것이라면, 좋은 것이든 나쁜 것이든, 무엇이든지 이빨로 무는 수밖에 없습니다." "그래서 뭘 원합니까?" 나는 그다지 누그러지지 않은 어조로 물었다.

"선생" 하고 그가 외치자, 모든 자칼이 일제히 울부짖었다. 그것은 내게 아주 먼 곳에서 들려오는 가락처럼 들렸다. "선생, 당신은 세계를 둘로 쪼개는 이 싸움을 종식시켜야 합니다. 우리의 선조들은 그런 일을 할 수 있는 자가 바로 당신과 같은 사람이라고 적어 놓으셨습니다. 우리들은 아랍인들로부터 평화를 얻어야만 합니다. 숨 쉴 수 있는 공기를, 그리고 지평선까지 둘러보아도 아랍인의 그림자도 없는 광활한 풍경을 우리는 싸워 얻어야만 합니다. 아랍인들이 찔러 죽이는 양들의 비명 소리도 더 이상 들리지 않아야 합니다. 모든 동물은 조용히 제 명을 다할 수 있어야만 합니다. 우리는 누구의 방해도 받지 않고 그 피를 마시고 또 그 뼈까지 깨끗이 할 수 있어야만 합니다. 우리는 순수함을 원합니다. 순수함 이외에는 아무것도 원치 않습니다." — 그러자 모든 자칼들이 흐느끼며 울었다 — "당신은 어떻게 이 세상에서 그것을 견디어 낼 수 있습니까? 당신같이 마음이 고상하고 내장이 고운 분이? 아랍인들의 흰색은 더럽습니다. 그들의 검은색도 더럽습니다. 그들의 수염은 몸서리가 납니다. 그들의 눈초리를 보기만 하면 구역질이 납니다. 그들이 팔을 들어 올리면 겨드랑이에서는 지옥이 열립니다. 그 때문에 선생, 그렇기 때문에 존귀하신 선생, 무엇이든지 할 수 있는 당신의 손으로, 무엇이든지 할 수 있는 당신의 손으로 이 가위를 들고 그들의 목을 잘라 주십시오." 그리고 늙은 자칼이 고개를 끄떡하자 한 자칼이 녹슬고 오래된 작은 재봉 가위 하나를 송곳니에 물고 왔다. "드디어 가위가 왔구나. 그럼 이것으로써 막(幕)을 내려야지!"라고 우리들 일대(一隊)의 대장인 아랍인이 크게 소리를 질렀다. 그러고 나서 그는 바람을 거슬러 우리들이 있는 곳으로 살짝 다가오더니 자신의 큰 채찍을 휘둘렀다.

　자칼은 모두 황급히 달아나더니, 약간 떨어진 곳에서 멈춰서서 서로 몸을 가까이 붙이고 웅크리고 앉았다. 그 많은 자칼이 한데 모여 꼼짝 않고 있었기 때문에, 좁은 우리 주위에 도깨비불이 날아다니는 것 같았다.

　"자, 선생, 당신도 이 연극을 보셨습니다."라고 아랍인 대장은 조심성 많은 그 종족의 관습이 허락하는 범위 내에서 기쁘게 웃으며 말했다. "그럼 당신은 이 자칼들이 뭘 원하는지 아시지요?"라고 내가 물었다. "물론입니다, 선생." 그는 말을 이었다. "그것은 잘 알려진 것입니다. 아랍인이 존재하는 한 이 가위는 사막을 떠돌아다닐 것입니다. 이 세상의 마지막 날까지 우리들과 함께 돌아다닐 것입니다. 유럽인이면 누구나 그 위대한 일을 수행하도록 가위를 받습니다. 자칼들은, 유럽인은 누구나 다 그런 사명을 받았다고 생각하고 있습니다. 이 짐승들은 어리석은 희망을 가지고 있습니다. 바보들입니다. 그들은 정말 바보들입니다. 그 때문에 우리는 그들을 좋아합니다. 그들은 우리의 개입니다. 당신네들의 개보다도 더 아름답습니다. 자, 보세요. 밤에 낙타가 한 마리 죽었습니다. 나는 그것을 이리로 가져오라고 했습니다."

짐꾼 네 사람이 무거운 낙타의 시체를 들고 오더니 우리 앞에 던져 버렸다. 낙타의 시체가 땅바닥에 닿자마자, 자칼들은 크게 소리를 질렀다. 그들은 줄에 묶인 듯이 저항하지 못하고 하나씩 멈칫멈칫하면서 배를 땅바닥에 질질 끌며 몰려왔다. 그들은 아랍인을 잊고 있었다. 아랍인에 대한 증오도 잊고 있었다. 그들 앞에 있는, 강한 냄새를 풍기면서 모든 기억을 지워 버리는 낙타의 시체가 그들을 매혹했다. 자칼 한 마리가 벌써 낙타의 목에 달라붙었으며, 단번에 동맥을 찾아 물고 늘어졌다. 낙타의 몸에 있는 근육들은, 큰 화재를 끄려고 미친 듯이 물줄기를 내뿜지만 결코 가망 없는 작은 펌프처럼, 제자리에서 불룩불룩 경련을 일으켰다. 그리고 곧 모든 자칼이 낙타의 시체에 같은 식으로 달라붙어 산더미를 이루었다. 그때 아랍인 대장은 예리한 채찍을 자칼들 위로 이리저리 힘껏 휘둘렀다. 자칼들은 고개를 들었다. 그들은 도취되어 거의 넋을 잃은 상태였다. 그들은 자기 앞에 아랍인이 서 있음을 알았다. 이제 주둥이로 채찍을 맛보았다. 그들은 펄쩍 뛰어 조금 뒤로 물러났다. 그러나 낙타의 피는 거기에 웅덩이를 이루어 무럭무럭 김을 내고 있었다. 그 시체는 여기저기 크게 찢겨 있었다. 자칼들은 유혹을 이겨 낼 수 없었다. 그들은 시체로 다시 몰려들었다. 아랍인 대장은 다시 채찍을 들었다. 나는 그의 팔을 붙들었다.

"당신이 옳아요, 선생." 그는 말했다. "자칼들이 하는 일을 그대로 놔둡시다. 떠날 시간이기도 합니다. 당신은 그들을 보셨습니다. 놀라운 짐승들입니다. 그렇지 않습니까? 그리고 그들은 우리를 얼마나 증오합니까!"

황제의 칙명(勅命)
Eine kaiserliche Botschaft

♦

황제는 — 이런 이야기가 있다 — 한 개인에 불과한 네게, 가련할 정도의 낮은 신하인 네게, 황제의 태양을 피해 멀리 도 망간 아주 작은 그림자인 네게, 임종의 자리에서 사절을 보냈다. 황제는 그 사절을 자기 침대 곁에 꿇어앉히고 그의 귀에 칙명을 속삭였다. 그것은 황제에겐 매우 중요한 것이었으므로, 황제는 사절더러 그것을 자기 귀에 다시 한번 되뇌게 했다. 황제는 고개 를 끄덕이면서 그 사절이 한 말이 맞음을 확인해 주었다. 그리 고 자신의 죽음을 지켜보고 있는 모든 대신들 앞에서 — 방해 가 되는 모든 벽들은 허물어지고, 넓게 그리고 높이 이어지는 계 단 위에는 제국의 고관들이 빙 둘러 서 있다 — 이 모든 사람들 앞에서 황제는 사절을 출발시켰다. 사절은 즉시 길을 떠났다. 힘 차고 지칠 줄 모르는 그 남자는 왼팔과 오른팔을 번갈아 앞으로 뻗으며 수많은 사람을 헤치고 길을 나아간다. 방해가 되는 사람을 만나면 그는 황제의 표시, 태양의 문장(紋章)이 그려져 있는 가슴을 가리킨다. 그는 누구보다도 쉽게 앞으로 나아간다. 하지만 군중은 너무나 많고, 그들의 거주지는 끝이 없다. 넓은 들판이라도 열리면 훨훨 날아갈 수 있을 텐데. 그러면 아마 너는 곧 그의 주먹이 너의 집 대문을 두드리는 장엄한 소리를 들을 것이다. 그러나 대문을 두드리기는커녕 그는 헛된 노력만 하고 있다. 그는 아직도 가장 안쪽 궁궐의 방들을 통과하려고 애를 쓰고 있다. 그는 방들을 결코 통과하지 못할 것이다. 가령 그가 방들을 통과한다고 해도 아무것도 얻지 못할 것이다. 그는 계단을 뛰어 내려가지 않으면 안 된다. 계단을 뛰어 내려가더라도 그는 아무것도 얻지 못할 것이다. 수많은 안뜰을 지나가야 하기 때문이다. 안뜰을 지났다고 해도 두 번째 궁궐이 에워싸고 있다. 다시 계단과 안뜰이 이어진다. 그리고 또 다른 궁궐이 있다. 그렇게 수천 년을 계속한다. 그리고 마침내 그가 최후의 성문을 빠져나오더라도 — 그러나 결코, 결코 그런 일은 일어날 수 없다 — 그의 앞에는 역시 이 세계의 중앙인 수도가 놓여 있고, 거기엔 세계의 찌꺼기가 높이 쌓여 있다. 아무도 여기를 빠져나가지 못한다. 비록 죽은 사람이 준 칙명을 가지고 있더라도 말이다. — 그러나 밤이 되면 너는 창가에 앉아 그 칙명이 도착하기를 꿈꾸고 있다.

도시의 문장(紋章)

Das Stadtwappen

♦

바벨탑을 건설할 때 처음에는 모든 일이 순조로웠다. 아니 오히려 너무나 순조로웠는지도 모른다. 사람들은 길의 표지판, 통역, 노동자들의 숙소, 연결도로 등에 대해 너무 많은 생각을 했다. 마치 수백 년이 걸리더라도 상관없다는 듯이. 사실 그 당시의 대세는, 공사는 천천히 하면 할수록 좋다는 생각이었다. 그리고 이 같은 의견은 과장되어서도 안 된다. 사람들은 초석(礎石)을 놓는 일조차 주저했다. 논거는 이러했다. 이 대사업의 본질은 하늘에까지 이르는 탑을 건설한다는 생각이다. 이 생각 이외의 것은 모두 지엽적인 것에 지나지 않는다. 이런 식으로 일단 정리가 된 이상 이 생각은 더 이상 사라질 수 없다. 인간이 존재하는 한 탑을 완성하고자 하는 강한 소망도 존속하게 될 것이다. 이런 관점에서 볼 때 사람들은 미래 때문에 걱정할 필요가 없다. 그 반대로, 인간의 지식은 상승한다. 건축 기술은 장족의 발전을 했으며, 앞으로도 더 진보할 것이다. 우리에게 일 년이 걸리는 일도 백 년 후에는 아마 반년이면 완성될 것이며, 게다가 더 멋지고 더 견고하게 완성될 것이다. 그렇다면 왜 오늘 벌써 있는 힘을 다 짜내야 한단 말인가? 탑을 한 세대 이내에 완성할 수 있다고 희망할 수 있으면 그렇게 노력해도 의미가 없지는 않을 것이다. 그러나 그것은 기대할 수 없는 일이다. 오히려 다음 세대가 보다 더 완벽한 기술로 그 앞 세대가 이룩해 놓은 일을 나쁘게 보고 새로 시작하기 위해 이미 건설한 것을 허물어 버릴 거라고 생각할 수 있다. 그런 생각들은 힘을 빠지게 한다. 그리고 사람들은 탑보다는 노동자들의 도시를 건설하는 데 더 신경을 썼다. 어떤 지방에서 올라온 노동자든 모두 가장 좋은 숙소를 갖고자 했다. 그로 인해 싸움이 벌어졌으며, 이 싸움은 결국 피 흘리는 싸움으로까지 발전했다. 이런 싸움들은 그치지 않았다. 그것은 지도부에게 다음과 같은 주장을 하는 새로운 논거가 되었다. 즉 탑은 필요한 집중력의 부족으로 매우 천천히 건설되거나 아니면 일반적인 평화 협정이 체결된 뒤에나 비로소 건설되어야 한다는 것이다. 그러나 사람들은 싸우는 데에만 시간을 허비한 것이 아니다. 휴식 시간에 그들은 도시를 미화시켰다. 물론 그렇게 함으로써 그들은 새로운 질투와 새로운 싸움을 야기했다. 그렇게 첫 세대가 지나갔다. 그러나 그다음 세대 중 어느 세대도 다르지 않았다. 다만 기술이 계속 향상되었으며 또 이와 더불어 투쟁 의욕만 계속해서 늘었을 뿐이다. 게다가 제2, 제3세대의 사람들은 이미 하늘에 닿는 탑의 건설이 무의미함을 인식하게 되었다. 그러나 그들은 그때 도시를 떠나기에는 이미 너무나 밀접하게 서로 얽혀 있었다.

이 도시에서 생겨난 전설과 노래는 모두 예언의 날이 오기를 기다리는 열망으로 가득 차 있다. 그날 이 도시는 재빨리 연속해서 내리치는 다섯 번의 거대한 주먹질에 의해 산산이 부서져 버릴 것이다. 바로 그런 이유 때문에 이 도시의 문장에는 주먹이 그려져 있다.

고문서(古文書) 한 장

Ein altes Blatt

♦

조국을 방위하는 일이 매우 등한시된 것 같다. 우리는 이제까지 그 일에 관심을 기울이지 않고 우리의 일에만 전념해 왔다. 그러나 최근에 일어난 사건들은 우리에게 걱정을 안겨 준다.

나는 궁전 앞 광장에 구둣방을 하나 가지고 있다. 나는 아침 일찍 가게 문을 열자마자 광장으로 통하는 모든 길의 입구가 무장 군인들에 의해 점령된 것을 본다. 그러나 그것은 우리 나라의 군대가 아니다. 분명히 북방의 유목민들이다. 그들은 내가 알 수 없는 방법으로 국경에서 아주 멀리 떨어진 수도에까지 침입해 온 것이다. 어쨌든 그들은 여기에 있고 아침마다 그 수가 점점 많아지는 것 같다.

그들은 본성에 따라 노천에 진을 친다. 그들이 집을 싫어하기 때문이다. 그들은 칼을 갈고, 화살을 뾰족하게 만들고, 승마 훈련에 몰두한다. 그들은 언제나 매우 청결하게 유지되고 있는 이 조용한 광장을 문자 그대로 마구간처럼 만들고 말았다. 우리는 가끔 가게에서 뛰어나가 가장 더러운 오물이라도 치우려고 하지만 그것도 점차 시들해진다. 왜냐하면 그런 수고는 아무 소용이 없고, 게다가 사나운 말발굽에 짓밟히거나 채찍에 맞아 상처를 입을 위험이 있기 때문이다.

유목민들과는 대화를 할 수가 없다. 그들은 우리말을 모른다. 그렇다. 그들은 자신들의 언어도 없다. 그들은 자기들끼리 까마귀처럼 의사소통을 한다. 언제나 까마귀의 울음소리가 들린다. 그들은 우리의 생활 방식, 우리의 제도에 대해서 이해하지 못하고 또 무관심하다. 따라서 그들은 우리의 몸짓과 손짓에 대하여 거부하는 태도를 보인다. 네 턱뼈가 빠져나가도록 지껄이고, 손목이 탈구가 되도록 손짓을 해도 그들은 네가 전하고자 하는 뜻을 이해하지 못할 것이며, 결코 이해하려고도 하지 않을 것이다. 그들은 종종 얼굴을 찌푸리고, 눈을 부라리고, 입에 거품을 문다. 그러나 그들은 그것으로 무엇을 말하려 하지도 않고 또 다른 사람들을 무섭게 만들려고 하지도 않는다. 다만 습관적으로 그렇게 한다. 그들은 필요하면 무엇이든 가져간다. 그렇다고 그들이 폭력을 사용한다고는 말할 수 없다. 그들이 손대기 전에 사람들이 옆으로 물러나 모든 것을 넘겨준다.

그들은 내 가게에 있던 상품 중에서도 좋은 것을 많이 가져 갔다. 그러나 건너편 푸줏간 주인이 당하는 것을 보면, 나는 불평을 하지 못한다. 푸줏간 주인이 고기를 들여놓자마자 유목민들은 그것을 전부 빼앗아 갔으며 먹어 치웠다. 그들의 말들도

230
Kafka

고기를 먹는다. 종종 기수(騎手)가 그의 말 옆에 누워 있고 그들은 같은 고깃덩어리를 양쪽에서 물어뜯는다. 푸줏간 주인은 무서워서 고기 공급을 감히 중단할 수 없다. 우리는 그것을 이해하고 돈을 모아 그를 도와준다. 유목민들이 고기를 얻지 못하면 무슨 짓을 할지 모른다. 물론 그들이 매일 고기를 받는다고 하더라도 무슨 일을 생각해 낼지 알 수가 없다.

최근 푸줏간 주인은 도살 수고라도 덜 수 있지 않을까 하고, 아침에 황소 한 마리를 끌고 왔다. 그것은 두 번 다시 되풀이해서는 안 되는 일이다. 나는 한 시간 정도 구둣방 안쪽 바닥에 납작 엎드려 옷가지와 담요, 베개 등을 모두 내 몸 위에 쌓아 올렸다. 소의 울음소리를 듣지 않기 위해서. 유목민들은 사방에서 황소에게 달려들어 이빨로 아직 살아 있는 소의 살점을 뜯어 먹었다. 한참이 지나서야 조용해졌고, 나는 용기를 내 밖으로 나가 보았다. 술주정뱅이가 술에 취해 술통 주위에 드러누워 있듯이 그들은 포식하고 황소의 잔해 주위에 뻗어 있었다.

마침 그때 나는 궁전의 어느 창가에 서 있는 황제를 본 듯했다. 이제까지 황제는 바깥방으로 나온 일이 없었다. 그는 언제나 가장 안쪽에 있는 뜰에서 살았다. 그런데 이번에는 창가에 서서 고개를 숙이고 자신의 성 앞에서 벌어진 광경을 쳐다본 것 같다. 적어도 나에게는 그렇게 보였다.

"어떻게 될까?" 우리는 모두 스스로 물어본다. "우리는 이 무거운 짐과 고통을 언제까지 참을 수 있을까? 황제의 궁전은 유목민들을 유혹했다. 그러나 그들을 다시 몰아낼 줄 모른다.

성문은 닫혀 있다. 예전에는 언제나 화려하게 행진하면서 드나들었던 위병이 지금은 격자창 뒤에 가만히 서 있다. 조국을 구하는 일은 우리 수공업자나 상인에게 맡겨졌다. 그러나 우리는 그런 일을 맡을 만한 능력이 없다. 우리는 그런 일을 할 능력이 있다고 자랑한 적도 없다. 그것은 오해다. 그리고 우리는 그 때문에 멸망할 것이다."

프로메테우스
Prometheus

♦

프로메테우스에 관해서는 다음 네 개의 전설이 있다.

첫 번째 전설에 의하면, 그는 인간을 위해 신을 배반했기 때문에 코카서스 산의 바위에 단단히 결박되었고, 신들은 독수리들을 보냈는데, 그 독수리들은 늘 자라는 그의 간을 쪼아 먹었다.

두 번째 전설에 의하면, 프로메테우스는 부리로 쪼아 대는 독수리 때문에 고통을 못 이겨 바위 속으로 점점 더 깊이 밀고 들어가, 마침내 그는 바위와 하나가 되었다.

세 번째 전설에 의하면, 수천 년의 세월이 흐르면서 프로메테우스의 배반은 잊혔고, 신들도 그것을 잊었고, 독수리들과 그 자신도 그것을 잊었다.

네 번째 전설에 의하면, 사람들은 근거 없는 사실에 싫증이 났다. 신들도 싫증이 났고, 독수리들도 싫증이 났고, 그 상처도 싫증이 나서 아물었다고 한다.

그러나 해명할 수 없는 바위산만 남았다. ― 전설은 해명할 수 없는 것을 해명하려고 한다. 전설은 진실의 바탕에서 나오므로 그것은 다시 해명할 수 없는 것으로 끝나야만 한다.

해신(海神) 포세이돈

Poseidon

♦

　　포세이돈은 자신의 책상에 앉아 계산을 하고 있었다. 모든 해양을 관할하는 당국이 그에게 끝없는 일거리를 주었다. 그는 원하는 대로 많은 조수를 둘 수 있었고 실제로 많은 조수를 데리고 있었다. 그러나 그는 자신의 일을 매우 진지하게 받아들였기 때문에 모든 것을 다시 한번 계산했다. 그래서 조수들은 그에게 별로 도움이 되지 않았다. 그렇다고 그가 그 일에서 즐거움을 느꼈다고는 말할 수 없을 것이다. 그는 사실 그 일이 자신에게 주어졌기 때문에 그저 수행할 뿐이었다. 그렇다. 그는 자신이 표현한 대로 이미 여러 번 좀 더 기쁜 일을 하고자 지원을 했었다. 그러나 사람들이 그에게 다른 일자리를 제안하면 이제까지 자신이 하던 일만큼 마음에 들지 않는다는 사실이 밝혀졌다. 그리고 그가 다른 일을 찾는 것도 매우 어려운 일이었다. 예컨대 그에게 어떤 특정한 바다를 배당한다는 것은 불가능했다.

그곳이라 해서 계산하는 일이 줄어드는 것도 아니고 계산해야 할 일의 범위만 조금 줄어든다는 사실을 제외하고는, 위대한 포세이돈은 언제나 지배하는 자리만 얻을 수 있었다. 그리고 사람들이 그에게 바다와 관련이 없는 일자리를 제공하려 하면, 그 생각만 해도 그는 불쾌해져, 그의 신적인 호흡은 거칠어지고, 무쇠와 같은 가슴팍도 불쑥거렸다. 그런데도 사람들은 그의 불평을 진지하게 받아들이지 않았다. 힘 있는 자가 괴롭힌다면, 사람들은 도저히 전망이 없다는 것을 알고 있더라도 그의 말에 동조하는 척하지 않으면 안 된다. 아무도 포세이돈을 그의 일에서 실제로 해방시키려고 생각하지 않았다. 그는 태초에 바다의 신으로 정해졌고 또 앞으로도 그렇게 머물러 있을 것이다.

포세이돈은 사람들이 자신에 대해 품고 있는 이미지, 예를 들면 그가 삼지창을 들고 전차를 몰고 바다를 순찰하고 있다고 하는 말을 들었을 때 가장 심하게 화를 내었다. 이것이 그가 자신의 일에 만족하지 못하는 주된 원인이었다. 그 대신 그는 해저에 앉아서 쉴 새 없이 계산을 했다. 가끔 주피터[제우스] 대신에게 가는 여행이 그 일의 단조로움을 해소하는 유일한 기회였다. 그런데 그는 대부분 그 여행에서 분통을 터뜨리면서 돌아왔다. 그 결과 그는 바다를 본 적이 거의 없었다. 단지 올림포스 산으로 급히 올라갈 때 바다를 순간적으로 보았을 뿐이지 결코 실제로 순찰한 적은 없었다. 그는 이렇게 말하곤 했다. 즉 자신은 세계의 종말이 올 때를 기다리고 있으며, 그때 최후의 계산을 죽 훑어보고 난 뒤 종말 직전에 재빨리 짧게 한 바퀴 돌아볼 수 있는 조용한 순간이 아마도 주어질 것이라고.

　　해신(海神) 포세이돈은 자신의 바다에 그만 싫증이 났다. 삼지창도 그의 손에서 빠져 떨어졌다. 그는 조용히 바닷가의 바위에 앉아 있었다. 그가 여기 나와 있는 것을 보고 놀란 갈매기 한 마리가 그의 머리 위로 불안하게 원을 그리며 날아올랐다.

마당 문을 두드림

Der Schlag ans Hoftor

♦

때는 여름이었고 매우 더웠다. 나는 여동생과 함께 집으로 가는 도중에 어느 저택의 마당 문 옆을 지나갔다. 여동생이 장난으로 그 문을 두드렸는지 아니면 방심하여 그랬는지 아니면 그저 주먹으로 위협만 했고 전혀 두드리지 않았는지, 나는 잘 모른다. 왼쪽으로 굽은 길을 따라 백 보쯤 걸어가니 마을이 시작되었다. 우리는 그 마을에 대해 알지 못했다. 그러나 우리가 첫번째 집을 지나가자마자 마을 사람들이 나오더니 우리에게 신호를 했다. 그것이 다정함의 표시인지 아니면 경고를 하기 위한 것인지 알 수 없었다. 그들은 깜짝 놀랐으며, 두려워서 몸을 굽히고 있었다. 그들은 우리가 지나왔던 그 저택을 가리키면서 우리에게 문 두드린 사실을 상기시켰다. 그 집의 주인이 우리를 고소할 것이고, 즉시 심문이 시작될 것이라고 했다. 나는 조용히 있었고 여동생을 안심시켰다. 동생은 아마 그 문을 두드리지 않앉을 것이다. 만약 문을 두드렸다고 해도, 이 세상 어디에서도 증거를 끌어낼 수 없을 것이다. 나는 이 사실을 우리를 에워싼 사람들에게 이해시키려고 했다. 그들은 내 말을 듣더니, 의견을 말하지 않고 판단을 유보했다. 잠시 후 그들은 여동생뿐만 아니라 오빠인 나도 고소당할 것이라고 말했다. 나는 웃으면서 고개를 끄덕거렸다. 우리는 모두 그 저택을 돌아보고 있었다. 마치 먼 곳에서 연기가 하늘로 오르는 것을 보고 곧 불꽃이 타오르기를 기다리듯이. 그리고 실제로 우리는 기병(騎兵)들이 활짝 열린 문 안으로 말을 타고 들어가는 것을 보았다. 먼지가 뽀얗게 일었으며 모든 것을 뒤덮었다. 긴 창의 뾰족한 끝만이 번쩍거렸다. 그들은 저택 안으로 사라지기가 무섭게 이내 말머리를 돌리는 것 같았으며 우리를 향해 달려왔다. 나는 여동생에게 빨리 사라지라고 재촉했으며, 내가 모든 것을 다 처리하겠다고 했다. 그녀는 나 혼자 남는 것을 거절했다. 나는 그녀가 그 신사들 앞으로 나아가려면 최소한 옷을 갈아입어야 한다고 말했다. 마침내 그녀는 내 말에 따랐고, 집을 향해 먼 길을 나섰다. 어느새 기병들은 우리 곁에 서 있었고, 말 등에서 내리지도 않은 채 여동생에 대해 물었다. 그녀는 잠시 여기에 있지 않습니다, 라고 나는 겁먹은 듯이 대답했다. 나중에 올 것입니다. 그들은 나의 대답을 아주 무관심하게 받아들였다. 무엇보다 중요한 것은 그들이 나를 찾았다는 데에 있는 것 같았다. 그들 중에서 중요한 인물은 재판관인 젊고 활기찬 남자 그리고 아스만이라는 그의 조수 두 사람이었다. 나는 농가의 방으로 들어가라는 명령을 받았다. 나는 천천히 머리를 옆으로 흔들며, 바지의 멜빵을 죄면서 그들의 날카로운 눈길을 받으며 걸어갔다. 그리고 나는 한마디 말만 한다면 도시인인 내가 명예를 잃지 않은 채 이 농부들에게서 충분히 해방될 수 있을 것이라고 믿고 있었다. 그러나 내가 문지방을 넘어서자마자, 내 앞으로 달려가 이미 나를 기다리고 있던 재판관은 이렇게 말했다. "이 남자가 참 불쌍하구나." 그 말이 그가 나의 현재 상태를 두고 한 것이 아니라, 나에게 무슨 일이 일어날 것인지를 두고 한 말이라는 사실에는 의심의 여지가 없었다. 그 방은 농가의 방이라기보다는 오히려 감방 같았다. 큰 석판이 깔려 있었고, 어둡고 아무런 장식이 없는 벽, 철제 고리가 그 어딘가에 박혀 있었다. 그 방 가운데에는 간이침대인지 아니면 수술대인지 알 수 없는 것이 있었다.

내가 감옥의 공기와는 다른 공기를 마실 수 있을까? 이것은 중대한 문제이다. 더 중대한 문제는 내가 석방될 것이라는 전망을 할 수 있을까 하는 것이다.

사냥꾼 그라쿠스
Texte zum Jäger Gracchus-Thema

♦

두 소년이 방파제 위에 앉아서 주사위 놀이를 하고 있었다.
한 남자가 칼을 흔들고 있는 영웅상의 그림자가 드리워진 계단
에 앉아 신문을 읽고 있었다. 한 처녀는 우물에서 물을 길어 물
통에 채웠다. 한 과일장수는 자신이 팔고 있는 과일 옆에 누워서
멀리 바다를 바라보고 있다. 두 사람이 선술집 안에서 포도주를
마시고 있는 것이 텅 빈 문과 창문을 통해 보였다. 술집 주인은
식탁 앞에 앉아서 졸고 있었다. 작은 배 한 척이, 마치 이끌리듯
이 물 위를 스치며 조용히 작은 항구로 들어왔다. 푸른 작업복을
입은 한 남자가 육지에 내리더니 고리에 밧줄을 걸어 당겼다. 은
색 단추가 달린 검은 상의를 입은 다른 두 남자가 그 뱃사공 뒤
로 들것을 하나 들고 왔다. 그 들것은 꽃무늬의 큰 비단 천으로
가려져 있었는데, 거기엔 사람이 누워 있는 것이 분명했다.

부두에서는 아무도 새로 도착한 자들에게 신경을 쓰지 않았

다. 아직도 밧줄을 만지고 있는 뱃사공을 기다리기 위해 그들이 들것을 내려놓았는데도, 아무도 그들에게 다가가지 않았고, 아무도 그들에게 질문을 하지 않았고, 아무도 그들을 자세히 쳐다보지 않았다.

그 뱃사공은 잠시 지체했는데, 그것은 한 여인이 어린아이를 가슴에 안고 헝클어진 머리로 갑판에 나타났기 때문이었다. 그러고 나서 그는 앞으로 나아가, 누르스름한 삼층집을 가리켰는데, 그 집은 물 왼쪽 가까이 우뚝 서 있었다. 들것을 든 사람들은 그 짐을 들고 나지막하지만 날씬한 기둥이 있는 대문을 지나 들어갔다. 한 작은 소년이 창문을 열고, 때마침 그 사람들이 집 안으로 들어가는 것을 보고는 재빨리 창문을 닫아 버렸다. 이제 검은 떡갈나무로 세심히 짜 맞춘 대문도 닫혔다. 지금까지 종탑 위를 빙빙 날고 있던 비둘기 떼가 이제는 집 앞에 내려앉았다. 비둘기들은 자신들의 먹이가 이 집 안에 보관되어 있기라도 하듯이 대문 앞에 모였다. 그중 한 마리가 2층까지 날아올라 창유리를 쪼았다. 밝은 색의 잘 키운 생기 있는 짐승들이었다. 작은 배를 탄 여인이 멀리 곡식을 던져 주자, 비둘기들은 곡식을 쪼아 먹고는 그 여자에게로 날아들었다.

상장(喪章)을 단 실크 모자를 쓴 한 신사가 항구로 통하는 좁고 가파른 언덕길을 내려왔다. 그는 주변을 조심스럽게 살펴보았는데, 모든 것이 그를 우울하게 했다. 한쪽 구석에 쌓인 쓰레기를 보고 그는 얼굴을 찡그렸다. 동상 계단 위에는 과일 껍질이 널려 있었는데, 그는 지나가면서 지팡이로 그것들을 밀어 내렸다. 그는 방문을 두드리면서 동시에 검은 장갑을 낀 오른 손으로 실크 모자를 벗어 들었다. 그러자 곧 문이 열리고, 오십 명가량의 소년들이 긴 복도 양쪽에 늘어서서 그에게 절을 했다.

뱃사공은 계단을 내려오더니, 그 신사에게 인사를 했다. 그러고 나서 그는 신사를 데리고 위층으로 올라갔으며, 2층에서 간소하게 지어진 아름다운 발코니로 둘러싸인 뜰을 함께 한 바퀴 돌고 나서, 두 사람은 집 뒤에 있는 서늘하고 넓은 방으로 들어갔다. 그 사이에 소년들은 존경의 표시로 약간 떨어진 거리에서 그들의 뒤를 따라갔다. 그 집 맞은편에는 다른 집들이 없었고, 단지 민둥민둥하고 거무튀튀한 암벽만이 보일 뿐이었다. 들것을 들고 온 사람들은 들것 머리맡에 긴 양초를 몇 개 세우고 불을 붙이기에 바빴다. 그러나 그렇게 해서 불빛은 제대로 생기지 않았고, 그저 형식적으로 그때까지 드리워진 그림자를 쫓아내고 벽 위로 가물가물 빛을 발했다. 들것을 덮은 천이 벗겨졌다. 그곳에는 텁수룩하게 엉켜 있는 머리카락과 수염, 피부가 검게 탄 사냥꾼 비슷한 남자가 누워 있었다. 그는 꼼짝도 않고, 보기에는 숨도 쉬지 않고 눈을 감고 있었다. 주변 분위기는 그가 죽은 사람일 것이라는 암시를 주었다.

신사는 들것 있는 곳으로 걸어가, 거기 누워 있는 사람의 이마 위에 한 손을 얹고 나서 꿇어앉더니 기도를 했다. 뱃사공이 들것을 들고 온 사람들에게 방에서 나가라는 신호를 하자 그들은 방에서 나갔고, 뱃사공은 밖에 모여 있던 소년들까지 내쫓고

문을 닫았다. 그러나 이렇게 소년들을 내쫓고 나서 조용해졌는데도 신사는 아직 충분하지 않다는 듯 뱃사공을 쳐다보았다. 뱃사공은 눈치를 채고 옆문을 통해 옆방으로 갔다. 그러자 즉시 들것 위의 남자가 눈을 뜨고, 고통스럽게 미소를 지으며 신사 쪽으로 얼굴을 돌리고, "당신은 뉘시오?" 하고 물었다. — 신사는 별로 놀라지 않고 꿇어앉았던 자세에서 몸을 일으켜 세우며 "리바의 시장(市長)입니다."라고 대답했다.

들것 위의 남자는 고개를 끄덕였고, 힘없이 팔을 뻗어 의자를 가리켰으며 시장이 그의 요청을 받아들여 자리에 앉자 이렇게 말했다. "시장님, 나는 이미 알았습니다. 그러나 처음에는 모든 것이 생각나지 않았습니다. 모든 것이 내 머리에서 뱅글뱅글 돕니다. 나는 모든 것을 알고 있지만 다시 묻습니다. 그리고 당신께서도 아마 내가 사냥꾼 그라쿠스라는 것을 알고 계실 것입니다."

"물론입니다." 시장이 말했다. "나는 당신이 온다는 통지를 어젯밤에 받았습니다. 우리는 한참 자고 있었습니다. 한밤중에 내 아내가 소리를 질렀습니다. '살바토레' — 이것은 내 이름입니다 — '창문의 비둘기들을 보세요!' 과연 비둘기 한 마리가 와 있었는데, 수탉만큼이나 컸습니다. 그 비둘기가 내 귓전에 날아와, '내일 죽은 사냥꾼 그라쿠스가 올 것입니다. 이 시의 이름으로 그를 맞이하십시오.'라고 말했습니다."

사냥꾼은 고개를 끄덕였고, 혀끝으로 입술을 핥았다. "그렇습니다. 비둘기들이 내 앞에서 날아갔습니다. 그런데 시장님께서는 내가 리바에 머물 것이라고 믿으십니까?"

"나는 그것을 아직 말할 수 없습니다."라고 시장이 대답했다. "당신은 죽었습니까?"

"예," 사냥꾼이 대답했다. "당신이 보시는 바와 같습니다. 이미 여러 해 전입니다. 정말 헤아릴 수 없을 만큼 여러 해 전이었음에 틀림없습니다. 나는 영양 한 마리를 쫓아가다가 슈바르츠발트*의 바위에서 떨어졌습니다. 그때부터 나는 죽었습니다."

"하지만 당신은 아직도 살아 있는데요." 시장이 말했다.

"어떤 의미에서는," 사냥꾼이 말을 이었다. "어떤 의미에서는, 나는 아직도 살아 있습니다. 내 시체를 태운 배가 항로를 잘못 들었습니다. 키가 잘못 돈 것입니다. 뱃사공이 순간적으로 주의를 게을리 했는지, 아름다운 내 고향 풍경을 보고 그만 방심했는지, 나도 모릅니다. 내가 아는 바는 이 지상에 머물고 있다는 것과 나를 태운 작은 배가 그 이후로 이 세상의 물 위를 떠다니고 있다는 것뿐입니다. 그리하여 산에서만 살고 싶어했던 나는 죽은 이후로 지상의 모든 나라를 돌아다니며 여행하고 있습니다."

"그러면 당신은 저세상과는 아무런 관련이 없습니까?"라고 시장은 얼굴을 찡그리며 물었다.

"나는 언제나 저세상으로 가는 큰 계단에 머물러 있습니다."라고 사냥꾼이 대답했다. "이 끝없이 넓은 옥외계단에서 나는

·

---

*   독일 남부에 있는 숲의 이름

245 카프카

이리저리 떠돌고 있습니다. 때로는 위에서, 때로는 아래에서, 또 때로는 오른쪽에서나 왼쪽에서 항상 움직이고 있습니다. 나는 최대한 높이 올라갑니다. 나를 향해 빛을 발하고 있는 저세상의 문이 있는 높은 곳까지 올라갔다고 생각하고, 눈을 뜨면 나는 여전히 이 세상의 어느 물 위에 쓸쓸하게 떠 있는 예전의 그 배를 타고 있습니다. 그 옛날 죽다가 살아났기 때문에 나는 운명적으로 내 배의 선실에 갇혔습니다. 뱃사공 부인인 율리아가 우리들이 우연히 지나온 해안이 접한 그 지방의 마실 것을 들고 내 방의 문을 노크하고 들것 위의 내게 가지고 왔습니다."

"기구한 운명이군요." 시장은 뭔가를 방어하려는 듯이 손을 들어 올리며 말했다. "그런데 당신은 거기에 아무런 잘못이 없습니까?"

"아무런 잘못이 없습니다." 사냥꾼이 대답했다. "나는 사냥꾼이었는데, 그것도 죄가 되나요? 나는 그 당시 아직 늑대들이 출현하는 슈바르츠발트에 사냥꾼으로 배치되었습니다. 나는 숨어서 기다렸고, 총을 쏘았으며 맞혔고 가죽을 벗겼습니다. 그것도 죄가 되나요? 내가 하는 일은 축복을 받았습니다. 나는 '슈바르츠발트의 위대한 사냥꾼'이라고 불렸습니다. 그것도 죄가 됩니까?"

"나는 그것을 판단할 자격이 없습니다." 시장이 말했다. "그러나 내가 보기엔 거기에 아무런 죄도 없는 것 같습니다. 그러면 누구의 잘못일까요?"

"뱃사공의 잘못입니다." 사냥꾼이 말했다.

"그런데 당신은 우리 리바시에 머물려고 생각하십니까?"라고 시장이 물었다.

"나는 그럴 생각이 없습니다." 사냥꾼은 미소를 지으면서 말했다. 그는 자신이 했던 그 농담을 변명하려고 손을 시장의 무릎 위에 얹었다. "나는 여기에 있습니다. 그 이상은 모릅니다. 나는 더 이상 아무것도 할 수 없습니다. 내가 탄 배는 키가 없습니다. 이 배는 황천(黃泉)의 가장 밑바닥에서 부는 바람에 따라 둥둥 떠다닐 뿐입니다."

───────────────────────────────────

나는 사냥꾼 그라쿠스입니다. 내 고향은 독일의 슈바르츠발트입니다.

───────────────────────────────────

"내가 여기서 쓰는 것을 아무도 읽지 못하며, 아무도 나를 도와주러 오지 않습니다. 나를 도와주라는 과제를 받았다고 해도, 모든 집들의 문은 전부 잠겨 있고, 창문도 전부 닫혀 있습니다. 모두들 침대에서 머리 위로 이불을 푹 덮어쓰고 누워 있습니다. 온 세상은 한밤중의 숙소처럼 잠에 푹 빠져 있습니다. 그것은 당연한 것입니다. 왜냐하면 아무도 나를 모르기 때문입니다. 설사 누가 나를 안다고 해도, 지금 내가 어디에 있는지는 모릅니다. 또 설사 그가 내가 있는 곳을 안다고 해도, 나를 그곳에 붙잡아 놓을 줄 모릅니다. 그래서 그는 나를 어떻게 도와주어야 할지 모릅니다. 나를 돕겠다는 생각은 병이며, 병상에서 치료를 받지 않으면 안 됩니다.

그것을 내가 알고 있으므로, 나는 도움을 청하기 위해 소리를 지르지 않습니다. 바로 지금 이 순간처럼 자제력을 잃고 도움을 청하고 싶은 강한 충동을 느낀다고 해도 소리를 지르지 않습니다. 그런 생각을 없애는 데에는 내가 주변을 둘러보고, 내 자신이 어디에 있는지 — 이렇게 주장할 수 있습니다 — 수백 년 전부터 어디에서 살고 있는지 생각만 해도 충분합니다. 나는 이것을 쓰면서 나무판때기 위에 누워 있습니다. — 나를 보는 것은 기쁜 일이 아닙니다 — 나는 더러운 수의를 입고, 희끗희끗한 머리카락과 수염은 서로 뒤엉켜 있고, 내 다리는 꽃모양의 긴 장식이 달린 부인용 비단 수건에 싸여 있습니다. 내 머리맡에는 교회용 양초가 있으며 나를 향해 빛을 내고 있습니다. 내 맞은편 벽에는 작은 그림이 걸려 있습니다. 분명히 어느 아프리카 원주민이 창을 들고 나를 겨누며, 잘 채색된 방패 뒤로 몸을 최대한 숨기고 있습니다. 사람들은 배 위에서 시시한 그림들을 많이 만납니다. 그런데 이것이 가장 시시한 그림 중의 하나입니다. 나무로 만든 새장 같은 내 방에는 이 그림 한 장을 제외하면 아무것도 없습니다. 옆벽의 구멍을 통해 남쪽 지방의 훈훈한 밤공기가 들어오며, 물결이 낡은 배에 찰싹대는 소리를 듣습니다.

나는 사냥꾼으로서 고향 슈바르츠발트에서 영양을 쫓다가 암벽에서 추락한 이후 여기에 이렇게 누워 있습니다. 모든 것이 순서대로 일어났습니다. 나는 영양을 쫓았고, 떨어져, 골짜기에서 피를 흘렸으며, 죽었고, 이 들것이 나를 저세상으로 싣고 갑니다. 나는 여기 침대 위에 처음으로 몸을 눕혔을 때 얼마나 행복했는가를 아직도 생생히 기억합니다. 그 당시 기쁜 나머지 여기 이 그늘진 네 벽을 마주하여 환희의 노래를 불렀는데 산들은 결코 그런 나의 노래를 들어 본 적이 없습니다. 나는 즐겁게 살았고 즐거운 마음으로 죽었습니다. 나는 이 배에 오르기 전에, 언제나 자랑스럽게 메고 다니던 나의 사냥복, 탄약통, 배낭 등을 기쁘게 집어 던졌습니다. 그리고는 처녀가 신부 드레스를 갈아입듯이 수의를 입었습니다. 나는 여기에 누워 기다렸습니다.

그런데 그만 사건이 발생했습니다."

"사냥꾼 그라쿠스, 당신이 이 오래된 보트를 타고 수백 년 동안 돌아다니고 있는 게 사실입니까?"

"벌써 1,500년이나 되었습니다."

"그런데 늘 이 보트를 탔습니까?"

"늘 이 거룻배를 탔습니다. 내가 생각하기에는, 거룻배라는 말이 적절한 표현입니다. 당신은 선상의 일을 잘 알지 못하지요?"

"예, 모릅니다. 나는 그런 일에 대해서는 오늘 내가 당신을 알 때까지 그리고 내가 당신의 배에 오를 때까지는 생각해 보지 않았습니다."

"미안해할 것 없습니다. 나도 역시 내지(內地)에서 왔으니까요. 나는 뱃사람이 아니었고, 또 뱃사람이 되고 싶지도 않았어요. 산들과 숲들이 나의 기쁨이었어요. 그리고 지금은 — 가장 나이가 많은 뱃사람이며, 선원들의 후견인인 사냥꾼 그라쿠스입니다 — 선원의 급사가 폭풍 치는 밤에 선실에서 불안하여 벌벌 떨면서 손으로 나를 꽉 잡고 기도합니다. 웃지 마십시오."

"내가 웃었어요? 아닙니다. 정말 아닙니다. 나는 가슴 두근거리면서 당신의 선실 문 앞에 서 있었으며, 두근거리는 가슴으로 안으로 들어왔어요. 나는 당신의 친절한 태도에 약간 안심되었습니다. 그러나 내가 누구의 손님인지 잊지 못하겠어요."

"물론 당신 말이 옳습니다. 어쨌든 나는 사냥꾼 그라쿠스입니다. 포도주 한잔 들지 않겠어요? 내가 상표를 잊었지만, 이것은 달콤하고 진합니다. 선주가 나를 잘 돌봐 주십니다."

"지금은 안 되겠습니다. 나는 매우 불안합니다. 만약 당신이 여기서 나를 좀 오랫동안 참고 기다려 준다면 그때에는 아마도 마실 것입니다. 그런데 누가 선주입니까?"

"이 거룻배의 주인들입니다. 이들 주인들은 매우 뛰어난 사람들입니다. 그렇지만 나는 그들이 하는 말을 알아듣지 못합니다. 물론 내가 그들이 하는 말을 이해하지 못하는 일이 자주 있지만, 나는 그들의 언어를 두고 말을 하는 게 아닙니다. 이것은 별로 중요한 게 아닙니다. 수세기를 두고 나는 이 세대와 그들 조상들 사이의 통역자로 활동할 만큼의 충분한 언어를 배웠습니다. 내가 이해하지 못하는 것은 선주들의 사고방식입니다. 아마 당신은 내게 이를 설명해 주실 수 있을 것입니다."

"나는 크게 기대하지 않습니다. 당신과 견주어 보면 종알거리는 어린아이 같은 내가 뭘 어떻게 당신에게 설명해 줄 수 있겠습니까?"

"제발 그렇게 말하지 마십시오. 당신이 좀 더 남자답고 좀 더 자신감 있으면 고맙겠습니다. 내가 사람의 그림자와 같은 손님과 무슨 일을 하겠습니까? 나는 그를 현창(舷窓)을 통해 호수로 불어 버리겠습니다. 나는 여러 가지 설명을 듣고 싶습니다. 바깥세상을 이리저리 돌아다니고 계신 당신이라면, 내게 그런 설명을 해 줄 수 있을 것입니다. 당신이 부들부들 떨면서 내 테이블에 앉아서 당신이 알고 있는 작은 것을 모두 잊어버렸다고 속인다면, 그러면 당신은 즉시 빠져나갈 겁니다. 나는 내 말이 평범하다고 믿습니다."

"당신이 하는 말은 일리가 있습니다. 사실 나는 당신보다 더 많은 것을 알고 있습니다. 그래서 무기력함을 이겨내도록 노력하겠습니다. 질문을 해 주세요!"

"좋습니다. 그런 자세로 하는 것은 훨씬 좋습니다. 그리고 당신이 더 많은 것을 알고 있다고 생각하십시오. 하지만 당신은 내가 하는 말을 잘 이해해야 합니다. 나도 당신처럼 인간입니다. 그러나 나는 당신보다 수백 년 더 나이가 많고 또 그만큼 더 초조합니다. 자, 이제 선주에 대해서 이야기해 봅시다. 주의하세요! 당신의 머리를 맑게 하기 위해 포도주를 좀 마셔요. 수줍어하지 마세요. 꿀꺽꿀꺽 마셔요. 여기에는 아직도 배 한 대에 실을 만큼의 포도주가 있습니다."

"그라쿠스, 이 포도주는 아주 좋습니다. 자, 선주님의 장수를 기원합시다!"

"유감스럽습니다. 그가 오늘 별세했습니다. 그는 좋은 사람이었는데 조용히 영면했습니다. 훌륭하게 자란 아이들이 그의 임종을 지켰습니다. 그의 부인은 임종의 침대 옆에서 기절했습니다. 선주님이 마지막으로 생각한 사람이 나였습니다. 정말로 좋은 사람이었습니다. 함부르크 사람이었죠."

"함부르크 사람이라니요. 천만의 말입니다. 당신은 여기 남부 지방에 내렸는데 오늘 그가 별세한 것을 어떻게 아십니까?"

"그럼, 내 선주가 돌아가신 것을 내가 몰라야 한단 말입니까? 당신은 정말 어리석군요."

"당신은 나를 모욕할 생각입니까?"

"아닙니다. 전혀 아닙니다. 내가 하는 말은 내 의지가 아닙니다. 하지만 당신은 놀라실 것 없습니다. 포도주를 더 마셔요. 선주의 건은 이런 사정이 있습니다. 말하자면 원래부터 거룻배는 아무의 소유가 아닙니다."

"그라쿠스, 부탁이 하나 있습니다. 당신이 어떤 상태인지 먼저 간단히 그리고 논리정연하게 내게 말씀해 주십시오. 솔직히 말씀드리면, 나는 도무지 모르겠어요. 물론 당신은 이것을 당연한 것으로 여기고 또 당신이 하는 방식대로 온 세계가 그것을 알고 있다고 가정하시겠지요. 그러나 이런 짧은 인간의 삶에는 — 실제로 삶은 매우 짧습니다. 그라쿠스 씨, 그것을 이해하려고 노력하세요. — 이 짧은 삶에서 사람들은 자신과 자기 가족을 위해 수고를 아끼지 않습니다. 그리고 그라쿠스는 흥미로운 인물입니다. — 이것은 신념이지 아첨이 아닙니다. 그에 대하여 걱정할 시간이 없는 것은 물론이거니와 그에 대하여 생각하고 물어볼 시간도 없습니다. 나는 그가 당신의 함부르크 사람처럼 임종을 했는지도 모릅니다. 일생을 열심히 살아온 사람이라면, 임종의 자리에서 처음으로 수족을 쭉 펼 시간이 있습니다. 그리고 창백한 사냥꾼 그라쿠스에 대하여 한 번 생각을 하게 됩니다. 그러나 그 이외의 경우에는 내가 이미 말한 것과 같습니다. 나는 당신에 대해 아무것도 몰랐습니다. 나는 용무가 있어서 이 항구로 내려왔으며, 거룻배를 보았습니다. 건널 판자가 놓여 있었고, 나는 그 위를 건너왔어요. — 그러나 지금 나는 당신에 관한 논리정연한 것을 좀 듣고 싶습니다."

"허, 논리정연하게 이야기하라구요! 그것은 오래된 옛날 이야기입니다. 그것에 관해선 모든 책에 잔뜩 실려 있어요. 선생님들은 모든 학교에서 흑판에 그림을 그려 줍니다. 젖을 빨리고 있는 어머니가 꿈을 꾸는 것도 이 이야기입니다. — 그리고 당신이 여기 앉아서 나에 대해 논리정연한 것을 묻고 있습니다. 당신은 틀림없이 특별히 방탕한 젊은 날을 보내셨군요."

"어쩌면 방탕은 청춘의 특권이니까요. 그러나 내 생각으로는, 당신도 이 세상을 좀 둘러보신다면 그것이 퍽 도움이 됨을 알게 될 것입니다. 당신은 그것을 가소롭다고 여길지 모르지만, 여기 앉아 있는 것이 나를 놀라게 합니다. 사실, 당신은 세상 사람들의 화제의 대상이 아닙니다. 아무리 많은 것들이 화제의 대상이 되더라도, 당신은 거기에 들어가지 못합니다. 세상은 자신의 길을 가고 있고, 당신은 당신의 항해를 계속하고 있습니다. 그러나 오늘에 이르기까지 이 두 길이 서로 교차하는 것을 나는 보지 못했어요."

"이 양반아, 그것은 당신의 관찰이었소. 다른 사람들은 다르게 관찰했어요. 여기에는 두 가지 가능성이 있고, 어떤 저의를 품고 있어요. 이 경우에 내가 당신에게 솔직히 말하겠어요. 당신은 정도에서 완전히 빗나가 있어요. 다른 하나의 가능성은 당신은 실제로 나를 기억하지 못한다고 믿고 있어요. 왜냐하면 당신은 나의 이야기를 다른 사람의 이야기와 혼동하고 있기 때문이에요. 이 경우에 나는 당신에게 이렇게 말하겠어요. 즉 나는 나요. ― 나는 내 입으로 말할 수 없소. 모두들 그것을 알고 있어요. 내가 그것을 당신에게 이야기해 줘야만 하다니! 아주 오래된 과거의 일입니다. 역사가들에게 물어보십시오! 그들은 그들의 연구실에서 입을 딱 벌리고 아주 오래전에 일어난 일을 봅니다. 그리고 그것을 끊임없이 기술합니다. 먼저 역사가들에게 갔다가 다시 오십시오! 아주 오래된 것입니다. 내가 도대체 어떻게 이 혼란한 머릿속에 잘 간직할까요?"

"기다리세요, 그라쿠스 씨. 내가 당신을 도와드리겠습니다. 이제부터 당신에게 몇 가지 질문을 하겠습니다. 당신의 고향은 어디입니까?"

"모두들 알고 있듯이 나는 남부의 슈바르츠발트 출신입니다."

"물론 슈바르츠발트 출신이죠. 그럼 당신은 거기서 약 4세기경부터 사냥을 했습니까?"

"여보시오, 당신도 슈바르츠발트를 아십니까?"

"모릅니다."

"당신은 정말 아무것도 알지 못합니다. 타수(舵手)의 아이들도 당신보다 더 많이 알고 있습니다. 훨씬 많이 알고 있습니다. 도대체 누가 당신을 이리로 몰아넣었습니까? 그것은 숙명입니다. 당신의 최초의 겸손은 실제로 지나치게 잘 증명되었어요. 당신의 머리는 텅 비어 있습니다. 내가 그것을 맥주로 채워 드리겠습니다. 그 이유는 당신이 슈바르츠발트를 모르고 있기 때문입니다. 나는 그곳에서 스물다섯 살까지 사냥을 했습니다. 내가 영양들의 유혹을 받지 않았더라면, ─ 당신도 이것을 알고 있습니다 ─ 나는 오랫동안 아름다운 사냥꾼의 생활을 하고 있을 것입니다. 그런데 영양들이 나를 유혹했고, 나는 추락했으며 바위에 부딪혀 죽어 있습니다. 이 이상은 묻지 마십시오. 나는 지금 여기에 죽어 있습니다. 죽었습니다. 죽었어요. 내가 왜 여기 있는지 내 자신도 모릅니다. 그때 나는 죽은 사람을 실어 나르는 거룻배에 실렸는데 그것은 불쌍한 망자(亡者)에게는 어울리는 것이었어요. 망자들이면 누구에게나 주어지듯이 내게 서너 개의 임무가 주어졌어요. ─ 사냥꾼 그라쿠스에게 무슨 예외가 있겠어요? ─ 만사는 순조로웠습니다. 나는 거룻배 안에서 사지를 쫙 뻗고 누워 있었습니다.

"사냥꾼 그라쿠스"의 단편 구상 (1917년 4월 6일자 일기)

오늘, 고기잡이배를 제외하고는 해상에서 승객을 실어 나르는 두 척의 동력선만이 정박하곤 했던 작은 항구에 어느 낯선 조각배가 닻을 내렸다. 상당히 낡은 거룻배, 비교적 낮지만 불룩하고, 구정물을 잔뜩 뒤집어 쓴 것처럼 더럽다. 보아하니 황색 외벽도 구정물을 맞은 듯했다. 돛대는 이해할 수 없을 만큼 높지만 중심축의 위쪽 1/3이 부러진 것이다. 주름지고 거칠거칠한 황갈색의 범포(帆布)가 돛대 사이에 제멋대로 묶여 있으나, 한 줄기의 약한 바람을 맞아도 견딜 수 없을 만큼 더덕더덕 기워져 있다.

나는 깜짝 놀라 한참 동안 빤히 쳐다보았으며 누군가가 갑판 위로 모습을 드러내며 나오기를 기다렸다. 그러나 아무도 나오지 않았다. 한 노농자가 내 옆 방파제 위에 앉았다.

"저 배는 누구의 소유입니까? 나는 저런 배를 오늘 처음으로 보았습니다."라고 내가 말했다. ― "저 배는 2, 3년마다 한 번씩 옵니다. 저 배는 사냥꾼 그라쿠스의 배입니다."라고 그 남자는 대답했다.

프란츠 카프카
(Franz Kafka, 1883~1924)

1883년 오스트리아-헝가리 이중제국의 프라하에서 태어났다.
자수성가한 유대인 상인이었던 아버지의 바람에 따라 체코어 대신
독일어를 사용하는 초등학교에 입학, 김나지움을 거쳐 카를페르디난트
대학에서 법학을 전공하여 박사학위를 받았다. 아버지는 그가 가업을
잇고 편안한 삶을 살기에 유리한 법학을 공부하길 원했다. 그러나
어릴 때부터 작가가 되기를 꿈꾼 카프카는 대학생 독서 모임에서
꾸준히 활동하며 짧은 산문 작품들을 발표했고, 졸업 후에도 한동안
낮에는 직장에서 일을 하면서 밤에는 글쓰기를 병행한다. 1912년에는
최초의 단편 모음집인 『관찰』을 출간하고 단편 「선고」와 「변신」을
완성하면서 작가로서 이름을 알리게 되나, 아버지와의 계속된 불화와
과로로 인해 신경쇠약과 결핵을 얻는다. 그는 사랑하는 여인과의 약혼과
파혼을 거듭했으나, 결국에 독신으로 생을 마감했다. 또 그는 허약한
체질이었으나 낮과 밤에 일과 글쓰기를 하여 많은 글을 썼음에도
대부분의 원고는 스스로 찢거나 불태워 버렸고, 1924년 결핵이 악화되어
41세의 젊은 나이로 세상을 떠났다. 수많은 단편소설을 썼고, 미완성의
장편소설로 「소송」, 「실종자」, 「성」 등이 있다.

◆클라이스트◆

Heinrich von Kleist

중세의 결투 장면

결투

Der Zweikampf

♦

빌헬름 폰 브라이자흐 공작은 자기보다 신분이 낮은 알트휘닝겐가(家) 출신의 카타리나 폰 헤르스부르크 백작부인과 내연 관계이다. 백작부인과 내연 관계를 맺고 난 후, 그는 이복 동생인 야콥 로트바르트 백작과 원수가 되었다. 14세기 말엽 성 레미기우스 축일* 밤이 어두워지기 시작했을 때 공작은 보름스에서 독일 황제를 알현하고 돌아왔다. 이 알현에서 그는 황제로부터 정실부인과의 사이에서 태어난 아이들이 죽어 자식이 없어서 백작부인과의 사이에서 결혼 전에 낳은 사생아 필립 폰 휘닝겐 백작을 합법적인 아들로 인정받고 돌아오는 길이었다. 그는 자신이 통치하던 전 기간에 느낄 수 있던 것보다도 더 큰 기쁨 속에서 미래를 꿈꾸며 자신의 성 뒤에 위치한 공원에 도착했다.

---

*   10월 1일

그때 갑자기 어두운 숲속에서 화살이 하나 날아들어 그의 흉골 바로 밑의 가슴을 관통했다. 그의 시종 프리드리히 폰 트로타는 이 사건에 매우 놀라서 다른 몇몇 기사들의 도움을 받아 가며 그를 성안으로 옮겼는데, 거기서 그는 깜짝 놀란 부인의 팔에 안겨 시종이 황급히 소집했던 제국신하 회의에서 황제로부터 받은 적자(嫡子) 인증서를 겨우 읽을 수 있었다. 그리고 격렬한 반대가 없었던 것은 아니나, 법에 따르면 영주 권한 모두가 공작의 이복 동생인 야콥 로트바르트 백작에게 이양되기로 되어 있는데도 신하들은 그의 최후의 결연한 유언을 실현시키고 황제의 사후 승인을 얻는다는 조건으로, 필립 백작을 영주 후계자로, 그러나 그가 나이가 어리기 때문에 그의 어머니를 후견인이며 섭정자로 인정했다. 이 모든 일이 끝난 후에 공작은 죽고 말았다.

　공작부인은 곧 사절 몇을 시동생 야콥 로트바르트 백작에게 보내 간단히 통보만 한 채, 영주의 자리에 올랐다. 백작의 은둔적인 기질을 꿰뚫어 보았다고 생각하는 다수의 궁중 기사들이 예언했던 바가 최소한 표면상으로는 적중했다. 야콥 로트바르트는 현 상태를 현명하게 심사숙고한 후 형이 자신에게 행한 부정을 참아 내었다. 최소한 그는 공작의 마지막 유언을 반박할 모든 조치를 단념했다. 그리고 어린 조카가 받은 공작의 자리를 진심으로 축하해 주었다. 그는 매우 유쾌하고 친절하게 자기 식탁에 불러들인 사절에게 자기 아내가 왕같이 많은 재산을 남겨 두고 죽은 뒤 구속당하지 않고 자유롭게 자기 성에서 살고 있고, 또 이웃의 귀족 부인들과 교제하고 자기가 손수 빚은 포도주며 그리고 명랑한 친구들과 함께하는 사냥을 즐기고 있다고, 그리고 성급했던 젊은 시절의 죄, 유감스럽게도 나이가 들어 가면서 더 괴로운 죄를 속죄하려고, 삶의 종말에 예견할 수 있는 유일한 시도로써 팔레스티나로 향하는 십자군 원정을 생각하고 있다는 등등을 설명했다. 공작의 위(位)를 계승할 것이라는 확실한 희망 속에서 자라난 두 아들은 아버지가 무관심하고 무감각하여 예상치도 않게 그들의 요구를 철저히 모욕하는 것을 참았다고 혹독하게 비난했지만 아무 소용이 없었다. 그는 아직 수염도 나지 않은 그들을 꾸짖고, 짧고 조롱 섞인 말투로 권력욕을 잠재우라고 지시했으며, 성대한 장례식이 있는 날 시내로 자기를 따라와서, 거기서 자기를 도와 고인이 된 공작인 큰아버지를, 지위에 어울리게 묘지에 매장해야 한다고 했다. 그는 영주 궁전의 알현실에서 젊은 공자(公子)인 자기 조카에게, 섭정자인 그의 어머니가 동석한 상태에서, 동시에 궁중의 다른 모든 대신들이 참석해 있는 가운데 충성의 맹세를 바친 후, 섭정자인 형수가 자기에게 건네준 모든 직위와 권위를 마다한 채, 자신의 관용과 절제력을 배로 존경해 마지않는 국민들의 축복을 받으며, 다시 자기 성으로 돌아갔다.

공작부인은 첫 관심사가 예상 밖으로 순조롭게 처리되자 이제 섭정이라는 두 번째 의무에 착수했다. 말하자면, 자기 남편의 살해범들을 찾아내는 일, 사람들이 공원에서 그 무리들을 보았다고 했기 때문에, 이 목적을 위해서 그녀는 자신의 재상인 고드

빈 폰 헤르탈과 함께 남편의 목숨을 앗아 간 화살을 직접 조사
했다. 그러나 사람들은 그 화살이 유별나게 화려하고 훌륭하게
세공되었다는 사실 이외에 그 소유자를 밝혀낼 실마리를 찾을
수 없었다. 손잡이 한쪽에는 강하고 거칠게 빛나는 깃털이 꽂혀
있었다. 화살은 가늘고 강한 것으로, 흑개암나무로 공들여 만들
어진 것이었다. 앞쪽 끝은 황동으로 덮여 있었다. 그리고 가장
예리한 촉 끝 자체는 물고기의 가시처럼 날카로운 강철로 되어
있었다. 그 화살은 아마도 상류층의 어느 부유한 사람의 무기
고에 넣어 둘 셈으로 제작된 듯했고, 그는 다툼에 빠져들었거나
사냥을 아주 좋아하는 사람인 듯했다. 한편 사람들은 화살 끝에
새겨진 연호를 보고 이것이 불과 얼마 전에 제작된 것으로 추측
했다. 그래서 공작부인은, 재상의 권유로, 그 화살에 공작가의
관인을 찍어서, 독일의 모든 제작소로 돌렸다. 왜냐하면 그 화
살을 넘겨준 기술자를 찾기 위해, 그리고 만약 그 기술자를 찾
는 경우에는 그에게서 세공을 주문한 사람의 이름을 알아내기
위해서였다.

그로부터 5개월이 지난 후, 사건의 전 수사를 공작부인한테
서 위임받은 재상 고드빈은 스트라스부르크의 화살 제작자로
부터 통지를 받았다. 화살 제작자는 그와 같은 화살 60개를 화
살통과 함께 3년 전에 야콥 로트바르트 백작을 위해 제작했다
는 것이었다. 이 통지에 매우 당황한 재상은 이 통지를 수주일
동안 자기 비밀서랍 속에 넣어 두었다. 왜냐하면 그는 한편으로
는 고상한 마음의 그 백작이 자유롭고 방종한 생활 방식에도 불

구하고 친형을 살해하는 짓과 같은 그런 끔찍한 행위를 범하지는 않을 정도로 착하다고 생각했기 때문이고, 또 다른 한편으로는 착한 여러 성품에도 불구하고 섭정자의 정의감이 너무 적어서, 그는 그녀의 원수의 생명과 관련된 이 사건을 최대한의 신중을 기해 처리하지 않으면 안 된다는 것을 알고 있었기 때문이었다. 그러는 사이에 그는 자신이 받은 이 이상한 단서를 은밀히 수사해 나갔다. 그리고 시장관구의 관리로부터 우연히 그 백작이 자기 성을 평소에는 절대로 떠나지 않거나 기껏해야 드물게 떠나곤 했다는 것을 알게 되었다. 더구나 공작이 살해된 날 밤에는 내내 부재중이었다는 것이다. 그래서 그는 이 비밀을 털어놓는 것이 자신의 의무라고 생각했다. 따라서 다음 추밀원 회의에서 그는 공작부인에게 이 이상하고 희한한 혐의를, 두 가지 사실을 들어 그녀의 시동생인 야콥 로트바르트 백작에게 둔다고 자세히 설명했다.

공작부인은 자기 시동생인 그 백작과 우정 어린 관계에 있음을 다행으로 여기고 있는 중이었고, 단지 무분별한 조치로 그의 감정을 흥분시키지 않을까만 걱정했다. 그 사이에 그녀가 이 애매모호한 통지를 받고서도 아무런 만족의 표시도 하지 않자, 재상은 의아해했다. 오히려 그녀는 이 서류를 조심스럽게 두 번 읽어 본 후 사람들이 이런 불확실하면서도 중대한 사안을 공개적으로 추밀원 회의에서 논의하게 한 데 대해 강한 불만을 표시했다. 그녀는 이 사건에 오해나 중상모략이 있음에 틀림없다는 생각을 하면서, 더구나 법원에 기소하지 말라고 명령했다. 사실이 백작이 영주지위 계승에서 배제된 후 사태의 자연스런 전환에 따라 국민의 비상하면서도 거의 열광적인 존경을 누리고 있기에, 추밀원 회의에서 이미 행한 이 단순한 보고가 그녀에겐 매우 위태롭게 느껴졌다. 그리고 그것에 대한 도시 사람들의 수다가 그의 귀에까지 가게 됨을 예측하여, 그녀는 진실로 관대한 편지를 첨부하여 두 혐의 사실을 이상한 오해의 장난이라고 하고, 오해에서 기인했으며 자신은 그의 무죄를 처음부터 확신하고 있으니, 어떤 변명도 하지 말아 달라고 간절히 요청하면서 그에게로 보냈다.

이제 막 친구들과 함께 연회에 앉아 있던 백작은 기사가 공작부인의 소식을 갖고 그에게로 들어왔을 때에 정중하게 자기 의자에서 일어났다. 그러나 친구들이, 더 이상 앉으려 하지 않는, 이 예절 바른 기사를 보고 있는 사이에 그는 창문의 돌출부에서 그 편지를 다 읽자마자 얼굴빛이 변하면서 그 서류를 다음과 같이 말하면서 친구들에게 넘겨주었다. "형제들이여, 보게나! 형님의 살해에 대해 나에게 얼마나 수치스런 고소가 날조되었는지를!" 친구들이 놀라며 그의 주위를 빙 둘러싸는 사이에, 그는 눈을 흘기며 그 화살을 기사의 손에서 빼앗고, 자기 영혼의 괴멸을 감추면서, 덧붙여 말하길, 그 화살은 자신의 것이며 또 자신이 성 레미기우스 축일 밤에 성 밖으로 나가 있었다는 말은 사실이라고 했다. 친구들은 이 음흉하고 비열한 간계를 저주했다. 그들은 살인의 혐의를 바로 그 흉악한 고소자에게로 돌렸고 또한 주인인 공작부인을 변호하는 사자(使者)를 향해 막 모욕을 가하려 할 때, 백작이 서류를 다시 한번 읽고는, 갑자기 그들 가운데로 들어가면서 소리를 질렀다. "조용히 하게, 내 친구들이여!" 그리고 구석진 곳에 세워 둔 자신의 칼을 쥐고, 기사에게 자기는 그의 포로라는 말과 함께 칼을 넘겨주었다. 그 기사는 혹시 자신이 잘못 듣지 않았는지 또 재상이 작성한 두 고소사항을 실제로 인정하는지 당황스럽게 묻자, 백작은 대답했다. "그렇소, 그렇소, 그렇소!" 그러면서 그는 자신의 무죄에 대한 증거를 공작부인에 의해 정식으로 소집된 법정 이외의 장소에는 제출하지 않기를 희망했다. 이 진술에 대해 불만이 큰 기사들은 최소한 황제 이외의 다른 누구에게도 이 사건의 관련성에 대해 변명할 필요는 없다는 것을 그에게 납득시키려고 했으나 허사였다. 그런데 백작은 갑자기 생각을 바꾸어 섭정의 공정함을 믿고, 자신이 지방 법원에 출두하겠다고 주장했으며, 이미 그들의 팔에서 빠져나오면서 창밖에 대고 자기 말을 준비하도록 외치고, 즉시 사자를 따라 기사 감옥에 가겠다고 말했다. 친구들이 강제로 길을 막으며 제안을 하자, 그는 결국 그것만은 받아들여야 했다. 그들은 전체의 이름으로 공작부인에게 편지를 써서 그런 사건에 처할 경우 모든 기사들에게 주어지는 권리인 미결범 보호의 권리를 그를 위해 요구했으며, 또 그는 그녀가 설치한 법원에 출두할 것을 약속하며 또 그 법원이 그에게 내리는 어떤 판결에도 굴복할 것을 확약하며, 그 보증금으로 은화 2만 마르크를 내놓았다.

공작부인은 이 기대하지도 않았던 그리고 납득할 수도 없는 제안을 받자마자, 이미 국민들 가운데서 고소의 동기로 떠돌고 있는 끔찍한 소문에 비추어, 자신은 이 사건에서 완전히 물러나서 황제에게 이 사건의 해결을 전적으로 구하는 것이 가장 사려 깊은 것이라고 간주했다. 그녀는 재상의 충고에 따라 사건의 전모가 적힌 서류 묶음을 전부 황제에게 보냈으며, 그에게 이 제국의 우두머리로서 자신이 한 당사자로 개입되어 있는 이 사건의 수사에서 자신을 면제시켜 주실 것을 요청했다. 스위스와의 동맹 문제를 협의하기 위해서 그때 막 바젤에 머물던 황제는 이 요청을 받아 주었다. 그는 바로 그곳에 3명의 백작, 12명의 기사 그리고 2명의 배심원으로 구성된 법원을 설치하였다. 그리고 그는 야콥 로트바르트 백작에게는, 그의 친구들의 요청에 따라서, 제안된 2만 마르크의 미결범 보호를 위해 내놓은 보증금을 받고 나서 호위를 허락해 주고, 언급된 법원에 출두하여 다음 두 가지 소송의 원인을, 즉 자신의 소유라고 자백한 그 화살이 어떻게 살인자의 손에 들어갔는지 그리고 또 그가 성 레미기우스 축일 밤에 어느 제3의 장소에 머물렀는지에 대해 진술하고 답변할 것을 요구했다.

성령강림절 후의 첫 월요일에 야콥 로트바르트 백작은 분부받은 대로 훌륭하게 차린 기사들을 대동하고 바젤 법원의 법정에 나타나 첫 번째 질문은 자신도 알 수 없다고 하면서 간과하고는, 논쟁에서 결정적인 두 번째 질문에 관하여 다음과 같이 대답했다. "고귀한 분들이시여!"라고 하면서 자신의 두 손을 난간 위에 얹고는 강렬한 빛이 나는 붉은 눈썹에 가려진 작은 눈으로 군중들을 쳐다보았다. "당신들은 영주국의 왕관과 왕홀에 대해서 냉담하다는 것을 충분히 입증한 나를, 범해질 수 있는 가장 혐오스러운 사건으로 사실상 나를 조금도 좋아하지 않던 형, 그러나 나에게는 조금도 덜 중요하지 않은 형의 살해자로 고소했습니다. 그리고 고소의 근거로서 여러분들이 제시하는 것은 내가 그 성 레미기우스 축일 밤에, 저 끔찍한 모반이 범해진 때에 수년간 지켜 오던 습관과는 달리 내 성을 비웠었다는 것입니다. 어느 귀부인이 몰래 사랑을 바친 기사는 그 부인의 명예에 책임이 있다는 사실을 나는 너무 잘 알고 있습니다. 그리고 사실 그렇습니다! 하늘이 경쾌한 바람으로부터 이 이상한 운명을 내 머리 위로 몰아오지 않았던들, 그러면 내 가슴속에 잠자고 있던 그 비밀은 나와 함께 죽을 것이며, 먼지로 변한 후 무덤을 두드리는 천사의 나팔 소리를 듣고서야 비로소 하느님 앞으로 나와 함께 부활했을 것입니다. 당신들의 입을 통해 황제의 위엄이 내 양심에 호소하는 이 질문은, 여러분들이 직접 보시듯이, 모든 고려와 모든 의혹을 헛된 것으로 만들고 말았습니다. 그런데 당신들이 내가 형님을 살해하는 일에 직접이든 혹은 간접이든 개입되었다는 아마 그럴듯하지도 않고 아예 가능하지도 않은 일을 알고자 원한다면, 내 말을 들어 보십시오. 나는 성 레미기우스 축일 밤에, 즉 형님이 살해당한 바로 그 시간에, 나를 매우 사랑하는 태수(太守) 빈프리트 폰 브레다의 딸이며 과부인 아름다운 리테가르데 폰 아우에르슈타인 부인에게 몰래 가 있었습니다."

여기서 말해 두지 않으면 안 되는 것은, 이 수치스런 고소의 순간까지도 과부인 리테가르데 폰 아우에르슈타인 부인은 이 나라에서 제일 아름답고 또 가장 결점이 없고 품행이 방정한 여인이었다는 사실이다. 그녀는 남편 폰 아우에르슈타인 성주가 결혼한 지 채 몇 달이 지나지 않아 돌림병으로 죽은 후, 조용히 은거하여 친정아버지의 성에서 살고 있었다. 그리고 이제 그녀를 기꺼이 재혼시키려고 하는 이 늙은 아버지의 원에 따라 주변 지방의 귀족이나 주로 야콥 로트바르트 경에 의해 준비된 사냥 잔치나 연회에 때때로 모습을 드러낼 뿐이었다. 지방의 가장 고상하고 유복한 가문 출신의 백작과 지주들은 그런 기회에 그녀에게 구혼을 하러 나타났으며, 이들 중에는 언젠가 사냥에서 다친 산돼지의 돌격으로부터 노련하게 그녀의 목숨을 구해 준 프리드리히 폰 트로타가 있었는데, 그는 시종으로 가장 고상하고 가장 사랑스러운 사람이었다. 그러나 그녀는 자기 재산의 상속 지분을 계산하는 두 오빠들의 마음에 들지 않을까 걱정하며, 아버지의 권고에도 불구하고, 그의 구혼을 받아들일지 아직 결정하지 못했다. 그렇다, 두 오빠 중 연장자인 루돌프가 이웃의 부유한 처녀와 결혼하고 3년 동안의 결혼 생활에서 아기가 없다가 가족들을 크게 기쁘게 하며 종손을 낳았을 때에, 알게 모르게 여러 번 의사표시를 해 온 것에 못 이겨, 그녀의 친구인 프리드리히 경에게 눈물로 쓴 많은 편지로 정식의 작별을 고했다. 그리고 가정의 평화를 유지하기 위해 오빠의 제안, 즉 아버지의 성에서 멀리 떨어지지 않은 라인 강변에 위치한 수녀원 원장직을 수락하라는 제안에 동의했다.

이 계획이 스트라스부르크의 주교로부터 독촉되어 실현되려 할 무렵에, 태수 빈프리트 폰 브레다는 황제에 의해 설치된 법원으로부터 딸 리테가르데의 추행에 관한 통보를, 그리고 야콥 백작이 그녀를 걸어서 제기한 고소에 대해 답변을 하도록 딸을 바젤로 보내라는 독촉을 받았다. 편지의 중간중간에는 백작이 증언했던 대로 리테가르데 부인을 몰래 방문하였다던 시간과 장소가 정확히 기재되어 있었으며, 더욱이 그녀의 죽은 남편에게서 받은 반지도 동봉되어 보내졌는데, 그 반지는 그가 그녀와 헤어질 때에 지난밤에 대한 기념으로 그녀의 손에서 건네받은 것임을 확인시켰다. 그런데 빈프리트 씨는 이 편지가 도착한 바로 그날 깊고 고통스런 노환을 앓고 있었으며, 극도로 흥분한 상태로 딸의 부축을 받으며 살아 숨쉬는 모든 것이 직면하게 될 죽음을 생각하면서 비틀거리고 있었다. 이 무서운 소식을 다 읽자마자 그는 충격을 받아 편지를 떨어뜨리는 동시에 팔다리가 마비되면서 졸도하여 땅바닥에 주저앉고 말았다. 그 자리에 있던 오빠들은 당황하며 아버지를 땅바닥에서 일으켜 세우고 그를 돌보기 위해 이웃 건물에 사는 의사를 불렀다. 그러나 그를 소생시키려는 온갖 노력도 허사였다. 리테가르데 부인이 의식을 잃고 그녀를 돌보는 시녀들의 팔에 안겨 있는 동안에 그는 숨을 거두었고, 그녀가 깨어났을 때, 그녀는 자신의 명예를 지키기 위한 단 한마디의 말도 그에게 영원히 해 주지 못했다. 이 돌이킬 수 없는 사건에 대한 두 오빠들의 경악과, 그들의 여동생에게 죄가 있다고 하는 또 유감스럽게도 충분히 그럴 가능성이 높은 파렴치한 행위에 대한 그들의 분노는 도저히 묘사할 수 없는 것이었다. 왜냐하면 그들은 야콥 로트바르트 백작이 여동생에게 지난여름 내내 간절히 비위를 맞추었다는 사실을 너무나도 잘 알고 있었기 때문이었다. 그는 특별히 그녀에게 경의를 표하기 위해 많은 무술시합과 연회를 열었으며, 그 당시 이미 그는 자신이 불러모았던 다른 부인들 앞에서 남의 빈축을 살 정도로 그녀를 특별히 대우했다. 그렇다, 그들은 리테가르데가 언급된 레미기우스 축일 무렵에 바로 자기 남편으로부터 물려받은 반지를, 지금은 이상하게도 야콥 백작의 손에서 재발견되는데, 산보를 하다가 잃어버렸다고 핑계를 대던 것을 기억했다. 그리하여 그들은 순간적으로 이 백작이 법원에서 그녀에 관해 진술한 내용의 진실성을 의심할 수가 없었다. 그러는 와중에 조신들의 비탄 속에서 아버지의 시체는 치워졌고, 그녀는 오빠들의 무릎 밑에 엎드려 단 한순간만이라도 귀 기울여 달라고 빌었으나 허사였다. 분노로 흥분한 루돌프는 그녀를 향해 몸을 돌리면서, 혹시 그녀가 자신을 위해 이 고소가 사실과 다르다는 것을 증거로 제시할 수 있는지 물었다. 그때 그녀는 몸을 벌벌 떨면서 유감스럽게도 자기는 자기 처신의 청렴함 이외에는 아무것도 주장할 수 없고, 또 그날 밤 여종은 자신의 허락하에 부모를 만나러 갔기 때문에 침실을 떠나 있었다고 대답했다. 그러자 루돌프는 그녀를 발로 차 버리고, 벽에 걸어 둔 칼집에서 칼을 뽑아 들고 억제할 수 없는 열정으로 격분하여 개들과 종들을 불러 모으면서, 그녀에게 즉시 이 집과 성을 떠나라고 명령했다. 리테가르

데는 백묵처럼 창백해져서 땅바닥에 서 있었다. 그녀는 오빠의
학대에 말없이 물러나면서 출발을 준비하기 위해 꼭 필요한 최
소한의 시간을 달라고 간청했다. 그러나 루돌프는 격분하여 거
품을 뿜는 것 이외에는 아무 대답도 하지 않았다. "성 밖으로 나
가라!" 그리고 그는 자기에게 관용과 인간적인 선처를 요구하며
앞으로 나서는 자기 아내의 청을 듣지 않고, 오히려 그녀를 칼
로 찔러 피가 나게 하고는, 미친 듯이 옆으로 밀쳤다. 불행한 리
테가르데는 살아 있기보다는 죽은 듯이 방을 떠났다. 그녀는 비
천한 다수의 사람들의 눈길을 받으며, 성의 안뜰을 지나 문 쪽
으로 비틀거리며 갔다. 거기서 루돌프는 그녀에게 옷감 한 다발
과 돈 몇 푼을 얹어 주게 하고는, 뒤에서 욕설과 저주를 퍼부으
면서 직접 문을 닫아 버렸다.

　명랑하고 아무 걱정할 것 없는 행복의 꼭대기로부터 헤아릴
수 없고 일체의 희망이라곤 없는 비참한 심연 속으로의 이 갑작
스런 추락은 한 가련한 여인의 몸으로는 참을 수 없는 것이었
다. 그녀는 어디로 방향을 바꾸어야 할지도 모른 채 난간을 의
지하며 바위투성이의 좁은 길을 내려다보면서 이제 막 어두워
지기 시작한 밤을 위해 최소한의 숙소를 찾으려고 비틀비틀 걸
었다. 그런데 아직 골짜기에 드문드문 있는 마을 입구에 도착하
기도 전에 그녀는 이미 기운이 빠져 땅바닥에 주저앉고 말았다.
그녀는 모든 속세의 고뇌를 벗어던지고, 한 시간 동안 그렇게 있
었다. 주위는 이미 완전히 암흑으로 덮였으며 이 지방의 몇몇 동
정심에 찬 시민들에 의해 둘러싸여 깨어났다. 왜냐하면 바위 언

덕에서 놀던 한 소년이 거기서 그녀를 알아채고는 집에 가서 자기 부모님에게 이 이상한 출현에 대해 이야기했기 때문이었다. 이들은 리테가르데로부터 도움을 많이 받았던 사람들로서 그녀가 비참한 상황에 빠져 있음을 알고는 매우 놀라 힘닿는 대로 그녀를 돕기 위해 급히 달려왔던 것이다. 이런 사람들의 노력으로 그녀는 즉시 회복되었으며, 그녀 뒤로 굳게 닫힌 성을 보는 순간 제정신으로 돌아왔다. 그러나 그녀는 자기를 성안으로 다시 데려가려는 두 부인의 제안을 거절했으며, 자신이 방랑을 계속할 수 있도록 길 안내자를 붙여 주기만을 희망했다. 사람들이 이 상태로는 여행길에 나설 수 없다고 그녀를 간절히 타일렀으나 듣지 않았다. 리테가르데는 자신의 생명이 위험에 처해 있다는 것을 핑계로 내세워 지금 즉시 성의 영역을 벗어나야 한다고 주장했다. 실제로 그녀는 자신에게 도움을 주지 않고 주위로 점점 더 많이 모여드는 군중을 억지로 헤치고 나갈 채비를 했으며, 깊어져 가는 밤의 어둠에도 불구하고 혼자서 길을 나섰다. 그리하여 사람들은 그녀의 신상에 어떤 불행한 일이 닥칠 경우에 주인한테서 책임을 추궁당할까 봐 두려워하며, 그녀의 소원대로 마차 한 대를 마련해 주었다. 마차는 그녀를 태우고는 어디로 방향을 잡을 것인가를 물어 가면서 바젤로 향했다.

그러나 그녀는 마을 앞에서 사태를 신중하게 숙고한 후 마음을 고쳐먹고는 길 안내인에게 방향을 바꾸어 자신을 불과 2~3마일 떨어진 트로타 성(城)으로 태워 갈 것을 명령했다. 왜냐하면 그녀는 자신이 아무런 도움 없이는 야콥 로트바르트 백작과 같은 그런 적에게 대항해서 바젤의 법정에서 이겨 내지 못할 것임을 깨달았기 때문이었다. 더구나 그녀에게는 성실한, 자기도 알고 있듯이, 자기를 사랑하며 언제나 공손한 친구인 훌륭한 시종 프리드리히 폰 트로타보다 더 믿음직하게 자신의 명예를 지켜주기 위해 나설 사람은 없는 것 같았다. 그녀가 여행으로 극도로 피곤해져 마차로 그곳에 도착했을 때에는 거의 한밤중이었지만 아직도 성안의 불이 희미하게 빛나고 있었다. 그녀는 자기를 마중 나온 한 하인을 들여보내 가족에게 자신의 도착을 알리게 했다. 그러나 이 하인이 자신의 임무를 채 완수하기도 전에 우연히 앞방에서 집안일을 하고 있던 프리드리히 경의 누이 베르타와 쿠니군데 양이 문밖으로 나왔다. 리테가르데를 잘 알고 있던 이 친구들은 기쁘게 인사를 하면서 마차에서 리테가르데를 부축하여 내리고는, 어느 정도 불안감이 없지는 않았지만 그녀를 데리고 2층의 오빠에게로 갔다. 그는 어떤 소송에 관한 서류에 몰두하며 책상에 앉아 있었는데, 뒤에서 들리는 소리에 고개를 돌렸다. 리테가르데 부인이 창백하고 일그러진, 진실로 절망에 찬 모습으로 자기 무릎 앞에 무너져 내려앉는 것을 보았을 때 프리드리히 경의 놀라움을 누가 묘사할 수 있겠는가.

"나의 고귀한 리테가르데!"라고 그는 외치며 일어서서 그녀를 바닥에서 일으킨 뒤, "당신에게 무슨 일이 생긴 겁니까?"라고 물었다. 리테가르데는 의자에 앉은 뒤 지금까지 일어난 일을 그에게 이야기했다. 야콥 로트바르트 백작이 공작 살인의 혐의를 벗기 위해 자기를 매우 흉악하게 바젤 법정에 고소했다고.

또 그 소식에 때마침 노환을 앓고 계시던 아버지께서 졸도하여 그로부터 몇 분 후 오빠들의 팔에서 돌아가신 이야기며, 그리고 또 이 오빠들이 분노로 흥분하여 자신을 변호하기 위해 하려는 말은 들어 보지도 않고 자신에게 가혹한 학대를 더하였으며 마침내 죄를 지은 여인처럼 집에서 쫓아냈다는 이야기를 했다. 그녀는 프리드리히 경에게 자신과 함께 바젤로 가 줄 것과 거기서 황제 법정에 설 때 저 수치스런 고소에 맞서 자신에게 현명하고 신중한 충고를 해 주고 도와줄 수 있는 변호사 한 사람을 주선해 달라고 요청했다. 그녀는 단언하여 말하기를, 자신이 한 번도 보지 못한 파르테르 사람* 또는 페르시아 사람의 입에서 그런 주장이 나왔다 하더라도 야콥 로트바르트 백작의 입에서 나온 것보다는 이상한 일이 아닐 거라면서, 자신은 백작의 나쁜 명성 때문만이 아니라 겉치레 교양 때문에라도 언제나 마음속 깊이 그를 싫어하였고, 그 백작이 지난여름의 향연에서 자신에게 점잖지 못한 말을 건넬 때마다 언제나 매우 냉담하게 그리고 경멸을 담아 거절했다고 했다.

"충분해요, 내 고귀한 리테가르데!" 프리드리히 경은 외치면서 고상한 열정으로 그녀의 손을 잡아 자기 입술에 갖다 대며 말했다. "당신의 무죄를 방어하고 변호할 쓸데없는 말은 하지 말아요! 내 가슴속에서는 당신을 위한 오직 한 소리가 모든 확신보다도 더 생생하고 설득력 있게 말을 합니다. 그렇습니다, 당

---

* 고대 이란 지방의 유목민

신이 상황과 사건을 간추린 다음 바젤의 법정에서 내놓을 수 있는 그 어떤 법적 근거나 증거보다도 더 생생하고 더 확실합니다. 정의롭지 못하고 관용도 없는 당신의 오빠들이 당신을 버린 이상, 나를 당신의 친구이며 오빠로 받아 주시고 또 이 사건에서 당신의 변호사가 되는 영광을 주십시오. 나는 당신의 명예의 빛을 바젤의 법정에 그리고 전 세계의 심판 앞에서 복원시키겠습니다!”

그러면서 그는 이 고결한 말에 감사하고 감동하여 눈물만 흘리고 있는 리테가르데를 이미 잠자리에 든 자신의 어머니 헬레나 부인이 있는 2층으로 데려갔다. 그는 리테가르데를 특별히 사랑했던 이 품위 있는 노부인에게, 리테가르데를 손님으로, 또 집안에서 일어난 불화로 인해 한동안 자신의 성안에서 체재할 수 있도록 하겠다고 설명했다. 그리고 바로 그날 저녁으로 그녀에게 넓은 성의 곁채를 내주었다. 거기에 있는 옷장에는 누이들이 저장해 둔 옷들을 꺼내 그녀를 위해 옷과 수건을 충분히 채워 주었고, 또한 그녀의 신분에 걸맞은 단정하고 훌륭한 하인들을 딸려 주었다. 그리고 셋째 날에는 법정에서 어떻게 증거를 제시할까 생각하면서 그 방법에 대해서는 말을 하지 않고 수많은 기병과 종자들을 데리고 바젤로 가는 길을 나섰다.

그러는 사이에 리테가르데의 오빠 폰 브레다 경들이 보낸 편지가 바젤의 법원에 도착했다. 성에서 일어난 사건을 기록한 그 편지의 내용은 그들이 이 불쌍한 여인을 실제로 죄가 있는 것으로 간주한다는 것이고 또 그들이 전적으로 그녀를 유죄가 인정된 죄인으로서 법의 심판에 맡겨 파멸시킬 특별한 이유를 가졌다는 것이었다. 그들은 이 여인을 고상하지 못하고 진실하지 못한 방법으로 성에서 추방한 사실을 놓고도 자발적인 도망이라고 말했다. 그들은 자신들의 입에서 튀어나온 몇 마디 격분한 말을 듣고, 그녀가 결백을 증명하기 위한 어떤 것도 내놓지 못한 채 바로 성을 뛰쳐나갔다고 기술했다. 그리고 그들이 그녀를 찾기 위해 온갖 수색을 했지만 소용없었다고 법정에 맹세했으며, 그녀는 이제 아마 자신의 욕망을 최대한 채우기 위해 다른 탐험자 옆에서 세상을 이리저리 헤매고 있을 거라고 생각한다는 것이었다. 게다가 그들은 그녀 때문에 실추당한 집안의 명예를 회복시키기 위해 그녀의 이름을 브레다 가문의 족보에서 지워 버릴 것을 제안했으며, 법의 적용 범위를 더욱 넓혀 그녀를 지금까지 들어 보지도 못한 잘못에 대한 벌로써, 그녀의 파렴치한 행위가 죽음으로 몰아간 고상한 아버지의 유산에 대한 모든 권리를 박탈해 달라고 했다. 그러나 바젤의 재판관들은 그들 법정의 소관사가 아닌 이 제안을 도저히 들어 줄 수 없었다. 그러는 사이에 야콥 백작은 이 소식을 듣고 리테가르데의 운명에 대한 자신의 동정심을 명백하고 확실하게 표명했다. 그녀에게 자기 성을 은신처로 제공하기 위해 그녀를 찾으러 몰래 기사를 보냈다고 알렸다. 그리하여 법원 측은 그의 말의 진실성에 대해 더 이상 의심하지 않았고 공작 암살에 관해 그에게 걸려 있는 이 고소를 즉시 기각하기로 결정했다. 그렇다, 그가 이 불행한 여인이 처한 절박한 순간에 보여 준 동정심은 그 자체로 그에 대한 호의가 심하게 동요되던 국민들의 여론에 매우 이롭게 작용했다. 그를 사랑하여 심신을 바친 여인을 온 세상의 놀림감으로 내놓았다고 사람들은 조금 전까지도 심하게 비난을 했지만 지금은 용서해 주었고, 또 그에겐 생명과 명예가 걸려 있는 그런 비상하고 끔찍한 상황에서, 그가 성 레미기우스 축일 밤에 생긴 사랑의 모험을 가차 없이 털어놓을 수밖에 없었다는 사실도 알았다. 황제의 엄명에 따라서 야콥 로트바르트 백작은 공개석상에서 정식으로 공작 살해에 관여했다는 혐의를 벗기 위해 다시 법정에 소환되었다. 전령관이 법원 강당의 넓은 홀에서 폰 브레다 형제들의 편지를 읽고, 법정은 이제 막 황제의 결정에 따라 전령관 옆에 서 있는 피고에 관한 명예회복을 정식으로 선언하려던 순간, 프리드리히 폰 트로타 경이 법정에 나타났으며, 모든 공평한 방청객들의 일반적인 권리를 근거로, 그 편지를 잠시 조사해 볼 수 있게 해 달라고 요구했다. 모든 사람들의 시선이 그에게로 향하는 가운데 그의 소원은 허락되었다. 그러나 프리드리히 경은 전령관의 손에서 그 편지를 건네받자마자 한 번 위에서 아래로 훑어보고는 그것을 찢어 그 조각들을 자기 장갑과 함께 뭉쳐서 야콥 로트바르트 백작의 얼굴에 내던지며 다음과 같이 선언했다. 백작은 불명예스럽고 비열한 중상모략자이고 죄 없는 리테가르데에게 그가 뒤집어씌운 모험에 자신이 생명을 걸고 만천하에 신의 심판으로 증명할 준비가 되었노라고!

야콥 로트바르트 백작은 창백한 얼굴로 장갑을 집어 올리며 말했다. "무기를 들고 하는 심판이 하느님의 올바른 심판이 확실한 이상, 나도 경에게 내가 리테가르데 부인과 관련된 일을 부득이하게 밝힐 수밖에 없었던 진실함을 명예로운 기사의 결투로써 확실히 증명해 보이겠소!" 그는 재판관들에게로 몸을 돌려 덧붙였다. "고결하신 재판관님, 황제 폐하께 프리드리히 경이 제기한 이의를 보고해 주십시오. 그리고 우리들이 손에 칼을 들고 이 송사를 결정짓기 위해 만날 시간과 장소를 정해 주시기를 청원해 주십시오!" 따라서 재판관은 공판을 중지시켜 놓은 채 이 사건에 대한 보고서를 지닌 사절을 황제에게 보냈다. 그리고 황제는 프리드리히 경이 리테가르데의 보호자로 등장하였으므로 야콥 백작의 무죄에 대해 가졌던 자기 믿음이 적지 않게 혼란에 빠졌고, 그래서 그는 명예율이 요구하는 대로, 리테가르데 부인을 결투에 입회하도록 바젤로 오라고 불렀으며 이 사건에 감도는 이상한 비밀을 해명하기 위해 성 마가레테의 날*을 시간으로 그리고 바젤 성 광장을 프리드리히 폰 트로타 경과 야콥 백작 두 사람이 리테가르데 부인의 입회하에 서로 만나는 장소로 정했다.

이 결정에 따라 마가레테의 날 정오의 태양이 바젤시의 탑 위로 솟았을 때에, 헤아릴 수 없는 많은 군중들이, 그들을 위해 설치해 놓은 긴 의자와 스탠드들이 있는 성 광장에 모여들었고, 그때 심판관의 발코니 앞에 서 있는 전령관의 세 번에 걸친 신호에 따라 발끝부터 머리까지 번쩍이는 금속으로 무장을 한 프

---

*   7월 13일

리드리히 경과 야콥 백작이 그들의 다툼을 결투로 해결하기 위해서 목책 안으로 들어섰다. 거의 모든 슈바벤의 기사들과 스위스 기사들이 후면에 위치한 성의 경사면에 나와 있었다. 그리고 황제 자신은 그 발코니 위에서 신하들에게 둘러싸여, 옆에는 황후와 왕자들, 공주들, 그리고 그의 아들딸들을 대동하고 앉았다. 결투가 시작되기 직전, 재판관이 두 전사 가운데를 빛과 그림자로 나누는 사이에 헬레나 부인과 그녀의 두 딸, 리테가르데를 바젤까지 동반했던 베르타와 쿠니군데가 다시 들어와서, 이 광장 입구에 서 있던 경비병에게 아주 오래된 관습에 따라 장내의 무대에 앉아 있는 리테가르데 부인에게 한마디만 할 수 있도록 입장을 허락해 달라고 청했다. 왜냐하면 비록 이 부인의 품행이 그리고 그녀의 확언의 진실함이 더할 나위 없는 존경과 무조건적인 신뢰를 보낼 만한 것처럼 보인다고 하더라도, 야콥 백작이 제시했던 반지와, 더욱이 리테가르데가 자기의 증언에 도움을 줄 수 있는 유일한 사람인 자신의 하녀를 성 레미기우스 축일 밤에 휴가를 보낸 상황이 그들 모녀의 마음을 매우 불안하게 하였기 때문이었다. 그들은 이 절박하고 중대한 순간에 고소당한 여인의 양심이 견고한지 다시 한번 시험해 보고, 만약 실제로 죄가 그녀의 영혼을 누르고 있다면, 진실을 틀림없이 밝혀줄 성스러운 무기의 판결로써 그 죄의 결백을 밝히려는 시도는 아무 소용없고 더욱이 신을 모독하는 것임을 설명해 줄 작정이었다. 그리고 사실 리테가르데도 프리드리히 경이 현재 자기를 위해서 하는 행동에 대해 잘 생각해 보아야 할 여러 가지 이유를 가지고 있었다. 만약 하느님이 무쇠같이 준엄한 판결에서 그의 편이 아니라, 야콥 로트바르트 백작, 그리고 그 백작이 법정 앞에서 그녀에 대해 제시했던 진술의 진실성 편을 든다면, 화형의 장작이 그녀뿐만 아니라 그녀의 친구 폰 트로타 기사를 기다릴 것이기 때문이었다. 리테가르데 부인은 프리드리히 경의 어머니와 누이들이 옆으로 들어오는 것을 보고, 자신의 고통이 몸 전체에 퍼져 더 감동을 주는 위엄 있는 표정으로 의자에서 일어서서는 그들에게로 다가와, 무엇 때문에 이런 숙명의 순간에 자기에게로 왔는지 물었다. "내 사랑하는 어린 딸이여" 헬레나 부인은 그녀를 옆으로 끌면서 "당신은 아들자식 이외에는 이 황량한 노년에 어떤 위안거리도 가지지 않은 어머니에게서 아들의 무덤에서 눈물을 흘려야만 될 불행을 덜어 줄 수 있겠어요? 그리고 아직 결투가 시작되기 전에, 대가는 얼마라도 드릴 터이니, 마차를 타겠습니까? 우리들의 영지(領地)의 일부인 라인강 저쪽에 있는 땅을, 거기서 당신은 정중하고 따뜻한 영접을 받게 될 터인데, 우리가 주는 선물로 받아 주겠어요?"

리테가르데는 곧 안색이 창백해졌으나 노부인의 얼굴을 한동안 빤히 쳐다보고서는 그 말의 의미를 충분히 이해했다. 그리고 그녀 앞에 무릎을 꿇었다. "존경스럽고 훌륭하신 부인!" 그녀는 말했다. "이 결정적인 시각에 하느님이 제 가슴의 순결을 부정하실지도 모른다는 불안감이 당신의 고귀한 아드님의 가슴에서 생겨났습니까?"

"왜 그런 말을 하는 거죠?"라고 헬레나 부인이 물었다.

"왜냐하면 저는 이 사건에서 그에게 확실한 손 없이는 차라리 칼을 뽑아 휘두르지 마시고 어떤 적당한 핑계를 대서라도 적에게 싸움터를 양보하라고 간청했기 때문입니다. 또 저에게 아무 도움도 못되는 동정심에서 때아니게 귀를 기울이지 말고 저를 하느님의 손에 든 저의 운명에 맡겨 둘 것을 간청했기 때문입니다."

"아니지요!" 헬레나 부인은 당황해하며 말을 이었다. "내 아들은 아무것도 모릅니다! 그 애가 당신의 사건을 변호하겠다고 법정에서 약속한 이상, 결전의 시간의 종이 울리고 있는 지금, 당신이 간청한 대로 행동하는 것은 그 애로서도 못할 짓입니다. 그 애는 당신의 무죄를 확실히 믿고서, 당신도 보다시피, 이미 결투할 장비를 갖추고 당신의 적인 백작과 맞서 있습니다. 이것은 우리들, 딸과 내가, 곤궁의 순간에서 모든 이로움을 고려해 보고 그리고 모든 불행을 방지하기 위해 생각해 낸 제안입니다."

"좋습니다." 리테가르데 부인이 노부인의 손에 눈물을 흘리며 뜨거운 입맞춤을 하면서 말했다. "그러면 그에게 약속을 지키게 하소서! 어떤 죄도 저의 양심을 더럽히지는 못합니다. 그가 투구도 갑옷도 없이 결투에 나간다 해도 하느님과 하느님의 모든 천사들이 그를 보호할 것입니다!" 그러고 나서 그녀는 땅바닥에서 일어서면서 헬레나 부인과 그 딸들을 무대 안쪽에 위치한 자신이 앉은 빨간 수건을 두른 안락의자 뒤쪽에 있는 몇 개의 의자로 데려갔다.

이제 전령관이 황제의 눈짓에 따라 결투를 시작하라는 나팔을 불었으며, 손에 방패와 칼을 든 두 기사들은 서로를 향해 돌진했다. 프리드리히는 첫 번째 일격으로 즉시 백작에게 상처를 입혔다. 그는 자신의 길지 않은 칼끝으로 그의 팔과 손 사이의 갑옷의 이음새가 맞물리는 곳에 상처를 입혔다. 그러나 아픔에 놀란 백작이 뒤로 물러나 상처를 살펴보니 피가 심하게 흐르기는 하지만 피부의 표면만 약간 할퀴었을 뿐이었다. 그리하여 그는 테라스에 있는 기사들이 백작의 이런 행동에 대해 유치하다고 퍼붓는 야유를 듣고 다시 돌진하였으며 완전히 건강한 사람과 같은 새로운 힘으로 결투를 다시 계속했다. 이제 두 전사 사이에는 싸움이 한창이며, 마치 폭풍이 서로 만나듯이 또 번개 구름이 번개를 보내 서로 만나듯이 섞이지 아니하고 자주 천둥번개를 일으키면서 번갈아 가며 서로를 쫓으며 비틀거렸다. 프리드리히는 방패와 칼을 앞으로 내뻗고 마치 땅바닥에 뿌리를 박으려는 듯이 서 있었다. 그는 박차에서부터 발목과 장딴지에까지 포장을 걷어내서 무르게 한 땅바닥으로 파고들었으며, 작고 날랜 백작의 음험한, 마치 온 사방으로부터 동시에 하는 것 같은 공격에서 가슴과 머리를 방어해 내었다. 쌍방이 숨이 차서 어쩔 수 없이 취한 휴식 시간까지 합쳐서 거의 한 시간이나 결투가 계속되자 마침내 스탠드에 위치한 관중들 사이에서 새로이 불평이 터져 나왔다. 이번에는 싸움을 끝내려는 열정을 아끼지 않는 야콥 백작이 아니라 방어책을 똑같은 장소에 파 놓고 겉보기에는 두려워 움츠러든 듯 적어도 일체의 자기 공격을 완강하게 중지한 프리드리히 경에게 향한 불평이었다. 프리드리히 경은, 너무나 민감하여 비록 그가 취한 전법(戰法)이 타당하다고 하더라도, 이 순간 자신의 명예를 심판하는 사람들의 요구에 응해 즉각 자신의 전법을 내버리지 않을 수 없다고 느꼈다. 그는 용감한 발걸음으로 자신이 처음에 선택한 발판과 자기 발자국 주위에 저절로 만들어진 일종의 자연스런 참호에서 뛰쳐나와 이미 힘이 떨어지기 시작한 적의 머리 위에 몇 번이고 수그러들 줄 모르는 강한 타격을 가하였음에도 불구하고, 적은 자기 방패를 가지고 노련하게 옆으로 피하면서 받아 내었다. 그러나 이같은 변화된 싸움의 첫 순간에 프리드리히 경은 결투를 관장하는 보다 더 높은 존재가 때마침 작용하지 않은 듯이 보이는 불행을 겪었다. 그는 자기 박차에 걸음이 휘감긴 채 앞쪽으로 처박혔다. 그가 상체를 짓누르는 갑옷과 투구의 무게 때문에 먼지 속에 손을 앞으로 짚고 무릎을 꿇고 있는 동안 야콥 로트바르트 백작은 가장 고상하지 못하고 기사도에 어긋나는 방법으로 맨몸이 드러난 그의 옆구리를 칼로 찔렀다. 프리드리히 경은 순간적인 고통에 큰 소리를 지르며 땅바닥에서 뛰어올랐다. 비록 그가 투구를 눈에까지 눌러쓰고 얼굴을 다시 적에게로 돌려 결투를 계속할 채비를 했으나 점차 고통으로 몸을 구부리면서 칼에 의지한 채 시야가 점점 흐려지는 동안 백작은 장검으로 두 번 더 그의 심장 바로 밑을 찔렀다. 그러자 그는 갑옷과 투구를 철거덕거리면서 땅바닥으로 고꾸라지며 칼과 방패를 옆에 떨어뜨렸다. 백작은, 그가 무기를 옆으로 떨어뜨리고 나자, 트럼펫의 3

중주 취주를 받으며 그의 가슴에 발을 얹어 놓았다. 그러는 사이에 황제를 비롯한 관중들은 깜짝 놀라 깊은 동정의 탄식을 내뱉으며 자리에서 일어섰고, 헬레나 부인은 두 딸을 데리고 자신의 귀한, 먼지와 피 속에 뒹구는 아들에게로 달려들었다.

"내 아들 프리드리히야!"라고 그녀는 외치며 아들의 머리맡에서 통곡하면서 무릎을 꿇고 앉았다. 그 사이에 리테가르데 부인은 기절하여 의식을 잃고 두 정리에 의해 그녀가 쓰러진 발코니의 바닥에서 일으켜 세워져서 감옥으로 끌려갔다.

"극악 무도한 여자,"라며 헬레나 부인은 말을 덧붙였다. "가슴의 죄의식을 감추고 여기까지 와서는 가장 성실하고 고결한 친구의 팔에 무기를 들려 이 부정한 결투에서 하느님의 심판을 얻으려는 사악한 여인이여!"

그녀는 통곡하였고, 두 딸들이 투구를 벗기는 사이에, 사랑하는 아들을 땅바닥에서 일으켜 세우고 그의 고결한 가슴에서 흘러나오는 피를 멈추게 하려고 애썼다. 그런데 이때 황제의 명령을 받은 정리들이 나타나 프리드리히를 법을 위반한 죄인으로 감옥에 넣으려고 데려갔다. 그들은 그를 몇몇 의사의 도움을 받아 들것에 얹고 많은 사람들이 뒤따르는 가운데 감옥으로 데려갔다. 아무도 그의 죽음을 의심하지 않았기에, 헬레나 부인과 그녀의 딸들은 임종 시까지 그를 따라가도 좋다는 허락을 얻었다.

그러나 곧 프리드리히의 상처는 비록 생명에 위험하고 또 급소에 나기는 했어도 하늘의 이상한 섭리로 그렇게 치명적이지 않다는 것이 확실해졌다. 오히려 그에게 배속된 의사들은 가족들에게 며칠 지나면 그가 생명을 건지게 될 것이며 또 강인한 천성 덕분에 몇 주 이내에 신체 어느 부위도 절단하는 고통 없이 회복하게 될 것이라고 확언했다. 고통으로 오랫동안 잃었던 의식을 다시 찾자마자, 프리드리히는 어머니에게 끊임없이 리테가르데 부인은 어떻게 되었는지 물었다. 그는 이 여인이 황량한 감옥 안에서 엄청난 절망에 빠져 있을 것을 생각하자 눈물을 억제할 수 없었다. 그는 누이동생들의 턱을 다정하게 어루만져 주면서 그녀를 찾아가 위로해 달라고 부탁했다.

헬레나 부인은 이 말에 깜짝 놀라 그 수치스럽고 비열한 여인은 잊어버리라고 애원했다. 그녀는 야콥 백작이 법정에서 언급했던 그 범죄는 이제 결투의 결말로 인해 세상에 알려져서 용서받을 수 있으나, 그녀가 스스로 자신의 죄를 알고 있으면서도 마치 죄 없는 사람처럼 하느님의 성스런 심판에 호소함으로써 고상한 친구를 파멸로 몰아넣는 것을 고려하지 않은 수치심 없는 뻔뻔스러움은 용서받을 수 없는 것이라고 말했다.

"아이고 어머니!" 그는 말했다. "하느님이 이 결투에서 내리신 불가사의한 판결을 감히 해석하려는 동서고금의 지혜를 가진 사람이 어디에 있을까요!"

"뭐라고?" 헬레나 부인이 소리를 쳤다. "이 신의 판결의 의미를 너는 모르겠느냐? 유감스럽지만 너는 결투에서 확실하고도 분명하게 적의 칼에 굴복하지 않았니?"

"그럴지도 모르죠!" 프리드리히는 대답했다. "한순간 저는 그에게 항복했습니다. 하지만 제가 그 백작에게 정복당한 것일까요? 저는 지금 살아 있지 않습니까? 제가 마치 하느님의 입김을 받은 것처럼 경이롭게 다시 회복하여, 아마 며칠 내에 두 배나 세 배의 힘으로 무장을 하고서 하찮은 우연 때문에 패한 결투를 다시 할 수 있지 않겠습니까?"

"어리석은 사람아!"라고 어머니는 외쳤다. "너는 결투라는 것이 심판관의 판결이 한 번 내려지면 종결되고, 다시는 동일 사건의 논쟁이 신의 법정 앞에서는 행해지지 않는 법이 있다는 것도 모르느냐?"

"아무래도 좋습니다!" 그는 내키지 않는 듯 대답했다. "이 자의적인 인간의 법이 저와 무슨 상관입니까? 두 결투자 중 한 사람을 죽음으로 이끌고 가지 않는 결투는 모든 사정을 합리적으로 고려해 본 후에야 종결된 것으로 간주되어야 하지 않을까요? 그리고 만약 제가 그 결투를 다시 할 수만 있다면 제게 닥친 불운을 다시 회복하고, 지금 해석되는 편협하고 근시안적인 신의 판결보다는 전혀 다른 신의 판결을 얻기 위해 칼을 들고 싸울 것을 희망하면 안 됩니까?"

"하지만" 어머니가 신중히 대답했다. "너와는 관계가 없다고 주장하는 이 법률들이 지배하고 군림하는 법이란다. 그 법은 합리적이든 아니든 신성한 법률의 힘을 행사하여 너와 그녀를 마치 혐오스런 범죄를 저지른 부부처럼 매우 엄격하고 고통스런 재판에 넘긴 것이다."

"아," 프리드리히는 외쳤다. "저를 절망의 고통 속으로 몰아넣은 것이 바로 그것입니다! 마치 죄인인 것처럼 그녀에게 처형의 판결이 내려졌습니다. 그리고 제가 그녀의 덕성과 무죄를 세상에 증명하고자 했지만, 그녀에게 이런 불행을 닥치게 한 사람은 바로 접니다. 제 박차의 가죽끈에 있는 치명적인, 아마도 신이 리테가르데의 사건과는 전혀 무관하게 이것을 통해 제 가슴 속의 죄를 벌하고자 하신 그 실수 때문에 꽃처럼 피어나는 그녀의 사지를 불꽃으로, 그리고 그녀의 기억을 영원한 치욕 속으로 던져 넣다니!" 이 말을 하는 사이에 남자의 고통에 찬 뜨거운 눈물이 그의 눈에 어리었고, 그는 손수건을 집으면서 벽 쪽으로 몸을 돌렸다. 헬레나 부인과 그녀의 딸들은 조용히 감동하여 그의 침대 곁에 무릎을 꿇었다. 그들이 그의 손에 입을 맞추자 그의 눈물이 그들의 눈물과 섞였다. 그러는 사이 간수가 그와 그의 가족을 위해 음식을 가지고 방 안으로 들어왔다. 프리드리히는 간수에게 리테가르데는 어떻게 지내고 있느냐고 물었고, 간수는 그녀가 투옥된 날 이후로 죽 짚단 위에 앉아 자신에 대해 한마디 말도 하지 않고 있다는 단편적이고 무관심한 말을 들려주었다. 프리드리히는 이 소식을 듣고 매우 불안해졌다. 그는 간수에게 자신이 하느님의 이상한 섭리 덕택에 온몸이 회복되어 가고 있다고 그 부인을 위로하고, 또 건강이 완전히 회복된 후 성관리인의 허락을 얻어 그녀를 감옥으로 한 번 방문해도 좋은지 그녀의 허락을 구해 달라고 부탁했다. 그러나 간수가 미친 사람처럼 듣지도 보지도 않고 짚단 위에 누워만 있는 그녀의 팔을 몇 번이나 흔들어 본 후 얻었다고 하는 대답은 "아니오"이었으며, 그녀는 이 세상에 있는 한 어느 누구라도 더 이상 보려 하지

289 클라이스트

않는다는 것이었다. 그렇다, 사람들은 그녀가 바로 그날 성 관리인에게 자기 손으로 쓴 서한으로 누구도 특히 시종 폰 트로타는 절대로 자기에게로 들여보내서는 안 된다고 간청했다는 것을 알았다. 그리하여 프리드리히는 그녀의 상태에 대해 심히 걱정하면서, 자신의 몸이 완전히 생생하게 회복되었다고 느낀 어느 날, 성 관리인의 허락을 얻어 그녀에게 미리 얘기하지 않고 그녀의 방으로 가는 것을 그녀가 용서할 것이라고 확신하며 어머니와 두 누이들을 데리고 출발했다.

리테가르데는 문 쪽에서 나는 소리를 듣고 반쯤 열린 가슴과 풀어헤친 머리로 밑에 깔아 놓은 짚단에서 몸을 일으켜 세웠다. 기다렸던 간수 대신에 자신의 고상하고 훌륭한 친구인 프리드리히가 고통을 이겨낸 많은 흔적을 지닌 채 베르타와 쿠니군데의 손을 잡고 자기에게로 고통스럽지만 감동적으로 나타나는 것을 보았을 때 불행한 리테가르데의 경악을 누가 묘사할 수 있겠는가.

"물러나요!"라고 그녀는 외쳤고, 절망하여 자기 침대의 덮개 위에 뒤로 넘어지면서 손으로 얼굴을 가렸다. "만약 당신의 가슴에서 동정의 불씨가 희미하게라도 타고 있다면, 돌아가 주세요!"

"뭐라고, 내 사랑스런 리테가르데?"

프리드리히가 대답했다. 어머니의 부축을 받으며 그는 그녀 옆으로 다가갔으며, 말할 수 없는 감동으로 그녀의 손을 잡기 위해서 그녀 위로 몸을 굽혔다.

"물러나세요!" 그녀는 몇 걸음을 무릎으로 기어 그로부터 떨어져 짚단 위에서 떨면서 외쳤다. "만약 제가 미쳐 버리는 것을 원치 않는다면, 저를 건드리지 말아 주세요! 저는 당신을 보면 오싹해집니다. 타오르는 불이라도 저에겐 당신보다 더 무섭지는 않습니다!"

"내가 소름 끼칠 만큼 싫다니요?" 프리드리히는 깜짝 놀라서 반문했다.

"내 사랑스런 리테가르데, 무엇 때문에 당신의 프리드리히가 이런 대우를 받아야만 하는 겁니까?" 이 말을 들으면서 쿠니군데는 어머니의 눈짓에 따라 의자를 내놓으며 병약한 그에게 앉을 것을 청했다. 리테가르데는 엄청난 불안에서 얼굴을 땅바닥에 대고 그의 앞에 엎드리면서 "아, 주님!" 하고 외쳤다. "사랑하는 이여, 이 방을 비워 주세요, 그리고 저를 두고 가세요! 저는 뜨거운 열정으로 당신의 무릎을 움켜잡고 당신의 발을 제 눈물로 씻으며 마치 한 마리 벌레처럼 구부리고 오로지 자비를 간청합니다. 저의 방을 비워 주세요. 이 방을 즉시 떠나시고 저를 두고 가세요!"

프리드리히 경은 완전히 충격을 받고서 그녀 앞에 마냥 서 있었다.

"나를 보기가 그렇게도 싫은 거요, 리테가르데?" 그는 진지하게 그녀를 내려다보면서 물었다.

"무시무시하고, 참을 수 없고, 뭉개지는 듯합니다!"라며 리테가르데는 절망에 빠져 두 손을 앞으로 짚고 자기 얼굴을 그의 발 사이에 숨기면서 대답했다. "저는 공포와 경악으로 가득 찬 지옥이 저에게로 향한 사랑과 존경을 불태우는 봄(春) 같은 당신 얼굴을 보는 것보다 오히려 더 감미롭습니다!"

"하늘에 계신 하느님!" 시종이 소리를 질렀다. "당신의 영혼이 이렇게 죄를 뉘우치고 있는데 내가 무엇을 생각할 수 있겠습니까? 불행한 여인이여, 하느님의 심판이 진실을 말했던 것입니까? 그리고 당신은 그 백작이 당신을 법정으로 끌어들인 그 범죄에 대해 잘못이 있다는 겁니까?"

"잘못이 있고, 죄가 있으며, 쫓겨나, 시간과 영원 속에 저주받고 벌을 받았어요!"라고 리테가르데가 미친 여인처럼 가슴을 치면서 대답했다. "하느님은 진실하시고 틀림이 없으십니다. 가세요, 저는 어찌할 바를 모르며, 제 힘은 한계에 도달했습니다. 저를 고통과 절망 속에 혼자 내버려 두세요!"

이 말을 듣고 프리드리히 경은 기절했다. 리테가르데가 면사포로 자기 얼굴을 가리고 이 세상과 완전히 결별한 듯 자리에 드러눕는 사이에, 베르타와 쿠니군데는 통곡하면서 기절한 오빠를 다시 살려 내려고 그에게로 달려들었다.

"오, 저주받을!" 헬레나 부인이 외쳤을 때 시종은 다시 눈을 떴다. "무덤 이쪽에는 영원한 후회의 저주가 있을 것이고, 무덤 저쪽에는 영원한 지옥의 저주가 있을 것이다. 당신이 지금 자백하는 죄 때문이 아니라, 오히려 내 죄 없는 아들과 함께 파멸로 들어갈 때까지 시인하지 않았던 당신의 무자비함과 비인간성 때문이야! 내가 얼마나 바보였던가!" 부인은 조심스럽게 리테가르데에게서 몸을 돌리면서 말을 이었다. "신의 재판이 열리기 직전에, 그 백작이 임박한 임종의 순간을 경건하게 준비하며 고백했다는, 이곳 아우구스티누스 수도원의 원장이 나에게 털어놓았던 그 한마디 말을 만약 내가 믿었더라면! 백작은 수도원장에게 그 비열한 여인에 관해 그가 법정에서 증언한 진술의 진실함을 성체(聖體)에 대고 맹세하였다 한다. 그는 그에게 정원의 문을 설명했고, 그 문에서 그녀는 약속에 따라 밤에 그가 집 안으로 잠입할 때를 기다렸다가 그를 맞이하여, 아무도 살지 않는 성탑의 곁방을 설명해 주고 그 안으로 경비병들이 눈치채지 못하게 몰래 데리고 들어갔다는 것이다. 겹겹이 쌓인 안락한 침구와 훌륭한 천장이 있는 잠자리, 그 위에서 그녀가 몰래 그와 더불어 부끄러움을 모르는 열락(悅樂)의 동침을 하였다는 사실까지도! 그런 시간에 행한 고백은 거짓일 리가 없다. 만약 내가 기만당하지 않고 결투가 시작될 때라도 내 아들에게 그 사실을 귀띔했더라면, 나는 그 애의 눈을 열어 주었을 테고, 그 애는 자신이 서 있던 절벽 앞에서 물러났을 텐데. 그러나 이리 오렴!"

헬레나 부인은 프리드리히 경을 부드럽게 껴안고, 그의 이마에 키스를 하면서 소리 질렀다. "그녀가 말을 알아듣고 분통이라도 터뜨린다면 그녀의 명예가 되는데. 그녀는 우리들이 등을 보이며 나가는 것을 보고 싶을 거야. 우리들이 그녀에게 뱉지 않았던 비난으로 절망에 나가떨어져 버렸으면!"

리테가르데는 이 말에 감정이 상한 듯 벌떡 일어서면서 "불쌍한 사람!" 하고 내뱉었다. 그녀는 자기 머리를 고통스럽게 무릎에 엎고는 뜨거운 눈물을 손수건에 흘리면서 말했다. "저는 제 오빠와 함께 바로 그 성 레미기우스 축일 사흘 전에 백작의 성에 가 있었다는 것을 기억합니다. 그는 자주 그랬던 것처럼 저를 위해 잔치를 열어 초대해 주었고, 꽃다운 저의 젊은 매력이 칭찬받는 것을 즐겁게 보시던 아버지는 저에게 그 초대를 오빠들과 함께 수락할 것을 권하셨습니다. 춤이 끝나고 난 후 늦은 시간에 침실로 올라간 저는 제 탁자 위에 쪽지 한 장이 놓여 있는 것을 발견하였는데, 그것은 모르는 사람의 필적이었고 서명도 없이 공개적인 사랑의 고백을 담고 있었습니다. 저의 두 오빠들이 다음 날로 예정되어 있던 우리들의 출발을 협의하기 위해 그 방에 들어와 있던 차에 일어난 우연한 일이었습니다. 그리고 저는 어떤 종류의 비밀도 그들 앞에서 숨기는 일에는 익숙해져 있지 않아서 제가 방금 손에 넣은 그 습득물을 그들에게 보여 주고, 깜짝 놀라 말을 잃었습니다. 오빠들은 즉시 백작의 필체를 알아보고는 입에서 거품을 내뿜으며 격노하였고, 큰오빠는 즉시 그 종이를 가지고 백작의 방으로 가려고 했습니다. 그러나 작은오빠는 백작이 매우 영악하게도 그 쪽지에 서명을 하지 않았기 때문에 그런 행동을 하는 것은 현명하지 못하다고 큰오빠를 설득했습니다. 그러고 나서 두 사람은 그런 수치스런 소동에 대해 기분이 매우 상해 바로 그날 밤 저와 함께 마차를 타고 아버지의 성으로 돌아 왔습니다. 백작의 성으로 다시는 자기들이 참석하는 영광을 주지 않으려는 결심을 하고서 말입니다. 이것이…" 그녀는 말을 덧붙였다. "제가 그때 이 시시하고 비열한 사람과 가졌던 유일한 교제입니다."

"뭐라고?" 시종은 그녀에게로 눈물이 가득한 자신의 얼굴을 돌리면서, "그 말은 내 귀에 마치 음악과도 같이 들리는군요! 그 말을 다시 한번 반복해 주오!" 그는 잠시 쉬었다가 그녀 앞에 무릎을 꿇고 두 손을 모으면서 말했다. "당신은 그 비열한 사람을 위해 나를 배반하지 않았고, 또 당신은 그가 당신을 법정에 끌어들인 그 죄로부터 순결한 거지요?"

"사랑하는 사람이여!" 리테가르데는 그의 손을 자기 입술에 갖다 대며 속삭였다.

"당신은 그런가요?" 시종이 외쳤다. "당신은 순결한 거지요?"

"마치 갓 태어난 어린이처럼, 막 고백 성사를 하고 나오는 사람의 양심처럼, 성물실(聖物室)에서 베일을 쓰고 누워 있는 죽은 수녀의 시체처럼!"

"아 전능하신 하느님!" 프리드리히 경은 그녀의 무릎을 감싸 안으며 외쳤다. "감사합니다! 당신의 그 말이 나에게 다시 생명을 줍니다. 다시는 죽음이 나를 겁주지 못할 것입니다. 조금 전까지 헤아릴 수 없는 고통의 바다처럼 내 앞에 펼쳐져 있던 영원성은 빛나는 수천의 태양으로 가득 찬 제국처럼 내 앞에서 다시 솟아오릅니다!"

"당신은 불행한 사람이군요."라고 리테가르데가 물러나면서 말했다. "어떻게 당신은 제가 한 말을 신뢰할 수 있습니까?"

"왜 안 됩니까?" 프리드리히가 달아오르면서 물었다.

"제정신이 아닌 사람! 실성한 사람이군요!" 리테가르데는 외쳤다. "신성한 신의 심판이 저에게 내려지지 않았습니까? 당신은 저 숙명의 결투에서 백작에게 항복하지 않았습니까? 그리고 백작은 나에 대해 법정에서 행한 진술의 진실성을 위해 끝까지 싸우지 않았습니까?"

"아, 내 소중한 리테가르데." 시종은 외치며 "절망에서 당신의 정신을 지키시오! 당신의 가슴속에 살아 있는 감정을 바위처럼 높이 쌓아 올리시오. 그리고 그것을 붙들고 땅과 하늘이 당신의 위, 아래에서 당신을 멸망시킨다고 해도 흔들려선 안 됩니다! 우리 함께 정신을 혼란에 빠뜨리는 두 생각 중에서 좀 더 합리적이고 더 이해하기 쉬운 쪽으로 생각해 봅시다. 그리고 당신은 자신이 죄 있다고 믿기 전에 오히려 당신을 위해 싸운 결투에서 내가 승리했다고 믿어 봅시다! 내 삶의 주인이신 하느님이여!" 그는 이 순간에 손으로 얼굴을 가리면서 말을 덧붙였다. "내 영혼을 이 혼란으로부터 지켜 주소서! 나는 진실로 은총을 받게 되길 원하며 내가 이미 적의 발굽의 먼지 속에 넘어졌지만, 다시 이렇게 살아 일어났기 때문에 적의 칼에 졌다고 생각하지 않습니다. 믿음으로 가득 찬 애원의 이 순간에 진실을 보여 주고 말할 수 있는 전능하신 신의 지혜의 의무는 어디에 있단 말입니까? 아, 리테가르데여!" 그는 그녀의 손을 자기 손으로 감싸며 말을 끝내었다. "우리에게 삶에서 죽음을, 죽음에서 영원을 내다보는 확고하고 흔들리지 않는 믿음이 있게 하소서. 당신의 무죄는 점차 내가 당신을 위해 싸운 결투를 통해 밝고 환한 태양의 빛으로 나아갈 것입니다!"

이 말을 할 때 성(城) 관리인이 들어왔다. 그는 탁자에서 울고 있는 헬레나 부인에게 그런 많은 감정의 변화가 아들을 해칠 수 있다는 것을 상기시켰으며, 그리하여 프리드리히는 자기 가족들의 권고에 따라 어느 정도 위로를 주고받았다는 생각을 하면서 다시 자기 감옥으로 돌아갔다.

그러는 사이에 바젤의 황제에 의해 소집된 법정에선 프리드리히 폰 트로타와 그의 여자 친구 리테가르데 폰 아우에르슈타인에 대해서 죄가 있으면서도 숨기고 신의 판결을 호소한 것 때문에 소송이 제기되었으며, 두 사람에게 현존하는 법에 따라 결투가 있는 광장에서 화형이라는 수치스러운 판결이 내려졌다. 사람들은 갇혀 있는 자들에게 그것을 알리기 위해 의원을 사절로 보냈다. 그러나 황제는 야콥 로트바르트 백작에 대해 일종의 불신을 지울 수가 없었고, 만약 그를 화형장에 참석시켜 화형 집행을 구경시키려는 은밀한 의도를 하지 않았더라면, 판결은 시종이 건강을 회복한 직후 그들에게 집행되었을 것이다. 한편 야콥 백작은 결투를 시작할 때 프리드리히로부터 당한 외견상 별 중요하지 않은 경미한 상처 때문에 아직도 실로 이상야릇한 놀라운 상태로 몸져누워 있었다. 그의 체액은 극도로 썩은 상태로 날이 지나고, 주일이 지나고 해도 그 치유를 방해하였으며, 슈바벤에서나 스위스에서 차례차례 불려 온 의사들의 온갖 기술도 그것을 멈추게 하지는 못했다. 그렇다, 그 당시의 치료 기술로는 알려지지 않은 부식성의 화농이 딱딱한 껍질을 만들면서 뼈에까지 파고들어 가 그의 팔 전 조직에까지 번졌으며, 그리하여 사람들은 모든 친구들의 경악 속에 상처투성이인 그의 손을, 그리고 후에도 그 화농은 끝이 없었기에, 팔 전체를 절단해야만 했다. 그러나 좋다고 추천된 이 원인 제거 치료법도 그를 도와주기는커녕, 오늘날 우리들이 아주 쉽게 예상해 볼 수 있듯이, 그의 불행을 배가시켰다. 그의 온몸이 화농과 부패로 썩어 들어갔기 때문에 의사들은 그 어떤 치료법도 없고 더구나 이번 주가 끝나기 전에 틀림없이 죽을 것이라고 선언했다. 아우구스티누스 수도원장은 이 예상치 못한 사건의 전환에서 신의 무서운 손을 본 것이라고 믿고, 헛된 일일지라도 백작과 섭정자인 공작부인 사이에 있는 싸움과 관련하여 그에게 진실을 고백하라고 권고했다. 백작은 점점 동요되어, 자기 진술의 진실성에 대해 성사(聖事)를 다시 한번 하였으며, 무서운 불안의 온갖 징조 속에서, 만약 그가 리테가르데 부인을 중상모략으로 고소했었다면 그의 영혼을 영겁의 벌에 넘겨주겠다는 것이었다.

이제 우리는 백작의 품행이 부도덕함에도 불구하고 이 확언의 내적인 정직을 믿는 두 가지 이유를 가졌다. 그중 하나는 환자가 사실 어느 정도 경건하여 이 순간에는 거짓 선서를 하지 않는 듯이 보였기 때문이고, 또 한 이유는 백작이 몰래 성안으로 입장하기 위해 매수했다고 주장하는 폰 브레다가(家)에 고용된 성탑 경비병을 심문한 결과 그 사실이 맞고, 백작은 실제로 성 레미기우스 축일에 브레다의 성안에 가 있었음을 확실히 밝혔기 때문이었다. 따라서 수도원장은 백작이 자신도 모르는 제

3자에게 속은 것이라고 볼 수밖에 없었다. 그리고 더구나 그 불행한 자는 시종이 불가사의하게 회복한다는 소식을 듣고는 스스로도 이 끔찍한 생각에 빠져들었으며, 자신의 삶이 아직 종말에 도달하지 않았지만, 이 믿음은 절망스럽게도 이미 완전하게 사실임이 증명되었다.

우리는 동시에 백작이 리테가르데 부인에게 음탕한 눈길을 보내기 오래전에 이미 그녀의 하녀 로잘리에와 수치스러운 관계를 맺었다는 사실을 반드시 알아야만 한다. 로잘리에의 여주인이 백작의 성을 방문할 때에는 그는 거의 매번 이 경솔하고 부도덕한 하녀를 밤중에 자기 방으로 불러들이곤 했다. 리테가르데가 오빠들과 함께 백작의 성에서 마지막으로 체재할 때, 열정을 고백하는 다정한 편지를 백작으로부터 받았는데, 이 사실이 수개월 전 이미 그에게서 버림받은 하녀에게 질투의 감정을 불러일으켰다. 그녀는 바로 그 뒤에 자기도 반드시 따라가야만 했던 리테가르데의 출발 시간을 이용하여 리테가르데의 이름으로 백작에게 쪽지를 남겨 두었으며, 쪽지에서 그녀는 백작이 취한 행동에 대해 자기 오빠들이 격분하고 있다고 알렸고, 비록 그를 직접 만나는 것이 자기에겐 허락되지 않았지만 이 목적을 위해 성 레미기우스 축일에 자기 아버지 성에 있는 작은 방으로 방문하라고 초대했다. 백작은 자기가 시도한 일이 성공하자 크게 기뻐하면서 즉시 리테가르데에게 보내는 두 번째 편지를 작성하였는데, 편지에서 자신은 앞에서 말한 밤에 틀림없이 도착할 것이라고 알리고, 단지 실수하는 것을 피하기 위해 자기를 그녀의 방으로 안내할 수 있는 성실한 안내자를 보내 줄 것을 청했다. 그리고 음모와 술책에 능한 하녀는 그런 편지를 짐작하고 있었기 때문에 이 편지를 용케 가로챘으며, 또 그에게 자신이 직접 정문에서 기다리게 될 것이라는 내용의 두 번째 위조 답장을 보냈다. 그 후 약속된 날 저녁에, 그녀는 여동생이 몸이 아파서 그 동생을 방문하고 싶다는 핑계를 내세워 리테가르데에게 시골로 가는 휴가를 허락해 줄 것을 청했다. 그녀는 휴가 허락을 얻었기에, 실제로 오후 늦게 내의 등의 옷 꾸러미를 팔에 끼고 성을 떠났으며, 모든 사람들이 보는 앞에서 여동생이 사는 곳을 향해 출발했다.

그러나 하녀는 이 여행을 끝내는 대신 밤이 깊어 갈 무렵에 뇌우를 핑계로 성으로 다시 들어왔고, 다음 날 일찍 여행길에 나서겠다고 하면서 여주인을 방해하지 않도록 황폐되어 찾아오는 사람이 없는 성탑의 비어 있는 방에 잘 곳을 마련했다. 성탑 경비병을 돈으로 매수하여 성안으로 들어온 백작은 한밤중의 약속 시간에 맞춰 정원의 문에서 복면한 사람에 의해 영접되었고, 자기에게 연출된 기만을 조금도 예감하지 못했다는 것을 우리는 쉽게 이해할 수 있다. 하녀가 그의 입에 잽싸게 키스를 하고는 몇 개의 계단을 지나고 황량한 곁채의 통로를 지나 성의 훌륭한 방—창문은 사전에 주의 깊게 그녀에 의해 잠겨 있는데—안으로 데리고 들어갔다. 여기서 그녀는 그의 손을 잡고 비밀스럽게 문에 귀를 대고 이리저리 엿듣고 나서, 그에게 속삭이는 목소리로 오빠들의 침실이 아주 가까이 있다는 구실로 침묵을 요구했으며, 그와 함께 옆에 있는 침대에 몸을 눕혔다. 백작은 그녀의 모습과 교양에 속아, 이 나이에 지금도 그런 수확을 얻었다며 만족의 도취에 빠져들었다. 그리고 그녀는 동틀 녘에 그와 헤어지면서 지난밤을 기념하는 반지를 그의 손가락에 끼워 주었다. 그 반지는 리테가르데가 자기 남편에게서 받은 것으로, 하녀는 이 목적을 위해 미리 전날 밤에 그걸 훔쳐 놓았었다. 또그는 그녀에게 자기가 집에 도착하는 즉시 답례로서, 자신의 죽은 아내로부터 결혼식 날에 받았던 다른 반지를 주기로 약속했다. 사흘 후에 그는 약속을 지켜 그 반지를 몰래 성으로 보냈는데, 로잘리에는 그것도 아주 노련하게 다시 가로채었다. 그러나 아마 이 모험이 자신을 너무 멀리 끌어가는 것을 두려워한 나머지 그는 더 이상 자신에 대해 아무 소식도 주지 않고 여러 가지 핑계를 들어 두 번째 만남을 피했다. 후에 하녀는 자신에게 조여 온 상당히 확실성 있는 절도 혐의로 해고당했으며, 라인 강변에 살고 있는 부모의 집으로 돌려보내졌고, 9개월이 지난 뒤에 그녀의 방탕한 삶의 결과가 분명히 나타났으므로, 그녀의 어머니가 매우 엄하게 심문하자, 그녀는 야콥 로트바르트 백작과 함께 놀아났던 비밀 이야기를 전부 털어놓으면서 그를 자기가 밴아기의 아버지라고 진술했다. 다행스럽게도 그녀는 백작으로부터 건네받았던 반지를 조심스럽게 팔려고 내놓을 수도 있었으나, 도둑으로 간주될 것이 두렵기도 하고, 사실은 그 가치가 너무 커서 그것을 살 사람을 찾지 못했기 때문에 지니고 있었다. 따라서 그녀가 하는 말의 진실함에는 의심할 여지가 없었으며,

부모들은 이 명백한 증거에 근거하여 야콥 백작을 상대로 법원에 아이의 부양에 관해서 소송을 제기하였다. 바젤에서 계류 중인 특이한 소송에 관해서 이미 들은 바 있는 법원은, 그 소송의 결과를 위해 아주 중요한 이 폭로를 그 법정에 알리기 위해 서둘렀다. 그런데 마침 한 시의원이 공무로 이 시를 향해 출발하려 하자, 법원은 그 사람 편으로 온 슈바벤과 스위스가 매달려 있는 끔찍한 수수께끼를 해명하도록 하녀의 법정 진술을 담은 편지에 반지를 동봉하여 야콥 로트바르트 백작에게 부쳐 주었다.

그날은 마침 황제가 백작의 가슴에서 생겨난 의혹을 알지 못한 채, 처형일을 더 이상 연기할 수 없다고 믿고 정한 프리드리히와 리테가르데의 처형일이었는데, 이날 시의원은 편지를 지니고 자기 침대에서 고통스런 절망에 빠져 뒹굴고 있는 환자의 방으로 들어갔다.

"이제 충분해요!" 환자는 그 편지를 대강 훑어보고 반지를 받은 뒤에 소리쳤다. "나는 태양의 빛을 보는 일에 지쳤어요! 들것을 갖다 줘요." 그는 수도원장에게 몸을 돌리고는, "지닌 힘도 다해 가는 가엾은 나를 형장으로 데려가 주시오. 나는 정의의 행위를 하나라도 실행하지 아니하곤 죽을 수가 없습니다!"

수도원장은 이 사건으로 크게 충격을 받고 즉시 그가 원하는 대로 네 명의 하인을 시켜서 그를 들것에 들어 올리게 했다. 그리고 종소리를 듣고 모여든 헤아릴 수 없이 많은 군중들과 함께 손에 십자가를 들고 있는 그 불행한 자를 데리고 프리드리히와 리테가르데가 묶여 있는 화형의 장작더미에 도착했다.

"멈추시오!" 수도원장이 들것을 황제의 맞은편 발코니에 내려놓게 하면서 외쳤다. "여러분들은 저 장작더미에 불을 붙이기 전에, 이 죄인이 입을 열어 여러분에게 해야만 할 단 한마디 말을 들어 보시오."

"뭐라고?" 황제는 시체처럼 창백해져서는 자리에서 몸을 일으키며 외쳤다. "신의 성스런 판결이 정의의 심판을 하지 않았단 말입니까? 그리고 일어난 모든 사건에 따르면 리테가르데는 그가 고소한 범죄에 아무 죄도 없다는 생각을 어떻게 할 수 있는 것입니까?" 이 말을 하면서 당황하여 그는 발코니에서 내려왔으며, 수천 명 이상의 기사들이, 그리고 모든 국민들이 그들을 뒤따라 벤치와 목책을 넘어 환자의 들것 주변으로 몰려들었다.

"무죄입니다." 환자는 수도원장의 부축을 받고 반쯤 몸을 일으켜 세우면서 대답했다. "최고의 신의 판결이 저 숙명적인 날에 모여든 모든 바젤 시민의 두 눈앞에서 내려진 것처럼 무죄입니다! 왜냐하면 그는 모두 치명적인 상처를 세 군데나 입고서도 여러분들이 보시듯이 힘과 왕성한 활력이 피어나고 있기 때문입니다. 그의 손에 의한 일격은 내 생명의 가장 바깥 표피를 간신히 건드린 것같이 보이긴 했으나, 서서히 무서운 영향을 남겨 생명의 핵심을 건드리고, 내 힘을 마치 폭풍이 떡갈나무를 내리치듯이 빼앗아 버렸습니다. 그러나 믿음이 없는 자가 의심을 품을 경우에는 증거가 여기 있습니다. 리테가르데의 하녀인 로잘리에가 바로 그 성 레미기우스 축일 밤에 나를 맞이한 사람이며, 비열한 나는 관능에 현혹되어 내 요청을 계속 경멸하며 거부하는 리테가르데를 내 팔에 안았다고 생각했지요!"

이 말을 듣고 황제는 마치 돌처럼 굳어져 거기에 서 있었다. 그는 장작더미로 몸을 돌리면서, 한 기사에게 직접 사다리를 타고 올라가서, 시종뿐만 아니라 이미 어머니의 팔에 안겨 기절해 있는 그 여인의 포승줄을 풀어 자기에게로 데려오라고 명령했다.

"자, 보라. 천사가 네 머리의 머리카락 하나까지 지켜 줄 지어다!"라고 그는 외쳤다. 그때 리테가르데는 가슴을 반쯤 연 채 머리카락을 풀어헤치고, 이 경이로운 구원의 감정에 무릎을 후들후들 떠는 친구 프리드리히의 손을 잡고, 경외심에서 그리고 놀라움으로 물러서는 관중들의 무리를 지나 황제에게로 다가왔다. 황제는 자기 앞에 무릎을 꿇은 두 사람의 이마에 키스를 해 주었다. 그러고는 아내가 입고 온 모피 외투를 리테가르데의 어깨에 걸쳐 주고 난 후, 모여들었던 모든 기사들의 눈앞에서 그녀를 직접 황실의 성으로 데려가려고 그녀의 손을 잡았다. 황제는 시종이 자신을 덮은 죄수복 대신 기사의 깃털 모자와 외투로 장식을 하는 동안에 들것 위에서 고통스럽게 뒹굴고 있는 백작에게로 몸을 돌렸으며, 바로 그 사람이 자신을 파멸시킨 결투에 반드시 죄를 짓고 또 불경스런 방법으로 응한 것은 아니기 때문에 동정심을 느끼며, 옆에 서 있는 의사에게 혹시 저 가엾은 자를 위해서 어떤 구원의 방법이 없는지 물었다.

"없습니다!" 야콥 로트바르트는 끔찍한 경련을 일으키면서 의사의 무릎에 기대면서 대답했다. "내가 당하는 죽음의 고통은 마땅합니다. 그 이유는 세속적인 정의의 팔이 더 이상 나에게 미칠 수는 없기 때문이고 내가 내 형님인 고상한 빌헬름 폰 브라이자흐 공작의 살인자이기 때문입니다. 내 무기고의 화살로 공작을 쏘아 쓰러뜨린 악한은, 공작의 관을 내 손에 넣기 위해 6주일 전에 내가 고용한 놈입니다!"

이 고백을 하면서 그는 들것 위로 가라앉았으며, 속 검은자로서 숨을 거두었다.

"아, 제 남편인 공작도 의심한 바입니다!" 황제의 옆에 서 있던 섭정자인 공작부인이 외치고는 즉시 성의 발코니에서 내려가 황제의 비(妃)를 따라 성 광장으로 갔다. "그분은 그 당시 제가 이해할 수 없는 말을 숨을 거두는 순간 저에게 헐떡거리면서 하셨답니다!"

황제는 화를 내며 다시 말했다. "그럼 정의의 팔이 어쨌든 너의 시체에 도달할지어다! 그를 데려가거라." 그는 정리들에게로 몸을 돌리면서 소리질렀다. "그리고 즉시 그를 죄인으로 형리에게 넘겨주어라. 우리들이 지금 막 그 위에서 그 사람 대신에 죄 없는 두 사람을 희생시키려 한 그 화형 장작 위에서 그의 기억에 영원한 죄의 낙인을 찍으면서, 파멸케 하여라!"

그리고 가엾은 사람의 시체가 붉은 화염에 불타오르며 북풍을 받아 사방으로 번지면서 흩날릴 즈음, 황제는 리테가르데 부인을 자신의 모든 기사들이 뒤따르게 하여 성으로 데려갔다. 그는 황제의 권한으로 그녀의 오빠들이 고결하지 못한 물욕으로 이미 그 소유권을 빼앗아 간 아버지의 상속 재산을 다시 찾아주었다. 그리고 3주일 후 브라이자흐의 성에서 훌륭한 신랑 신부의 결혼식이 거행되었으며, 이때 섭정자 공작부인은 이 사건이 보여 준 모든 전환에 대해 크게 기뻐하면서, 리테가르데에게 법에 따라 자신에게 귀속된 백작 재산의 상당한 부분을 결혼 선물로 주었다. 한편 황제는 결혼식이 끝난 후 프리드리히의 목에 은사(恩賜)의 고리를 걸어 주었다.

그리고 황제는 스위스와 협상을 끝내자마자 보름스로 돌아갔으며, 신성한 신의 결투의 규칙에다가, 대부분 이로써 죄가 직접 밝혀지게 전제되어 있기는 하지만, 다음의 말을 넣게 했다.

"만약 그것이 신의 뜻이라면."

이상한 결투 이야기

Geschichte eines merkwürdigen Zweikampfs

◆

알렌손 백작의 가신(家臣) 장 카루지 기사(騎士)는 가정사로
바다를 건너는 여행을 해야만 했다. 그는 젊고 아름다운 아내를
자신의 거성(居城)에 남겨 두고 갔다. 백작의 또 다른 가신인 회
색남(야콥 데어 그라우에)은 이 부인에게 깊은 연정을 품고 있
었다. 이 남자가 모월 모일 모시에 백작의 말을 타고, 부인이 살
고 있는 아흐정뙤이를 방문했다고 목격자들은 재판관 앞에서
증언했다. 부인은 남편의 동료이자 친구인 야콥을 맞이하여 성
구석구석을 안내했다. 그가 경비 초소와 망루를 보고 싶다고 해
부인은 하인을 대동하지 않고 직접 그를 그곳으로 안내했다.

성탑 안으로 들어가자마자 힘이 센 야콥이 문을 잠그고, 부
인을 팔에 안으며 욕망을 한껏 풀었다. 부인은 울면서 말했다.
"야콥 씨, 야콥 씨, 당신이 나를 욕되게 했어요. 이 파렴치한 행
위는 제 남편이 돌아오면 즉시 갚을 것입니다." 야콥은 부인의

위협을 거들떠보지도 않고 말에 올라타 전속력으로 돌아갔다. 그는 새벽 4시에 문제의 성에 있었으나 같은 날 아침 9시에는 알렌손 백작의 아침 접견장에 나타났다. 이 세세한 시간차를 주목할 필요가 있다.

드디어 장 카루지가 여행에서 돌아왔고 그의 부인은 실로 다정하게 그를 맞았다. 그러나 그날 밤, 침실에서 카루지가 막 침대에 들어가려 할 때, 그녀는 오랫동안 방 안을 오락가락하면서 때로는 십자성호를 긋기도 했다. 마침내 그녀는 침대 앞에 무릎 꿇고 앉아 눈물을 흘리면서 자신에게 일어난 일을 이야기했다. 카루지는 처음에 이 이야기를 믿으려 하지 않았으나, 아내가 거듭해서 사실이라고 맹세하자 믿지 않을 수 없었다. 그는 복수심에 사로잡혔다. 카루지는 친척들을 불러 모아 놓고 의견을 물었으며, 모두 이 사건을 주군(主君)인 백작에게 고해 그의 결정에 맡기자고 의견의 일치를 보았다.

백작은 쌍방을 불러 그들의 논거를 듣고 많은 논쟁을 거친 후, 부인이 그 사건 전부를 꿈속에서 본 것이 틀림없다는 결론을 내렸다. 이유는 23마일(약 103킬로미터)이나 떨어진 거리인 데다가 다른 상황을 고려하면, 혐의를 받는 행위를, 야콥이 성을 떠난 4시간 30분이라는 단시간 안에 끝낼 수 없기 때문이었다. 알렌손 백작은 가신들에게 이 사건에 대해 향후 절대로 입을 열지 말라고 명령했다. 그러나 선량한 마음씨를 가졌지만 명예를 매우 중시하는 기사 카루지는 백작의 결정에 만족하지 아니하고 이 사건을 파리의 고등법원에 제소했다. 법정은 이를 결투를 해야 할 사건이라고 판결했다. 당시 프랑스 지방인 슬리즈에 체재하고 있던 국왕은 자신도 그 결투에 임석(臨席)하고 싶으니 자신이 귀국할 날을 결투의 날로 연기한다는 내용의 명령서를 급사(急使)를 통해 보냈다. 베리, 부르군트 및 부르봉의 대공들도 이 구경거리를 보려고 파리로 왔다. 결투의 장소로 성카타리넨 광장이 결정되었고, 관중을 위한 무대가 설치되었다. 결투자들은 머리에서 발끝까지 무장하고 나타났다. 문제의 부인은 마차를 타고 있었고, 검은색의 옷을 입고 있었다. 카루지가 그녀에게 다가와 이렇게 말했다. "여보, 당신 몸을 지키는 일전을 위해 그리고 당신의 맹세를 믿고 나는 목숨을 걸고 회색남 야콥과 싸웁니다. 내가 하고 있는 이 일이 확실히 옳은지를 당신보다 더 잘 아는 사람은 없소." "기사여!"라고 부인은 대답했다. "당신은 당신이 수행하는 책무의 정당함에 안심하고 몸을 맡기어, 결투에 임하는 것이 좋습니다." 이 말을 듣자 카루지는 그녀의 손에 입을 맞추었으며 십자성호를 긋고, 결투장의 울타리 안으로 들어갔다. 부인은 결투가 진행되는 동안 내내 기도했다. 그녀는 아주 위험한 상태에 처해 있었다. 장 카루지가 지게 되면 그는 목이 잘리고, 그녀도 무참하게 화형을 당하기 때문이다. 땅과 햇볕이 두 결투자에게 균등하게 배분되자 두 사람은 창을 든 채로 말을 달려 상대에게 돌진했다. 그러나 두 사람은 기량이 매우 노련했으므로 상대에게 일격을 가하지 못했다. 그들은 말에서 내려 칼을 잡았다. 카루지는 넓적다리에 상처를 입었다. 그를 응원하던 사람들은 무서워서 몸을 벌벌 떨었고,

그의 아내는 살아 있다기보다는 오히려 죽음에 더 가까웠다. 그러나 카루지는 크게 분노하여 돌진했고, 노련하게 적을 공격하여 땅바닥에 넘어뜨리고 칼로 가슴을 찔렀다. 그러고 나서 관중을 향해 큰 소리로 물었다. "나의 오명이 씻겼습니까?" 모든 사람들이 이구동성으로 그렇다고 대답했다. 곧 사형 집행인이 야콥의 시체를 확보해 교수대에 매달았다. 기사 카루지가 국왕 앞에 무릎을 꿇자, 왕은 그의 용기를 칭찬했으며 당장 돈 1000리브르를 내려 주었고, 또 200리브르를 생애 연금으로 주었으며, 그의 아들을 궁정 시종으로 봉했다. 카루지는 이제 아내에게 달려가 만인이 보는 앞에서 그녀를 껴안았으며 제단에 제물을 바쳐 신에게 감사를 드리기 위해 그녀와 함께 교회로 갔다. 연대기 작가 프루아사르*가 이 이야기를 기록했는데, 이것은 사실(事實)이다.

---

*   Jean Froissart, 1333~1401.

영국의 이상한 재판
Sonderbarer Rechtsfall in England

◆

다들 알다시피 영국에서 모든 피고는 자신과 같은 신분의 배심원 열두 명에 의해 재판을 받는데, 배심원들은 평결에서 반드시 의견을 일치시켜야 한다. 판결까지 지나치게 오래 걸려선 안 되므로, 하나의 의견에 도달할 때까지 문을 잠그고 먹지도 마시지도 않고 있어야 한다.

런던에서 몇 마일 떨어진 곳에 사는 두 신사가 목격자들이 보는 앞에서 서로 심하게 다투었다. 한 신사가 다른 신사에게 날이 저물기 전에 지금 그 태도를 후회하게 될 것이라고 말하며 위협했다. 저녁 무렵 위협당한 신사는 총에 맞아 숨진 채 발견되었고, 살인의 혐의는 자연스럽게 위협을 한 신사에게 씌워졌다. 그는 감옥에 갇혔고, 재판이 열렸다. 추가 증거가 폭로되었으며 열두 명의 배심원 중 열한 사람이 그에게 사형을 선고했다. 그러나 열두 번째 배심원만 유독 그 신사의 무죄를 주장하며 완고하게 사형에 동의하지 않았다.

　동료 배심원들이 그에게 그렇게 믿는 이유를 대라고 요구했으나, 그는 모든 대화를 거부하고 자신의 의견을 고집했다. 밤이 깊어 그들은 모두 배가 무척 고팠다. 마침내 한 사람이 일어나, 열한 명의 죄 없는 자를 굶어 죽게 하느니 차라리 한 명의 피고를 풀어 주는 게 낫다고 주장했다. 따라서 그들은 피고를 사면하기로 하였으며, 동시에 이런 판결을 내려야만 하는 사정을 늘어놓았다. 방청객들은 모두 이 고집 센 배심원에 대해 반감을 가졌다. 이 사건은 왕의 귀에 들어갔고, 왕은 열두 번째 배심원을 소환했다. 배심원은 정직하게 말을 하면 불리한 처분을 받지 않는다는 약속을 왕에게 받은 후, 자신이 사냥을 끝내고 돌아오던 밤, 자신의 총이 우연히 발사되어 불행하게도 숲에 숨어 있던 신사를 맞혀 죽였다고 말했다. "제 행동을 본 사람은 없습니다." 그는 말을 이었다. "그리고 또 제 무죄의 증인도 없습니다. 그래서 저는 가만히 침묵하기로 결심했습니다. 그러나 어느 죄 없는 사람이 고소되었다는 소식을 듣고 저는 온갖 수단을 다해 배심원이 되었습니다. 그 죄 없는 피고를 죽게 하느니 차라리 제가 굶어 죽겠다고 굳게 결심했기 때문입니다." 왕은 자신의 약속을 지켰으며, 배심원은 사면을 받았다.

로카르노의 거지 여인
Das Bettelweib von Locarno

♦

알프스 산기슭, 북부 이탈리아의 로카르노 근처에 어느 후작 소유의 오래된 성이 있었다. 지금도 성 고트하르트 고개를 넘어오는 사람은 폐허로 변한 그 성을 볼 수 있다. 그 성에는 넓고 천장이 높은 방들이 있었고, 그중 한 방에 어느 날 한 늙고 병든 여인이 문 앞에서 동냥을 구하다가 발견되어, 그녀를 동정한 이 집 여주인이 볏짚을 깔아 만들어 준 침대에 누워 있었다. 사냥에서 돌아온 후작은 우연히 자신의 엽총을 보관하곤 했던 그 방으로 들어갔고 화를 내며 그 여인에게 누워 있던 구석진 곳에서 일어나서 난로 뒤로 가라고 명령했다. 여인은 몸을 일으키려고 노력했으나 티(T) 자 지팡이와 함께 미끄러운 바닥에서 미끄러져, 허리에 아주 심한 부상을 입었다. 그 결과, 그녀는 말할 수 없는 아픔이 있음에도 불구하고 간신히 일어나 지시받은 대로 그 방을 비껴 나가 난로 뒤로 갔다. 그러나 그녀는 끙끙 앓다가 쓰러져 그대로 숨을 거두고 말았다.

그로부터 몇 년이 지나고, 전쟁과 흉년으로 인해 후작은 재정적으로 매우 어려운 상태에 빠져들었다. 그때 어느 플로렌츠의 기사가 후작을 찾아오더니, 경관이 아름답기 때문에 그 성을 사들이겠다고 했다. 이 후작에게는 성의 매매가 매우 중요했으므로, 아내에게 이 손님을 앞에서 언급한 매우 화려하게 장식된 빈 방에 묵게 하라고 지시했다. 그러나 밤중에 그 기사가 당황하고 창백한 모습으로 후작 부부에게로 내려와 그 방에 유령이 나타났는데, 눈에 보이지 않는 것이, 마치 짚단 위에 누워 있는 것처럼 푸석푸석 소리를 내며 방구석에서 일어나 귀에 들릴 만한 발자국 소리를 내며, 천천히 비틀거리면서 방을 가로질러 난로 뒤로 가서 끙끙 앓다가 가라앉았다고 진지하게 말했을 때 그들 부부는 얼마나 당황했겠는가.

그 후작은 왠지 자신도 모르게 겁이 났지만 그 기사에게 일부러 명랑하게 웃으며, 그를 안심시키기 위해 즉시 일어나 그와 함께 그 방에서 남은 밤을 지내겠다고 말했다. 그러나 그 기사는 후작에게 안락의자 위에서라도 좋으니 제발 그의 침실에서 밤을 지내게 해 달라고 간청했고, 아침이 되자 마차를 준비시켜 작별 인사를 하고 떠나가 버렸다.

이 사건은 세인의 비상한 관심을 끌었고, 후작에게는 매우 기분 나쁘게도, 많은 구매 희망자들을 놀라 도망가게 했다. 그리하여 자신의 하인들도 밤중에 그 방에 유령이 돌아다닌다는 이상하고 이해할 수 없는 소문을 냈기에, 후작 자신이 단호하게 이 소문을 가라앉히기 위해 그다음 날 밤에 그 사건을 직접 조사하려고 결심했다. 따라서 그는 저녁 어스름이 들 때에 자신의 잠자리를 그 방에 깔게 했으며, 밤중이 될 때까지 잠을 자지 않고 기다렸다. 그러나 놀랍게도 그는 유령이 나타나는 시간이 되었을 때 실제로 알 수 없는 소리를 들었다. 그것은 마치 한 사람이 푸석푸석 소리를 내면서 자기 밑에 깔린 짚단에서 몸을 일으켜 그 방을 가로질러 나가, 난로 뒤에서 연거푸 한숨을 쉬고, 목에서 골골 소리를 내다가 푹 쓰러지는 듯했다. 다음 날 아침 후작이 내려왔을 때, 후작 부인은 그 조사의 결과가 어떠냐고 물었다. 그러자 그는 겁먹고 불안한 눈길로 사방을 둘러보더니, 문을 걸어 잠그고 나서, 유령이 나온다는 말이 사실이라고 확언했다. 그러자 그녀는 여태까지 살면서 경험하지 못한 놀라움에 사로잡혀, 그에게 그 사실을 남에게 알리기 전에, 다시 한번 자기와 함께 침착히 조사를 해 보자고 요청했다. 그러나 그들은 데리고 간 한 성실한 하인과 함께 다음 날 밤에도 실제로 전날과 같은 괴상한 유령의 소리를 들었다. 그리고 그들은 그 성을 값이 얼마든지 간에 팔아 치우고 싶은 간절한 소망으로, 하인 앞에서 그들이 받은 놀라움을 감출 수 있었고, 또 그 사건을 하찮고 우연한 것으로 돌리면서, 원인을 반드시 밝혀내겠다고 말했다. 사흘째 되는 날 밤, 부부는 사건의 진상을 파악하기 위해 가슴을 두근거리면서, 다시 그 손님의 방으로 가는 계단을 올라갔으며, 우연히 사람들이 목줄을 풀어놓은 개가 방문 앞에 있는 것을 보았다. 그래서 부부는, 분명하게 설명할 수는 없지만 아

마 무의식적으로, 자기들 외의 제3의 살아 있는 동물을 데려가
고 싶은 마음에서, 그 개를 데리고 방으로 들어갔다. 11시경에
부부는 탁자 위에 촛불 두 개를 켜 놓고 후작 부인은 옷을 입은
채, 후작은 벽장에서 꺼내 온 칼과 권총을 옆에 두고 각자 잠자
리에 든다. 그리고 될 수 있는 대로 그들이 대화를 하려고 하는
동안에 개는 머리와 다리를 한데 웅크리고 방 한가운데서 쭈그
려 잠이 든다. 자정이 되자, 그 무서운 소리가 다시 들린다. 눈에
보이지 않는 누군가가 티 자 지팡이를 짚고 방의 구석에서 일어
난다. 밑에 깔린 짚단에서 부스럭부스럭하는 소리가 들린다. 뚜
벅뚜벅! 내딛는 발걸음 소리가 들리자, 개는 눈을 뜨고, 바닥에
서 갑자기 몸을 일으키더니, 두 귀를 쫑긋하게 세우고, 마치 사
람이 자기에게로 다가오는 듯이 으르렁거리면서 짖다가, 뒷걸
음질을 치며 난로 쪽으로 물러난다. 이 광경을 본 후작 부인은
머리카락을 곤두세우고 방에서 뛰어나간다. 한편, 후작은 칼을
들고 "거기 누구요?"라고 외쳐 보지만, 아무런 대답이 없어 마치
미친 사람처럼 허공을 향해 칼을 휘두르고 있는 사이에 그녀는
마차를 준비시키고 즉시 시내로 출발하기로 결심한다. 몇몇 소
지품을 챙겨 덜컹거리며 대문을 나서자마자 그녀는 성의 사방
에서 불길이 치솟는 것을 본다. 후작은 너무나 놀란 나머지 삶
에 염증을 느끼고, 나무판자를 댄 성의 구석구석에 불을 붙였다.
후작 부인이 이 불행한 남편을 구하기 위해 사람들을 안으로 들
여보냈으나 아무 소용이 없었다. 그는 아주 비참한 모습으로 벌
써 죽어 있었다. 그리고 시골 사람들이 주워 모은 후작의 흰 유

골은, 그가 로카르노의 거지 여인에게 일어나라고 명령했던 그
방의 한구석에 지금도 안치되어 있다.

유령출현
Geistererscheinung

♦

1809년 초가을에 스란(프라하로부터 작센 방향으로 30킬로미터 떨어진 작은 도시) 근처에서 유령이 나타난다는 소문이 퍼졌다. 슈테도크루크(스란과 프라하의 중간에 있는 마을)의 어느 농부의 아들이 이 유령을 보았다는 것이다. 이 소문은 아주 널리 많이 퍼져 마침내 높이 치하해 마지않는 스란 관청이 모든 사실에 대한 합법적인 조사를 결정했으며, 따라서 하나의 독자적인 위원회를 구성하여, 일부는 자기들의 기록에서, 또 일부는 구전되어 온 보고에서 그 문제의 장소에 남아 있는 이야기를 채집했다.

슈테도크루크 마을의 요젭이라는 이름의 열한 살쯤 된 이 아이는(그는 가족들뿐만 아니라 온 마을에 어리석기 짝이 없는 아이로 통한다) 보통 늙은 아저씨, 그리고 몇몇 형제자매와 함께 부모로부터 떨어져 다른 방에서 잠을 잤다. 어느 날 밤 아이는 누가 흔드는 듯한 느낌에 잠에서 깨어, 어떤 형상이 천천히 침대 기둥에서 움직이더니, 어둠 속으로 사라지는 것을 보았다. 요젭은(그에겐 무엇보다도 잠이 중요했다) 잠을 잘 때 그렇게 고의적인 방해를 받은 것을 아주 기분 나빠 하며 이 형상이 자신을 놀려주려는 아저씨일 거라는 생각에 큰 소리로 불평하면서 그런 장난은 비난하고는, 그만두라고 했다. 늙은 상이군인인 아저씨도 역시 소음에 놀라 잠에서 깨어 왜 그렇게 하느냐고 상당히 퉁명스럽게 물었다. 그러자 요젭은 왜 자기를 놀리려 하며 잠을 자지 못하게 하는지 되물었다. 늙은 군인은 아주 심하게 화를 내며, 자신은 아무것도 모른다고 몇 번이나 맹세를 하고 또 저주를 했는데, 그 말을 우리의 요젭이 곧이들으려 하지 않자, 일어나 자기의 주장에 무게를 더하기 위해 지팡이를 들고 믿지 않는 조카를 때렸다. 요젭은 무섭게 소리를 질렀다. 잠자던 자매들이 깨어 그와 함께 소리를 질렀고, 그들 부모는 혹시 집에 불이 났거나 강도가 들어온 게 아닌가 하고 불안한 마음으로 급히 달려왔다. 그러나 그들은 어리석은 요젭이 삼촌에게 몇 대 맞은 것에 불과하다는 사실을 알고 그 소동의 원인에 대해서 물었다. 요젭은 흐느껴 울면서 자기가 당한 사건을 이야기했다. 아저씨는 이 거짓말쟁이 조카를 크게 저주했다. 이 사건은 부모에겐 참 곤란한 일이었다. 그들은 지금은 이를 조사할 시간이 아니었으므로 요젭이 자신의 주장을 굽히지 않자 아저씨와 연합하여 함께 그 가련한 녀석을 때리며 침대로 보냈다. 다음 날 밤 똑같은 소동이 다시 일어났다. 요젭은 다시 잠을 깨어 하나의 형상을 보고, 그것을 다시 자기 아저씨로 간주하고, 이번에는 이 사건을 지난번보다도 더 확실하다고 믿고, 더욱더 세게 아저씨를 비난했다.

늙은 아저씨도 깨어 그를 때리고, 부모가 오더니 함께 그를 때렸다. 그리고 요젭은 어젯밤보다도 훨씬 더 녹초가 되어 자기 침대로 달아났다. 사흘째 밤에도 이것은 나타났으나, 이번에는 매를 맞지 않았다. 어리석은 요젭의 머리에도 점차 약자는 늘 당한다는 생각이 들었다. 그 후 그는 말을 하지 않고 매우 언짢은 얼굴로 될 수 있는 한 다시 잠을 자려고 노력했다. 그리하여 그 노력은 마침내 성공했다. 그날 낮이 지나가고 요젭은 밤에 밭에서 집으로 돌아와 어머니에게 정오에 어느 낯선 신사가 하얀 망토를 입고 매우 창백한 얼굴로 자기를 향해 왔다는 이야기를 했다. 그는 처음에는 그 신사를 무서워하여 도망가려고 했는데, 이 신사가 그에게 다정하게 말을 걸고, 무서워할 필요가 없다고 말하며, 그를 매우 좋게 생각하고 만약 자기에게 고분고분 따른다면 보답을 하겠다는 말을 했다고 했다. 요젭이 약간 안정을 찾자 낯선 신사는 우울한 얼굴로, 자신은 그를 매우 오랫동안 기다렸다고 말했다. 그 낯선 신사가 지난 사흘 동안 자신이 밤에 나타났었고, 이제는 그에게 심부름을 시키려고 왔으며, 심부름을 해 주더라도 결코 후회하지 않을 것이라고 말했다. 그 심부름이라는 것은 내일 해가 솟아오르는 시간에 삽을 들고 밭으로 나가 신사가 가르쳐 주는 한 곳을 파라는 것이었다. 그러면 거기서 사람의 뼈를 발견할 것이고, 그 뼈에는 다섯 개의 고리가 달려 있을 것이라고 했다. 이 뼈가 그 신사 자기 뼈이고, 자신의 영혼은 그 뼈를 떠나 이미 500년 이상이나 조금도 쉬지 않고 이리저리 떠돌아다닌다고 했다. 만약 그 뼈를 발견하고 파낼 수 있다면, 더 깊이 파서, 거기에 숨겨 둔 진흙으로 빚어 만든 상자 다섯 개를 발견할 것이라고 했다. 그 상자들을 어떻게 해야 할지에 대해서는 나중에 알려 줄 것이라고 했다. 신사는 이 모든 것을 그에게 말하고 나서 갑자기 사라졌는데, 어디로 갔는지 요젭도 모른다는 것이었다. 어머니는 입을 딱 벌리고 들었고, 아주 의아해하며 요젭을 쳐다보았다. 그 이유는, 아둔한 아이가 평소엔 대여섯 마디의 말도 조리 있게 하지 못하는데, 지금은 유창하게 표준 보헤미아 말로 자신에게 벌어진 사건을 이야기했기 때문이다. 비록 그 이야기가 그녀에겐 섬뜩한 기분이 들었지만, 그녀는 현명한 여인으로서 그가 예고한 상자에 어떤 보물이 들어 있지 않나 생각하고는, 그 보물을 찾기 위해 요젭과 함께 모험을 감행하려고 결심했다.

다음 날 꼭두새벽에 어머니와 아들은 땅을 팔 장비를 갖추고 무덤이 있는 유령이 모습을 드러냈던 밭으로 갔다. 마을 어귀를 지나자마자 요젭이 말했다. 아 엄마 보세요. 저기 그 신사가 와 있어요. 어디? 어머니는 창백해지면서 온몸에 성호를 그으며 소리쳤다. 바로 우리 코앞에 있어요. 요젭이 대답했다. 그가 우리를 데리고 가려고 왔대요. 어머니는 아무것도 보지 못했다. 유령은 선택받은 사람인 요젭의 눈에만 보였고, 그들 앞으로 조용히 다가왔다. 그들은 밭을 가로질러 들길로 나아가는 황무지까지 갔으며, 거기서 요젭은 멈춰서더니 어머니에게 말했다. 여기예요, 엄마. 우리더러 여기를 파래요. 불안해진 어머니는 이마에 식은땀을 흘리면서 삽을 쥐고 급히 팠다. 60센티미터쯤 팠을 때, 그녀는 죽은 자의 뼈와 마주쳤다. 신사는 우리가 하는 것을 기쁘게 쳐다보고 있습니다, 라고 요젭은 500살 된 신사의 친절의 의미를 알지 못하고, 점점 더 크게 마음속으로 악마를 내쫓는 주문을 섞어 가며 외우는 어머니에게 확언했다. 뼈는 점점 많아지고, 보통 곰팡이가 슬어 있었으며, 공기와 닿자 재로 변했다. 손과 발 관절 바로 위의 두 팔받이와 정강이받이(보호대) 주위엔 강력한 철로 된 띠가 있었다. 갑자기 요젭이 어머니를 향해 소리쳤다. 엄마, 그 신사가 엄마의 오른쪽을 좀 더 파라고 해요. 그가 칼로 가리킨 바로 저기에 자기 머리가 있다고 하네요. 어머니는 그 말에 따라 몇 번 더 삽질을 하여 죽은 자의 머리를 파내는데, 이마에는 커다란 쇠고리가 둘러져 있었다. 이제 어머니의 일은 끝났다. 어머니는 파낸 뼈들을 보고 불안과 내면의 동요를 더 심하게 느꼈다. 어머니는 반신반의하면서 두개골을 찾았고, 그것을 보자 완전히 기력을 잃었다. 그녀는 삽을 내동댕이치고 큰 소리를 지르면서 마을을 향해 달아났다. 요젭은 어머니를 이해하지 못했다. 자기로서는 이보다 더 편안함을 느껴 본 적이 없었기 때문이다. 그가 낯선 신사에게 이게 무엇을 의미하느냐고 물으려 하자, 신사는 사라졌다. 요젭은 머리를 갸우뚱거리면서 고리 다섯 개를 삽에 걸고 재가 된 뼛가루를 가지고 조금 놀았다. 그러고 나서 환호성을 지르며 마을로 갔다. 훗날 그 다섯 개의 반지는 법원에 공탁되었고, 지금도 사람들은 거기서 그것들을 볼 수 있다.

위원회가 이 사건을 명백히 밝히지 못하고 조사를 끝냈을 때, 다섯 개의 고리로 인해 고무된 상급 관청은 예고한 다섯 개의 상자를 찾기로 결정했다. 공식 절차에 의해 발굴이 계속되었다. 1809년 11월 이 이야기를 하는 자는 그 구덩이를 직접 보았는데, 이미 상당한 깊이까지 파 들어가 있었다. 계속 파 들어가는 작업은 보통의 일꾼들이 할 수 없으므로, 구덩이가 무너지는 것을 방지하는 예방 조치를 취하지 않는 데 대한 비난을 면하기 위해, 마침내 광부들이 왔다. 광부들은 그 구덩이를 넓히고 좌우로 통로를 만들었다. 그리 오래지 않아 그들은 빈 구덩이에서 나는 소리를 들으려고 파고 또 팠다. 그러나 모든 것이 허사였고 상자는 나오지 않았다. 그들은 사금파리를 만났고, 희망은 더욱 커졌다. 그 사금파리를 다 치우고 나자 희망도 가라앉았다. 그들이 당황해하고 있을 때 어느 영리한 사람은 보석이 변덕을 부려 소중히 다루어지길 원하므로 그 보석을 거친 주먹 같은 손으로 잡으면 안 되고 동정심 있는 손가락으로만 만져야 한다는 생각을 하였다. 그래서 그는 요젭을 불러와 앞으로 있을 작업에 참여시키자는 제안을 했다.

12월에 그들이 상당히 멀리 파 들어갔을 때, 그들은 그 불쌍한 소년에게 따뜻한 옷을 입히고, 손에 작은 삽을 들려 여기저기 흙 몇 삽을 파게 했다. 그들은 속임수로 많은 것을 주겠다고 약속했다. 그러나 유령에게는 뼈가 상자보다 더 소중한 것 같았다.

왜냐하면 우리의 요젭이 참석해서 작업을 해도 아무런 소용이 없었기 때문이다. 서리가 점차 많이 내렸으므로, 마침내 수색을 끝내었다. 그들은 이듬해 초에 작업을 계속하기로 결정했지만, 실행되지는 않았다. 그런데 그 유령은 처음 보았을 때처럼 요젭에게 전혀 배은망덕한 행동을 하지 않았다. 왜냐하면 유령은 결코 보물을 준다는 약속을 하지 않았고, 요젭이 기대하고 있던 보물을 유령이 주지 않았다 하더라도, 틀림없이 어떤 조치가 있었다. 유령을 본 꼬마를 보려고, 또 그 꼬마에게 선물을 많이 주려고 사람들이 원근 각지에서 밀물처럼 몰려왔기 때문이다.

최근의 프로이센 전쟁에서 얻은 일화

Anekdote aus dem letzten preussischen Kriege

◆

프랑크푸르트로 가는 여행길에 나는 예나 근처 어느 마을의 여관에서 묵었는데, 그 여관 주인이 나에게 이런 이야기를 해 주었다. "전투*가 끝난 지 몇 시간 후, 그 마을은 이미 호엔로에** 장군의 군대가 모두 떠나고, 그 마을을 점령했다고 생각하는 프랑스군이 조심스럽게 둘러싸고 있었어요. 그때, 한 프로이센 기병이 갑자기 거기에 나타났어요." 여관 주인은, 모든 군인들이 그날 이 병사처럼 용감하게 싸웠더라면, 프랑스 군인들이 가령 실제보다 세 배의 세력이었다 하더라도 그들을 물리쳤을 거라고

---

*   독일 튀링겐주 예나 및 아우어슈테트 일대에서 벌어진 전투. 1806년 10월 14일 나폴레옹 1세가 이끄는 프랑스군과 프리드리히 빌헬름 3세가 이끄는 프로이센군이 교전을 벌여 프랑스군이 승리한다.

**   예나 전투에서 프로이센군을 지휘한 지휘관. Friedrich Ludwig Fürst von Hohenlohe-Ingelfingen(1746~1818)

확언했다. 여관 주인은 말을 이었다. "녀석은 먼지에 뒤범벅이 되어 말을 타고 달려와 내 여관 앞에 서더니, '여보시오, 주인 양반!' 하고 불렀어요. 그때 내가 물었어요. '뭘 드릴까요?' '화주 한 잔 주세요!'라고 그는 대답하며, 칼을 칼집에 꽂았어요. '목이 말라요!' '저런! 어서 여기서 도망가시오!' 내가 말했어요. '프랑스 군인들이 문 앞에 와 있어요!' '아, 그래요!'라고 그가 말하며, 말 고삐를 늦추었어요. '하루 종일 한 모금도 못 마셨어요!' 그때 나는 틀림없이 이 사람이 미쳤다고 생각했어요! '자, 리이제! 단치히*산 술 한 병 가져오너라!'라고 내가 소리쳤지요. '여기 있소!'라며 내가 그 술 한 병을 병째로 그의 손에 쥐어 주었어요. 나는 그가 그것을 가지고 말을 타고 가길 바랐어요. '온 병을?'이라며 그는 그 술병을 나에게 돌려주며 모자를 벗었어요. '내가 이걸 어떻게 하길 바랍니까? 조금만 따라 주세요!' 그는 이마의 땀을 닦으며 말했어요. '나는 시간이 없어요!' 이제 이 녀석은 곧 죽는다고 (나는) 생각했어요. '자, 여기 있소!'라며 나는 한잔을 따라 주고, '자! 이걸 마시고 가세요! 건강을 기원합니다!'라고 했어요. '한잔 더 따라 주세요!' 그 녀석이 말했어요. 그 사이에 사방에서 마을을 향해 쏘는 총성이 들려왔어요. 내가 말했어요. '한잔 더 마시겠다구요?' 정신 나갔구먼…! 한잔 더 주세요.'라고 말하며 그는 술잔을 내밀었고 '술잔 채워주세요.'라며 자신의 턱수

---

* 폴란드 북부의 항구도시 '그단스크(Gdansk)'의 독일식 이름. 단치히산 포도주는 고급품이다.

염을 닦으면서, 말을 타고 아래로 코를 세게 풀었어요. '현금으로 지불하겠습니다.' '나 원 참… 자, 여기 있소!' 내가 말하며, 그가 원하는 대로 두 번째 잔을 그에게 따라 주었어요. 그가 그것을 다 마셨을 때, 세 번째 잔을 따라 주었어요. 그러고선 내가 물었어요. '이제 만족합니까?' '아…!' 그 녀석은 온몸을 떨었어요. '술맛 참 좋습니다… 그런데!'라고 말하며 모자를 썼습니다. '얼마입니까?' '아! 아닙니다! 그냥 가십시오.'라고 내가 말했어요. '프랑스 군인들이 곧 마을에 들어옵니다.' '그런데!'라며 그는 파이프 통에 손을 넣고, '하느님이 당신에게 보상해 주길 빕니다.'라고 말하고 그 통에서 담배 파이프를 꺼내, 큰 구멍을 훅 불고 나서 말했어요. '불 좀 주십시오!' '성냥?' 허참, 이 녀석이 귀신에 씌었나 하고 생각했어요. '예, 성냥불 좀 주십시오! 담배 한 대 피우고 싶습니다.' 이 녀석 봐라, 프랑스 군대가 뒤를 바짝 쫓아오는데! '자, 어서 리이제!' 나는 하녀를 불렀고, 그 녀석이 그 파이프에 연초를 채우는 사이에 하녀가 성냥을 갖다주었어요. '자 됐어요!'라고 그 녀석은 말하며 파이프를 입에 물고 뻐끔거리면서, '염병할 프랑스 놈들!' 하고 욕을 했어요. 그러고선 모자를 눈에까지 푹 눌러쓰고, 말고삐를 잡고, 말의 머리를 돌려 칼을 칼집에서 뽑았어요. '대단한 사람이네!' 내가 말했어요. '저주받을 괘씸한 사람! 여기서 나가. 교수형을 받아야 할 사람이 참 태연하기만 하네. 세 명의 기병이다! 너는 그들이 안 보이니? 이미 대문 앞에 왔다!' '그래, 좋다!'라고 그가 말하며 침을 찍 뱉고 그 세 놈을 뚫어지게 노려보았어요. '네 놈들이 열 명이라고 해도 나는 무섭지 않다.' 이 순간 세 명의 프랑스 군인들이 마을로 달려왔어요. '얏!' 하고 그 녀석은 우렁차게 기합을 넣고, 말에 박차를 가하며 그들을 습격했어요. 맹세코 그들을 습격했어요! 그리고 그는 마치 호엔로에 군대가 전부 자기 뒤에 있기라도 한 것처럼 그들을 공격했어요! 그리하여 프랑스 기병들은 얼마나 많은 독일 군인들이 이 마을에 남아 있는지 알지 못하고, 그들의 평소 습관과는 달리 잠시 주춤하고 섰는데, 그 녀석이 눈 깜짝할 사이에 그 세 프랑스 놈을 베어 말안장에서 넘어뜨리고, 그 자리를 빙글빙글 돌고 있던 말들을 붙잡고 내 앞을 스쳐 달려가면서, '이랴!' 하며 소리치고 '여보 여관 주인 양반, 잘 보셨소? 안녕히 계십시오! 안⋯ 녕⋯ 히⋯! 허! 허! 허!' 하고 갔어요. 그런 녀석은 내 일생 동안 한 번도 보지 못했어요."라고 여관 주인이 말했다.

프랑스인의 정의
Franzosen-Billigkeit
청동에 새겨 둘 가치가 있는 것

◆

전쟁 중에 한 (베를린) 시민이 프랑스 장군 훌린*을 찾아와서, 적(敵)의 재산에 적용할 전시 몰수법(沒收法)**을 암시하며, 폰톤호프(야적장)에 목재가 많이 쌓여 있다고 알려 주었다. 장군은 마침 옷을 입으면서 말했다. "아니, 여보게. 우리는 그 목재를 그 자리에 그대로 놔두지 않으면 안 돼." "왜 그렇습니까? 그것은 왕의 재산인데요." 시민이 물었다. "바로 그 때문이야." 장군은 말하면서 그를 힐끗힐끗 쳐다보았다. "프로이센 왕은 바로 너 같은 비열한 녀석의 목을 매달기 위해 그 목재를 필요로 한단다."

---

*   Pierre Augustin Hulin(1758~1841), 베를린을 점령한 프랑스 사령관

**   적국 재산의 소유권을 정당한 보상 없이 박탈하는 것

신의 끌
Der Griffel Gottes

♦

폴란드에 P. 백작부인이 살았는데, 이 늙은 부인은 매우 악한 사람이었다. 그녀는 특히 자기 밑에서 일하는 사람들에게 인색했고 그들이 피를 토할 때까지 잔인하게 괴롭혔다. 이 부인은 죽으면서, 자신에게 면죄부를 발행해 준 수도원에 유산을 기증했다. 그 후의에 보답하기 위해 수도원은 교회 묘지에 그녀를 묻고 값비싼 황동 묘비를 세워 주었으며, 그 비명(碑銘)에는 건립 경위를 화려하게 적었다. 묘비를 건립한 다음 날 벼락이 그 묘비를 내리쳐 황동을 녹였고, 읽을 수 있는 글자 겨우 몇 자만을 남겼다. 그 글자를 모아 읽어 보니, "그녀는 심판받았다!"였다. ─ 이 사건(율법학자들은 이것을 해명하기를 좋아한다)은 사실임이 확인되었다. 부인의 묘비는 지금도 서 있고, 그 묘비와 비명을 본 사람들이 이 시(市)에 살고 있다.

최근의 (더 행복한) 베르테르
Der neuere (glücklichere) Werther

♦

프랑스의 L에 젊은 점원 C가 있었는데, 그는 자기 주인이자 부유하지만 늙은 상인, D의 부인을 몰래 사랑했다. 부인은 부덕을 갖추고 있고 품행이 방정했기에, C는 부인의 사랑을 받을 만한 최소한의 시도도 하지 못했다. 오히려 그는 자기 주인에게 감사와 존경의 마음을 더 갖게 되었다. 그 부인은 건강을 해칠 것 같은 점원의 사정을 가엾게 여기고, 남편에게 여러 가지 구실을 내세워 그를 집에서 내보낼 것을 요구했다. 그러나 남편은 점원에게 나가라고 정해 준 기한을 나날이 연기했고, 마침내 그 점원이 자기 가게에 없어서는 절대로 안 된다고 설명했다.

어느 날 D는 부인과 함께 시골에 있는 친구 집으로 여행을 갔다. 그 사이에 그는 젊은 C에게 집에 남아 가게를 돌보라고 했다.

그날 밤 모두가 잠들었을 때, C는 필자도 모르는 어떤 감정에 이끌려, 정원을 산책하려고 나선다. 그는 사랑하는 부인의 침실을 지나다가 멈춰 서서, 문고리에 손을 얹고, 문을 연다. 부인이 누웠던 침대를 보자 C의 가슴이 더 세게 두근거린다. 몇 번의 심적 갈등을 치른 후, 그는 기어코 어리석은 짓을 하고야 만다. 아무도 보지 않는다고 생각하고는 옷을 벗고 침대 속에 눕는다. 그가 평화롭고 고요하게 부인의 침대에서 몇 시간째 자고 있던 한밤중, 여기에 밝힐 필요 없는 특별한 이유로 부부가 예기치 않게 집으로 돌아온다. 늙은 주인이 아내와 함께 침실에 들어와 젊은 C를 발견하는데, C는 그들의 소리에 놀라 잠이 깨어 침대에서 몸을 반쯤 일으킨다. C는 부부를 보고 부끄러움과 당혹감에 휩싸인다. 부부가 깜짝 놀라 돌아서서 옆방으로 가는 사이에, 그는 일어서서 옷을 입는다. 그는 삶에 싫증을 느끼며 자기 방으로 기어가, 지금 일어난 일을 설명하는 짤막한 편지를 부인에게 쓰고, 벽에 걸려 있던 권총으로 자기 가슴을 쏜다. 여기서 그의 인생 이야기는 끝난 것처럼 보인다. 그런데 아주 이상하게도 이야기는 여기서 새로 시작한다. 왜냐하면 자신을 향해 쏜 총알이 C는 죽이지 않고, 옆방에 있던 그 늙은이를 졸도하게 한 것이다. 불려온 의사들의 어떤 의술도 그를 살려 내지 못하고 D는 몇 시간 후에 죽는다. D가 묻힌 지 닷새 뒤, 젊은 C는 총알이 폐를 파고들었지만 치명적이지 않았기 때문에 의식을 되찾는다. 사랑하는 부인을 위해 기꺼이 죽으려고 했던 그가 무슨 일이 일어났는지를 알았을 때, C는 부인의 팔에 안겨 있다! 그 기분을 누가 잘 묘사하겠는가. 어떻게 말할까? 그의 고통이라고 할까 기쁨이라고 할까?

일 년 후 부인은 그와 결혼했다. 그들 부부는 1801년까지 살았는데, 그때 그들 가족은 이미, 아는 사람의 말에 의하면, 13명의 어린이로 구성되어 있었다고 한다.

인형극에 대하여

Über das Marionettentheater

♦

1801년 겨울을 M시에서 보내고 있던 어느 날 밤 나는 공원에서 C 씨를 만났다. 그는 최근 M시의 오페라 수석 무용수로 임명되었고, 관중들로부터 큰 인기를 얻고 있었다.

나는 그에게 시장터의 인형 극장에서 이미 여러 번 당신을 보았고 매우 놀랐다고 말했다. 그 인형 극장은 노래와 춤을 섞은 익살스런 즉흥극으로 관중들을 즐겁게 하고 있었다.

그는 인형의 팬터마임이 자신에게 큰 기쁨을 준다고 말했다. 또 어떤 무용가라도 자기 기술을 연마하려고 하면 그 인형으로부터 여러 가지를 배울 수 있다는 주장을 상당히 분명히 내비쳤다.

그의 말은 어투로 보아 단순한 생각이 아닌 듯했다. 나는 그가 그런 이상한 주장을 하는 이유를 더 자세히 듣고 싶어 그의 곁에 자리를 잡고 앉았다.

그는 나에게 인형의 어떤 동작, 특히 작은 인형이 춤을 출 때의 동작이 매우 '우아한(graziös)' 것을 보지 못했느냐고 물었다.

나는 그 사실을 부정할 수 없었다. 농부로 분장한 네 인형이 빠른 템포로 '론도' 춤을 추는 것은 테니르스* 같은 화가도 잘 그려 낼 수 없었을 것이다.

나는 인형의 구조에 대해 질문했다. 손가락에 수많은 줄도 연결하지 않고 어떻게 인형의 사지(四肢)와 그 관절점들을 그들의 동작이나 춤의 리듬이 요구하는 대로 조종할 수 있는지 물었다.

그는 춤의 여러 가지 동작이 진행될 동안에는 인형의 각 부위가 인형 조종사에 의해 배치되거나 이끌리는 것으로 상상해서는 안 된다고 대답했다. 그는 모든 운동은 하나의 중심(重心)을 갖고 있고, 인형의 내부에 있는 중심을 조종하면 충분하며, 실제로 진자(振子)에 불과한 인형 신체의 각 부위는 다른 도움 없이 기계적으로 저절로 따라 움직인다고 말했다.

그는 덧붙여서 이 운동은 매우 간단하다고 했다. 그리고 중심이 직선으로 움직일 때마다 사지는 곡선을 그리고, 또 때로는 중심이 우연히 흔들리기만 해도 인형 전체가 춤과 비슷한 리드미컬한 동작을 한다고 했다.

설명을 듣고 나는 그가 인형극에서 발견했다고 주장하는 기쁨이 어느 정도인지 처음으로 알 수 있을 것 같았다. 그러나 여전

---

* David Teniers II. 1610-1690, 시골 생활과 야외에서의 교회 축제를 그린 네덜란드의 풍속화가

히 그가 여기서 어떤 결론을 이끌어 낼지 전혀 예상하지 못했다.

나는 그에게 이 인형들을 조종하는 조종사는 자신이 무용가라고 믿는지, 또는 최소한 무용의 미(美)에 대해 일정한 식견을 갖고 있다고 믿는지 물었다.

그는 어떤 동작이 기계적인 관점에서 쉽게 보인다고 해서, 그것이 미적 감각이 전혀 없어도 실행할 수 있는 일이라고 생각해서는 안 된다고 하면서 다음과 같이 말했다.

"무게중심이 그리는 선은 실제로 아주 간단하고, 대부분의 경우 직선이라고 생각합니다. 만약 그 선이 곡선이면, 그 만곡(彎曲)의 법칙은 단지 일차방정식이며, 기껏해야 이차방정식입니다. 후자인 이차방정식의 경우에는 타원형이고, 운동의 형식은 인간 신체의 사지에는 (관절이라고 하는 것이 존재하기 때문에) 자연스럽고, 따라서 인형 조종사는 특별한 기술을 필요로 하지 않습니다. 그러나 다른 관점에서 보면 이 선은 어딘지 모르게 신비스럽습니다. 왜냐하면 그 선은 바로 무용가의 영혼의 길이기 때문입니다. 그리고 그 영혼의 길이 긋는 선은 오직 인형을 조종하는 사람이 자신을 인형의 무게중심 속에 옮겨 넣을 때, 바꾸어 말해, 인형과 함께 춤을 출 때에만 발견될 수 있다고 생각합니다."

나는 이 인형 조종사의 작업을 상당히 단순한 일이라 생각했고, 손풍금의 손잡이를 돌리는 것쯤으로 생각했다고 대답했다.

그는 "천만의 말씀입니다. 오히려 조종사의 손가락 운동과 손가락에 매달린 인형의 운동 관계는 상당히 정밀한 것입니다.

마치 수와 '로그' 또는 점근선과 쌍곡선의 관계와 같습니다."라고 대답했다.

그러나 그는 방금 자신이 언급한 영혼의 이 마지막 파편이 인형에게서 제거되면, 그들의 춤은 완전히 기계적인 힘의 영역으로 옮겨 가게 되며, 내가 생각했던 것처럼 손풍금의 손잡이를 돌림으로써 생길 수도 있을 것이라고 믿었다.

나는 그가 이런 대중을 위한 예술 장르에 크게 주목하는 것이 매우 놀랍다고 말했다. 그는 이와 같은 인형극이 더욱 발전할 수 있다고 믿고 또 자신도 그 발전을 위해 노력하고 있는 것처럼 보였다.

그는 웃으면서, '만약 인형 제작 기술자가 나의 특별한 주문에 맞게 인형을 만들어 준다면, 그것을 가지고 나는 이 시대의 어떤 누구도 해내지 못한, 유명한 베스트리스*조차도 출 수 없는 춤을 출 수 있어요'라고 감히 주장했다.

내가 말없이 눈길을 바닥으로 돌리고 있자 그는 나에게 물었다. "당신은 영국 기술자가 불행한 사고로 다리를 잃은 자들을 위해 만들어 준 의족에 대해 들어 본 적이 있습니까?"

"아니오, 그런 것을 본 적도 없어요."라고 나는 대답했다.

"참 안됐습니다."라고 그는 말했다. "이 불행한 자들이 그 의족으로 춤을 춘다고 하면 당신은 믿지 않을 겁니다. 그것은 보통의 춤이 아닙니다. 물론 그들의 동작의 범위는 제한됩니다. 그

---

*　　Auguste Vestris, 1760-1842, 파리 오페라의 주도적 무용수

러나 그들이 자유자재로 하는 동작들은 평온하고 경쾌하며 우아하므로, 이를 본 생각이 깊은 사람들이면 누구라도 경탄할 정도입니다."

나는 농담으로, '당신은 좋은 상대를 발견했어요.'라고 말했다. 왜냐하면 그런 주목할 만한 인공다리를 만들어 낼 수 있는 기술자는 틀림없이 그가 원하는 완벽한 인형을 만들어 줄 수 있기 때문이었다.

그러자 이번에는 그가 약간 당황해하며 바닥을 쳐다보았다. 나는 물었다. "도대체 그 기술자의 기술에 맡겨 만들려고 하는 당신의 요구는 어떤 것입니까?"

그는 대답했다. "별것 아닙니다. 이전부터 잘 알려져 있는 것입니다. 균형, 민첩성, 경쾌감 — 다만 이 모든 것들이 고차원이어야 합니다. 특히 무게중심을 더 자연스럽게 배치해야 합니다."

"그런 인형이 살아 있는 무용가보다 무슨 장점을 지니고 있습니까?"

"장점요? 첫째, 부정적인 것입니다. 말하자면 이 인형은 결코 꾸미지 않는 것입니다. 왜냐하면 꾸밈(Ziererei)이라는 것은, 당신도 알다시피, 영혼*이 동작의 무게중심에 있지 않고 다른 곳에 있기 때문입니다. 인형 조종사는 철사와 실을 이용해서 이 중심을 조종하기 때문에, 인형 몸체의 다른 부위들은, 그것이 어떤 부위라 하더라도, 생명이 없는 순수한 진자가 되어, 중력(重

---

*   vis motrix, 즉 운동을 일으키는 힘

力)의 단순한 법칙에 따릅니다. 그것은 매우 우수한 특성으로, 우리들이 대부분의 무용가에게서 아무리 해도 찾아볼 수 없는 성질입니다."

"여배우 P.를 잘 관찰해 보세요." 그는 말을 계속했다. "그녀는 다프네(Daphne)를 연기할 때, 아폴로(Apollo)에게 쫓겨 가면서 뒤돌아봅니다.* 그때 그녀의 영혼 — 중심 — 은 엉덩이에 있습니다. 그녀는 마치 신체가 부러질 정도로, 베르니니(Bernini)** 파의 조각작품인 물의 요정(Najade)처럼, 몸을 구부립니다. 젊은 무용가 F.를 관찰해 보세요. 그가 파리스(Paris) 역을 하며 세 명의 목신(牧神)들에 에워싸여 비너스(Venus)에게 사과를 건네줄 때,*** 그의 영혼은 보기에도 무서울 정도로 그의 팔꿈치에 가 있습니다."

그는 말을 잠시 중단했다가 다음과 같이 덧붙였다. "이런 실수들은 우리가 인식의 나무 열매를 먹은 이후로 피할 수 없습니다. 그러나 낙원의 문에는 빗장이 걸려 있고 불칼을 든 케룹

---

*   희랍의 신 아폴로는 아름다운 요정(妖精) 다프네를 사랑하여 쫓아다닌다. 그가 도망가는 그녀에게 거의 쫓아갔을 때, 그녀는 월계수 나무로 변신한다.

**   Gian Lorenzo Bernini(1598-1680)는 이탈리아 조각가로 바로크 양식의 대표자. 작품 중에 <아폴로와 다프네>가 있다. 바로크 양식은 신고전주의 및 낭만주의 시대에는 평판이 적었고, 천박하게 꾸미고 과장된 것으로 간주되었으며, 진정한 예술과 진정한 자연 양면에서 멀어졌다.

***   발레의 장면을 가리킨다. 트로이 왕자 파리스는 미청년(美靑年)으로 세 여신들(Hera, Athene, Aphrodite)로부터 그들의 미(美)에 대한 심판관으로 소환된다. 그 이유는 불화(不和)의 여신 에리스(Eris)가 가장 아름다운 여신에게 주기로 하고 던진 황금 사과를 그들이 서로 차지하려고 다투기 때문이다.

(Cherub) 천사가 그 문을 지키고 있습니다. 우리들은 혹시 낙원의 뒷문이 열려 있는지 보기 위해 지구를 빙 둘러 여행을 하지 않으면 안 됩니다."

　나는 웃었다. 만약 정신이 없다면 과오를 범하지도 않을 것이라고 생각했다. 나는 그가 말을 더 하고 싶어 하는 것을 눈치채고, 그에게 말을 계속하라고 요청했다.

　그는 말을 계속했다. "게다가 이 인형은 반중력(反重力, antigrav)의 장점을 가집니다. 인형은 모든 성질 중에서 춤을 가장 방해하는 관성이 없습니다. 왜냐하면 인형을 공중으로 들어 올리는 힘이 인형을 지상에 묶어 두는 힘보다 더 세기 때문입니다. 우리들의 사랑하는 G. 마담이 비약(飛躍, Entrechat)하거나 급선회(急旋回, Pirouetten)하며 춤을 출 때, 60파운드의 몸무게를 더 가볍게 하거나 또는 이 정도의 무게를 더하면 어떻게 될까요?* 인형은 요정처럼 그들이 밟고 스쳐 지나갈 땅바닥만을 필요로 합니다. 그리고 인형은 순간적인 제동을 통해 그 사지가 도약하도록 다시 활기를 불어넣어 주기만 하면 됩니다. 반면에 우리들 인간은 그 위에서 쉬기 위해 또 춤의 피로를 회복하기 위해 땅바닥을 필요로 합니다. 이 순간 자체는 분명 춤이 아니며, 가능한 한 춤만 사라지게 할 뿐이지 다른 데에는 아무 소용이 없습니다."**

---

* 　이런 의식적으로 하는 꾸밈이 인간 춤꾼의 행위이다.

** 　인형은 바닥을 요정처럼 스쳐 지나가기 위해 필요로 하고 그 순간적인 제동이 사지를 다시 움직이게 하는 데 반해, 인간 무용가는 그 바닥을 쉬기 위해,

나는 말했다. "당신이 역설적인 주장을 아무리 능숙하게 한다 해도 내가 기계적인 인형이 인간 신체 구조보다 우아함(Anmut)을 더 많이 갖고 있다는 사실을 믿게 하지는 못할 것입니다."

그는 대답했다. "인간은 우아함에서 도저히 인형과 경쟁할 수가 없고 오직 신만이 이 우아함의 경쟁에서 물질인 인형의 상대가 될 뿐입니다. 바로 여기가 둥근 모양의 지구의 양 끝이 서로 맞물리는 점입니다."

나는 점점 더 놀랐고 그런 이상한 주장에 어떻게 대답해야 할지 몰랐다.

그는 코담배 한 줌을 집으면서 말했다. "당신은 창세기 제3장*을 주의 깊게 읽지 않은 것 같군요. 이 인간 역사의 첫 장을 모르는 사람하고는 인간 역사의 다음 장, 더구나 마지막 장에 대해 이야기할 수 없어요."

나는 의식(Bewusstsein)이 인간의 자연스러운 우아함(Grazie)을 방해함을 너무나 잘 알고 있다고 말했다. "내가 잘 아는 한 젊은이는 그저 한 번 의식한 것만으로, 바로 내가 보는 앞에서, 자신의 순수함(Unschuld)을 잃었습니다. 그 후 그는 온갖

그리고 춤의 긴장을 회복하기 위해 필요로 한다. 왜냐하면 그 모멘트 자체는 춤이 아니며, 그 모멘트로써 춤만 사라지게 할 뿐 다른 데에는 아무 소용이 없다. 즉 인간 무용가가 땅바닥에서 쉬는 순간은 춤만 그치게 할 뿐이지 다른 목적으로(재도약, 춤을 재활성화하는 등) 활용하지 못한다는 것이다. 따라서 인형이 인간 무용가보다도 우월하다는 주장이다.

* 인간의 낙원 추방을 기술한 유명한 이야기가 있다.

노력을 다해 보았지만 그 순수함이라는 낙원 상태를 다시는 찾을 수 없었습니다. 그런데 당신은 여기서 어떤 결론을 이끌어 낼수 있습니까?" 하고 내가 덧붙여 물었다.

그는 나에게 어떤 사건을 말하고 있는지 반문했다.

나는 다음과 같이 이야기했다.

"약 3년 전 나는 한 젊은이와 함께 목욕을 했습니다. 그 젊은이의 몸매는 당시 놀라울 정도로 우아함이 넘쳐흘렀습니다. 그는 대략 열여섯 살쯤 되어 보였는데, 멀리 떨어진 곳에서도 여성들의 사랑을 얻기 위한 허영의 첫 징후가 보였습니다. 바로 그전에 우리는 우연히 파리에서 한 젊은이가 발에서 가시를 뽑고 있는 유명한 고대 '스피나리오' 조각상을 보았습니다. 그것은 유명하므로 대부분의 독일 미술관에도 모조품이 있습니다. 그가발을 닦으려고 발판에 올려놓는 순간, 그는 거울에 비친 자신의모습을 슬쩍 보고 그 조각상을 떠올렸습니다. 그는 미소 지으면서 나에게 방금 자신이 발견한 것을 설명해 주었어요. 나도 사실 바로 그 순간 그것을 눈치챘습니다. 그러나 나는 그에게 정말 우아함이 있는지 없는지 확인하려고, 또는 그의 허영을 고쳐 주기 위해 미소 지으며 '아마도 당신은 환영을 보았을 것입니다.'라고 말했습니다. 그는 얼굴을 붉히면서 그것을 나에게 증명해 보이기 위해 자신의 발을 두 번째로 들어 올렸으나, 쉽게 예상할 수 있듯이 그 시도는 실패했습니다. 그는 당황하여 발을세 번 네 번 아마 열 번 이상 들어 올렸으나 허사였습니다. 그는똑같은 동작을 다시 해낼 수 없었습니다. 그가 했던 동작들은 아주 우스꽝스런 요소를 지니고 있어서, 나는 웃음을 참을 수 없었습니다. 그날부터, 말하자면 그 순간부터 그 젊은 남자에게는 이해할 수 없는 변화가 생겼습니다. 그는 여러 날을 그 거울 앞에 서 있었습니다. 그리고 그의 매력은 하나씩 차례로 떨어져 나갔습니다. 눈에 보이지도 않고 알 수도 없는 어떤 힘이 마치 철망처럼 그의 동작의 자유로운 연기를 덮었으며, 일 년이 지났을 때 평소 주변의 모든 사람의 눈을 즐겁게 했던 그가 지녔던 사랑스러움(Lieblichkeit)은 흔적도 찾을 수 없었습니다. 이 이상하고 불행한 사건을 본 증인이 아직도 살아 있는데, 그는 내가 당신에게 말씀드린 것이 한마디도 틀림이 없다고 확인해 줄 수 있을 것입니다."

C 씨는 다정하게 말했다. "바로 이 기회를 이용하여 나도 당신에게 다른 이야기 하나를 꼭 해 드리고 싶습니다. 당신은 쉽게 이해하실 것입니다. 이 이야기는 서로 관련성이 있습니다.

나는 러시아로 여행하는 도중에, 우연히 리보니아*의 어느 귀족 폰 G 씨의 영지에 체재한 적이 있습니다. 폰 G 씨의 아들들은 그 당시 펜싱 연습에 열중하고 있었습니다. 특히 그중 큰아들은 대학에서 막 집으로 돌아와, 노련한 기술을 연마했습니다. 어느 날 아침, 내가 그의 방에 가자, 그는 나에게 펜싱을 제안했습니다. 우리는 펜싱 시합을 했습니다. 그러나 내가 그보다 더 우월하다는 것이 드러났습니다. 그는 격앙되어 당황했습니다.

---

* 발트해 연안 지명. 그 당시 러시아 영이었다.

내가 펜싱 칼로 찌르는 공격들은 거의 다 적중했으며, 마침내 그의 칼이 한쪽 구석으로 날아갔습니다. 반은 농담으로, 반은 감정적으로 그는 칼을 집으며 자신의 선생을 만났다고 말했습니다. 그러나 이 세상 사람은 모두 자기 선생이 있으니, 이제 그는 나를 나의 선생에게 안내하겠다고 했습니다. 두 형제는 크게 웃고 소리쳤습니다. '자, 갑시다. 마구간으로 내려갑시다.' 그들은 내 손을 잡고 나를 그들의 아버지 폰 G 씨가 영지에서 키우고 있는 곰 우리로 데려갔습니다.

　　내가 깜짝 놀라며 곰 앞에 다가서자, 그 곰은 뒷발로 서서, 등을 자신이 묶여 있는 기둥에 기대고, 오른쪽 앞발을 전투준비를 하며 들고 내 눈을 쳐다보았습니다. 그것이 그 곰의 펜싱 자세였습니다. 그런 적을 만나자 나는 꿈을 꾸는 것이 아닌가 하고 생각했습니다. 그런데 폰 G 씨가 '찔러요! 찔러요! 그 녀석을 일격에 해치울 수 있는지 시험해 보세요!'라고 말했습니다. 깜짝 놀란 나는 어느 정도 정신을 차린 뒤에 칼을 들고 곰을 찔렀습니다. 그 곰은 앞발을 들고 살짝 움직이며 내 공격을 막아 내었습니다. 나는 그를 속임수(페인트)로 속이려고 해 보았습니다. 곰은 꼼짝도 하지 않았습니다. 나는 순간적으로 몸을 움직여 그를 다시 한번 더 찔렀습니다. 상대가 보통 사람이었다면 틀림없이 가슴을 명중시켰을 것입니다. 곰은 앞발을 살짝 움직여 내 공격을 막아냈습니다. 이번에는 내가 폰 G 씨의 아들과 거의 같은 상태가 되었습니다. 곰의 진지함이 내 침착성을 빼앗아 버렸습니다. 나는 찌르기와 속임수를 섞어 가면서 계속 공격했습니다.

그러나 땀만 뻘뻘 흘릴 뿐 아무리 해도 그 곰을 이길 수가 없었습니다! 그 곰은 이 세계의 제일 훌륭한 검객처럼 나의 모든 공격을 막아 내었을 뿐만 아니라, 이 세상의 어떤 검객도 모방할 수 없는 나의 속임수에 대해 아무런 반응을 하지 않았습니다. 곰은 마치 내 눈에서 내 영혼을 읽어 낼 수 있다는 듯이 눈과 눈을 맞대고, 내 공격이 진지한 것이 아니라면 조금도 움직이지 않았습니다.

당신은 이 이야기를 믿을 수 있겠습니까?"

"완전히 믿습니다!" 기쁘게 박수를 치며 나는, "낯선 사람이 그 이야기를 해도 믿을 수 있는데, 하물며 당신이 이야기하시니 더욱더 믿습니다!"라고 소리 질렀다.

C 씨가 말했다. "그럼 좋은 친구여, 당신은 내가 하는 말을 이해하는 데 필요한 모든 것을 손에 넣었습니다. 유기적 세계에서 생각하는 힘(Reflexion)이 어두워지고 약해지면 약해질수록, 우아함은 점점 더 빛을 발하고 강력하게 나타난다는 사실을 우리는 알고 있습니다. 그러나 어느 한 점의 한쪽에서 서로 교차하는 두 선이 무한을 통과한 후 갑자기 다시 다른 한쪽에서 만나는 것처럼, 또 우리가 오목 거울에 가까이 가면 우리의 모습은 무한으로 사라진 후, 갑자기 다시 우리 눈앞에 나타나는 것처럼 우아함은 말하자면 인식이 무한을 통과한 후에 우리에게 다시 한번 나타납니다. 이처럼 우아함은 의식이 전혀 없는 상태이거나 또는 무한한 의식을 가진 인체에, 다시 말하면 인형이거나 신에게 가장 순수하게 나타납니다."

"그렇다면," 나는 얼떨결에 말했다. "우리가 순수한 상태로 돌아가기 위해서는 인식의 나무 열매를 다시 한번 더 먹지 않으면 안 된다는 것을 의미합니까?"

"물론입니다." 그는 대답했다. "그것이 세계 역사의 마지막 장입니다."

하인리히 폰 클라이스트
(Heinrich von Kleist, 1777~1811)

독일 문학 사상 고전주의와 낭만주의의 중간 시기에 활동한 가장 중요한
극작가이며 소설가요 시인이었다. 그의 문학 활동의 본령(本領)은 드라마
부분이다. 그는 소포클레스 이후의 서양 고전극 요소와 셰익스피어의
극작 기법을 조화시켜 더 나은 극을 창작하려고 노력했다. 클라이스트는
고전주의를 대표하는 괴테, 실러와는 달리 인간 내면의 본질과 운명에
있는 실존성을 독창적으로 그려 냄으로써 독일 현대 문학의 선구자라는
평가를 받는다. 그는 작품에서 종종 '사랑, 정의, 진실, 애국적 헌신'
등을 주제로 내세운다. 작품으로는 그의 마지막 걸작 『홈부르크 공자』
이외에도 명작 희극 『깨어진 항아리』, 『암피트리온』, 『하일브론의
케트헨』, 그리고 비극 『펜테질레아』 등의 희곡과 「미하엘 콜하스」,
「O. 후작 부인」, 「칠레의 지진」, 「결투」 등의 단편소설, 『인형극에
대하여』라는 에세이, 그리고 서정시와 일화(逸話) 작품 다수를 남겼다.
오늘날 클라이스트는 소포클레스, 셰익스피어, 세르반테스, 몰리에르
등에 비견되는 세계적 명성을 얻고 있다.

◆드로스테 휠스호프◆

Annette von Droste-Hülshoff

유대인의 너도밤나무
Die Judenbuche
베스트팔렌 산골 마을의 풍속화

◆

우매한 머리의 혼란을 망설이지 않고 구별할 수 있는
그렇게 깨끗한 손이 어디 있으며,
불쌍하고 위축된 존재에게 주저 없이 돌을 던질 수 있는
그렇게 확고한 손은 어디 있느냐?
누가 감히 공허한 피의 충동을 잴 수 있으며,
어린 가슴속에 질긴 뿌리를 내리는, 기억에 남는 모든 말들,
야금야금 영혼을 훔치는 편견이라는 도둑을
누가 감히 재판할 수 있는가?
밝은 공간에서 태어나 자라고,
경건한 손에 양육된 행복한 자 그대는,
저울질하지 말라, 결코 그대에게 허락되지 않았느니!
돌을 내려놓아라, 그것이 그대 머리를 칠 것이다!

1738년에 태어난 프리드리히 메르겔은 B마을의 하찮은 계급인 토지 소유자, 소위 말하는 반(半)소작농의 외동아들이었다. B마을의 집들은 아주 엉성하게 지어져 있었고 연기로 그을려 있었다. 하지만 역사적으로 중요하고, 기억할 만한 산맥 속에 있는 푸른 숲[*] 골짜기의 그림 같은 아름다운 지형은 모든 여행가의 시선을 끌었다. 이 마을이 속해 있는 지방은 당시에는 외딴 벽지라서 공장도 없고 상거래도 없었으며 큰길도 없었다. 그래서 낯선 사람이 마을에 나타나면 주목을 받았으며, 상당히 높은 신분의 사람들조차도 이 마을로부터 한 30마일^{**}쯤 여행을 나서면 자기 구역을 몰라 율리시스^{***}처럼 길을 헤매었다. 간단히 말해서, 독일의 여느 지방에나 있는 장소 중 하나라 할 수 있다. 따라서 그런 지역의 특성이라고 할 수 있는 온갖 결점과 미덕 그리고 독특하고 고루한 면을 모두 지니고 있었다. 법률은 아주 간단하고 종종 미비했으므로 정의와 불의에 대한 주민들의 사고방식은 혼란에 빠져 있었다. 오히려 합법적인 법 이외에도 제2의 법이 형성되어 있었다. 말하자면 여론, 습관, 그리고 태만함에서 생긴 소멸시

---

[*]　　토이토부르크 숲(Teutoburger Wald)을 말한다. 독일 중북부 노르트라인베스트팔렌 주에 위치한 산림 지대로 서기 9년에 이 숲에서 로마군이 게르만의 족장 헤르만에게 크게 패하였다.

^{**}　　독일의 1마일은 약 7.5킬로미터이고, 이에 반해 영국의 1마일은 약 1.6킬로미터이다.

^{***}　　오디세우스(Odysseus)의 라틴명. 트로이 전쟁에서 승리하고 고향(Ithaka)으로 돌아가다가 약 10년 동안 표류한 그리스의 영웅

효(消滅時效)의 법이 통용되었다. 법적으로 하급 재판권*을 가진 영주는 대부분의 경우 공정하게 벌을 주고 보상을 주었다. 농민들은 자기들이 할 수 있고, 너그러운 양심으로 보아 납득할 만한 일을 하였다. 재판에 진 사람들만이 때때로 먼지투성이의 오래된 법전을 찾아보아야겠다는 생각을 하였다.

이 시대**를 편견에 치우치지 않고 파악하기는 어려운 일이다. 시대가 지나고 난 뒤에 교만했다고 비난받거나, 단순히 칭찬받게 되는 것은 그 시대를 체험한 사람들이 너무 많은 고귀한 기억들에 눈이 멀어 있기 때문이고, 또 훗날 태어난 사람들이 그 시대를 이해하지 못하기 때문이다. 그런 만큼 사람들의 외형은 점점 더 약해지고, 본질은 점점 더 견고해지고, 위반은 더 빈번해지고, 비양심적 행위가 더 드물어졌다고 말할 수 있다. 자기 신념에 따라 행동하는 사람은 그 신념에 비록 결점이 있다 하더라도 결코 몰락하지 않지만, 반대로 내적 정의감을 거스르면서 외적 정의에 호소하는 것보다 더 사람의 정신을 해치는 것은 없기 때문이다.

이웃 사람들보다 더 활동적이고 진취적인 사람 유형은 같은 환경의 그 어느 곳보다 우리가 이야기하고자 하는 이 작은 마을에서 많은 것을 더 두드러지게 드러낸다. 이곳에서는 도벌과 밀

미하일 콜하스

---

* 영주가 통치하던 시기에는 귀족인 지주가 재판권을 가졌다. 이 권한은 1815년 이후 일부 제한되다가 다시 도입되었으며 1848년 이후에야 비로소 폐기된다.

** 프랑스 대혁명의 시대를 말한다.

렵이 흔히 일어나는 일이며, 또 자주 일어나는 싸움에서는 각자 스스로 자신의 깨진 머리를 감싸야만 했다. 그러나 거대하고 울창한 산림은 이 지방의 주된 재원이었기 때문에 무엇보다도 산림에 대해서는 삼엄한 경비가 있었다. 하지만 합법적인 방법에 의해서가 아니라 언제나 새로운 방식으로, 상대의 폭력과 간계를 이쪽에서도 폭력과 간계를 써서 대응하려고 했다.

B마을은 영주가 통치하는 전 구역 중에서 가장 교만하고, 교활하고, 또 담대한 구역으로 간주되었다. 깊고 자랑스러운 외딴 숲에 처한 지리적 상황은 일찍이 이 고장에서 태어난 사람들에게 완고함을 키워 주었다. 바다로 흘러드는 강*가에는 조선용 목재를 싣고 안전하게 이 지역을 벗어나기에 충분하리만큼 큰 뗏목이 감춰져 있었고, 이 뗏목은 벌목하는 사람들의 천성적인 대담성을 북돋워 주는 데에 한몫을 했다. 주위에는 산림관들이 우글거렸으며, 이곳에서는 도발적인 효과만 거두었다. 게다가 자주 일어나는 말다툼에서는 대개 농부가 유리했다. 동시에 30~40대의 마차들이 아름다운 밤의 달빛 속에서 어린 소년에서부터 일흔 살의 마을 촌장에 이르기까지 다양한 연령의 사람들을 거의 60~70명이나 태웠는데, 그 마을 촌장은 노련한 길 안내자로서, 그가 마을 법정에서 자기 자리를 차지하고 있을 때와 똑같이 뽐내면서 대열을 이끌었다. 그 뒤에 있던 사람들은 아무 걱정 없이 골짜기에서 점차 사라져 가는 수레바퀴의 덜컹거

---

*   독일 중서부에 위치한 베저강(Die Weser)을 지칭한다.

리고 부딪치는 소리에 귀를 기울이며 조용히 계속 잠을 잤다. 간혹 들리는 총성과 약한 외침은, 어쩌다 한 번씩 젊은 여자나 신부를 놀라게 했을 뿐이지 그 밖의 어느 누구도 그 소리에 주목하지 않았다. 동틀 무렵에 이 도벌꾼 행렬은 조용히 돌아왔으며, 얼굴들은 무쇠처럼 달아 있었고, 여기저기 머리를 붕대로 싸맨 사람이 있었지만 더 이상 주목을 끌지는 못했다. 그리고 몇 시간 후에 그 주변 지역은 한 사람 혹은 여러 명의 산림관들이 겪은 불행한 소식으로 가득 찼다. 그들은 두들겨 맞고, 코담배로 눈이 지져지고 얼마 동안 직무를 수행할 수 없게 된 채로 숲에서 들려 나왔다.

이런 환경에서 프리드리히 메르겔은 태어났다. 그가 태어난 집은 건축사의 요구에 의해 굴뚝이 튀어나왔고, 작은 창유리를 가지고 있었다. 또한 보잘것없는 집의 현재 모습은 그 소유주가 어려운 처지임을 증명해 주었다. 정원과 마당을 둘러쌌던 이전의 난간들은 울타리로 대체되어 전혀 손질되지 않은 채 내버려졌고, 지붕은 낡았으며, 남의 집 가축이 풀밭에서 풀을 뜯고 있었고, 알 수 없는 곡식이 텃밭에서 자랐다. 그리고 정원은 한창 좋은 시절에 심은 장미 몇 그루를 제외하고는 화초보다 오히려 잡초가 더 많았다. 물론 많은 불행한 사건들이 여기에서 일어났다. 더구나 무질서와 경제적 궁핍도 이 상황과 관계가 있었다. 프리드리히의 아버지, 헤르만 메르겔은 총각 시절에 이른바 적당한 술꾼이었다. 일요일이나 축제 휴일에는 개골창에 드러누울 정도였지만 평일에는 내내 다른 사람처럼 예의 바르게 행동했다. 따라서 그가 예쁘장하고 부유한 처녀에게 구혼하는 일은 그리 어렵지 않았다. 결혼식은 아주 유쾌하게 지나갔다. 메르겔은 지나칠 정도로 술을 마시진 않았고, 신부의 부모님들은 저녁에 만족스러워하며 돌아갔다. 그러나 다음 일요일에 이웃 사람들은 그의 젊은 아내가 비명을 지르면서 피투성이가 되어, 자신의 좋은 옷과 새 가재도구를 내버려 둔 채 마을을 떠나 친정으로 달려가는 것을 보게 되었다. 이 사건은 물론 메르겔에게는 큰 추문이었고 불쾌한 일이었다. 어쨌든 그는 위안이 필요했다. 그리하여 오후가 되자 그의 집에 남아 있는 유리창은 하나도 없었고, 사람들은 그가 밤늦게까지 문지방에 드러누워서 깨어진 유리병 목을 때때로 입에 가져가는 것과 그의 얼굴과 손이 비참하게 베어져 있는 것을 보았다. 그의 젊은 아내는 친정 부모님 곁에 머물렀으나, 거기서 점점 수척해지다가 마침내 죽고 말았다. 이제 메르겔이 후회나 수치로 괴로워할지는 모르지만, 그는 위안 수단을 더욱더 필요로 하는 듯했고 완전히 타락한 사람들의 무리에 끼어들기 시작했다.

가계는 몰락했다. 타지의 처녀들은 그에게 욕을 하고 창피를 주었다. 그렇게 몇 해가 지나갔다. 메르겔은 추레한 사람으로, 다시 한번 신랑으로 결혼식장에 나갈 때까지 상당히 가련한 홀아비로 남았다. 그의 결혼은 예상치 못한 일이었다. 게다가 신부의 훌륭한 인품은 사람들을 더욱 경악시켰다. 신부는 바로 착하고 건실한 사십대 여자 마가레트 제믈러였다. 그녀는 젊었을 때는 마을의 미인으로서, 지금은 현명하고 알뜰한 여인으로서 역시 주목을 받고 있었다. 게다가 꽤 자산도 있었기에 그녀가 이 결혼의 길에 들어선 까닭을 아무도 이해할 수 없었다. 사람들은 결혼의 이유가 그녀의 완전한 자의식에 있다고 믿었다. 결혼 전날 밤에 그녀는 다음과 같은 말을 했다고 한다. "남편에게 학대받는 여인은 어리석고 아무 쓸모가 없어요. 나에게 그런 불행한 일이 일어난다면 그것은 내가 책임져야 할 일입니다." 그러나 유감스럽게도 결과는 그녀가 자기 능력을 과대평가했음을 보여 주었다. 처음에는 그녀가 남편에게 강한 인상을 주었다. 그래서 그는 과음했을 경우에는 집에 돌아오지 않거나, 헛간으로 기어 들어갔다. 얼마 가지 않아 메르겔은 결혼 생활의 멍에에 큰 억압을 느끼고 더 이상 참을 수 없게 되었다. 사람들은 곧 비틀거리며 집으로 걸어가는 그를 길거리에서 보게 되었고, 집 안에서 화를 내고 소란을 피우는 것을 듣기도 했다. 또 마가레트가 황급하게 문과 창문을 닫는 것을 자주 보았다. 이제는 일요일만이 아니라 평일에도 사람들은 그녀가 밤에 집 밖으로 내쫓기어 모자도 쓰지 않고 목도리도 감지 않은 채 뛰쳐나가는 것을 보았다. 그때 그녀의 머리카락은 헝클어져 있었고, 그녀는 정원의 채소밭 옆에 넙죽 엎드려 손으로 땅을 파고, 재빨리 한 다발의 채소를 뽑아 들고서 천천히 다시 집으로 가기 위해, 사실은 집으로 가는 것이 아니라 헛간으로 들어가기 위해 불안에 찬 모습으로 자기 주위를 둘러보았다고 한다. 소문에 의하면 바로 그날, 그녀가 자신의 입으로 고백한 것은 아니지만, 메르겔이 처음으로 그녀에게 손찌검을 했다는 것이다.

이 불행한 결혼의 이태째에 아들 하나가 태어났다. 마가레트에게 아기를 넘겨주었을 때 그녀가 너무 울었기 때문에 사람들은 기쁘다는 말을 할 수가 없었다. 엄마의 가슴속에 비탄을 품고 있기는 하지만, 프리드리히는 건강하고 예쁜 아이였으며, 맑은 공기 속에서 튼튼하게 잘 자랐다. 아버지는 그 아이를 매우 좋아했으며, 아이에게 줄 빵이나 다른 것을 들지 않고 그냥 집으로 돌아오는 일이 없었다. 사람들은 아들이 태어난 후부터 그가 더 착실해졌다고 생각했다. 적어도 이 집에서 소란은 점점 줄어들었다.

프리드리히는 아홉 살이 되었다. 그해 아기 예수 탄생 축일[*]은 매우 강한 폭풍우가 몰아치는 겨울밤이었다. 헤르만은 한 결혼식에 가게 되었는데 신부의 집이 0.75마일^{**}이나 떨어져 있었기 때문에 그는 늦지 않도록 제시간에 출발해야 했다. 그가 저녁에는 돌아오겠다고 약속은 했지만, 해가 진 뒤에 짙은 눈보라가 몰아쳤기 때문에, 메르겔 부인은 그가 돌아오리라고는 조금도 생각하지 않았다. 그녀는 10시경에 부엌에서 재를 헤쳐 불씨를 다독거려 두고서 잠자리에 들 준비를 하였다. 프리드리히는 그녀 옆에 서 있었다. 이미 반쯤 옷을 벗고서, 쌩쌩 부는 바람 소리와 지붕 밑의 창이 덜컹거리는 소리에 조용히 귀를 기울였다.

"엄마, 아빠는 돌아오시지 않나요?" 프리드리히가 물었다.

---

[*]   1월 6일

^{**}   약 5.6킬로미터. 독일 1마일은 약 7.5킬로미터이다.

"그래, 얘야, 내일 오실 거야."

"그럼 왜 안 오시는 거예요, 엄마? 아빠는 그렇게 약속까지 하시곤."

"세상에, 네 아빠가 만약 하신 약속을 다 지키신다면! 어서 서둘러 옷을 마저 벗어라."

그들이 잠자리에 들자마자 집 전체를 낚아채 갈 듯한 강한 돌풍이 일었다. 침대가 떨렸고, 굴뚝에서는 요괴라도 있는 것처럼 부스럭거리는 소리가 났다.

"엄마, 누가 밖에서 문을 두드리나 봐요!"

"조용히 해, 프릿츠*야, 그건 바람에 느슨해진 지붕 위의 판자 소리야."

"아니예요, 엄마, 문에서 나는 소리예요!"

"문은 잠기지 않았단다. 문고리가 부서졌거든. 제발 좀 자거라! 제발 조용히 잠 좀 자게 해 주지 않겠니."

"하지만 아빠가 오신다면요?"

마가레트는 갑자기 침대에서 몸을 돌렸다. "아빠는 악마가 꼭 붙들고 있어!"

"악마가 어디 있어요, 엄마?"

"기다려 봐라, 이 부스대기야! 악마는 문 앞에 서 있어. 네가 조용히 하지 않으면 너를 데려가고 말 거야!"

프리드리히는 조용해졌고 얼마간 더 귀를 기울이다가 잠이

---

* 프리드리히의 애칭

들었다. 몇 시간 뒤에 그는 잠에서 깼다. 방향을 바꾼 바람이 이제는 마치 뱀처럼 쉬쉬 소리를 내며 창틀을 통해 그의 귓가에 와 닿았다. 프리드리히의 어깨는 굳어졌고, 그는 이불 속 깊이 기어들어 가서는 무서워하며 아주 조용히 누워 있었다. 잠시 후 그는 어머니도 역시 잠을 자지 않고 있음을 알았다. 그는 어머니께서 울다가 때때로 "성모 마리아여! 바라옵건대 우리 죄인을 불쌍히 여기소서!"라고 읊조리는 것을 들었다. 묵주의 작은 구슬들이 그의 얼굴을 스쳐 지나갔다. 그의 입에서 자기도 모르게 한숨이 나왔다.

"프리드리히야, 자지 않고 깨어 있니?"

"예, 엄마."

"얘야, 기도를 한번 해라. 그래 넌 이미 주기도문을 절반은 알고 있지. 주님이 우리를 물과 불의 고난에서 보호해 주신다는 것을."

프리드리히는 악마가 어떻게 생겼을 것인가를 생각했다. 집 안에서 나는 여러 가지 잡음과 아우성이 그에게는 이상하게 여겨졌다. 집 안팎에 틀림없이 뭔가 살아 있는 것이 있으리라 생각했다.

"들어보세요 엄마, 확실해요. 문을 두드리는 사람들이 있어요."

"아니야, 얘야. 하지만 집 안에는 덜그럭거릴 만한 낡은 널판때기가 없단다."

"들어 보세요! 엄만 안 들려요? 누군가가 불러요. 제발 들어

보세요!"

마가레트는 일어섰고 휘몰아치던 폭풍우는 잠깐 멈추었다. 덧창문을 두드리는 소리와 여러 사람의 음성을 분명히 들을 수 있었다.

"마가레트! 마가레트 부인, 이봐요, 문 열어요!"

마가레트는 갑자기 소리를 질렀다. "그 돼지 같은 사람을 다시 나에게 데려왔네!"

마가레트는 묵주를 휙 나무 의자 위로 내던졌고, 벗어 걸어 둔 옷가지들을 잡아당겼다. 그녀는 부엌으로 갔다. 곧 프리드리히는 어머니가 내키지 않는 발걸음으로 타작마당*을 지나가는 소리를 들었다. 마가레트는 돌아오지 않았다. 대신에 부엌에서 웅성거리는 소리와 낯선 사람의 음성이 들렸다. 한 낯선 남자가 두 번이나 방 안으로 들어와 불안스럽게 뭔가를 찾는 듯했다. 갑자기 환한 램프 불을 들고 사람들이 방 안으로 들어왔다. 두 남자가 어머니를 부축해 왔다. 어머니는 백묵처럼 창백하였으며 두 눈을 감고 있었다. 프리드리히는 어머니가 죽었다고 생각했다. 고래고래 소리를 질렀는데, 그때 누군가가 그의 따귀를 때려 조용히 시켰다. 이제 그는 둘러서 있는 사람들이 하는 말을 듣고서, 어머니 쪽의 일가 아저씨 프란츠 제믈러와 휠스마이어에 의해 아버지가 숲속에서 죽은 채로 발견되었고, 지금은 부엌

---

*   보통 헛간 안에 있는데, 곡식을 탈곡하기 위해 바닥을 나무판, 진흙, 시멘트 등으로 깔아놓은 자리

에 뉘어져 있다는 사실을 알았다.

마가레트는 정신을 되찾자마자 낯선 사람들에게 집에서 나가 달라고 했다. 아저씨는 엄마 곁에 있으면서 프리드리히가 침대에 머물러 있도록 했다. 밤새도록 부엌에서는 불이 타닥타닥 소리를 내며 타올랐고, 이리저리 미끄러지듯 움직이고 솔질*하는 소리가 났다. 사람들의 말소리는 줄어들었고 나지막했으나, 때때로 탄식 소리가 흘러나왔는데 이 소리들이 나이 어린 소년에게는 뼈저리게 느껴졌다.

언뜻 프리드리히는 아저씨가 하는 말을 알아들었다. "마가레트 누님, 걱정하지 마세요, 우리 각각 세 번 미사를 올립시다. 그리고 부활절에 베를의 성모상으로 향하는 기원행렬에 함께 참가합시다."

이틀이 지난 뒤 시체가 치워질 때, 마가레트는 얼굴을 앞치마로 가린 채 부엌에 앉아 있었다. 몇 분 후 모든 것이 잠잠해졌을 때 그녀는 혼잣말로 중얼거렸다. "십 년에 열 개의 십자가! 우리들은 함께 이 십자가를 짊어졌었는데 이제는 나 혼자로구나!" 그리고 나서는 더 큰 소리로 "프릿츠야, 이리 와!" 하고 불렀다.

프리드리히는 겁을 먹고 다가갔고, 검은 띠를 두른 정신 나간 듯한 어머니의 모습에서 아주 섬뜩한 것을 느꼈다. 어머니는 물었다.

"프릿츠, 너 이제 경건한 사람이 되겠니? 내가 네게서 기쁨

* 솔로 죽은 사람의 몸을 씻기는 행위인 듯하다.

을 얻을 수 있게 말이다. 아니면 버릇없이 굴고, 거짓말하고, 술이나 마시고 또 도둑질을 하겠니?"

"엄마, 휠스마이어가 도둑질했어요."

"휠스마이어가 도둑질하다니? 말도 안 돼! 너 매를 한 대 세게 맞을래? 누가 네게 그런 나쁜 말을 했니?"

"그는 얼마 전에 아론을 때리고서는 그에게서 6그로센*을 뺏었어요."

"그가 아론의 돈을 뺏었다니, 틀림없이 그 저주받을 유대인이 먼저 그를 속였겠지. 휠스마이어는 예전부터 여기에 살던 착실한 사람이고, 유대인은 모두 사기꾼이야."

"하지만, 엄마, 휠스마이어가 몰래 나무를 베고 노루를 훔쳤다고 브란디스 아저씨도 말했어요."

"애야, 브란디스는 산림관이야."

"엄마, 산림관도 거짓말을 해요?"

마가레트는 한동안 입을 다물었다. 그런 다음 그녀는 말했다.

"들어라, 프릿츠. 나무는 우리 하느님이 자유로이 자라게 해두셨으며, 야생 짐승은 한 영주의 땅에서 다른 땅으로 옮겨 다닌단다. 때문에 이들은 누구의 소유도 아니란다. 그러나 넌 아직 그런 것을 이해하지 못하겠지. 이제 광으로 가서 땔나무를 좀 갖다주렴!"

프리드리히는 아버지가 짚단 위에 있는 것을 보았는데, 다

---

* 화폐 단위로, 1그로센은 약 10페니히

른 사람들이 말했던 대로 그는 푸르고 무서운 모습을 하고 있었다. 그러나 프리드리히는 그것에 관해서 아무런 말도 하지 않았고, 생각하는 것조차 꺼리는 듯했다. 그가 아버지에 대해서 갖고 있는 대부분의 기억은 두려움이 혼합된 다정함으로 남았다. 타인에 대하여 무정하고 냉혹해 보이는 사람의 애정과 배려만큼 마음을 사로잡는 것은 없다. 그러나 이 감정이 프리드리히에게는 해를 거듭할수록 다른 사람한테서 무시당하는 감정에 자극받아 커져 갔다. 그는 어린 시절 내내 사람들이 죽은 자신의 아버지를 칭찬하지 않는 것을 매우 슬퍼했다. 그것은 고통이었다. 이웃 사람들이 그에게 보여 준 동정심은 그의 고통을 덜어 주지 못했다. 이 고장에서는 일반적으로 사고로 죽은 사람을 무덤 속에서 편히 쉬도록 놔두지 않았다. 죽은 메르겔은 브레데 숲의 유령이 되었다. 도깨비불이 된 유령은 술에 취한 사람을 하마터면 쩰라콜크 연못 속으로 데려갈 뻔했다. 목동들은 밤에 불을 피워 놓고 불가에 웅크리고 앉아서 골짜기에서 올빼미들이 울부짖다가 그치곤 하는 소리를 들었다. 그 사이에 분명히 "들어봐요, 착한 리제케 사람들아." 하는 소리를 듣기도 했다. 또 큰 떡갈나무 아래에서 잠을 자다가 밤이 되어 깨어난 한 평범한 도벌꾼은 퉁퉁 부어오른 얼굴로 나뭇가지 사이를 엿보는 메르겔의 모습도 보았다. 프리드리히는 그런 이야기를 다른 어린이들로부터 많이 들어야만 했다. 그러면 그는 대성통곡을 하면서 주변을 닥치는 대로 때리거나, 한 번은 칼을 가지고 찔렀는데, 그때 그는 불쌍할 정도로 호되게 얻어맞았다. 그런 일이 있은 후 그는 혼자 어머니의 소들을 골짜기의 다른 쪽으로 몰고 갔다. 사람들은 거기서 그가 몇 시간 동안 풀밭의 같은 자리에 누워 있거나 백리향을 잡아 뜯는 것을 자주 보곤 했다.

프리드리히가 열두 살이 되던 해, 어머니의 남동생 지몬 제 믈러가 그녀를 찾아왔다. 그 남동생은 브레데에 살지만 누나가 어리석은 결혼을 한 후로 누나 집의 문지방을 넘어선 적이 없었 다. 지몬 제믈러는 키가 작달막하고 몸집이 마른 안절부절못하 는 남자로, 앞으로 툭 튀어나온 눈을 가졌는데 전체적으로 강꼬 치고기*를 닮은 얼굴을 하고 있어 섬뜩한 느낌을 주는 사람이었 다. 그는 속마음을 터놓지 않고 거드름을 피우는 것을 종종 짐 짓 과장된 성실성으로 바꾸었다. 그는 명석한 두뇌를 가진 사람 으로 알려지고 싶어 했으나, 그러지 못했고 그 대신 성가신 싸 움을 거는 자로 간주되었다. 그가 나이를 먹으면 먹을수록 사람 들은 오히려 그를 더 피하려고 했으며 그런데도 몇몇 사람들은 그에게서 그렇게 큰 도움이 되지 않을 그런 요구 사항들을 쉽게 얻어 내기도 했다. 그럼에도 불구하고 불쌍한 마가레트는, 그가 방문한 것이 기뻤다. 다른 친정 가족들 중 살아 있는 사람이 없 었기 때문이었다.

"지몬, 너 왔니?"라고 말하고 그녀는 몸이 떨렸기 때문에 의 자를 잡아야만 했다. "나와 내 개구쟁이 아이가 어떻게 지내는

---

* 날카로운 이빨을 가진 탐식성 민물고기. 관상학에서는 맹수와 같은 탐욕적인 성격의 사람을 지칭한다.

365

지 보겠니?"

지몬은 누나를 진지하게 바라보면서 악수를 하였다. "늙었네요, 누나!"

마가레트는 한숨을 쉬었다. "그동안 나는 종종 온갖 운명을 겪으며 고통스럽게 살아왔어."

"맞아요, 처녀가 너무 늦게 결혼하면 언제나 후회하기 마련이죠! 지금 누나는 늙었고 아이는 아직 어려요. 모든 일은 다 때가 있는 법이죠. 그런데 낡은 집이 불타면, 손을 쓸 수가 없어요."

마가레트의 여윈 얼굴 위로 피처럼 붉은 빛이 흐르고 있었다.

"한데, 나는 누나의 아이가 빈틈없고 영리하다고 들었는데," 하며 말을 이어 나갔다.

"그래, 상당히 그렇지, 그렇지만 그 밖에 경건하기도 해."

"흥, 한번은 누가 소를 훔쳤는데, 그도 역시 경건한 사람*으로 불렸지요. 하지만 그 애는 조용하고 생각이 깊지요, 안 그래요? 그 애는 다른 애들과 함께 뛰어다니지도 않나요?"

"그 앤 특이한 애야." 마가레트는 혼잣말하듯 말했다. "그 점이 좋지 않아."

지몬은 소리 내어 웃으면서 말했다. "누나의 아이는 겁이 많아요. 그것은 다른 애들이 그 애를 몇 차례 실컷 때려 주었기 때

---

* 독일어 형용사 fromm(경건한)과 명사형 Fromm(경건한 사람)으로 말장난하고 있다.

문이에요. 그 애는 곧 그 애들에게 복수를 할 거예요. 휠스마이어가 최근에 우리 집에 묵으면서 말했는데 '누나 아들은 노루와 같다'고 했어요."

어느 어머니인들 자기 아이가 칭찬받는 소리를 들으면 가슴이 벅차오르지 않겠는가? 불쌍한 마가레트는 오랜만에 기분이 좋아졌다. 모든 사람이 자기 애를 심술궂고 속마음을 터놓지 않는 애라고 욕하던 터였다. 그녀는 눈물을 머금었다. "그래, 다행스럽게도 그 앤 신체가 늘씬하지."

"걔는 어떻게 생겼지요?" 지몬이 계속 말을 받았다.

"걔는 지몬 너를 아주 쏙 빼닮았단다."

지몬은 웃었다. "그래요, 그렇다면 훌륭한 녀석임에 틀림없어요, 나는 나날이 더 멋쟁이가 되었죠. 걔는 학교에서 혼나지 않도록 조심해야 해요. 누나는 걔더러 소에게 풀을 먹이라고 시켰어요? 그것도 좋지요. 선생이 하는 말은 절반도 채 진실이 못 되니까요. 그런데 걔는 어디서 소를 먹이지요? 텔겐 계곡에서? 로더 숲에서? 토이토부르크 숲에서? 그리고 밤에도 또 아침에도요?"

"밤새도록, 넌 그걸 어떻게 생각하니?"

지몬은 마가레트의 말을 못 들은 것 같았다. 그는 문 쪽으로 고개를 돌렸다. "야, 저기 걔가 오고 있는데! 그 아버지에 그 아들이군! 쟤는 돌아가신 매형과 똑같이 팔을 흔드는구나. 저것 봐! 쟤는 나와 같은 금발 머리카락을 가졌잖아!"

프리드리히의 금발 곱슬머리와 지몬의 붉은 머리카락을 비교하던 어머니의 얼굴에는 은밀히 자랑스러운 미소가 흘렀다. 대답도 하지 않고 그녀는 가까운 울타리의 나뭇가지를 꺾어서 아들에게로 갔다. 외견상 굼뜬 소를 쫓는 것처럼 보였지만, 사실은 프리드리히에게 위협조로 몇 마디 말을 재빨리 속삭였다. 왜냐하면 그녀는 그 애의 고집 센 성격을 알고 있었고, 지몬의 태도가 오늘 평소보다 더 위압적이었기 때문이었다. 그런데 모든 일이 기대 이상으로 잘되었다. 프리드리히는 고집을 보이지도 않았고 또 건방지지도 않았으며, 오히려 약간 수줍어하며 외삼촌의 마음에 들기 위해 노력했다. 그렇게 해서 약 30분쯤 이야기한 후, 지몬은 아이의 양자 입양을 제안하기에 이르렀다. 그는 프리드리히를 전적으로 어머니에게서 떼어 놓을 수는 없다고 하더라도, 그 애의 시간을 대부분 활용하려고 했고, 그 대가로 청년 시절이 끝날 때에 그 애에게 재산을 상속해 주겠다고 제안했다. 더욱이 그 애한테는 상속 재산이 꼭 필요했다. 마가레트는 참을성 있게 이 거래에서 자기 쪽이 얻게 될 이득이 얼마나 클지, 아쉬움은 얼마나 작을지를 따져 보았다. 딸 노릇을 하며 병약한 과부를 도와주는 열두 살짜리 소년의 도움을 줄곧 받아오면서 그녀는 이 도움을 얼마나 아쉬워할지 제일 잘 알았다. 그런데도 그녀는 침묵하다가 모든 것을 되는 대로 내맡겨 버렸다. 그녀는 단지 동생더러 프리드리히에게 엄격하더라도 딱딱하게 대하지는 말아 달라고 부탁했을 뿐이었다.

"걔는 착해, 그러나 난 외로운 여자야. 내 아이는 아버지의 손에서 자란 애들과는 달라."라고 그녀는 말했다.

지몬은 약삭빠르게 고개를 끄덕였다. "그냥 저에게 승낙만 해 주세요, 우리는 이미 계약을 하길 원했고, 누나도 그걸 아시지요? 그 애를 나에게 즉시 넘겨줘요, 난 제분소에서 자루 두 개를 가지고 와야 해요. 작은 자루는 그 애에게 딱 맞을 거고, 그렇게 해서 그 애는 나를 도와주는 법을 배우게 될 겁니다. 귀여운 프릿츠야, 이리 와서 네 나막신을 신어라!"

마가레트는 곧 얼굴로 공기를 헤치고 붉은 외투의 옷자락을 불길처럼 휘날리며 앞장서서 가는 지몬과 자기 아들이 나아가는 것을 지켜보았다. 지몬은 꼭 훔친 자루를 등에 메고 속죄하는 성급한 사람 같았다. 그 뒤를 따르는 프리드리히는 나이에 비해 훌륭하고 후리후리한 키와 연약하지만 고상한 용모를 가지고 있었고 그의 긴 금발 곱슬머리는 그의 다른 외모에서 기대할 수 있는 것보다 더 잘 손질되어 있었다. 게다가 넝마를 걸치고, 햇볕에 그을린, 무력감이 감도는 어느 정도 우울한 표정을 하고 있었다. 그럼에도 불구하고 두 사람의 친족 간의 닮음은 아주 뚜렷했다. 프리드리히는 이상한 외모 때문에 이끌리는 자신의 인도자에게 시선을 고정시키고 천천히 따라갔다. 이때 그는 자신도 모르게 마술 거울 속에서 장래 자신의 모습을 당혹스런 눈길로 들여다보는 그 누군가를 생각했다.

이제 두 사람은 토이토부르크의 숲이 자리 잡은 곳에 가까이 갔으며, 그곳은 브레데 숲이 산맥의 경사지를 향해 아래로 내리뻗어 있어 매우 어두운 골짜기를 이루고 있었다. 여태껏 대화는 거의 없었다. 지몬은 깊은 생각에 잠긴 것 같아 보였고, 소년은 멍한 것 같았다. 그리고 두 사람은 자루를 메고서 숨을 헐떡거렸다. 갑자기 지몬이 물었다. "너 술 잘 마시니?"

소년은 대답하지 않았다. "내가 묻잖아, 너 술 잘 마시느냐? 엄마가 때때로 네게 술을 주니?"

"엄마는 술을 가지고 있지 않아요."라고 프리드리히가 말했다.

"그래, 그러면 더 좋지! 너 저기 우리 앞에 있는 저 숲을 아니?"

"저게 바로 브레데 숲이지요."

"넌 저 숲속에서 전에 무슨 일이 일어난 줄 아니?"

프리드리히는 침묵을 지켰다. 그사이에 그들은 점점 더 음침한 계곡에 가까이 다가갔다.

"엄마는 아직도 기도 많이 하시지?"라고 지몬이 다시 말을 하기 시작했다.

"예, 매일 밤 두 번씩 묵주 기도를 하세요."

"그래? 그럼 너도 함께 기도하니?"

소년은 외삼촌을 곁눈질하여 보고 거의 당황해하며 피식 웃었다. "어머니께서는 식사 전의 어스름 때에 묵주 기도를 한 번 하시는데, 대개는 제가 소를 몰고 아직 집으로 돌아오지 않은 때고, 다른 한 번의 기도는 침대에서라 그땐 저는 보통 잠이 든 뒤죠."

"그래, 그래, 애야!"

이 마지막 말은 골짜기의 입구를 천장처럼 둥글게 뒤덮은 넓은 너도밤나무의 가지와 잎사귀 아래에서 이루어졌다. 이제 완전히 깜깜해졌다. 조각달이 하늘에 떠 있었고 그 희미한 빛은 때때로 나뭇가지들 틈새로 파고들어 물체의 이상한 모습들을 비춰 주기도 했다. 프리드리히는 외삼촌의 뒤에 바짝 붙었다. 그의 호흡은 빨라졌다. 프리드리히의 표정을 읽을 수 있는 사람이라면 두려운 긴장감보다는 오히려 환상적인 느낌이 있음을 알아차렸을 것이다. 그렇게 두 사람은 민첩하게 앞으로 걸어 나갔으며, 지몬은 단련된 방랑자의 단단한 발걸음으로, 프리드리히는 마치 꿈속을 거니는 듯 비틀거리며 걸었다. 그에게는 모든 것이 스스로 움직이는 것 같았고, 나무들이 달빛 속에서 때로는 모여들기도 하고 또 때로는 흩어지기도 하면서 흔들거린다는 느낌이 들었다. 나무뿌리와 길에 빗물이 모여 미끄러운 자리에서는 프리드리히의 발걸음이 불안정해졌다. 그는 몇 차례 넘어질 뻔하였다. 이제는 어둠에서 어느 정도 멀리 벗어나는 것 같았으며, 두 사람은 곧 꽤 큰 빈터로 들어섰다. 달빛이 밝게 비쳐 들어 바로 얼마 전에 여기서 나무가 도끼에 무자비하게 찍혀 넘어졌음을 보여 주었다. 도처에 나무 그루터기가 솟아 있고, 땅바닥에는 많은 발자국이 나 있으며, 나무들은 방금 막 서둘러 아무렇게나 가장 손쉬운 방법으로 잘린 것 같았다. 금지된 벌목이 뜻밖에 중단된 것이 틀림없었는데 그 이유는 너도밤나무 하나가 좁은 길을 가로질러 널브러져 있었는데 잎이 무성하고 그 가지들은 쭉쭉 뻗어 밤바람을 받고서 싱싱한 나뭇잎을 흔들거리고 있었기 때문이다. 지몬은 잠시 서 있었으며, 베어져 넘어진 나무둥치들을 주목해서 보았다. 숲속 빈터의 중간에는 높이 자랐다기보다는 오히려 굵게 자란 오래된 너도밤나무가 한 그루 서 있었고, 잔가지 사이로 비친 희미한 달빛은 나무줄기를 비추어 속이 움푹 들어가 있음을 보여 주었는데, 그것이 아마 이 나무를 흔한 도벌로부터 보호해 준 것 같았다. 여기서 지몬은 갑자기 소년의 팔을 잡았다.

"프리드리히야, 너 저 나무를 아니? 가지를 넓게 펼친 떡갈나무 말이다."

프리드리히는 움찔하며, 찬 손으로 외삼촌을 껴안았다. 지몬은 계속 말했다.

"보아라, 여기서 외가 쪽 아저씨 프란츠와 휠스마이어가 네 아버지를 찾았는데, 그는 술에 취해 죽기 전에 참회도 하지 못하고 종부(終傅) 성사도 하지 않은 채 악마에게로 가 버렸지."

"외삼촌, 외삼촌!" 프리드리히는 숨을 헐떡거렸다.

"너 왜 그래? 넌 정말 무섭지 않니? 꼬마 악마야, 내 팔을 꼬집고 있구나! 이것 놔라, 놓아라!" 그는 소년을 떼어 내려고 했다. "어쨌든 너의 아버지는 착한 사람이었단다. 하느님도 그를 귀찮게 하시지는 않을 거야. 나는 네 아버지를 마치 내 친형님처럼 좋아했단다."

프리드리히는 외삼촌의 팔을 놓았다. 두 사람은 침묵하면서 숲의 남은 부분을 뒤로하며 나아갔으며 브레데 마을이 그들 앞에 나타났다. 그 마을에는 점토벽의 오막살이집이 옹기종기 모여 있고, 지몬의 집을 포함하여 좀 더 나은 기와를 얹은 집도 드물게 있었다.

다음 날 밤에 마가레트는 한 시간 동안 물레의 실감개를 들고 문 앞에 앉아서 아들이 오기를 기다렸다. 아들의 숨소리를 곁에서 듣지 못하고 지샌 첫 밤이었는데, 프리드리히는 여전히 오지 않았다. 그녀는 화가 나고 불안하기도 했지만 그럴 만한 아무런 이유가 없다는 것을 알고 있었다. 종탑의 시계가 7시를 쳤고 가축들은 집으로 돌아왔다. 아들은 아직 돌아오지 않았으며 그녀는 소들을 돌보기 위해 일어서야만 했다. 그녀가 다시 어두운 부엌으로 돌아왔을 때, 프리드리히가 아궁이 앞에 서 있었다. 그는 앞으로 몸을 숙이고, 숯불에 손을 쬐고 있었다. 희미한 빛은 그의 용모를 비춰 주었고, 깡말라 보기 싫은 모습을 드러내 주었으며 당혹해하는 불안감을 보여 주었다. 마가레트는 현관문에 서 있었다. 아이가 아주 이상하게 변했다는 생각이 들었다.

"프리드리히야, 외삼촌은 안녕하시니?"

소년은 몇 마디 이해할 수 없는 말을 중얼거렸으며 방화벽 쪽으로 바짝 물러섰다.

"프리드리히, 너 말하는 것을 잊어버렸니? 얘야, 입을 열어 보렴! 넌 내 오른쪽 귀가 잘 들리지 않는다는 사실을 잘 알고 있잖니."

아이는 목소리를 높여 마가레트가 전혀 이해할 수 없게 중얼거렸다.

"무슨 말을 하고 있는 거니? 제믈러 외삼촌이 안부를 전하던? 다시 떠날 거니? 어디로? 소들은 이미 집에 돌아왔단다. 빌어먹을 녀석, 난 너를 이해할 수가 없구나. 기다려라, 너의 입에

혀가 있는지 없는지 어디 내가 한번 보아야겠다.”

그녀는 힘차게 몇 걸음 앞으로 나섰다. 그 애는 앞발을 들고
서기를 익힌 어린 강아지처럼 초라한 눈길로 그녀를 쳐다보고는
불안해서 발을 구르고, 등으로는 방화벽을 문지르기 시작했다.

조용히 서서 바라보던 마가레트의 눈길은 불안해졌다. 그
애는 움츠리고 있는 것 같았고 옷도 전에 입었던 옷이 아니었다.
아니 그 애는 자기 아들이 아니었다! 그런데도 그녀는 “프리드
리히, 프리드리히야!”라고 불렀다.

침실에서 장롱 문이 삐걱거렸고, 프리드리히가 한 손에 나
무 바이올린을 들고 나타났다. 그 바이올린으로 말하자면 헌 나
막신에 서너 개의 바이올린 줄을 팽팽하게 단 것이다. 다른 한
손에는 활을 들었는데 그 악기에 잘 어울렸다. 그는 제 딴에는
의식적으로 위엄을 부리고 자랑하는 자세로 곧장 자기를 쏙 빼
닮은 위축된 아이에게 다가갔다. 그 모습이 평소에는 놀랄 만큼
닮았지만 이 순간에는 두 소년의 차이를 확실히 드러내 주었다.

“옛다, 요하네스!”라며 그는 후견인인 양 그 예술품을 요하
네스에게 건네주었다. “내가 네게 주기로 약속한 바이올린이야.
난 다 가지고 놀았어. 난 이제 돈을 벌어야 해.”

요하네스는 수줍은 눈길을 마가레트에게 한 번 보내고는 천
천히 자기 손을 내밀어 바이올린을 꽉 잡았으며, 바이올린을 숨
기려는 듯이 허름한 외투 자락 밑으로 가져갔다.

마가레트는 아주 조용히 서서 아이들이 하는 짓을 그냥 보
기만 했다. 그녀의 생각은 다른 매우 진지한 방향으로 나아갔으

며, 그녀는 불안한 눈으로 두 아이를 번갈아 쳐다보았다. 낯선 아이는 만족감을 잠시 내비치고 다시 숯불을 쬐기 위해 몸을 굽혔다. 그 모습은 마치 저능아 같았다. 한편 프리드리히의 태도는 선한 동정심보다는 분명 이기적인 감정으로 바뀌었고, 그의 유리처럼 맑은 눈은 자제할 줄 모르는 공명심과 뻐기는 기질을 처음으로 드러냈다. 이것은 훗날 대부분의 그의 행동을 결정짓는 강한 동기가 되었다. 어머니가 부르는 바람에 그는 이제 막 떠올리던 멋진 생각을 잊었다. 그녀는 다시 물레에 앉았다.

"프리드리히야, 말 좀 해 봐…."라고 그녀는 머뭇거리며 말하고는 입을 다물었다. 프리드리히는 쳐다보았지만 더는 그녀에게서 아무 소리도 듣지 못하자, 이내 자기 피후견인에게로 돌아섰다.

"아니, 들어 봐…." 그러고는 나지막한 소리로 물었다. "저 애는 누구니? 이름이 뭐지?"

프리드리히도 마찬가지로 나지막하게 대답을 하였다. "이 애는 지몬 외삼촌의 돼지 치는 아이인데, 휠스마이어의 심부름을 해요. 외삼촌께서 제게 구두 한 켤레와 삼베 조끼 한 벌을 주셨는데, 이 애가 오는 길에 나에게 갖고 왔지요. 그 대가로 난 그에게 내 바이올린을 준다고 약속했어요. 하지만 정말 불쌍한 아이예요. 이름은 요하네스라고 해요."

"그런데?" 마가레트가 물었다.

"뭘 원하세요, 엄마?"

"그의 성이 뭐니?"

"아, 예, 성은 없어요. 아니, 있어요, 잠깐만. 니만트, 요하네스 니만트가 그의 이름이에요. 얜 아버지가 없어요."라고 프리드리히는 나지막이 말을 덧붙였다.

마가레트는 일어서서 방으로 들어갔다. 잠시 후 그녀는 침울한 표정으로 나왔다. 그녀는 말했다. "그럼, 프리드리히야, 저 애를 심부름 가도록 보내 주어라. 요하네스야, 넌 재 속에 뭘 넣었니? 집에서 해야 할 일은 없니?"

소년은 쫓기는 사람의 표정을 하고 벌떡 일어나는 바람에, 온 팔다리가 잘 움직이지 않았고 하마터면 나무 바이올린을 불 속에 빠뜨릴 뻔하였다.

프리드리히는 뽐내듯 말했다. "기다려, 요하네스. 너에게 내 버터 바른 빵 반쪽을 나눠 주겠어. 이건 내게 너무 크거든. 엄마는 언제나 빵을 크게 잘라."

"그냥 두어라, 걘 지금 집으로 가니까." 마가레트가 말했다.

"예, 하지만 이 앤 아무것도 먹지 못해요. 외삼촌은 7시에 식사를 하시니까요."

마가레트는 아이에게로 돌아섰다. "아무도 너의 식사를 챙겨 두지 않니? 말해 봐, 누가 너를 돌보니?"

"니만트."* 그 아이는 말을 더듬거렸다.

"니만트라니?" 그녀는 되물었고, "자, 받아라, 받아!"라고 급히 덧붙였다. "너의 이름이 니만트인데 또 니만트가 널 돌봐 준

---

* 독일어 니만트(Niemand)는 '아무도 없는'의 뜻

다고!* 그것 참 답답한 노릇이군! 이제 넌 가거라! 프리드리히, 그 애와 같이 갈 것 없다, 알겠니? 함께 마을을 지나가지 말아라."

"전 헛간에서 땔나무나 가져와야겠어요." 프리드리히가 대답했다.

두 아이가 나가자 마가레트는 의자에 풀썩 주저앉아 비참한 기분으로 두 손을 맞잡았다. 그녀의 얼굴은 백지장처럼 창백했다. "거짓 맹세, 거짓 맹세야! 지몬, 지몬, 넌 하느님 앞에 어떻게 서려고 그러는지!" 그녀는 신음했다.

그녀는 한동안 입을 굳게 다물고 완전히 정신이 나간 것처럼 앉아 있었다. 프리드리히가 돌아와 그녀 앞에 서 있었고 그녀는 이미 그에게 두 번이나 말을 걸었다.

"그게 뭐지? 넌 뭘 하려는 거야?" 그녀는 격앙되어 소리 질렀다.

"전 엄마한테 드릴 돈을 가져왔어요."라고 프리드리히는 놀라기보다는 오히려 어이없어하며 대답했다.

"돈을? 어디?"라고 하며 그녀가 몸을 움직이자 작은 동전들이 쨍그랑 소리를 내며 땅바닥에 떨어졌다. 프리드리히는 그것들을 집어 올렸다.

"외삼촌 지몬한테서 돈을 받았어요, 제가 일을 도와주었기 때문이지요. 저는 이제 스스로 돈을 벌 수 있어요."

---

* '아무도 널 돌봐 주지 않는다'는 뜻

"지몬한테서 돈을 받았다고? 던져 버려라, 어서! 아니다, 가난한 사람들에게 주어라. 그것도 아니다, 그 돈을 가져라." 그녀는 거의 알아들을 수 없을 정도로 낮게 속삭였다. "우리 자신이 가난한데, 우리가 구걸하지 않고 살지 누가 알겠는가!"

"저는 월요일에 다시 외삼촌에게 가서 파종하는 일을 도와드려야 해요."

"다시 그에게 가야 한다고? 안 돼, 안 돼, 다시는 안 돼!"

그녀는 자기 아들을 힘껏 껴안았다. "아니다." 그녀는 말을 이었고, 갑자기 움푹 파인 뺨 위로 한줄기 눈물이 흘러내렸다. "가거라, 그는 내 하나뿐인 동생이지. 그런데 주위에서 그를 비방하는 말이 너무 많구나! 하지만 하느님을 믿고 매일 기도하는 것을 잊지 말아라!"

마가레트는 벽에 얼굴을 대고 엉엉 울었다. 그녀는 무거운 짐을 많이 지고 견뎌 왔다. 습관적인 남편의 학대가 있었고, 그것보다 견디기 힘든 것은 그의 죽음이었다. 게다가 과부가 되어 마지막 남은 땅 한 뙈기의 이용권을 어느 채권자에게 넘겨야만 했다. 쟁기가 자기 집 앞에 서 있을 때에는 고통을 겪었다. 그러나 그녀는 결코 이런 기분을 느낀 적은 없었다. 저녁 내내 울다가 하룻밤을 꼬박 새운 후, 비로소 동생 지몬이 그렇게 타락하지도 않았고, 아이가 확실히 동생의 아이도 아니며, 서로 닮았어도 그게 무슨 증거가 되지 않는다고 생각하기에 이르렀다. 더구나 그녀는 40년 전에 삼빗을 팔러 다니는 소매상인을 닮은 여동생 한 명을 잃기도 했다. 사람들은 가진 것이 비록 적더라도 신앙을 갖지 않음으로써 이 적은 것마저 잃는다는 사실을 왜 믿으려 들지 않을까!

이때부터 프리드리히가 집에 있는 경우가 더욱 드물었다. 지몬은 누나의 아들에게 그가 지닐 수 있는 모든 따뜻한 감정을 보여 주는 것처럼 보였다. 적어도 그는 프리드리히가 없는 것을 매우 아쉬워했으며, 집안일로 프리드리히가 엄마에게 머물 때는 그를 부르러 사람을 보내기도 했다. 이후로 그 아이는 변하기라도 한 듯 몽상적인 기질을 완전히 떨쳐 버리고 자신감 있게 처신했다. 그는 외적인 것에 주목하기 시작했고, 곧 멋지고 훌륭한 젊은이라는 명성을 얻게 되었다. 계획 없이는 살 수 없는 그의 외삼촌은 때때로 도로 건설 같은 상당히 비중 있고 공적인 사업을 벌였는데, 그 일에 프리드리히를 그의 가장 중요한 일꾼으로서 또 여러 방면에서 자신의 오른팔로 간주했다. 신체적인 힘이 아직도 충분하지는 않지만 감히 어느 누구도 그와 인내심을 견줄 수 없었다. 마가레트는 여태까지 아들을 그냥 사랑하기만 했으나, 이제는 그를 자랑스러워하기 시작했으며 그에게 일종의 존경심까지 느꼈다. 이 애가 엄마의 도움 없이, 게다가 엄마의 조언도 없이 성장하는 것을 보았기 때문이다. 대부분의 사람들이 그렇듯이 그녀도 조언을 대단히 귀하게 여겼다. 한때는 그런 귀한 촉진제 없이 지낼 수 있는 그의 능력을 충분히 높게 평가할 줄 몰랐다.

프리드리히는 열여덟 살이 되자, 내기에서 이겨 마을 청년들 사이에서 명성을 얻었는데, 내기에서 그는 죽은 산돼지를 등에 메고 2마일 이상 멀리 떨어진 곳까지 쉬지 않고 이동하였다. 그러나 이 좋은 상황에서 마가레트가 얻을 수 있는 거의 유일한 이득은 아들의 명성을 함께 누린다는 것이었다. 그 이유는 프리드리히가 점점 더 자신의 외모에 대해 신경을 쓰고, 점차 재정적으로 압박을 느끼거나 마을에서 어떤 사람보다도 뒤처지는 것을 참지 못하게 되었기 때문이다. 게다가 그는 온 힘을 딴 곳에서 이득을 얻는 데에 썼으며, 평소에 집에서는 명성과는 아주 반대로, 꾸준히 해야 하는 모든 일에 싫증을 내고 오히려 잠깐의 긴장을 요하는 힘든 일을 하는 것을 더 좋아하는 듯했다. 그리하여 그는 곧 이전에 그가 하던 소 먹이는 일을 되풀이하는 것이 자기 나이에 맞지 않다고 여기기 시작했다. 때때로 그는 남들의 조롱거리가 되었는데, 그럴 때 그는 그들을 주먹으로 호되게 때려 줌으로써 잠잠하게 만들었다. 그리하여 사람들은 때때로 그가 화려하고 멋진, 인정받은 마을 멋쟁이로서 젊은이들의 앞자리에 있는 것을 보거나, 또 때로는 다시 너덜너덜한 옷을 입은 목동으로서 외롭게 몽상에 잠기어 소들 뒤를 따라가거나, 숲속 빈터에서 겉으로는 아무 생각 없이 누워 있거나, 나무의 이끼를 쥐어뜯는 것을 보는 것에 익숙해졌다.

이 무렵 도벌꾼 일당에 의해 잠자던 법률이 어느 정도 고개를 들기 시작했다. 블라우키텔이라는 이름의 이 도벌꾼 일당은 간계와 대담함에 있어서 선배 도벌꾼들을 훨씬 능가하여, 이들을 가장 많이 참아 온 사람들도 더는 참을 수가 없게 되었다. 보통 염소 무리에서도 그중 가장 힘센 숫염소 한 마리를 손가락

하나로 가리킬 수 있다. 그러나 여기서는 아무리 경계를 잘해도 지금까지 단 한 명의 도벌꾼의 이름도 밝혀내지 못하였다. 그 도당이 그렇게 불리는 이유는 그들이 모두 아주 똑같은 푸른 덧옷을 입고 있어, 혹 어느 산림관이 그들 중 낙오자가 숲속에서 사라지는 것을 보더라도, 그들을 식별하기 힘들게 만들었기 때문이었다. 그들은 떼 지어 다니는 송충이들처럼 산림을 황폐하게 만들었고, 전 산림 지역을 하룻밤에 베어 즉석에서 치웠다.

따라서 다음 날 아침 사람들은 쪼개진 조각이나 어수선하게 쌓여 있는 나무의 끝부분을 제외하고는 아무런 흔적도 발견하지 못하였다. 나무를 실은 수레가 마을을 지나간 흔적이 없고, 그들이 강물을 이용하여 건너오고 또 되돌아갔다는 사실은 그들이 배를 소유한 사람의 비호와 도움을 받아 행동했음을 짐작게 했다. 그 일당 중에는 매우 노련한 스파이가 있음이 틀림없었는데, 그 이유는 산림관들이 몇 주일 내내 보초를 섰지만 모든 것이 허사였기 때문이다. 폭풍우가 치거나 달이 밝거나 상관없이, 그들이 지쳐서 경계를 중단한 첫날 밤에 이 산림 훼손이 이루어졌다. 이상하게도 주위 지역 주민들이 산림관들과 똑같이 아무것도 모르고 흥분하는 것처럼 보였다. 몇몇 마을은 자기들이 블라우키텔에 가담하고 있지 않다고 단언했다. 그러나 모든 마을 중에 가장 혐의가 짙었던 B마을의 혐의가 밝혀진 후 다른 어떤 마을에도 강한 혐의를 씌울 수가 없게 되었다.

B마을의 혐의가 벗겨진 것은 우연한 결혼식 사건 때문이었다. 이 마을의 거의 모든 주민들이 그 잔칫집에서 밤을 보냈으

며, 바로 이 시간에 블라우키텔이 그들이 할 수 있는 가장 강력한 원정 행위를 실행했다.

그러는 사이에 산림 훼손이 너무나 심했기에 이에 대한 조치도 지금까지 들어 보지 못한 방법으로 강화되었다. 이를테면 밤낮으로 순찰을 돌고, 농부들과 하인들도 무장을 하고서 산림관들과 제휴하였다. 그럼에도 불구하고 성과는 미미했고, 파수꾼들이 숲의 한쪽 끝을 떠나자마자 블라우키텔은 다른 쪽으로 진입을 했다. 이런 상태는 만 일 년 이상 지속되었고, 파수꾼과 블라우키텔이 해와 달처럼 번갈아 가면서 이 지역을 차지했으며, 결코 서로 마주치는 일은 없었다.

1756년 7월 어느 날 새벽 3시였다. 하늘에 달이 맑게 떠 있었으나, 달빛은 희미해지기 시작했고 동녘에서 이미 엷은 황색의 띠가 나타나 지평선에 테를 두르며 좁은 계곡의 입구를 마치 금테를 두른 것처럼 에워쌌다. 프리드리히는 습관대로 풀밭에 누워 있다가 일어나, 버드나무 막대기의 옹이 진 끝에 살아 있는 동물의 형상을 조각해 넣었다. 그는 지친 듯이 보였으며, 하품을 하면서 풍우에 부러져 기형으로 자란 줄기에 머리를 기대어 쉬며, 시선을 멀리 덤불과 묘목으로 거의 무성하게 된, 지평선보다도 오히려 더 어두컴컴한 계곡 입구 쪽으로 던졌다. 몇 번인가 눈을 깜빡거리다가 특유의 유리 같은 맑은 눈빛을 발했지만 곧 지그시 눈을 감고 하품을 하고 게으른 목동이 하듯이 기지개를 켰다. 그의 개는 약간 떨어져 소들 곁에 누워 있었고, 소들은 산림 보호법은 아랑곳하지 않고 이제 막 새로 자라난 나무순을 풀처럼 뜯어먹어 치우기에 바빴으며, 신선한 새벽 공기에 숨을 가쁘게 몰아쉬었다. 숲에서는 때때로 둔중한 쪼개지는 소리가 났다. 그 소리는 단 몇 초간 지속되다가 산 굽이굽이에 부딪쳐 긴 메아리를 만들었으며 모든 것이 약 5분 내지 8분간 반복되었다. 프리드리히는 소리를 신경 쓰지 않았다. 이따금 굉음이 평소보다 크거나 오래 들릴 때에만 고개를 들어 천천히 여러 갈래의 좁은 길로 시선을 보내 계곡의 출구를 찾았다.

이미 날이 밝기 시작했다. 새들이 낮은 소리로 지저귀기 시작했고 이슬은 피부에 느껴질 정도로 땅에서 차올랐다. 프리드리히는 나무줄기에 미끄러져 아래로 굴렀으며 두 팔을 머리 위로 해 깍지를 끼고서 살며시 다가오는 아침노을을 응시했다. 갑자기 그가 일어섰다. 그의 얼굴 위로 짧게 불빛이 스치자 그는 마치 사냥개처럼 상체를 굽히고는 바람이 전하는 상황에 귀를 기울였다. 그러고 나서 그는 재빨리 두 손가락을 입안에 넣어 날카롭게 연이어 휘파람을 불었다.

"피델, 이 망할 짐승!" 그는 돌을 던져 방심하고 있던 개의 옆구리를 맞혔고, 놀라 잠에서 깨어난 개는 처음에는 닥치는 대로 물어뜯었으나, 나중에는 낑낑거리며 세 발로 서서 자기를 아프게 한 사람을 찾아가 달래 달라고 했다. 그때 가까운 숲의 가지들이 거의 소리 없이 밀려났고, 한 남자가 푸른 사냥조끼를 입고 은빛 나는 방패를 팔에 걸고 탄약이 장전된 총을 손에 들고 나타났다. 그는 재빨리 골짜기를 살펴보고 나서 소년에게 날카로운 시선을 고정시켰으며, 앞으로 다가오더니 숲을 향해 몸짓을 했다. 그러자 같은 복장을 하고 허리에는 사냥칼을 차고 또 손에는 장전한 총을 든 7~8명의 사람들이 연이어 모습을 드러 냈다.

"프리드리히, 뭐였지?" 제일 먼저 나타난 사람이 물었다.

"이 못된 개는 그 자리에서 뒈졌으면 좋겠어요. 이놈 때문에 소들이 어처구니없는 짓을 해요."

"이놈이 우리를 봤어." 다른 사람이 말했다.

"넌 내일 죽을 거야." 프리드리히는 말을 계속하며 개를 발 로 찼다.

"프리드리히, 바보처럼 굴지 마라! 넌 나를 알고 또 내 말의 뜻을 이해하지!"

브란디스가 이 말을 하면서 날카로운 눈길로 쏘아보았는데 곧 그 효과를 보았다.

"브란디스 아저씨, 제 어머니를 생각해 주세요!"

"그러지. 숲에서 아무 소리도 듣지 못했니?"

"숲에서요?" 소년은 재빨리 산림관의 얼굴로 눈길을 주었 다. "아저씨네 나무꾼 이외에는 아무것도 없었지요."

"나의 나무꾼이라니!"

그렇지 않아도 어두운 산림관의 얼굴색이 짙은 적갈색으로 변했다. "그들은 몇이나 되며 어디서 활동하지?"

"아저씨가 그들을 어디로 보냈어요? 전 모릅니다."

브란디스는 동료들에게로 몸을 돌렸다. "먼저 가게. 나도 곧 뒤따라가겠네!"

동료들이 하나둘 숲속으로 사라지자 브란디스는 소년에게로 바짝 다가서서는 화를 꾹 참는 어조로 말했다.

"프리드리히, 나도 참는 데는 한계가 있어. 난 너를 개 패듯이 때려 주고 싶어, 그리고 너희들은 그 이상의 가치도 없어. 너희 같은 천민들은 지붕 위 기와 한 장도 갖지 못해! 고맙게도 너희들은 곧 빌어먹게 될 거야. 내 집 대문에서 늙은 마녀 같은 네 어미는 곰팡이 슨 빵 조각 하나도 얻지 못할 거야. 하지만 그 전에 너희 둘을 감옥에 처넣어 버리겠어!"

프리드리히는 경련을 일으키며 나뭇가지를 잡았다. 그는 죽은 사람처럼 창백해졌고 수정구슬 같은 그의 눈은 머리에서 툭 튀어나올 것 같았다. 그러나 그것도 한순간이었고 곧 허탈함과 다를 바 없는 최대한의 침착함을 되찾았다.

"아저씨." 프리드리히는 단호하지만 부드러운 어조로 말했다. "아저씨는 책임질 수 없는 말을 하셨어요. 아마도 저 역시 그랬겠죠. 우리 서로 없었던 말로 해요. 이제 아저씨가 요구하는 바를 말씀드리지요. 아저씨가 나무꾼들을 직접 불러오지 않으셨다면, 그것은 틀림없이 블라우키텔의 무리들일 것입니다. 왜냐하면 마을 쪽에서는 한 대의 수레도 오지 않았으니까요. 제 앞의 길에 분명 넉 대의 수레가 있었죠. 눈으로 보지는 못했지만, 골짜기를 지나 올라가는 소리를 들었어요." 프리드리히는 잠시 말을 멈췄다. "아저씨는 제가 아저씨 구역에서 나무를 베었다고 말씀하실 수 있어요? 도대체 제가 주문받은 것 이외에 다른 곳 어디에서 나무를 베었습니까? 아저씨가 그렇게 말할 수 있을지 한 번 생각해 보셔요."

산림관은 당황하여 중얼거렸는데 그것이 대답의 전부였고, 그는 거친 성격의 사람들 대부분이 그렇듯이 쉽게 후회했다. 그는 언짢은 듯 몸을 돌려 숲으로 걸어갔다.

"아니요, 아저씨." 프리드리히가 불렀다. "다른 산림관들이 있는 곳으로 가시려는 거라면, 그들은 저쪽 너도밤나무 쪽으로 올라갔어요."

"너도밤나무가 있는 쪽으로?" 브란디스가 의심스러운 듯 말했다. "아니야, 저쪽 건너편, 마스터 골짜기로 갔어."

"제가 아저씨에게 너도밤나무 쪽이라고 말씀드리잖아요. 키다리 하인리히의 화승총 끈이 저기 굽은 나뭇가지에 걸려 있어요. 제가 그것을 똑똑히 보았어요!"

산림관은 프리드리히가 일러 준 길로 걸어갔다. 프리드리히는 그 자리를 한동안 뜨지 않고, 반쯤 드러누워서 여린 나뭇가지 하나를 팔에 안고는 미동도 없이 떠나가는 사람을 주시했다. 산림관은 수풀로 반쯤 뒤덮인 언덕길을 직업상 숙달된, 조심스럽지만 큰 걸음으로, 여우가 닭장의 홰를 오르듯이 소리 없이 미끄러져 갔다. 그의 뒤쪽 여기저기에서 나뭇가지가 가라앉았고, 그의 모습은 점점 사라져 갔다. 그때 나뭇잎 사이에서 번쩍하는 것이 있었다. 그것은 산림관이 입은 사냥조끼의 강철단추였다. 이제 그는 사라져 버렸다. 프리드리히의 얼굴은 그가 점점 사라지는 동안에 냉정의 빛을 잃고 마침내 불안하게 동요하는 빛을 보였다. 자기가 한 말을 비밀로 해 달라고 산림관에게 부탁하지 않은 사실을 후회하는 것일까? 그는 몇 걸음 앞으로 걸어 나가 멈춰 섰다. "너무 늦었어."라고 혼잣말로 중얼거리며 모자를 잡았다. 그에게서 스무 걸음도 채 떨어지지 않은 숲에서 나지막이 긁는 소리가 났다. 그것은 화승총 부싯돌에 불을 붙이는 산림관이 내는 소리였다. 프리드리히는 귀를 기울였다.

"아니야!" 그는 단호한 어조로 말하면서, 자기 소지품을 한데 모았고 소들을 좁은 골짜기를 따라 급하게 몰았다.

정오경에 마가레트 부인은 부엌 아궁이 앞에 앉아서 차를 끓이고 있었다. 프리드리히는 몸이 아파서 귀가한 뒤 심한 두통을 호소했고, 어머니가 걱정하여 묻자 그가 산림관에게 심하게 화를 낸 경위를 이야기했다. 비밀로 간직하는 것이 낫겠다고 생각되는 몇몇 사소한 것은 접어 두고, 이제 막 기술한 이 사건에 대해 간략하게 이야기했다. 마가레트는 조용히 그리고 우울하게 끓는 물을 쳐다보았다. 그녀는 아들이 때때로 불평하는 것을 듣는 데에 익숙했으나, 오늘은 아들이 평소와는 다르게 더 피곤해 보인다고 생각했다. 혹시 무슨 병에 걸렸나? 그녀는 깊게 한숨을 쉬었고 지금 막 집어 든 장작을 떨어뜨렸다.

"엄마!" 프리드리히가 방에서 소리 질렀다.

"무슨 말을 하려는 거니?"

"총소리가 났죠?"

"아이고, 아니야, 난 네가 무슨 말을 하는지 모르겠다."

"아마 제 머릿속에서만 두근거리는 소리가 나는 걸 거예요." 그는 대답했다.

이웃집 여자가 들어와 낮은 귀엣말로 쓸데없는 수다를 늘어놓았고, 마가레트는 이를 건성으로 들었다. 잠시 후 그녀는 갔다.

"엄마!" 프리드리히가 불렀다.

마가레트는 그의 방에 들어갔다.

"휠스마이어 부인이 무슨 말을 했어요?"

"아니, 아무 말도 없었어, 거짓말이고, 시시한 이야기였어!"

프리드리히는 일어났다.

"그레첸 지이머에 관해서 얘기했지, 너도 아마 그 옛날이야기를 알거야. 그러나 그것은 사실이 아니란다."

프리드리히는 다시 드러누웠다. "제가 잠을 잘 수 있을지 모르겠어요." 그는 말했다.

마가레트는 화덕 앞에 앉아서 실을 자으며 즐거운 일은 거의 생각하지 않고 있었다. 마을 시계탑에서 11시 반을 알리는 소리가 들렸으며, 문이 열리고 법원 서기 카프가 들어왔다.

"안녕하세요, 메르겔 부인, 제게 우유 한 모금 주실 수 있습니까? 저는 M에서 왔어요." 그는 말했다.

메르겔 부인이 부탁받은 우유를 가져왔을 때, 그는 물었다. "프리드리히는 어디 있어요?"

그녀는 지금 막 쟁반 하나를 꺼내 오고 있었기에 그의 말을 듣지 못했다.

그는 머뭇거리면서 쉬엄쉬엄 우유를 마셨다. 그러고 나서 말했다. "부인, 혹시 아세요? 지난밤에 블라우키텔 도당이 또다시 마스터 숲에서 한 구역을 송두리째 베어 버려 마치 제 손처럼 민둥산으로 만든 것을요.”

“저런, 참!” 그녀는 무관심하게 대답했다.

“도벌꾼들이 전부 황폐하게 만들었답니다.” 법원 서기는 계속 말을 이었다. “그들은 어린 나무들은 물론이고, 내 팔목 굵기만한, 더구나 결코 상앗대의 자루로도 쓰이지 않을 작은 떡갈나무 줄기까지도 베어 갔어요! 그놈들은 다른 사람들이 피해를 입으면 자기들에겐 이익이 되는 것처럼 좋아하지요.”

“그것 참 유감스럽군요!” 마가레트가 말했다.

법원 서기는 우유를 다 마시고도 떠날 줄을 몰랐다. 그는 뭔가를 마음에 두고 있는 것 같았다. “브란디스에 관해서 들은 것 없어요?” 서기가 갑자기 물었다.

“아뇨, 아무것도요. 그는 결코 우리 집에 오지 않아요.”

“그럼 그에게 무슨 일이 생겼는지 모르겠군요?”

“네. 도대체 무슨 일인가요?” 마가레트가 바짝 긴장해서 물었다.

“그가 죽었어요!”

“죽다니!” 그녀는 외쳤다. “뭐라고, 죽다니? 세상에! 그는 오늘 아침까지도 아주 건강한 모습으로 등에 화승총을 메고 지나갔어요!”

“그는 죽었어요.” 법원 서기는 그녀를 날카롭게 쳐다보면서 반복했다. “블라우키텔에게 살해당했어요. 15분 전에 시신이 마을로 옮겨졌어요.”

마가레트는 두 손을 한데 모았다. “하느님, 그를 심판하지 마옵소서! 그는 자신이 한 일을 몰랐습니다!"

"그를 재판하지 말라니! 부인은 저주받을 살인자를 말한 겁니까?" 법원 서기가 물었다.

방에서 깊은 탄식의 소리가 들려왔다. 마가레트는 서둘러 방으로 들어갔으며 법원 서기도 그녀의 뒤를 따라왔다. 프리드리히는 꼿꼿이 침대에 앉아 있었고 두 손으로 얼굴을 누르고서 죽어 가는 사람처럼 신음했다.

"프리드리히, 너 왜 그래?" 어머니가 물었다.

"너, 왜 그래?" 법원 서기가 반복했다.

"아이고 배야, 머리야!" 프리드리히가 신음했다.

"쟤가 어디 아픕니까?"

"아이고, 누가 알겠어요." 그녀는 대답했다. "몸이 좋지 않았는지 얘는 이미 4시에 소들을 몰고 집으로 돌아왔어요. 프리드리히, 프리드리히 제발 대답해 봐라! 의사를 데리러 갈까?"

"아니, 아닙니다. 이건 산통*이고, 곧 좋아질 것입니다." 그가 신음하면서 답했다.

그는 다시 뒤로 누웠다. 그의 얼굴은 고통의 경련으로 일그러졌다가 다시 제 빛을 찾았다. "가세요." 그는 힘없이 말했다. "저는 좀 자야겠어요, 그러면 좋아질 거예요."

"메르겔 부인, 프리드리히가 4시 정각에 집에 왔고 다시는 떠나지 않았다는 게 확실하지요?" 법원 서기가 진지하게 물었다.

---

*   복부 내장의 여러 질환으로 생기는 격심한 발작성의 간헐적 복통

그녀는 서기를 빤히 쳐다보았다.

"길거리에 있는 모든 아이들에게 물어 보세요. 다시 나갔느냐고요? 하느님이 그 애가 그런 짓을 하는 걸 원하셨다면!"

"프리드리히가 당신에게 브란디스에 관해 아무 말도 하지 않았나요?"

"예, 분명히 했어요. 그는 숲에서 저 애를 모욕하고 우리들의 가난을 비난했어요. 나쁜 사람! 그런데 하느님 저를 용서하십시오, 그가 죽었다니! 자, 이제 그만 가세요!"

그녀는 격하게 말을 이었다. "당신은 성실한 사람들을 욕하기 위해서 오신 겁니까? 가세요!" 그녀는 다시 아들에게로 향했다. 법원 서기는 자리를 떠났다.

"프리드리히야, 좀 어떠니?" 어머니가 물었다. "너 잘 들었지? 끔찍해, 정말 끔찍해! 참회도 하지 않고 면죄도 받지 않고!"

"엄마, 엄마, 제발 저를 자게 내버려 둬요. 전 더 이상 견딜 수가 없어요!"

이 순간 요하네스 니만트가 방으로 들어왔다. 여위고 장대처럼 키가 컸으며, 5년 전처럼 넝마를 걸쳤고 겁이 많았다. 그의 얼굴은 평소보다도 더 창백했다. 그는 말을 더듬었다.

"프리드리히, 넌 지금 즉시 외삼촌에게 가야 해. 그는 네게 시킬 일거리를 가지고 있어. 지금 바로 가야 해."

프리드리히는 벽을 향해 몸을 돌렸다. "안 가. 난 아프단 말이야." 그는 퉁명스럽게 말했다.

"하지만 너는 반드시 가야 해." 요하네스가 숨을 가쁘게 몰

유대인의 너도밤나무

아쉬면서 말했다. "그가 나더러 널 꼭 데려오라고 했단 말이야."

프리드리히는 경멸하며 웃음을 터뜨렸다. "그렇게 되는지 내가 두고 보겠어!"

"프리드리히를 가만히 놔두어라, 걔는 갈 수 없단다. 너도 걔가 어떤 상태인지 보았지?" 마가레트가 한숨을 쉬며 말했다.

그녀가 몇 분간 밖에 나갔다가 돌아왔을 때 프리드리히는 이미 옷을 다 입고 있었다.

"넌 어쩔 생각이니? 갈 수 있다고 생각하겠지만, 가서는 안 돼!" 그녀는 소리 질렀다.

"일어나야 할 일이 일어났을 뿐이에요." 대답을 마친 프리드리히는 이미 요하네스와 함께 문을 나서고 있었다.

"아이고, 하느님, 자식들은 어릴 때는 부모 품 안이지만, 자라고 나면 제멋대로 행동해서 부모 마음에 근심만 남기지!" 어머니는 탄식했다.

법원의 심리가 시작되었고, 살인 사건임이 명백하게 드러났다. 그러나 범인에 대한 증거는 너무 미약했다. 모든 상황을 고려하여 블라우키텔에게 유력한 혐의를 두었지만, 그것은 사람들의 추측 그 이상은 아니었다. 범행 흔적이 하나 있어서 사건 해결에 빛이 될 것 같았다. 그러나 사람들은 여러 가지 이유를 들어 그것을 믿지 않았다. 영주가 부재중이어서 법원 서기가 직접 이 사건을 처리해야만 했다. 그는 책상에 앉았다. 법정은 농부들로 가득 메워졌다. 일부는 호기심 때문에 왔고, 또 일부는 본래 있어야 할 증인이 없어 실마리라도 얻지 않을까 하는 기대로 불려 온 사람들이었다.

사건이 있던 날 밤 가축을 돌본 목동들과 현장에서 가까운 농장의 하인들이 소환되었으나, 모두들 손을 호주머니에 꽂은 채 부동자세로 꼿꼿이 서 있었다. 이 사건에 말려들기를 원치 않음을 침묵으로 표현하는 것 같았다. 여덟 명의 산림관들이 심문을 받았다. 그들의 진술은 완전히 똑같았다. 산림관 주임 브란디스가 10일 저녁에 그들에게 순찰하라고 명령을 했다. 블라우키텔의 계획에 대한 어떤 제보를 받았기 때문이었지만 그는 그 제보에 대해 확실하게 언급하지 않았다. 그들은 새벽 2시에 순찰을 시작해서 많은 도벌 흔적을 발견했으며, 이에 산림관 주임은 기분이 매우 좋지 않았다. 그 밖에는 모든 것이 고요했다. 4시경에 브란디스는 "우리들은 속았다. 집으로 돌아가자."라고 말했다. 그들이 브레머 산 쪽으로 향할 때, 바람의 방향이 바뀌어 마스터 숲에서 분명 나무가 베어 넘어지는 소리를 들었다. 빠르게 찍어 넘기는 소리가 연속적으로 났으므로 블라우키텔 도당들이 벌목 작업을 하는 것으로 결론을 지었다. 이제 그들은 적은 인원으로 그런 대담한 도당들을 공격할 수 있을지를 잠시 상의했으며, 뚜렷한 결론도 없이 소리가 나는 곳으로 점차 가까이 갔다. 그 후에 프리드리히와 말다툼이 있었다. 브란디스가 그들을 아무 지시도 않고 먼저 떠나보냈기에 그들이 한동안 앞으로 나아간 후, 상당히 멀리 떨어진 숲속에서 굉음이 완전히 그친 것을 알고서, 그들은 산림관 주임을 기다리기 위해서 멈춰 섰다. 지체하며 기다리는 것에 진저리난 그들은 10분쯤 후에 계속 앞으로 나가 벌목으로 황폐화된 자리까지 갔다. 모든 일은 끝나 있었다. 숲에서는 아무 소리도 들리지 않았고, 잘려진 스무 그루 중에서 여덟 그루의 나무가 아직 남아 있었으며, 나머지는 이미 모두 치워진 상태였다. 어떻게 이 작업을 해냈는지는 그들도 이해할 수 없었는데, 그 이유는 수레바퀴 자국이 없었기 때문이었다. 게다가 건조한 계절이었고, 가문비 잎이 져서 땅에 깔려 있어 발자국을 구별할 수 없게 만들었으며, 더욱이 주변의 땅이 밟혀서 굳어져 있었다. 이제 사람들은 산림관 주임을 기다리는 일이 아무 소용없다고 판단하고는 재빨리 숲의 다른 쪽으로 나아갔다. 어쩌면 도벌꾼들을 만나게 될지도 모른다는 희망을 안은 채였다. 그들이 숲을 빠져나올 때, 그들 중 한 사람의 물통 끈이 산딸기나무에 걸려서 뒤돌아보는 순간, 그는 덤불 속에서 뭔가 번쩍이는 것을 보았다. 그것은 산림관 주임의 허리띠 장식이었다. 사람들은 브란디스가 덩굴손 뒤에서 오른손이 화승총 총신에 끼이고 왼손은 주먹을 쥐고 이마는 도끼에 쪼개진 채, 쫙 뻗어 누워 있는 것을 발견했다.

이것이 산림관들의 진술이었다. 다음 차례는 농부들이었다. 그러나 그들에게서는 아무것도 얻을 수 없었다. 농부들 대부분이 4시에 집에 있었거나 다른 곳에서 일에 몰두했다고 주장했으며, 아무도 뭔가 (이상한 것을) 보았다고 말하려 하지 않았다. 어떻게 해야 좋을까? 그들은 모두 이 마을에 사는 믿을 수 있는 사람들이었다. 그들의 소극적인 진술에 만족해야만 했다.

프리드리히가 소환되었다. 그는 평소 자신의 거동과 조금도 차이가 없이, 긴장하지도 않고 뻔뻔하지도 않은 태도로 들어왔다. 심문은 상당히 오랫동안 계속되었으며, 물음은 빈틈없이 이루어졌다. 그렇지만 그는 모두 솔직하고 단호하게 대답을 하였으며 자신과 산림관 주임 사이의 사건을 상당히 진실에 맞게, 자신이 발설하지 않아야 타당하다고 생각되는 것을 제외하고 끝까지 다 말했다. 살인 시간에 대한 그의 알리바이는 쉽게 입증되었다. 산림관은 마스터 숲의 출구에 누워 있었다. 이곳은 골짜기에서 걸어 45분 이상 걸리는 거리인데, 그 골짜기에서 그는 프리드리히에게 4시에 말을 걸었으며 또 여기서 프리드리히는 10분 후 자신의 소들을 마을로 몰아갔다. 모든 사람들이 이것을 보았다. 법정에 함께 참석하고 있는 모든 농부들은 그 사실을 증언하기에 바빴다. 프리드리히는 이 농부에게 말을 걸기도 하고, 저 농부에게 고개를 끄덕거리기도 하였다.

법원 서기는 기분 나쁘고 당혹스런 얼굴로 법정에 앉아 있었다. 갑자기 그는 손을 등 뒤로 가져가서 뭔가 번쩍하는 것을 프리드리히의 눈앞에 내놓았다.

"이건 누구 것이지?"

프리드리히는 세 걸음 뒤로 물러났다. "어이쿠, 놀래라! 당신이 제 머리를 깨부수려는 줄 알았습니다."

그의 눈은 재빨리 치명적인 도구로 향했으며 순간적으로 도끼자루의 떨어져 나간 파편에 고정되는 듯했다.

"전 모릅니다." 그는 단호하게 말했다.

그것은 산림관 주임의 두개골에 박혀 있었던 도끼였다.

"이것을 자세히 봐." 법원 서기는 말을 계속했다.

프리드리히는 그것을 손으로 들고 위아래로 살펴보고 돌려보았다. "이것은 다른 도끼와 같은걸요." 그는 말하고 나서 그것을 무관심하게 책상 위에 놓았다. 핏자국이 보였다. 그는 전율하는 것처럼 보였으나 다시 한번 매우 단호하게 되풀이하여 말했다. "저는 이 도끼를 모릅니다."

법원 서기는 불쾌한 나머지 한숨을 쉬었다. 그 자신도 어떻게 진행해야 할지 몰랐지만 깜짝 놀라게 함으로써 얻을 수 있는 것을 얻어 보려고 한번 해 본 것이었다. 이제 심문을 마치는 수밖에 없었다.

이 사건의 결과에 대해 관심을 가지고 있는 사람들에게 내가 해 두어야만 할 말은, 비록 사건을 해결하기 위해 많은 일들이 생겼고 또 이 심문 이후에도 심문이 더해졌음에도 불구하고 이 사건은 결코 해명되지 않았다는 것이다. 블라우키텔은 이 사건이 있음으로써 예의 주시당하고 또 이후에 강한 대응 조치들이 잇따르자 용기를 잃은 듯하였다.

이때부터 블라우키텔은 사라진 것 같았다. 비록 그 뒤에 많은 도벌꾼들이 붙잡혔지만, 이들을 악명 높은 그 일당으로 볼 어떤 이유도 찾아내지 못했다. 그 도끼는 20년 동안 쓸모없는 증거물로서 법원 문서 보관실에 놓여 있었고, 아마 지금도 그곳에서 녹이 잔뜩 슬어 있을 것이다. 꾸며 낸 이야기에서 독자의 호기심을 이렇게 기만하는 일은 옳지 않은 일일 것이다. 그러나 이 모든 일은 실제로 일어났다. 내가 여기에 덧붙이거나 뺄 것은 아무것도 없다.

　다음 일요일에 프리드리히는 고해 성사를 하러 가기 위해 매우 일찍 일어났다. 그날은 성모 승천 제일*이어서 신부들은 날이 새기 전에 이미 고해석에 앉아 있었다. 프리드리히는 어둠 속에서 옷을 다 입은 다음 최대한 소리를 내지 않고 지몬의 집에 있는 자신의 좁은 골방을 떠났다. 그는 자신의 기도 책이 부엌의 선반** 위에 놓여 있음을 확신했기에, 희미한 달빛의 도움으로 그것을 찾으려 했다. 그런데 책은 그곳에 없었다. 그는 책을 찾기 위해 이리저리 살펴보다가 움찔 놀랐다. 문에는 지몬이 서 있었다. 옷도 거의 입지 않고, 바싹 마른 모습으로, 빗지 않아 엉망이 된 머리카락과 달빛을 받아 창백해진 그의 얼굴은 프리드리히에게는 끔찍하게 변화된 모습으로 보였다. '외삼촌이 몽유병을 앓고 있나?'라고 생각하면서 프리드리히는 미동도 하지 않고 가만히 서 있었다.

　"프리드리히, 너 어디 가니?" 외삼촌이 속삭였다.

　"외삼촌이셨어요? 저는 고해 성사하러 가요."

　"그럴 줄 알았다. 마음대로 가거라. 하지만 착한 기독교인처럼 고해하거라."

　"그렇게 하겠어요." 프리드리히는 대답했다.

　"십계명을 생각해. 네 이웃에 대하여 거짓 증거를 하지 말지

---

*　　8월 15일

**　　벽 윗부분에 수평으로 둘린 장식적 돌출부

니라."*

"거짓 증거 하지 말라니요!"

"그래, 거짓 증거 하지 말라. 넌 잘못 알고 있어. 누구든 고해 성사에서 남을 죄 있다고 고소하면, 그 사람은 성사를 받을 자격이 없어."

두 사람은 침묵했다.

"외삼촌, 어떻게 그렇게 생각하세요?" 프리드리히는 이어서 말했다. "외삼촌의 양심은 깨끗하지 못해요. 외삼촌은 저를 속였어요."

"내가? 그랬니?"

"외삼촌의 도끼는 어디 있어요?"

"내 도끼? 헛간에 있지."

"외삼촌은 도끼자루를 새로 끼워 놓았지요? 헌 도끼자루는 어디 있어요?"

"오늘 낮에 땔나무 광에서 볼 수 있을 것이다. 가거라." 그는 경멸하는 듯한 어조로 말을 이었다. "난 네가 남자라고 생각했는데 그게 아니었어. 넌 노파야. 노파는 자기 화로에서 연기가 나면 곧 집이 불탄다고 생각하지. 이봐." 그는 계속 말을 했다. "내가 저기 있는 문설주보다 그 사건에 대해 더 많이 안다면, 난 영구히 구제받지 않겠다. 난 오래전부터 집에 있었다." 그는 덧붙였다.

---

* 「출애굽기」 20장 16절 참조

프리드리히는 가슴이 답답해지고 믿을 수 없다는 표정으로 그 자리에 서 있었다. 그가 외삼촌의 얼굴을 쳐다보려고 애를 얼마나 썼는지 모른다. 그러나 그들이 소곤거리며 얘기를 나누는 동안에 하늘에는 구름이 잔뜩 끼었다.

"내 책임이 커요." 프리드리히는 탄식했다. "나는 그를 잘못된 길로 보냈어요. 비록… 이런 일이 일어날 줄은 꿈에도 생각하지 못했어요. 아 그래, 확실히 생각 못했어요. 외삼촌, 전 외삼촌 때문에 양심의 가책을 느껴요."

"그럼 가서 고해해!" 지몬은 떨리는 목소리로 속삭였다. "성사를 밀고로 더럽히고 불쌍한 사람에게 스파이란 멍에를 씌우기만 하면, 그*가 그 비밀을 즉시 다른 사람에게 말하지 않는다고 하더라도, 그들의 입에서 빵조각을 빼앗는 일을 하게 될 것이다. 가거라!"

프리드리히는 망설이며 서 있었다. 그는 나직이 바스락거리는 소리를 들었다. 구름은 물러갔고 달빛이 다시 방문에 비쳤다. 방문은 닫혀 있었다. 프리드리히는 이날 아침 고해 성사를 하러 가지 않았다.

이 사건이 프리드리히에게 남긴 인상은 유감스럽게도 곧 사라지고 말았다. 지몬이 자기 양자를 자신이 걸어온 길로 이끌기 위해 온갖 짓을 한다는 것을 누가 한 점 의심이나 하겠는가? 한편 프리드리히에게도 그렇게 당하는 데에 적합한 여러 가지 소

---

*   신부(神父)를 가리킨다.

질이 있었다. 예를 들면, 경솔함, 불뚝불뚝하는 성질, 터무니없는 자만심으로 늘 체면을 업신여기진 않았고, 분수에 맞지 않는 일까지 저지르고 망신당하지 않으려고 전력을 다했다. 그의 천성이 고상하지 않은 것은 아니지만, 내면적 수치보다는 외면적 수치를 더 괴로워하였다. 그의 어머니가 굶주리는 동안 그는 겉치레를 꾸미는 데에 열중하고 있었다.

그의 이 불행한 성격 변화는 여러 해가 지나면서 생겨난 것이다. 사람들은 마가레트가 아들에 대한 얘기를 점점 하지 않고, 전에는 생각하지도 못한 타락의 상태로 그녀가 빠져들어 감을 알아챘다. 그녀는 수줍어하고 게으르고 너저분해졌으며, 많은 사람들은 그녀의 머리가 병으로 이상해졌다고 생각했다. 프리드리히는 점점 더 시끄러워졌다. 그는 교회 축성일*이나 결혼식에는 빠지지 않았다. 명예욕에 매우 민감하여, 많은 사람들이 몰래 그를 비난하면 그냥 지나치지 않았고, 또한 언제나 여론에 반항하기보다는 그 여론을 자기 마음에 드는 길로 이끌어 나갈 준비가 되어 있었다. 그는 겉으로는 단정하고 진지하며 외견상 성실한 것처럼 보이나, 교활하고 거만하며 때로는 거칠어서 누구도 그를 좋아하지 않았고, 심지어 그의 어머니까지도 그랬다. 더구나 그는 무서운 대담성과 그보다 더 무서운 간계로 마을에서 나쁜 명성을 얻었는데, 사람들이 그가 어떤 사람인지 모르고, 또 마침내 그가 무슨 일을 할지 계산하지 못하였다는 사실을 인

---

* 10월이나 11월 중에 지역별로 벌이는 축제

식하면 할수록 그의 명성은 점점 더 나빠졌다. 마을에서 오직 한 명, 빌름 휠스마이어만이 자신의 능력과 좋은 형편을 알고, 프리드리히에게 저항을 했다. 휠스마이어는 프리드리히보다 말을 더 잘했고, 가시가 있는 말도 농담으로 넘길 줄 알았기 때문에 그는 프리드리히가 만나기 싫어하는 유일한 사람이었다.

*

4년이 흘렀다. 1760년 10월의 가을날이었다. 광과 지하 창고는 곡식과 술로 가득 찼고, 가을의 풍성함이 이 두메산골까지 넘쳤다. 사람들은 술 취한 사람들을 전보다 더 많이 보았고, 싸움과 어리석은 행위에 대한 말도 더 많이 들었다. 도처에서 여흥이 있었다. 월요일을 쉬는 푸른 월요일*이 유행하였다. 돈을 쓰다가 서너 푼 남은 사람이면 누구나 여자를 원했다. 내일은 굶더라도 오늘은 먹도록 도와줄 수 있는 여자를. 마을에서는 활기차고 단정한 결혼식이 열렸다. 손님들은 가락이 맞지 않는 바이올린 소리나 술 한잔, 그리고 그들이 기분이 좋아 스스로 가져간 먹거리보다 더 많은 것을 기대할 수 있었다. 아침 일찍부터 일어나 움직이고, 집집마다 대문 앞에 옷자락이 날렸으며, B마을은 하루 종일 마치 헌옷가게처럼 북적거렸다. 외지 사람들이 많이 올 것으로 예상했으며, 모두 자기 마을의 명예를 높이려고

---

* 민중오락일로, 푸른 옷을 입는 습관이 있었다.

했다.

때는 저녁 7시, 모든 것이 한창이었다. 환호와 웃음소리가 곳곳에서 터져 나왔고, 천장이 낮은 객실은 붉고 푸르고 노란 옷을 입은 사람들로 숨이 막힐 지경까지 꽉 찼다. 마치 저당 잡은 가축을 가득 넣어 둔 전당포의 외양간 같았다. 타작마당에서는 춤판이 벌어졌고, 두 발을 붙일 공간을 얻은 사람은 계속 빙글빙글 돌면서 (마음껏) 춤을 출 수 없는 처지를 환호성으로 보충하려고 하였다. 오케스트라는 훌륭했다. 제1바이올린은 인정받은 연주가인 양 두드러졌고, 제2바이올린 그리고 세 개의 현만 남아 있는 커다란 콘트라베이스는 아마추어 연주자인 양 마음 내키는 대로 연주했다. 술과 커피는 다 마시고도 남았으며, 모든 손님들이 땀을 흘렸다. 간단히 말해서 멋진 축제였다. 수탉처럼 새 푸른색 상의를 입은 프리드리히는 뽐내는 자태로 다니며 최고 멋쟁이의 권리를 내걸었다. 영주 일행이 도착했을 때에도 그는 콘트라베이스 바로 뒤에 앉아서 최저음의 현을 힘껏 그리고 최대한의 품위를 다하여 연주했다.

"요하네스." 프리드리히가 명령조로 부르자 그의 부하는 야외 무도장에서 나왔다. 요하네스는 유연하지 않은 다리를 흔들거리며 걷다가 환호성을 한 번 지르려고 했다. 프리드리히는 그에게 활을 건네주었으며, 거만하게 머리를 움직이며 자기 의사를 알려 주었고, 춤추는 사람들에게로 다가갔다. "자, 악사님들.

흥겨운 파펜 반 이스트루프* 음악을 연주해요!"

인기 있는 춤곡이 연주되었고, 프리드리히는 영주 앞에서
춤을 추었다. 그 바람에 헛간에 있던 소들이 기가 꺾여, 고리를
딸랑거리며 기둥을 쳐 내는 소음과 음매 하고 우는 울음소리가
들려왔다. 다른 사람보다 1피트 높은 그의 금발 머리가 마치 물
속에서 스스로 재주넘기하는 강꼬치고기처럼 상하로 움직였고,
구석구석의 여자아이들이 소리를 질렀으며, 그는 그들에게 경
의의 표시로 재빠르게 머리를 움직여 자신의 길고 밝은 금발 머
리카락을 휘날리게 했다.

그는 마침내 "이제 됐어요!"라고 말했으며, 땀을 흘리면서
음식을 차려 둔 탁자 쪽으로 걸어갔다. "자비로운 영주님 내외
분, 고귀한 왕자, 공주님들이여 오래 사시기를! 함께 축배를 들
지 않는 자는 매우 고통스럽도록 귀싸대기를 세게 때리겠어."

그 멋진 연설에 답하여 큰 환호성이 터져 나왔다. 프리드리
히는 허리를 굽혀 절을 했다. "부디 나쁘게 여기지 마시기를! 자
비하신 영주님 내외분, 우리들은 그저 배운 것 없는 농부일 뿐이
지요!"

이 순간에 타작마당의 끝에서 소동이 벌어졌고, 고함과 꾸
짖음, 웃음이 함께 뒤범벅되었다. "버터 도둑놈, 버터 도둑놈!"
몇몇 아이들이 소리 질렀고, 그쪽으로 사람들이 몰려갔다. 아니,
오히려 머리를 어깨 사이로 움츠리면서 도망가려고 안간힘을

---

* 바켈 근처의 이스트루프 마을 이름에서 유래한 인기 있는 국민 춤

쓰는 요하네스 니만트를 떠밀고 갔다.

"뭐요? 우리 요하네스에게 왜 그래요?"라고 프리드리히는 명령조로 소리 질렀다.

"당신은 진즉에 알아챘어야 했어요." 앞치마를 두른 한 늙은 이가 손에 걸레를 들고 숨을 헐떡거리면서 말했다.

이런 창피가 있나! 요하네스, 이 빌어먹을 놈아, 집에 있는 것만 해도 비상용이 되고도 남아. 반 파운드의 버터로 앞으로 닥칠 궁핍에 대비하려 들다니. 더구나 요하네스는 버터를 손수건에 깨끗이 쌀 생각도 않은 채 호주머니에 감추었기에 부엌 불가로 가까이 가자 그만 창피스럽게도 기름기가 녹아 웃옷자락을 타고 질질 흘러내렸다. 으레 있을 수 있는 소동이었다. 소녀들은 자기들까지 더러워질까 봐 튀듯이 뒤로 물러나거나 그 범인을 앞으로 밀쳤다. 다른 사람들은 동정심에서 그리고 조심하기 위해서 길을 비켜 주었다.

프리드리히가 앞으로 나갔다. "이 지저분한 녀석!" 소리친 그는 가만히 참고 있는 부하의 뺨을 몇 번 세차게 때렸다. 그러고 나서 그는 그를 문 쪽으로 밀었고, 또 발로 세게 걸어차 거리로 내쫓았다.

프리드리히는 기가 꺾여 돌아왔다. 그의 위신은 손상되었고, 사람들의 웃음은 그의 영혼을 잘라 내는 것처럼 아프게 했다. 그는 한 번 용감하게 환호성을 질러 기분 전환을 시도해 봤지만 제대로 되지 않았다. 그는 다시 콘트라베이스 뒤에 숨으려다가 그 전에 한 번 더 군중의 박수갈채를 노렸다. 그는 은으로 만든 회중시계를 꺼내 들었다. 그것은 그 당시 매우 귀하고 값진 장식품이었다. "곧 10시가 돼." 그는 말했다. "이젠 신부를 위한 미뉴에트 춤을! 나는 음악을 연주하겠어."

"멋진 시계로군!" 돼지 치는 아이가 존경심과 호기심이 가득한 얼굴을 들어 올리며 말했다.

"값은 얼마나 주었지?" 프리드리히의 경쟁자 빌름 휠스마이어가 소리쳤다.

"너, 이 시계를 사고 싶어?" 프리드리히가 물었다.

"그거 돈 주고 샀니?" 빌름이 되물었다.

프리드리히는 그에게 뽐내는 눈길을 던졌고, 말없이 거만한 자세를 취하고는 콘트라베이스의 활을 잡았다.

"그래, 그래." 휠스마이어가 말했다. "그런 시계를 전에 본 적이 있지. 너도 잘 알지? 프란츠 에벨도 역시 아름다운 시계 하나를 가지고 있었다. 유대인 아론이 시계를 다시 가져갈 때까지 말이다."

프리드리히는 대답하지 않았고, 그 대신 제1바이올린 주자에게 뻐기면서 눈짓했다. 그들은 온 힘을 다하여 악기를 연주하기 시작했다.

그러는 사이에 영주 일행이 방으로 들어왔다. 거기서는 이웃 여자들이 신부에게 (결혼하여 얻은) 새로운 지위에 대한 표시로 흰 머리띠를 감고 있었다. 젊은 신부는 엉엉 울고 있었는데, 그것은 한편으로는 풍습 때문이고, 다른 한편으로는 (장래의 결혼 생활에 대한) 진정 가슴 죄는 불안 때문이었다. 그녀는 불평 많은 남편의 감시를 받으면서 번잡한 집안 살림을 맡아보아야만 했고, 게다가 그를 사랑해야 했다. 신랑은 신부 옆에 서 있었다. 성서의 아가서*에 나오는 '아침 햇살처럼 방에 들어서'는 그런 신랑은 결코 아니었다.

"당신은 이제 울 만큼 울었어." 그는 짜증스럽게 말했다.

"당신이 나를 행복하게 해 주는 게 아니라 내가 당신을 행복하게 해 준다는 사실을 기억해요!"

그녀는 얌전하게 그를 올려다보았으며, 그의 말이 옳다고 느끼는 것 같았다.

결혼식의 모든 절차가 끝났다. 신부는 신랑을 위해 축배를 들었고, 젊은 익살꾼들은 신부의 머리띠가 똑바로 얹혀 있는지를 삼각대**를 통해서 쳐다보았으며, 사람들은 다시 타작마당 쪽으로 몰려들었다. 거기서는 끊임없이 웃음과 소음이 울려 퍼졌다. 프리드리히는 더 이상 타작마당에 있지 않았다. 이웃 도시의 정육점 주인이며 때때로 고물상 일을 하는 유대인 아론이 갑자기 나타나 프리드리히와 불만스럽게 짧은 대화를 나누고 나서, 여러 사람들 앞에서 큰 소리로 이미 부활절경에 넘겨준 시계 값으로 10탈러***의 금액을 달라고 독촉했을 때, 참을 수 없는 큰 수치심이 프리드리히를 엄습했다. 프리드리히는 묵사발이 된 것처

---

* 「시편」 19장 5절 참조

** 냄비 등을 올리는 세 개의 발이 달린 조리용 받침대

*** 옛날의 은화, 1탈러는 약 3마르크

럼 떠나갔으며, 유대인은 그를 뒤따라가며 계속 소리 질렀다.

"아이고 슬퍼! 왜 내가 현명한 사람들의 충고를 듣지 않았던 가! 그들은 나에게 백 번도 더 말했지. 전 재산을 몸에 걸치고 다니느라 찬장에는 빵 한 조각도 없구나!"

타작마당은 웃음소리로 시끌벅적했다. 많은 사람들이 마당으로 몰려 나왔다. "저 유대인을 묶어라! 돼지*보다 무거운지 저울에 달아 보아라!" 몇몇 사람들이 외쳤고, 그 밖의 사람들은 진지해졌다.

"프리드리히는 백지장처럼 창백해 보였어요." 한 늙은 여자가 말했다. 때마침 영주의 마차가 마당으로 접어들자 사람들은 길을 비켜 주려고 물러섰다.

귀갓길에 영주 폰 S 씨는 기분이 상했다. 인기를 유지하고 싶은 마음이 그를 이런 축제에 참가하도록 했지만 결과는 매번 같았다. 그는 마차 속에서 조용히 밖을 내다보았다. "도대체 저들은 누구인가?"라고 하면서 그는 마차 앞에서 타조처럼 달려가는 검은 모습을 한 두 형상을 가리켰다. 이제 그들은 성 안으로 미끄러져 들어갔다. "우리 돼지우리의 행복한 돼지들이구나." 폰 S 씨는 탄식하였다.

영주는 집에 도착해 하인들이 현관에 모두 모여 나이 어린 하인 둘을 에워싸고 있는 것을 보았다. 어린 하인들은 새파랗게

---

* 성서에서는 돼지가 추한 동물로 이야기된다. 또한 기독교 예술에서는 돼지가 죄의 상징이다.

유대인의 너도밤나무

질려서 숨을 헐떡이며 계단에 앉아 있었다. 아이들은 브레데 숲을 지나 집으로 돌아올 때 늙은 메르겔의 유령이 쫓아왔다고 주장했다. 처음에는 그들 위의 높은 곳에서 쏴쏴 소리 내며 바스락거리더니 그 후 공중에서 막대기가 서로 부딪쳐 딸그락거리는 소리가 나고 갑자기 찢어지는 비명과 분명한 말소리들이 들려왔다. "아이고 슬퍼라, 내 불쌍한 영혼이여!"라는 말이 높은 곳에서 들렸다. 어린 하인 중 하나는 나뭇가지 사이로 불타는 두 눈이 반짝거리고 있는 것을 보았다고 했다. 두 어린 하인은 다리야 날 살려라 하며 힘껏 달려왔다는 것이다.

"어리석은 것들!" 영주는 짜증스럽게 말하고는 옷을 갈아입기 위해서 방으로 들어갔다.

다음 날 아침 정원의 분수가 물줄기를 뿜지 않았는데, 어떤 사람이 마녀와 유령을 몰아낼 확실한 방법이라 생각해서, 수년 전에 여기에 매장된 말의 두개골을 찾는 척하며, 수도관을 옮겨 놓았기 때문이었다.

"흠, 악한들이 훔치지 않으니 바보들이 못쓰게 망쳐 놓았군." 영주가 말했다.

사흘 후에 무시무시한 폭풍이 휘몰아쳤다. 한밤중이었으나 성안에 있던 모든 사람들은 아직 잠자리에 들지 않았다. 영주는 창가에 서서 근심스럽게 어둠에 잠긴 자신의 영지를 바라보았다. 창유리에는 나뭇잎들과 가지들이 날아와 부딪쳤고, 때로는 기왓장도 굴러 내려와 마당의 포석 위로 떨어졌다.

"무시무시한 날씨로군!" 폰 S 씨는 말했다.

그의 아내는 불안해 보였다. "불은 잘 다독거려 놓았겠지?" 그녀가 물었다. "하지만 그레트헨아, 한 번 더 가 보아라, 차라리 물을 부어 완전히 꺼 버리럼! 다 됐으면, 오너라. 우리 요한복음을 읽으며 기도하자꾸나."

모두 무릎을 꿇자 여주인이 기도하기 시작했다.

"태초에 말씀이 계셨노라. 이 말씀이 하느님과 함께 계셨으니 이 말씀은 곧 하느님이시니라."[*]

이때 무시무시한 번개가 쳤다. 모두가 두려워서 떨었다. 그리고 끔찍한 비명과 소동이 계단에서 들려왔다.

"맙소사! 불이 났지?" 폰 S 씨 부인이 외치고는 얼굴을 의자에 묻었다.

그런데 대문이 활짝 열리더니, 유대인 아론의 아내가 죽은 사람처럼 창백한 모습으로, 머리카락이 뒤엉킨 채 비에 흠뻑 젖어 뛰어 들어왔다. 그녀는 영주 앞에 무릎을 꿇고 "정의를! 정의의 재판을 해 주십시오! 제 남편이 살해되었어요!"라고 소리치다가 그만 기절해 주저앉아 버렸다.

그것은 사실이었다. 뒤에 이루어진 수사에서 유대인 아론이 지팡이 같은 무딘 도구로 관자놀이에 일격을 받아 살해되었다는 사실이 증명되었다. 왼쪽 관자놀이에 푸른 점이 있는 것 외에는 다른 다친 곳은 발견되지 않았다. 아론의 아내와 그녀의 하

---

[*] 「요한복음」 1장 1절~14절은 뇌우에 대비한 주문(呪文)으로서의 역할을 한다.

인 사무엘의 진술은 다음과 같다. 아론은 사흘 전 오후에 가축
을 사러 집을 나갔으며, 그때 그는 B마을 및 S마을에 있는 두서
너 악질 채무자들을 독촉해야 하기 때문에 하룻밤을 밖에서 지
내게 될지도 모른다고 말했다. 이번에는 그가 B마을의 푸줏간
주인 살로몬 집에서 묵게 될 것 같다고 말했다. 다음 날 그가 돌
아오지 않았을 때 그의 아내는 매우 걱정되었고, 마침내 오늘
오후 3시 하인과 푸줏간의 큰 개를 데리고 아론을 찾아 길을 나
섰다. 유대인 살로몬의 집에서는 아론에 대해서 아무것도 몰랐
다. 그는 그곳에 오지도 않았다는 것이었다. 그의 아내와 머슴
은 아론이 농부들과 거래를 하려고 했던 것을 알고 있어서 이제
그 농부들을 찾아갔다. 농부들 중 오직 두 사람만이 아론이 외
출한 바로 그날 그를 보았다고 했다. 그러는 사이에 날이 아주
저물어 버렸다. 큰 불안감에 싸여 그녀는 집으로 발길을 돌렸으
며, 집에서 남편을 다시 만날 수 있겠지 하는 한 가닥 희망을 품
었다. 그러다가 그 일행은 브레데 산림에서 천둥을 만나 산비탈
에 서 있던 큰 너도밤나무 아래로 피했다. 그 사이에 개는 유난
히 설쳐 대며 나무 주위를 샅샅이 뒤졌고, 아무리 휘파람 소리를
내어 불러도 결국 사라져 버렸다. 갑자기 번갯불이 번쩍할 때 부
인은 자기 옆의 이끼에서 뭔가 하얀 것을 보았다. 그것은 남편의
지팡이였다. 그 순간에 개가 덤불을 뚫고 나왔다. 개는 입에 뭔
가 물고 있었다. 그것은 바로 남편의 신발 한 짝이었다. 얼마 지
나지 않아 마른 나뭇잎으로 채워진 구덩이에서 유대인의 사체
가 발견되었다.

여기까지가 하인이 진술한 내용이다. 아론의 부인은 하인의 말에 대부분 옳다고 뒷받침했다. 지나치게 흥분했던 그녀는 진정되었고, 이제 반쯤 실성했거나 오히려 무감각해진 것 같았다. "눈에는 눈, 이에는 이를!"* 그녀는 이따금씩 이 말만 내뱉을 뿐이었다.

바로 그날 밤 경찰들이 프리드리히를 체포하기 위하여 소집되었다. 고소할 필요는 없었다. 폰 S 씨가 직접 프리드리히에게 유력한 혐의를 두어야만 했던 이 사건의 목격자였기 때문이었다. 게다가 브레데 산림에서 막대기가 서로 부딪치고 높은 공중에서 소리치는 전날 밤의 유령 이야기도 증거가 되었기 때문이다. 법원 서기가 부재중이었으므로 폰 S 씨가 직접, 평소에 일어난 사건보다도 더 재빠르게 모든 것을 서둘러 진행하였다. 그럼에도 불구하고 경찰들이 가능한 한 소리 없이 가련한 마가레트의 집을 포위하기도 전에 이미 새벽 동이 트기 시작했다. 영주가 직접 대문을 두드렸고, 채 1분도 지나지 않아서 문이 열렸다. 마가레트는 옷을 완전히 다 입고 대문에 나왔다. 폰 S 씨는 뒤로 주춤 물러났다. 그가 그녀를 거의 알아볼 수 없을 정도로 그녀는 창백하고 또 돌처럼 굳어 보였다.

"프리드리히는 어디 있소?" 영주가 의심하는 투로 질문했다.

"찾아보세요." 그녀가 대답하며 의자에 앉았다.

영주는 한순간 머뭇거렸다. "들어와, 들어와! 우린 뭘 기다

---

* 「출애굽기」 21장 24절, 「레위기」 24장 20절 참조

리지?" 그는 무뚝뚝하게 말했다.

사람들은 프리드리히의 방으로 들어갔다. 그는 거기에 없지 만 침대에는 아직도 따뜻한 기운이 남아 있었다. 사람들은 다락 방으로 올라가기도 하고, 지하실로 내려가기도 하였으며, 짚단 속을 찔러 보기도 하고 통이란 통의 뒤를 모두 그 뒤를 살펴보 았으며, 심지어 빵 굽는 솥 안도 들여다보았다. 프리드리히는 없 었다. 몇몇은 정원으로 가서 울타리 뒤와 사과나무들을 올려다 보았지만 그를 발견할 수 없었다.

"도망쳤군!" 영주는 여러 가지 복합적인 감정을 느끼며 말했 다. 마가레트는 영주를 뚫어지게 노려보았다.

"이 여행 가방의 열쇠를 주시오."

마가레트는 아무 대답도 하지 않았다.

"열쇠를 주시오!" 영주는 되풀이하여 말하고는 비로소 열쇠 가 거기 꽂혀 있음을 알아챘다. 가방의 내용물이 드러났다. 도망 친 자의 멋진 나들이옷과 그의 어머니의 보잘것없는 정장, 그리 고 검은 띠를 두른 수의 두 벌이 있었다. 한 벌은 남자용이고 또 한 벌은 여자용 수의였다. 폰 S 씨는 크게 충격을 받았다. 가방 의 아주 밑바닥 깊은 곳에 은시계 하나가 있었고, 매우 읽기 쉬 운 필체의 서류가 몇 장 있었다. 그중 한 장에는 도벌꾼들과 연 계되었을 것으로 강한 의심이 가는 사람의 서명이 있었다. 폰 S 씨는 그것들을 한번 살펴보기 위해 집어 들었고, 사람들은 그 집을 떠났다. 마가레트는 끊임없이 입술을 깨물고 눈을 껌뻑거 리는 것 외에는 살아 있다는 다른 표시를 보이지 않았다.

성에 도착한 영주는 법원 서기가 어제 저녁에 이미 돌아왔음을 알았다. 서기는 영주가 자신에게 사람을 보내지 않았기 때문에, 이 사건을 등한시하였다고 주장하는 것도 알았다.

"자네는 언제나 너무 늦게 오는군." 폰 S 씨는 짜증스럽게 말했다. "도대체 이 마을에 자네 하녀에게 그 사건을 이야기해 줄 노파도 한 명 없단 말이오? 왜 사람들이 자네를 깨우지 않았지요?"

"나리, 물론 우리 집 안네 마리에가 저보다 약 1시간 전에 사건을 알았습니다. 하지만 그녀는 당신께서 몸소 이 사건을 처리하실 것이라고 알았습니다." 카프는 대답하였다. "그리고 제가 기진맥진해 있었기 때문이죠!" 그는 하소연하는 태도로 말을 덧붙였다.

"훌륭한 경찰이로군!" 영주는 중얼거렸다. "마을의 늙은 여자들은 철저히 비밀에 부쳐야 하는 일도 환하게 알고 있지." 그러면서 그는 강한 어조로 계속 말했다. "잡히는 놈은 분명히 어리석은 범인일 거야!"

두 사람은 한동안 말이 없었다.

"제 마부가 밤에 길을 잘못 들었습니다." 법원 서기가 다시 말을 했다. "저희들은 한 시간 이상 숲속에 있었어요. 날씨는 아주 혹독했고, 저는 바람에 마차가 뒤집어질 거라고 생각했습니다. 비가 그쳐서야 비로소 저희들은 거기서 빠져나왔으며 한 치 앞도 보지 못하고 어쩔 수 없이 계속 첼러펠트로 들어갔습니다. 그때 마부가 말했습니다. '채석장 근처로만 가지 않는다면!' 저는 두려워졌습니다. 마차를 세우고는 파이프 담배를 피우려고 불을 피웠습니다. 갑자기 우리들은 아주 가까이에서, 그것도 우리 바로 아래에서 종이 울리는 소리를 들었습니다. 나리께서는 제가 얼마나 난처한 상황이었는지 아시겠지요. 저는 마차에서 뛰어내렸습니다. 말의 다리는 믿지 못하지만 제 다리는 믿을 수 있다고 생각하기 때문이지요. 그래서 저는 진창에 빠졌고, 움직이지 못하고 있다가 고맙게도 곧 먼동이 트게 되었습니다. 저희가 멈춘 곳은 헤르제 절벽에 바짝 붙어 있었으며, 바로 밑에는 헤르제의 탑이 있었습니다. 저희들이 스무 걸음만 더 나갔더라도, 모두 죽었을 것입니다."

"그것은 정말 농담이 아니군." 영주는 반쯤 누그러져 대답하였다.

그러면서 그는 압수해 온 서류를 훑어보았다. 그것은 빌린 돈을 갚으라는 독촉장이었으며, 대부분 고리대금업자에게서 온 것이었다.

"메르겔 가족이 이렇게까지 곤란을 당하고 있는 줄은 생각하지 못했어." 그는 중얼거렸다.

"그렇습니다. 그렇지만 이런 식으로 밝혀지는 것은 마가레트 부인에게는 적지 않게 불쾌한 일일 것입니다." 카프가 대답했다.

"무슨 소리요, 그녀는 지금 그것에 대해 생각하지 않아요!" 이 말을 하면서 영주는 일어섰고 서기 카프와 함께 법적인 검시(檢屍)를 하기 위해서 방을 떠났다.

사건 조사는 짧았고, 폭행 치사로 밝혀졌다. 용의자는 도망을 쳤다. 그를 고소한 사람들이 많이 있었지만, 직접적인 자백이 없어서 유죄를 증명하지 못했다.* 프리드리히가 도망감으로써 하여간에 강한 혐의를 남겼다. 법원의 심리는 만족스런 결과 없이 끝내어야만 했다.

주변의 유대인들이 큰 관심을 보였다. 과부의 집은 조문객과 충고를 주는 사람들로 언제나 가득 차 있었다. 인간의 역사가 시작된 이래 그렇게 많은 유대인이 L에 함께 모인 것을 본 적이 없었다. 신앙 동료가 피살된 일에 매우 심한 충격을 받은 그들은 범인의 흔적을 추적하는 데 돈과 수고를 아끼지 않았다. 그들 중에서 보통 고리대금업자 요엘이라고 불리던 사람이 그에게 수백의 돈을 빚진 자기 고객, 특히 그가 교활한 녀석이라고 간주했던 그 고객에게, 메르겔을 체포하려는 자신을 도와준다면 모든 채무를 면제시켜 주겠다고 제안한 사실이 알려졌다. 왜냐하면 유대인들은 일반적으로 그 범인이 오직 누군가의 도움을 받아서 도망쳤을 뿐이고, 아마 아직도 근처에 숨어 있으리라고 믿었기 때문이다. 그럼에도 불구하고 모든 노력은 아무 소용이 없었고 법원의 심리는 종결된 것으로 선언되었다. 다음 날 오전에 저명한 이스라엘 사람** 몇몇이 영주와 거래를 하기 위하여 성에 나타났다. 거래 대상은 아론의 지팡이가 발견되었고, 아

도로스테 횔스호프

---

* 당시의 독일 형법에 의하면, 범행의 증인들 내지 특히 범인의 자백이 유죄 판결의 전제 조건이었다.

** 당시의 언어 관습에 따르면, 이스라엘 사람은 유대인들이 사는 지역의 주민들을 지칭한다.

마 살인도 행해졌을 것으로 보이는 너도밤나무였다.

"여러분들은 그 나무를 베어 버리겠습니까? 이렇게 잎이 무성한 때에?" 영주가 물었다.

"아닙니다, 나리. 그 나무는 겨울이나 여름이나 표면에 나무 조각이 붙어 있는 동안에는 서 있어야 합니다."

"하지만 내가 지금 그 숲을 베어 버리라 하면, 어린 묘목을 상하게 하는 것이 되지."

"저희들은 그 너도밤나무를 보통 가격으로 구입하지 않겠습니다."

그들은 200탈러를 주고 사겠다고 제안했다. 그리하여 거래는 체결되었고, 모든 산림관들에게 어떤 방법으로도 유대인의 너도밤나무를 손상시키지 말라는 엄명이 내려졌다. 그 후 사람들은 어느 날 저녁 60여 명의 유대인이 유대교 성직자를 앞장세우고 모두 침묵한 채 눈을 내리뜨고서 브레데 숲으로 가는 것을 보았다. 그들은 1시간 이상 숲속에 머물렀으며, B마을을 경유하여 진지하고 엄숙하게 첼러펠트까지 돌아갔다. 그곳에서 서로 흩어져 각자의 길을 갔다. 다음 날 아침 너도밤나무에는 도끼로 다음과 같은 글자가 새겨져 있었다.

יל תישע תתא רשאכ ךב עגפי תות סוקמב דומעת סא

프리드리히는 어디에 있는가? 의심할 것도 없이, 나약한 경찰의 허술한 수사망을 더 이상 겁내지 않아도 될 만큼 충분히 멀리 사라졌다. 그는 실종되었고, 곧 사람들의 기억에서 잊혔다. 외삼촌 지몬은 가끔 그에 대해 나쁘게 말했다. 유대인 아론의 부인도 마침내 스스로 마음을 달래고 다른 남자를 얻어 재혼했다. 오직 불쌍한 마가레트만 위안을 받지 못한 채 남아 있었다.

　약 반년이 지난 후 영주는 법원 서기 앞에서 지금 막 받은 편지 몇 장을 읽었다.

　"이상하군, 이상해!" 그가 말했다. "카프, 자네 한번 생각해 보게, 어쩌면 메르겔은 그 살인 사건에서 무죄일지도 모른다네. 방금 P.[*] 법원장이 내게 편지를 보내왔네."

'Le vrai n'est pas toujours vraisemblable(진실이 항상 진실인 것처럼 보이는 것은 아니다).'^{**} 이 사실을 나는 직업상 종종 경험하고 지금도 새로이 경험했어요. 당신은 당신의 백성 프리드리히 메르겔이, 나와 당신 모두 유대인을 살해하지 않은 것과 마찬가지로 그도 역시 유대인을 살해하지 않은 것으로 알지요? 유감스럽게도 증거가 부족했습니다만 개연성은 매우 큽니다. 슐레밍 일당(덧붙여 말한다면 이들 대부분은 지금 감옥에 갇혀 있다)의 일원이며 이름은 룸펜모아즈라는 사람이 최근의 심문에서 자기는 같은 신앙의 동

---

*　파더본(Paderborn)

**　이 말은 원문에 프랑스어로 되어 있다. 니콜라 브왈로(N. Boileau)의 『시학 (L'art poetique)』에 나오는 말의 인용으로, 이 소설의 주제적 의미와 깊은 관련이 있는 듯하다.

료 아론을 숲속에서 살해한 것 말고는 후회할 일이 없다는 진술을 했다는 것입니다. 아론은 돈 6그로셴을 가지고 있었다고요. 유감스럽게도 그 심리는 점심 식사 시간 때문에 중단되었으며, 그들이 식사하는 사이에 그 개 같은 유대인 놈이 스스로 양말 끈으로 목을 매어 죽었답니다. 당신은 여기에 대해 무슨 말을 하고 싶소? 아론은 흔한 이름이긴 하지만….

"자네는 이에 대해 무슨 말을 하고 싶은가?" 영주는 되풀이하며 말했다. "그럼 왜 바보 같은 녀석이 도망을 쳤을까?"

서기는 깊이 생각해 보았다. "글쎄, 아마 도벌 때문인 것 같습니다. 우리는 마침 도벌꾼들을 수사하고 있었습니다. 이런 말이 있지 않습니까? 도둑이 제 발 저려 도망한다지요? 메르겔의 양심은 이런 결점이 없었다 하더라도 충분히 때가 묻어 있었던 겁니다."

그러는 사이에 사람들은 조용해졌다. 프리드리히는 사라졌고 또한 주목받지 못한 불쌍한 요하네스, 요하네스 니만트마저 프리드리히와 함께 같은 날 사라졌다.

*

한 인간의 삶에서 거의 반생에 해당하는 28년이라는 아름답고 긴 시간이 흘러갔다. 영주는 매우 나이가 들어서 머리가 회색으로 변했으며, 그의 선량한 조수 카프는 오래전에 죽어서 묻혔다. 사람과 동물, 식물들이 새로이 생겨나고, 성숙했다가 사라져 갔다. 하지만 단지 B성(城)만은 언제나 한결같은 회색으로, 결핵을 앓는 늙은이처럼 언제나 넘어질 것처럼 보이는 오두막집들을 품위 있게 내려다보며 그 자리에 여전히 서 있었다. 1788년 12월 24일 크리스마스 이브였다. 움푹 팬 길에는 12피트는 되는 충분한 눈이 쌓여 있었고, 살을 에는 듯한 찬바람이 불어 따뜻한 방의 창문에는 성에가 맺히었다. 한밤중에 가까웠다. 희미한 불빛이 눈 쌓인 언덕 도처에서 번쩍거리고 있었다. 집집마다 가족들이 무릎을 꿇고 기도하면서 성탄 축제의 시작을 기다리고 있었다. 이것은 가톨릭 국가의 관습이었고, 적어도 당시에는 일반적인 풍습이었다. 그때 브레데 산에서 아랫마을로 한 사람이 천천히 걸어오고 있었다. 그 방랑자는 매우 지치고 병든 것처럼 보였다. 그는 깊은 신음 소리를 내면서, 극도로 피로한 듯 다리를 질질 끌며 눈 속을 걸었다.

그는 산비탈 중턱에 조용히 서서 목발에 몸을 기대고는, 꼼짝도 않고 불빛을 가만히 응시했다.

사방은 고요했고 죽은 듯이 적막하고 냉랭했다. 사람들은 묘지의 도깨비불을 생각해야만 했다. 이제 종탑에서 12시 종을 쳤다. 마지막 타종은 천천히 울려 퍼졌으며, 가장 가까운 집에서 나지막한 소리로 노래가 시작되자, 이 집 저 집에서 소리가 높아지더니 마을 전체로 퍼져 나갔다.

기특한 아기

처녀의 몸에서,

우리에게 오늘 탄생하셨네,

우리의 마음을 기쁘게 합니다.

아기 탄생 없었더라면,

우리 모두 멸망할 것입니다.

구원은 우리의 것,

아, 당신 예수 그리스도여,

당신은 인간으로 태어나셨네,

우리를 지옥에서 구원하소서!

산 중턱에 있던 그 사람은 무릎을 꿇고서, 떨리는 목소리를 내기 시작했다. 그것은 큰 흐느낌으로 흘러나왔으며 굵고 뜨거운 눈물이 되어 눈 위로 떨어졌다. 노래의 2절이 시작되었다. 그는 낮은 목소리로 따라 기도했다. 그리고 제3절, 제4절이 울렸다. 노래는 끝났고, 집 안에서 불빛이 움직이기 시작했다. 남자는 고통스럽게 몸을 일으켜 세우고 천천히 마을 쪽으로 기어 내려갔다. 그는 숨을 헐떡이면서 여러 집들을 지나친 후, 조용히 어느 집 앞에 멈춰 서서 부드럽게 문을 두드렸다.

"무슨 일일까? 바람도 불지 않는데 문들이 덜컹거리네." 안에서 한 여인의 목소리가 들렸다.

그는 더 세게 문을 두드렸다. "제발, 터키의 노예였다가 돌아온, 반쯤 얼어 버린 사람을 집 안으로 들여보내 주세요!"

부엌에서 속삭임이 들렸다.

"여관으로 가세요." 다른 목소리가 답했다. "여기로부터 다섯 번째 집입니다!"

"제발 저를 들여보내 주세요! 저는 돈이 없어요."

얼마간 머뭇거리다 문이 열렸고 한 남자가 램프 불을 밖으로 비췄다.

"들어오기만 하세요! 당신은 우리들을 해치지 않을 테지요." 그는 말했다.

부엌에는 그 남자 이외에도 중년의 부인과 늙은 어머니 그리고 다섯 명의 아이들이 있었다. 그들 모두 방금 들어온 사람의 주위로 몰려들었고, 겁을 내면서도 신기한 듯이 그를 유심히 쳐다보았다. 불쌍한 사람! 목이 비뚤어지고 등이 굽고 몸 전체가 쇠약했으며 힘이 없었다. 눈처럼 희고 긴 머리카락이 얼굴 위로 흩날렸는데, 그 얼굴은 기나긴 고통으로 일그러져 있었다. 중년의 부인은 아무 말도 하지 않고 부엌으로 가서 새 섶나무를 아궁이에 넣었다.

"우리는 침대를 내어 드릴 수가 없네요." 그녀는 말했다. "대신 여기에 짚단을 깔아 잠자리를 마련해 드리겠어요. 임시로 지내셔야 합니다."

"그것도 분에 넘치는 대접입니다!" 그 낯선 사람이 대답했다. "저는 더 나쁜 잠자리에도 익숙해져 있답니다."

그 귀향자는 요하네스 니만트로 알려졌다. 그도 자신이 바로 프리드리히 메르겔과 함께 도망을 갔던 사람이라고 말했다.

다음 날, 그 마을은 오랫동안 행방불명이었던 자의 모험담을 화제로 삼았다. 모든 사람들이 터키에서 돌아온 요하네스를 보고자 했다. 그가 다른 사람과 별로 달라 보이지 않는 것에 사람들은 놀라기까지 했다. 젊은 사람들은 그를 기억하지 못했고, 나이 많은 사람들은 그가 비록 가련하게 일그러지기는 했어도 그의 옛 모습을 찾아낼 수 있었다.

"요하네스, 요하네스, 정말 늙어 버렸구나!" 한 늙은 부인이 말했다. "그리고 목이 왜 굽었니?"

"노예 생활을 하면서 통나무와 물을 날랐기 때문입니다." 그는 대답했다.

"그리고 메르겔은 어떻게 되었니? 너희 함께 도망가지 않았니?"

"물론 그랬어요, 하지만 전 그가 현재 어디 있는지 잘 모릅니다. 우리들은 헤어졌습니다." 그는 말을 덧붙였다. "그를 기억하신다면, 그를 위해 기도하세요. 메르겔은 그 기도를 아마 꼭 필요로 할 것입니다."

사람들은 요하네스에게 프리드리히가 그때 유대인을 살해하지 않았는데 왜 도망을 쳤느냐고 물었다.

"살해하지 않았다고요?"라고 말하며 요하네스는 긴장한 채 영주가 메르겔의 이름에서 오점을 지워 버리기 위한 의도로 했던 일에 대한 이야기에 귀를 기울였다.

"그럼 전혀 쓸데없이, 전혀 쓸데없이 그렇게 많은 고생을 견뎌야 한 거라니!" 그는 생각에 잠기면서 말했다. 요하네스는 깊이 한숨 쉬고는 많은 것에 관해서 물었다.

지몬은 오래 전에 죽었다. 죽기 전에 소송과 악덕 채무자들 때문에 빈털터리가 되었다. 사람들의 말에 의하면, 그와 채무자의 거래는 어두운 부분이 많아서 법적인 조치도 할 수 없었다. 그는 끝내 동냥까지 하며 살다가 남의 집 헛간의 짚단 위에서 죽었다는 것이다. 마가레트는 더 오래 살았지만 완전히 정신이 마비된 상태였다. 마을에 있던 사람들은 그녀를 돌봐 주는 것에 금방 지쳐 버렸는데 마가레트가 사람들이 그녀에게 갖다주는 모든 것을 썩게 내버려 두었기 때문이다. 사람들이 으레 그렇듯, 자신들의 도움이 이렇다 할 효과를 내지 못하자 이 가련한 여자를 버렸다. 그러나 그녀는 도움을 여전히 필요로 하고 있었다. 하지만 그녀는 실제로 궁핍에 괴로워하지는 않았다. 영주가 그녀를 잘 돌봐 주었고, 그녀에게 매일 식사를 보내 주었으며, 그녀가 완전히 쇠약한 상태가 되었을 때에는 의사의 치료를 받게 해 주었기 때문이다. 현재 그녀의 집에는 전에 그 불행한 날 밤 프리드리히의 시계를 보고 크게 놀랐던, 돼지 치는 사람의 아들이 살고 있었다.

"모든 것이 사라지고, 모두가 죽었구나!" 요하네스는 탄식했다.

어두워지고 달이 빛나는 밤에 사람들은 요하네스가 교회 묘지에서 비틀거리는 것을 보았다. 그는 무덤 옆에서 기도하지도 않고 무덤 가까이 가지도 않았지만, 몇몇의 무덤을 멀리서 보며 무엇인가를 주시하고 있었다.

살해된 산림관의 아들 브란디스는 요하네스를 성으로 데려

423 드로스테 휠스호프

오라는 영주의 부름을 받고 파견되어 그를 찾아내었다.

거실에 들어섰을 때, 그는 불빛에 눈이 부신 듯 겁을 먹고 이리저리 둘러보았으며, 그러고 나서 안락의자에 앉아 있는 대단히 노쇠한 남작(男爵)을 보았는데 아직도 여전히 눈을 밝게 뜨고 28년 전처럼 머리에는 붉은 모자를 쓰고 있었다. 그 옆엔 남작 부인이 앉아 있었는데 그녀 역시 매우 늙어 있었다.

"자, 요하네스야." 영주가 말했다. "나에게 너의 모험에 대해 사실대로 이야기해 보아라." 영주는 안경 너머로 그를 자세히 살펴보았다. "그런데 가련하게도 터키에서 지내며 많이 쇠약해졌구나!"

요하네스는 이야기를 시작했다. 메르겔이 밤에 가축과 함께 있던 자기를 불러내어 그와 함께 도망가자고 한 이야기를.

"그런데 그 어리석은 젊은이는 왜 도망쳤지? 자네도 그가 죄가 없다는 것을 알지 않니?"

요하네스는 시선을 아래로 내리깔았다. "저도 잘 모릅니다. 그러나 제 생각에는 아마 도벌사건 때문일 것입니다. 지몬이 그 모든 일을 했습니다. 사람들이 제게 말을 해 주지 않았습니다. 하지만 저는 모든 일이 올바르게 되었다고는 생각하지 않습니다."

"그럼 프리드리히는 네게 뭐라고 했느냐?"

"그들이 우리 뒤를 추적해 왔기 때문에 우리들이 도망쳐야 한다는 것 이외에는 아무 말도 하지 않았습니다. 그래서 우리는 헤르제까지 달렸습니다. 그리고 날이 저물었기 때문에 우리는 교회 묘지의 십자가 뒤에서 날이 밝을 때까지 숨어 있었습니다. 그 이유는 우리가 첼러펠트 근처의 채석장을 무서워했기 때문입니다. 그리고 우리가 한동안 앉아 있는데 갑자기 우리 위쪽에서 말이 헐떡거리며 바닥을 긁는 소리가 들렸고, 긴 불빛이 공중에서 헤르제의 교회 탑 바로 위로 떨어지는 것도 보았습니다. 우리는 벌떡 일어나 될 대로 되라며 내달렸고, 아침이 밝았을 때 보니 과연 우리는 P로 가는 바른 길로 들어서 있었습니다."

요하네스는 기억을 더듬으면서 몸서리를 치는 것 같았다. 영주는 고인이 된 법원 서기 카프가 헤르제 산비탈에서 겪었던 모험을 생각했다.

"참 이상하군!" 그는 웃으며 "너희들이 그렇게 서로 가까이 있었다니! 그래, 계속해 봐."

이제 요하네스는 어떻게 다행스럽게도 그들이 P를 통과하여 국경을 넘어가게 되었는가를 설명했다.

거기서부터 그들은 방랑하는 기술자의 도제(徒弟)가 되어 브라이스가우에 있는 프라이부르크까지 구걸하며 갔다.

"저는 빵 자루를 가지고 있었고 프리드리히는 작은 짐을 가지고 있었기에 사람들이 우리를 믿었습니다."라고 그는 말했다.

프라이부르크에서 그들은 오스트리아 군대의 모병에 응하였다. 사람들은 요하네스를 채용할 의사가 없었다. 그러자 프리드리히가 그를 채용해 줄 것을 완강히 요구했다. 그리하여 요하네스도 보급부대에 들어갔다.

"겨울 내내 저희들은 프라이부르크에 머물렀습니다." 그가

425 드로스테 힐스호프

말을 이었다. "그리고 저희는 상당히 잘 지냈습니다. 프리드리히가 저를 자주 생각해 주고, 제가 무언가를 잘못할 때면 도와주었기 때문입니다. 저희는 봄에는 헝가리로 진군해야 했고, 가을에는 터키와 전쟁*을 했습니다. 저는 그 전쟁에 대해 더 이상 이야기할 수 없습니다. 그 이유는 제가 바로 첫 전투에서 포로가 되었으며 그로부터 26년간 터키의 노예였기 때문입니다!"

"어머나! 끔찍한 일이었겠구나!" 폰 S 씨 부인이 말했다.

"아주 좋지 않았어요. 터키인들은 저희 기독교인들을 개만도 못하게 여겼습니다. 가장 최악은 가혹한 노동으로 제가 체력을 잃은 것입니다. 저는 늙어서도 여전히 몇 해 전처럼 일을 해야만 했습니다."

그는 한동안 침묵하였다. "그렇습니다." 그는 말했다. "그것은 인간의 힘과 인내를 뛰어넘는 것이었고 저는 참고 견뎌 내지 못했습니다. 거기서 저는 네덜란드의 배에 올랐습니다."

"어떻게 거기로 갔지?" 영주가 물었다.

"그들은 보스포루스** 해협에서 저를 구해 주었습니다." 요하네스가 대답하였다.

남작은 그를 이상하다는 듯 쳐다보고서 손가락을 경고하듯 들어 올렸다. 그러나 요하네스는 계속 이야기했다. 배에서도 그는 여전히 잘 지내지는 못했다.

---

*   역사적으로 이 시기에 오스트리아와 터키는 전쟁을 하지 않았다. 이 전쟁은 소설적 허구이다.

**   발칸반도와 소아시아 사이

"괴혈병이 만연했습니다. 그 병에 걸려 심하게 앓지 않는다면 누구나 자기 힘에 넘치는 일을 해야만 했습니다. 그리고 선상의 규율은 마치 터키의 채찍처럼 엄격했습니다." 그는 말을 맺었다. "끝으로 우리가 네덜란드의 암스테르담에 도착했을 때 사람들은 저를 이용할 수 없게 되자 풀어 주었으며, 그 배를 소유했던 상인은 저를 불쌍히 여겨 자기 문지기로 쓰고자 했습니다. "하지만" 그는 머리를 흔들었다. "저는 구걸하며 여기까지 오는 것을 선택했습니다."

"그렇게 한 것은 정말 어리석었네." 영주가 말했다.

요하네스는 깊이 탄식했다. "오, 나리. 저는 터키인들과 이교도들 사이에서 제 인생을 보내야만 했습니다. 적어도 죽어서는 가톨릭교회 묘지에 묻히면 안 될까요?"

영주는 지갑을 꺼냈다. "자 받아라, 요하네스, 이제 가거라. 그리고 곧 다시 오너라. 그때 나에게 모든 것을 더 자세히 이야기해 다오. 오늘은 뭔가 기분이 얼떨떨한가 보구나. 아직도 매우 피곤하지?"

"예, 그렇습니다." 요하네스가 대답하면서 자기 이마를 가리켰다. "그리고 제 정신은 때때로 매우 이상해서 저도 그것이 왜 그런지 정확히 말할 수 없습니다."

"나는 벌써부터 알고 있었다." 남작이 말했다. "옛날부터 그랬지. 이제 가거라! 휠스마이어 가족들이 아마 너에게 하룻밤 잠자리를 내줄 것이다. 내일 다시 오너라."

폰 S 씨는 이 불쌍한 사람에게 깊은 동정심을 가지고 있었다. 다음 날까지도 요하네스의 숙소를 어디에 마련해 줄 수 있을지 숙고했다. 요하네스는 매일 성에서 식사를 할 수 있었으며 의복에 관해서도 좋은 수가 생겼다.

"나리, 저는 아직 일을 좀 할 수 있습니다. 나무 숟가락을 만들 수 있습니다. 또 저를 심부름 보내셔도 좋습니다." 요하네스가 말했다.

폰 S 씨는 동정하며 머리를 흔들었다. "그렇게 썩 잘할 것 같지는 않은데."

"그렇습니다 나리. 제가 몸을 움직이려고 들면 그렇게 빠르지는 않지만 어쨌든 심부름 시킨 곳으로 가긴 합니다. 남들이 생각하는 것처럼 일이 제게 그리 어려운 건 아닙니다."

"그럼, 자네 그것을 한번 해 보겠나? 여기 P로 보내는 편지가 있네. 급히 서둘 필요는 없네." 남작은 미심쩍어하면서 말하였다.

다음 날 낮에 요하네스는 마을의 한 과부 집으로 작은 방을 구하여 옮겨 갔다. 그는 숟가락을 조각했고, 성에서 식사를 했으며, 자비로운 영주를 위해 심부름을 했다. 대체로 그는 그럭저럭 지낼 수 있었다. 영주 가족은 매우 호의적이었다. 폰 S 씨와 그는 자주 긴 시간 동안 터키와 오스트리아 군대 복무 및 바다에 대해서 이야기를 나누었다.

"요하네스가 저토록 아둔하지만 않다면 많은 이야기를 할 수 있을 텐데." 영주가 아내에게 말했다.

"아둔하기보다는 오히려 생각이 깊습니다." 그녀가 대답했다. "저는 그가 실성하지 않을까 하고 언제나 겁이 납니다."

"당치도 않은 소리!" 남작이 대답했다. "그는 한평생 우직했어. 우직한 사람들은 결코 미치지 않아."

얼마간의 시간이 지난 후 요하네스는 심부름을 가서 아주 오랫동안 돌아오지 않았다. 마음씨 고운 폰 S 씨 부인이 걱정이 되어 요하네스를 찾으려 사람들을 막 보내려 했는데 때마침 그가 계단을 터벅거리며 올라오는 소리가 났다.

"요하네스, 오랫동안 밖에 머물렀군요." 그녀가 말했다. "나는 혹시 당신이 브레데 숲에서 길을 잘못 들지 않았나 생각했어요."

"전 소나무로 덮인 골짜기를 지나왔습니다."

"그래, 그 길은 멀리 우회하는 길이죠. 왜 브레데 숲을 지나오지 않았나요?"

그는 침울한 눈으로 그녀를 쳐다보았다. "사람들이 저에게 그 숲은 베어 넘겨졌고 지금은 길이 이리저리 얽혀 있다고 말해 주었기 때문입니다. 저는 다시 길을 찾아 나오지 못할까 봐 겁이 나서 멀리 돌아왔습니다. 저는 늙었고 정신이 없습니다." 그는 천천히 말을 덧붙였다.

그 후 폰 S 씨 부인은 남편에게 물었다. "요하네스가 얼마나 이상하게 곁눈질하는지 보셨습니까? 에른스트, 당신에게 말씀 드리는데, 그런 눈빛을 한 사람은 끝이 좋지 않습니다."

그러는 사이에 9월이 다가왔다. 들판은 텅 비었고 나뭇잎들이 떨어지기 시작했으며 많은 폐병 환자들은 운명의 여신이 생명의 실에 가위질하는 소리를 들었다. 요하네스도 역시 다가오는 추분의 영향으로 괴로워하는 듯했다. 요사이 그를 본 사람들은 그가 눈에 띄게 제정신이 아니고 혼자서 나지막하게 끊임없이 중얼거렸다고 말했다. 전에도 그러기는 했지만 드물었다. 마침내 어느 날 그는 집에 돌아오지 않았다. 사람들은 영주가 그를 어디로 심부름 보낸 줄 알았다. 둘째 날에도 돌아오지 않았으며 셋째 날이 되자 그의 집 여주인은 불안해졌다. 그녀는 성으로 들어가 물어보았다.

"그런 일이 있을 수 있는가?" 영주가 말했다. "나는 그에 대해서 아무것도 모르오. 빨리 사냥꾼과 산림관 아들 빌헬름을 부르게! 만약 그 불쌍한 불구자가…." 영주는 동요하면서 말을 이었다. "마른 구덩이에라도 빠지면 다시는 나오지 못할 것이네. 혹시 굽은 그의 다리가 하나라도 부러졌는지 누가 알겠는가! 개를 데리고 가게나." 그는 막 출발하는 사냥꾼들을 향해 뒤에서 소리쳤다. "무엇보다도 구덩이 속을 찾아보고 채석장 안도 살펴보아라!"라고 더 크게 소리를 질렀다.

사냥꾼들은 몇 시간 후에 집으로 돌아왔다. 그들은 아무 흔적도 발견하지 못했다. 폰 S 씨는 큰 불안에 휩싸였다.

"틀림없이 그가 바위처럼 누워서 곤경에서 빠져나오지 못하고 있다는 생각이 든다! 그러나 그는 아직도 살아 있을 것이다. 사람은 사흘 동안 먹지 않고도 살 수 있거든."

그는 몸소 길을 떠났다. 집집마다 들어가 물어보았으며, 여기저기 가는 곳마다 호루라기를 불었고, 요하네스의 이름을 불렀으며, 그를 찾기 위해 개를 풀어놓기도 했다. 그러나 허사였다! 한 어린이는 그가 브레데 숲의 가장자리에 앉아 숟가락을 조각하는 것을 보았다고 말했다. "그는 그 숟가락을 두 동강 냈어요." 키가 작은 소녀가 말했다. 그것도 이틀 전이었다. 오후에 흔적이 하나 더 발견되었다. 이번에도 어린이였는데, 요하네스가 숲의 다른 쪽에서 관목 숲속에 앉아 마치 잠자는 듯이 무릎에 얼굴을 묻고 있는 것을 보았다고 말했다. 그것도 어제의 일이었다. 그는 브레데 숲을 계속 떠돌아다닌 것 같았다.

"저 저주스런 숲이 그렇게 깊지만 않았더라면! 그렇기 때문에 어느 누구도 통과할 수 없지." 영주가 말했다.

사람들은 어린 나뭇가지 사이로 개를 몰았으며, 휘파람을 불고 "여보시오!"라 외쳤다. 개들이 숲 전체를 샅샅이 뒤졌다고 확인했을 때, 그들은 만족하지 못한 채 집으로 돌아왔다.

"찾기를 중단하지 말아요! 중단해서는 안 돼요!" 폰 S 씨 부인이 간청했다. "뭔가를 잃기보다는 차라리 몇 걸음이라도 헛걸음하는 것이 더 나아요."

남작도 부인과 마찬가지로 불안해졌다. 그는 불안한 나머지 요하네스의 방까지 찾아갔다. 물론 그가 거기서 요하네스를 발견하리라 기대한 것은 아니었다. 그는 실종된 사람의 방을 열도록 명령했다. 거기에는 그의 침대가 정리되지 않은 채 그냥 놔둔 대로 있었다. 그곳에는 영주 부인이 남편의 옛날 사냥복으로 만들어 준 상의가 걸려 있었으며, 탁자 위에는 그릇 하나와 새로 깎은 나무 숟가락 여섯 개와 상자 하나가 놓여 있었다. 영주는 상자를 열었다. 그 안에는 5그로셴이 종이에 깨끗이 싸여 들어 있었으며 네 개의 조끼 은단추도 있었다. 영주는 그것들을 주의 깊게 살펴보았다. "메르겔의 기념품이야." 그는 중얼거리며 밖으로 나왔다. 좁은 방에 있자니 숨이 답답했다. 수색은 요하네스가 이 주변에 있지 않고 적어도 살아 있지 않음을 사람들이 확신할 때까지 계속되었다. 그는 두 번째로 사라진 것이다. 그를 다시 찾을 수 있을까? 아마 수년 후에 그의 뼈를 마른 구덩이 속에서 찾지 않을까? 그를 살아 있는 모습으로 다시 만나 보는 일은 가망 없는 일이며, 어쨌든 28년 후에는 확실히 불가능할 것이다.

14일 후 젊은 브란디스는 아침에 담당 구역을 순찰하고 브레데 숲을 지나 집으로 돌아오고 있었다. 그날은 계절에 비해 무척 더웠다. 바람이 약간 불었으며 새 한 마리 울지 않았고, 단지 까마귀들만이 나뭇가지 속에서 까옥까옥 울며 하늘을 향해 부리를 벌리고 있었다. 브란디스는 매우 지쳤다. 그는 태양에 뜨거워진 모자를 때로는 벗고, 또다시 쓰기도 했다. 무릎 높이로 자란 나무들을 지나가는 것이 매우 힘들어 그는 거의 참을 수가 없었다. 주변에는 유대인의 너도밤나무 이외에 나무가 없었다. 그는 온 힘을 다하여 그 나무 있는 데까지 갔으며, 지칠 대로 지쳐서 나무 밑의 그늘진 이끼 위에 털썩 주저앉았다. 냉기가 몸에 쾌적하게 느껴져 스르르 눈이 감겼다. "지독한 버섯 냄새!" 그는 반쯤 잠에 들어 중얼거렸다. 그 버섯은 이 주변에 있는 매우 축축한 버섯의 일종이었다. 단 며칠 있다가 시들어서 악취를 내는 버섯이었다. 브란디스는 그 불쾌한 버섯의 냄새를 맡았다고 생각하고 몇 차례 몸을 이리저리 돌렸다. 그러나 그는 일어서고 싶지 않았다. 그 사이에 그의 개가 주변을 뛰어다녔으며 너도밤나무의 줄기를 할퀴고 나무 위를 향해 마구 짖어 댔다. "뭐니, 벨로? 고양이라도 있니?" 브란디스는 중얼거렸다. 그가 속눈썹을 반쯤 떴을 때 히브리어 문자가 그의 눈에 들어왔다. 나무껍질이 자라서 기형이 되었지만 아직도 분명히 알아볼 수 있었다. 그는 다시 눈을 감았다. 개가 계속 짖어 대다가 마침내 주인의 얼굴에 차가운 코를 갖다 대었다. "나 좀 가만히 놔둬! 도대체 뭐니?" 이때 누워 있던 브란디스는 공중을 쳐다보고는 벌떡 일어나 신들린 것처럼 덤불 안으로 뛰어들었다.

죽은 듯이 창백한 얼굴로 그는 성에 도착하였다. 유대인의 너도밤나무에 한 사람이 매달려 있는데, 그의 다리가 자신의 머리 위로 대롱대롱 달려 있는 것을 보았다고 보고했다.

"그런데도 넌 밧줄을 자르고 그 사람을 구하지 않았느냐? 이 바보 같은 사람아!" 남작은 외쳤다.

"예." 브란디스가 숨을 헐떡거리면서 대답했다. "나리께서 그 자리에 계셨더라도 아마 그 사람이 살아 있지 않다는 것을 아셨을 텐데요. 저는 처음에 그것이 버섯이라고 생각했습니다!" 그럼에도 불구하고 영주는 황급히 부하들을 소집했고 자신도 그들과 함께 뛰어나갔다.

그들은 너도밤나무 아래에 도착했다. "난 아무것도 안 보여." 폰 S 씨가 말했다.

"이쪽으로 들어가셔야 합니다. 이쪽으로, 바로 여기로!"

사실이었다. 영주는 자신이 신었던 낡은 신을 알아보았다.

"아이고, 이 사람은 요하네스야! 사다리를 가져와! 그럼 자, 아래로 내려라! 천천히, 서두르지 말고! 그를 떨어뜨리지 마라! 맙소사, 이미 구더기들이 붙어 있군! 줄과 목에 두른 끈을 풀어라."

넓은 흉터가 분명히 드러났다. 영주는 움찔 물러났다. "어이쿠!" 그는 말했다. 그는 다시 시체 위로 몸을 굽혀 흉터를 유심히 보았으며, 큰 충격을 받고 한동안 말문을 닫았다. 그러고 나서 그는 산림관들을 향해 말했다.

"죄 없는 자가 죄 있는 자를 대신해서 고통을 당하는 것은 옳지 않아. 이 말을 모든 사람들에게 전하게나. 저기 있는 사람은," 그는 죽은 자를 가리켰다. "프리드리히 메르겔이네."

그 시신은 박피장(剝皮場)*에 묻혔다.

모든 주요 정황을 살피건대, 이것은 1789년 9월에 실제로 일어났던 일이다.

너도밤나무에 새겨진 히브리 문자는 다음과 같은 뜻이었다.

"네가 이 자리에 가까이 오면, 네가 나에게 한 바로 그 일이 네게도 일어날 것이다."

---

* 죽은 짐승을 버리는 구덩이

아네테 폰 드로스테 휠스호프
(Annette von Droste-Hülshoff, 1797~1848)

"19세기 독일 최고의 여류 작가"(프리츠 마르티니의 말)로 인정받은
작가로 1797년 1월 10일 뮌스터 근교의 휠스호프에서 전통 있는 귀족
가문의 둘째 딸로 태어났다. 그녀는 공식적인 학교 교육도 받지 않고
가정 교사와 어머니로부터 가르침을 받았다. 빌헬름 그림(Wilhelm
Grimm, 1786~1859)은 그녀에게 일찍이 민요와 동화에 대한 일깨움을
주었으며 스프리크만 교수는 실러의 문학을 알려 주었다. 아네테는
몸이 허약하여 일생 동안 병고에 시달렸다. 아네테는 주로 고향과
시골에서 자연과 벗하며 가톨릭 신앙에 몰두하여 조용한 생활을 하였다.
1840년 이후 친구의 아들인 레빈 쉬킨과의 만남에서 작가적인 재능을
크게 자극받았다. 그녀는 처음에 그를 모성애로 대하다가 그것이
연정으로 변하였고 나중에 그가 다른 여자와 결혼하자 정신적으로 큰
타격을 받았다. 아네테의 문학적인 재능은 일찍이 시와 담시 등에서
일깨워졌으며, 특히 자연시는 아주 작은 현상, 빛, 색채 등을 정확하게
관찰한 것으로 두드러진다. 산문 작품으로는 완결된 유일한 노벨레
『유대인의 너도밤나무』가 있으며 미완성의 희곡과 장편소설도 있다.
아네테 폰 드로스테 휠스호프는 1848년 5월 24일 보덴 호숫가의
메르스부르크에서 사망하였다.

독일 단편소설 걸작선

브레히트·카프카·클라이스트·드로스테 휠스호프

초판 1쇄 발행 2023년 10월 9일

지은이 베르톨트 브레히트, 프란츠 카프카, 하인리히 폰 클라이스트,
　　　 아테네 폰 드로스테 휠스호프
옮긴이 배중환
펴낸이 강수걸
편집장 권경옥
편집 이혜정 이소영 강나래 신지은 오해은 이선화 김소원
디자인 권문경 조은비
펴낸곳 산지니
등록 2005년 2월 7일 제333-3370000251002005000001호
주소 부산시 해운대구 수영강변대로 140 BCC 613호
전화 051-504-7070 | 팩스 051-507-7543
홈페이지 www.sanzinibook.com
전자우편 sanzini@sanzinibook.com
블로그 http://sanzinibook.tistory.com

ISBN 979-11-6861-175-7 03850